Rote Schatten über Münster

Sabine Schulze Gronover, Jahrgang 1969, arbeitet als Diplompädagogin und Kunsttherapeutin in Kliniken in Münster und Hamm. Sie lebt in Drensteinfurt, ist verheiratet und hat eine Tochter. Im Emons Verlag erschienen ihre Westfalen Krimis »Todgeweiht im Münsterland« und »Luzifer und der Küster«.

Dieses Buch ist ein Roman. Handlungen und Personen sind frei erfunden. Ähnlichkeiten mit lebenden oder toten Personen sind nicht gewollt und rein zufällig.

Im Roman wird mehrfach eine überlebensgroße Bison-Skulptur erwähnt, die aus Schrottteilen zusammengesetzt wurde. Dieses Kunstwerk existiert tatsächlich. Es stammt von dem 1962 geborenen Blackfeet-Indianer Jay Laber und erzählt die Geschichte der Reservation. Das Kunstwerk steht im LWL-Naturkundemuseum Münster.

SABINE SCHULZE GRONOVER

Rote Schatten über Münster

WESTFALEN KRIMI

emons:

Bibliografische Information der Deutschen Bibliothek
Die Deutsche Bibliothek verzeichnet diese Publikation in der Deutschen Nationalbibliografie; detaillierte bibliografische Daten sind im Internet über http://dnb.d-nb.de abrufbar.

MIX
Papier aus verantwortungsvollen Quellen
FSC® C083411
FSC
www.fsc.org

Umschlagmotiv: photocase.de/andreafleischer
Umschlaggestaltung: Tobias Doetsch
Gestaltung Innenteil: César Satz & Grafik GmbH, Köln
Druck und Bindung: CPI – Clausen & Bosse, Leck
Printed in Germany 2013
ISBN 978-3-95451-190-7
Westfalen Krimi
Originalausgabe

Für meinen Mann Michael, der das Equipment eines Autors
so wichtig nimmt wie der Autor seine Ideen. Danke dafür.
Und für meine Eltern, Werner und Barbara Schwienhorst.

»Wir müssen von Zeit zu Zeit eine Rast einlegen und warten,
bis uns unsere Seelen wieder eingeholt haben.«
Indianische Weisheit

Prolog

Seine Haare waren klebrig, das bemerkte er, als er sich über den Kopf strich. Vorsichtig schlug er die Augen auf, blinzelte kurz und schloss sie sofort wieder. Tiefe Enttäuschung, nein Verzweiflung machte sich in ihm breit. Jedes Mal hoffte er, er hätte die letzten Tage und Stunden nur geträumt.

So etwas passierte doch nicht hier in Münster! Und warum er? Er hatte keine Feinde, keinen gefährlichen Beruf, was sollte das? Was tat er hier? Sein Rücken schmerzte von dem harten Betonfußboden, und die Übelkeit nahm stetig zu. Anfangs waren es nur Magenschmerzen gewesen, ein leichtes Ziehen, doch mittlerweile fühlte er sich ganz schwach und elend. Zwei große Flaschen mit Leitungswasser hatten in seiner Reichweite gestanden, als er mit schrecklichen Kopfschmerzen und trockenem Mund aufwachte und sich in diesem Kellerraum wiederfand. Er hatte nur eine vage Erinnerung daran, wie er seine Autotür aufschloss – was danach geschehen war, lag im Dunkeln.

Zuerst war er mit dem Wasser großzügig umgegangen, hatte es sogar zum Waschen benutzt. Doch die Stunden und Tage vergingen, und nun neigte sich der Vorrat dem Ende zu. Sein linker Arm war an das Treppengeländer gekettet, sodass er sich zum Schlafen und um sich zu wärmen nur mühsam zusammenrollen konnte.

Er schätzte, dass er bereits den dritten Tag hier unten verbrachte. Tränen schossen ihm in die Augen, als er daran dachte, was er für diese Zeit alles vorgehabt hatte, und er schämte sich deshalb nicht. Nun wünschte er sich nur noch körperliches Wohlbefinden. Er wollte, dass die Übelkeit verschwand, dass er sich wieder ausstrecken und frisches Wasser trinken konnte und nicht länger neben seinem eigenen Urin liegen musste.

Er fuhr auf, als sich ein Schlüssel in einem Schloss drehte. Hart hallte das Geräusch in seinen Ohren. Die Kellertür oberhalb der Treppe öffnete sich. Endlich! Panisch und dennoch hoffnungsvoll starrte er hinauf, bis seine Augen trocken waren und brannten.

Langsam kam jemand die Treppe herunter, jemand, der ihm

völlig unbekannt war. Doch die Augen funkelten hasserfüllt, wie er erstaunt feststellte. Er konnte nicht begreifen, dass ihm eine unbekannte Person so feindselig gesinnt war. Die fremde Hand umklammerte einen Gegenstand. Zu klein für eine Waffe, dachte er erleichtert. Vielleicht durfte er nun endlich reden, konnte erklären, dass hier ein Missverständnis vorliegen musste. Seitdem er in diesem schmutzigen Loch lag, hatte keine Menschenseele zu ihm gesprochen.

Nun ragten zwei Füße ganz dicht vor ihm auf, aber er brachte kein einziges Wort heraus. Dabei musste er sich doch so dringend erklären! Er zitterte und zwang sich, nach der herabhängenden Hand zu greifen, sie an sich zu ziehen. Plötzlich wurde ihm mit einer gewaltigen Wucht etwas in die Kehle gestoßen. Der Schmerz war kurz und heftig, er bekam keine Luft mehr. Er versuchte zu schreien, doch nur ein Rasseln entrang sich ihm.

Und so starrte er panisch auf die mitleidslos blickenden Augen seines Gegenübers, ein Traum, ganz bestimmt ein schrecklicher Traum, und alles verschwamm.

EINS

So einfach war das also. Müde starrte Christine auf den akkurat gefalteten Bogen mit den handgeschriebenen Zeilen, die bei längerem Hinschauen vor ihren Augen verschwammen. Natürlich handgeschrieben. In solchen Dingen wahrte Achim die Form. Persönliche Briefe schrieb er mit der Hand, und eine Beziehung beendete er mit Anstand und einer schriftlichen Erklärung, wobei er sich selbst auch noch großzügig als Tröster anbot. Eine derartige Gefühllosigkeit kannte sie sonst nur von ihrem Lateinlehrer, und das war lange her.

Nun hatte sie es also schriftlich, das Ende ihrer dreijährigen Beziehung. Am vergangenen Wochenende hatte es einen heftigen Streit gegeben. Christine hatte sich aufgeregt, ihn angeschrien, während Achim ruhig lächelnd auf der Couch saß und sie auf eine Art zu beruhigen versuchte, wie es nicht einmal mehr ihre Mutter wagte.

Christine zerknüllte den Zettel und warf ihn treffsicher ins Spülbecken. Der ganze Brief erinnerte an das Gutachten eines Psychiaters: Aus vielerlei Gründen als Partnerin eines verantwortungsvollen Arztes der hiesigen Klinik nicht geeignet. Was bildete er sich eigentlich ein?

Sie schob sich eine rotblonde Haarsträhne hinter das Ohr und überlegte, ob der heutige Tag einen folgenschweren Einschnitt in ihrem Leben markierte.

Gehörte sie nun auch zu den Frauen, die sich vom spleenigen Single in einen zunehmend verbitterten Menschen verwandelten, für die Dessous etwas aus schlüpfrigen Filmen waren und die spätestens mit fünfzig wie einsame Gouvernanten aussahen?

Sicher, es gab Schlimmeres. Geschieden, verarmt, sitzen gelassen mit drei Kindern, deren Vater ein Krimineller war. Schlimmer ging immer.

Andererseits war sie gerade mal neunundzwanzig Jahre alt und keineswegs so hässlich, dass sich nie wieder ein Mann für sie interessieren würde. Vielleicht fand sie bald einen viel wunderbareren Mann als Achim. Ganz bestimmt sogar.

Sie dachte an die Worte einer geschiedenen Bekannten. In einem bestimmten Alter – und dabei hatte sie vielsagend über den Rand ihrer Lesebrille geäugt – wird das Angebot auf dem Markt rar. Entweder trifft man auf geschiedene Männer, die nun mal nicht ohne Grund eine gescheiterte Beziehung hinter sich haben. Oder man begegnet Witwern, die sich zwar tapfer auf eine neue Partnerschaft einlassen, aber ständig das Foto der Ehefrau bei sich tragen und dich mit ihren Erinnerungen in existenzielle Selbstzweifel stürzen, weil die Verstorbene mit dem Tod plötzlich perfekt wurde. Oder du lernst echte Singles kennen und beginnst dich nach der ersten Freude zu wundern, warum die eigentlich noch immer allein sind. Und dann stellst du fest, dass sie noch bei ihrer Mutter wohnen oder Hirschgeweihe sammeln und Katzen totschießen. Sie schüttelte sich in Gedanken angesichts dieser trübseligen Aussichten.

Mit einem Blick zur Uhr stellte sie fest, dass die weitere Lebensplanung warten musste. Heute fand die schon lang angekündigte Eröffnung einer Indianerausstellung im Naturkundemuseum statt. Sie zeigte das frühere und heutige Leben der Prärie-Indianer, die Indianerkriege und ihre zeitgenössische Kunst. Einige der indianischen Künstler würden sogar persönlich anwesend sein und die Ausstellung einige Zeit begleiten, Fragen beantworten und vielleicht sogar das eine oder andere Kunstwerk verkaufen.

Christine war Journalistin, doch im Moment stand ihr wirklich nicht der Sinn danach, sich mit dem künstlerischen Schaffen irgendwelcher Indianer zu beschäftigen. Außerdem machten sie ihre schlechten Englischkenntnisse nervös.

Christine zuckte zusammen, als das Telefon schellte.

»Hi, Chris. Ich bin in fünfzehn Minuten bei dir.« Christine hörte Birgit leise lachen. »Mein kleiner Neffe bat mich, mir beschreiben zu lassen, wie man jemanden skalpiert.«

Christine und Birgit waren Journalistinnen, aber bei unterschiedlichen Zeitungen beschäftigt, darum hatten sie beschlossen, den Termin gemeinsam wahrzunehmen.

Unverblümt teilte Christine ihrer älteren Kollegin und Freundin mit: »Achim hat unsere Beziehung beendet.«

Birgit rief spontan: »Was? Das glaube ich nicht.«

»Ich habe eben seine wohlformulierten Ratschläge erhalten, damit ich in naher oder auch ferner Zukunft nicht als spleeniger Single ende. Das klingt kein bisschen nach einem Scherz. Sag mal, findest du mich stur oder exzentrisch?«

Das Schweigen am anderen Ende der Leitung war ganz sicher nicht böse gemeint, sprach aber für sich selbst.

Schon von Weitem lockten die monotonen, aber angenehmen Töne rhythmischer Trommelschläge.

»Chris, hier sieht es ja aus wie bei den Karl-May-Festspielen in Elspe. Schau dir nur mal die Kostüme der Leute an!«

»Ja. Aber statt des riesigen Dinosauriers vor dem Eingang wäre eine kleine Bisonherde aus dem Zoo nebenan passender gewesen.« Christine sah sich um. Eine Gruppe von Frauen und Männern in reich verzierten indianischen Kostümen führte gerade traditionelle Tänze auf, im Takt der Trommeln bewegten sie sich mit kleinen Schritten anmutig im Kreis. Die Glöckchen an den Beinkleidern schwangen melodisch mit. Ihre langen schwarzen Haare waren mit Federn geschmückt und glänzten in der Sonne wie fließende Seide.

Die Aprilsonne strahlte freundlich, als wollte auch sie ihren Beitrag zur Völkerverständigung leisten, und Christine spürte, wie sich ihre Stimmung etwas aufhellte. Allerdings wäre sie lieber als stille Beobachterin hier gewesen und nicht in beruflichem Auftrag. Seufzend sah sie, dass Birgit bereits die Kamera in Position hielt und ihren Notizblock aus der Tasche kramte. Die Augen ihrer Kollegin leuchteten, und sie bewegte sich schwungvoll durch die Menge. Sie würde mit ihrer Begeisterungsfähigkeit, ihrer herzlichen Art und natürlich mit ihren perfekten Englischkenntnissen bestimmt gleich hochinteressante Gespräche führen.

Keine der beiden Journalistinnen ahnte, dass ein von Hass und Leidenschaft beseelter Charakter bereits seine ganz eigenen Vorbereitungen traf.

Die Führung durch die Ausstellung gefiel Christine gut. Sie bestaunte die handwerklichen Fähigkeiten der indianischen Frauen und ihre Gabe, der Natur alles Lebensnotwendige abzutrotzen. Sie sah Bilder von stolzen Kriegern und fühlte sich betroffen von den Berichten über zahlreiche Kämpfe, über Landbetrügereien und die systematische Vernichtung ganzer Stämme.

Ein besonders trauriges Kapitel behandelte die Umerziehung indianischer Kinder, die man ihren Eltern weggenommen hatte, um sie in Internate der Weißen zu stecken. Dort sollten sie ihre indianische Herkunft vergessen. Es war ihnen unter Strafe verboten, in der Muttersprache zu reden.

Nun stand Christiane vor einer alten Fotografie von drei indianischen Mädchen in europäischer Tracht, die kummervoll in die Kamera schauten. Ihre Traurigkeit empfand Christine als eine einzige große Anklage. In diesem Moment vernahm sie hinter sich die Stimme eines älteren Mannes, der zu seinem Nachbarn sagte: »Sie hatten damals sicherlich keine geschulten Pädagogen, sonst hätte man den Kindern doch so viel beibringen können.«

Verständnislos runzelte Christine die Stirn. Sie kannte sich in der Geschichte der Indianerkriege nicht besonders gut aus, doch wenn eine Regierung Kinder von ihren Eltern trennte, um die Kultur und das Nationalbewusstsein eines Volkes zu zerstören, dann war das auch mit den besten Pädagogen der Welt nicht zu rechtfertigen.

Wütend drehte sie sich um und erkannte in dem Sprecher einen Professor der Universität. Trotz ihrer Empörung zwang sie sich zu einem leichten Lächeln und fragte: »Dann wäre es für Sie also in Ordnung, wenn man einen der besten … sagen wir mal … afghanischen Lehrer für die Erziehung Ihres Kindes beauftragte? Sie könnten Ihr Kind dann natürlich einige Jahre nicht sehen, da es bei dem Lehrer wohnen würde.« Und mit strenger Stimme fügte sie hinzu: »Die besten Pädagogen sind doch wohl meistens die eigenen Eltern.« Ohne eine Antwort abzuwarten, ging sie weiter. Sie hatte nicht bemerkt, dass zwei Meter weiter ein indianisch aussehender Mann stand, der sie beobachtet hatte.

Während Christine sich noch einige Notizen für ihren Artikel machte, drängte es Kollegin Birgit bereits zum großen Saal, wo der

Rundgang endete und die zeitgenössischen Bilder und Objekte indianischer Künstler einen gelungenen Abschluss der Ausstellung bilden sollten.

Bei Sekt und Kaffee konnte man die Werke auf sich wirken lassen, und so stand Birgit, als Christine nachkam, bereits in einer Gruppe indianischer Künstler und Künstlerinnen und unterhielt sich angeregt. Christine zögerte kurz, wollte aber erst noch ein paar Fotos schießen.

Ein beinahe lebensgroßer, aus allerlei Schrottteilen zusammengebauter Büffel zog sie sofort in seinen Bann. Obwohl das Wesen nur aus Metallabfällen zusammengesetzt war, wirkte es ungemein kraftvoll und lebendig. Dem Begleittext entnahm sie, dass es sich bei diesen Schrottteilen um Müll handelte, der sich im Reservat angesammelt hatte.

Auf einmal bemerkte Christine zu ihrem Verdruss, dass der Objektivdeckel ihrer Kamera fehlte. Sie musste sich wohl oder übel in den Gängen des Museums auf die Suche danach machen.

Langsam ging sie los, den Blick immer auf den Boden gerichtet, um das kleine runde schwarze Teil zu entdecken. Anfangs traf sie vereinzelt auf einige Nachzügler, die noch immer diskutierend vor den Schaukästen standen. Ein älterer, sehr großer und stabil gebauter Indianer, den Christine zu Beginn der Eröffnung als einen Cheyenne-Chief kennengelernt hatte, lachte gerade amüsiert und lautstark los, als hätte sein Gegenüber eine besonders törichte Frage gestellt. Dabei entblößte er einige blitzende Goldzähne.

Zwei Räume weiter war es dagegen bereits verlassen und still. Ein großes Tipi zeigte das nomadenhafte Lagerleben der Prärie-Indianer, und die zwei ausgestopften Indianerponys davor wirkten so echt, dass Christine zusammenzuckte.

In den Schaukästen lagen aufwendig verzierte Lederhemden und Beinlinge und wunderschöne Mokassins, umrahmt von einigen Waffen. Die dazugehörigen Schilder waren individuell gestaltet, jedes ein faszinierendes Unikat mit Symbolwirkung. Als sie sich vorbeugte, um die Stickereien genauer zu betrachten, fühlte sie sich plötzlich beobachtet. Zu sehen war niemand, aus der Ferne tönten lediglich die Stimmen der anderen Besucher.

Nervös schob sich Christine eine rotblonde Haarlocke hinters Ohr und ging langsam weiter. Lachhaft, dachte sie, angesichts dieser Menschenansammlung im Museum. Zügig ging sie in den nächsten Raum.

Bedauerlicherweise können zuweilen selbst imposante Menschenmassen nicht verhindern, was ein einzelner Kopf heimlich plant. Das Letzte, was Christine sah, war eine Fotografie des großen Comanchenhäuptlings Quanah Parker, der in einer beeindruckenden Pose an der Wand prangte. Seine dick mit Otterfell umwickelten Haarzöpfe hingen ihm weit über den Oberkörper, sie schienen direkt auf ihren am Boden liegenden Objektivdeckel zu zeigen. Der Schlag auf den Hinterkopf traf sie in dem Moment, als sie sich bückte.

Sie träumte. Nur so ließ es sich erklären, dass über ihrer Brust ein großes Amulett mit eingelassenen Türkisen baumelte, sobald sie die Augen öffnete. Doch auch mehrfaches Zwinkern änderte nichts an diesem Anblick, und so hielt Christine die Augen endlich ganz offen. Das Gesicht über der Kette gehörte einem Mann in den Dreißigern mit deutlich indianischen Zügen, der seine langen schwarzen Haare locker zurückgebunden hatte. Er schien sehr groß zu sein. Ihr Blick wanderte weiter durch den Raum, fiel auf die Fotografie des Comanchenhäuptlings, und dann wusste sie wieder, wo sie war und wie sie zu Fall gekommen war. Trotz ihres schmerzenden Hinterkopfes richtete sie sich auf und sagte empört: »Was fällt Ihnen ein, mich niederzuschlagen?« Ergänzend suchte sie nach einigen deftigen Worten in Englisch.

Zu ihrer Verwunderung antwortete der Mann in leidlichem Deutsch: »Man hat mehr Zeit, sich bekannt zu machen, wenn jemand so schön vor einem liegt. Mein Name ist Corwin Standing Child. Können Sie aufstehen?«

»Ihr Name ist zwar ungewöhnlich, aber den hätte ich auch im Stehen verstanden«, knurrte Christine und rappelte sich auf, wobei sie die helfende Hand einfach übersah.

Sein Blick war prüfend. »Was suchen Sie hier?«

Was sollte denn diese Frage? »Ich bin Journalistin«, sagte sie.

Corwin Standing Child zog eine Augenbraue hoch, dann zuckte

er die Achseln. »Wenn das für Sie ein Grund ist, niedergeschlagen zu werden.«

Christine spürte, wie ihr heiß wurde. Die Arroganz dieses Mannes war nahezu körperlich spürbar, und seine hohe Gestalt milderte diesen Eindruck nicht gerade. Sie bückte sich, um ihre noch immer am Fuße des Bildes liegende Kappe aufzuheben, und dabei wurde ihr etwas schwindelig. Mit der Hand, die den Objektivdeckel hielt, ertastete sie eine ziemlich schnell anschwellende Beule an ihrem Hinterkopf. Dann schraubte sie den Deckel demonstrativ an ihre Kamera.

Corwin Standing Child verblüffte sie, als er besorgt fragte: »Soll ich einen Arzt rufen? Sie sehen ziemlich bleich aus.«

»Ich bin ja auch ein Bleichgesicht«, versuchte sie einen halbherzigen Scherz. Doch er hatte das Gesicht bereits wieder abgewandt, offenbar hatte er ihr überhaupt nicht zugehört. Als sie seiner Blickrichtung folgte, entdeckte sie nun etwas, was tatsächlich den Angriff auf ihre Person erklärte.

Christine zückte geistesgegenwärtig ihre Kamera, um den unglaublichen Anblick sofort festzuhalten. Wo eben noch alte indianische Objekte ordentlich hinter Glas dekoriert waren, sah man jetzt Scherben und lückenhafte Regalböden. Was entwendet worden war, hätte sie nicht zu sagen vermocht. Ihr Begleiter rief ihr nur warnend zu: »Fassen Sie nichts an und bleiben Sie hier!«, dann eilte er davon. Christine setzte sich mit dem Rücken zur Wand auf einen Stuhl und hoffte, ihre Kollegin Birgit käme vorbei, vielleicht auf der Suche nach ihr. Ihr war fast übel vor Kopfschmerzen. Aber es dauerte nicht lange, und mit eiligen Schritten erschienen Corwin Standing Child, der Museumsleiter Dr. Horn und der Cheyenne-Chief Thomas. Das gutmütige Gesicht des Chiefs hatte sich in ernste Falten gelegt, es passte gar nicht mehr zu dem lässig getragenen langen Cordhemd. Mit der keck in die grauen Haare geschobenen Sonnenbrille glich er nun eher einem Uhu.

Dem Museum war es offensichtlich nicht einmal einen Tag lang gelungen, die Antiquitäten der indianischen Gäste zu schützen, und Herr Dr. Horn sah so aus, als machte ihm genau dieser Gedanke zu schaffen. Mit hochrotem Kopf stand er zwischen den beiden hünenhaften Indianern und nestelte an seiner Armbanduhr. Hinter ihm füllte sich der Raum allmählich mit neugierigen Besuchern, unter ihnen auch Birgit, die Christine auf ihrem Stuhl erstaunt ansah.

»Wissen Sie, was fehlt?« Dr. Horns Stimme klang zittrig.

Es war Corwin Standing Child, der nach kurzem Überlegen antwortete: »Es fehlen Waffen, darunter einige Bowiemesser und ein Zeremonienstab mit dazugehöriger Rassel.« Hier machte er eine Pause und schaute zu Chief Thomas. »Und es fehlt das Geistertanzhemd.«

Etwas in seinem Tonfall ließ Christine aufhorchen, doch Birgit erklärte beinahe enttäuscht: »Das sind ja nun nicht gerade die wertvollsten Dinge der Ausstellung. Was soll denn das?«

Eine Antwort bekam sie nicht.

Christine folgte Herrn Dr. Horn und Corwin Standing Child, die nun zur Information eilten. In der großen Eingangshalle des Museums kamen weitere Besucher auf sie zu und stellten Fragen. Doch der verstörte Schrei einer jungen Dame brachte alle gleichzeitig zum Verstummen. In die gespenstische Stille hinein hörte man nur noch die Schritte von Dr. Horn. An der Information, direkt vor dem grauen Telefon, saß die Frau, die noch vor zwei Stunden allen Gästen freundlich zugenickt hatte. Sie rührte sich nicht, die Augen waren starr aufgerissen und ihr Oberkörper blutüberströmt. Das Rot bildete einen makaberen Kontrast zum Grün ihrer Bluse. Jemand hatte ihr die Kehle durchgeschnitten.

Das Chaos war perfekt. Mehr Schlagzeilen konnte eine Ausstellungseröffnung kaum erreichen.

»Warum hat der Täter die eine Frau nur niedergeschlagen, die andere aber brutal erstochen?« Diese für Christine recht unbehagliche Überlegung stellte Hauptkommissar Delbrock in den Raum, der in all seiner beeindruckenden Leibesfülle inzwischen am Tatort erschienen war.

Sie starrte ihn mit weit aufgerissenen Augen an. »Glauben Sie denn, der Diebstahl hängt mit dem Mord zusammen?«

Der Hauptkommissar ließ sich neben ihr in eine der Sitzgruppen in der Eingangshalle des Museums sinken und zog sich mit langsamen Bewegungen die Schuhe aus. Während er seine Waden massierte, antwortete er: »Ich bin zwar wenig bewandert in historischer Waffenkunde, aber ich gehe stark davon aus, dass das alte Messer, das jemand so vorsichtig in den Schoß der Toten gelegt hat, erstens die Tatwaffe und zweitens eins der gestohlenen Messer aus dem Schaukasten ist.«

Stille herrschte. Alle Blicke wanderten widerwillig hinüber zu der Toten, die noch genauso dasaß wie zuvor und bis zum Eintreffen der Spurensicherung nicht angerührt werden durfte. Christine sah, dass Standing Child anerkennend nickte. Ihm war das Messer also auch aufgefallen.

»Sind die Eingänge während der Führung offen oder verschlossen gewesen?« Delbrock nahm seine Arbeit auf, während er beinahe gemütlich an einem eilig bereitgestellten Cappuccino nippte. Seine ursprünglich braunen, mittlerweile aber vorwiegend grauen Haare standen kurz und borstig in alle Richtungen ab. Statt zu dem gelassenen, wohlbeleibten Ermittler hätte diese Frisur besser zu einem wilden Kämpfer gepasst, der den Mörder mit dem Schwert in der Hand herausforderte.

Es verstand sich von selbst, dass keiner der Besucher das Museum verlassen durfte, ehe nicht die notwendigen Befragungen abgeschlossen und alle Spuren gesichert waren.

Herr Dr. Horn erklärte mit dünner Stimme, wobei er seine Brille immer wieder mit einem grünen Stofftaschentuch putzte: »Nein, die Türen waren für eventuelle Nachzügler offen. Damit nur geladene Gäste eintreten können, blieb Frau Auerbach an der Information. O mein Gott, hätte ich doch nur …« Er wischte sich fahrig über die Stirn. Mit kalten Augen sah Chief Thomas an ihm herab, und Christine fühlte plötzlich etwas Fremdes, Bedrohliches zwischen den indianischen Gästen und den deutschen Gastgebern.

»Was ist Ihnen aufgefallen, Frau Neustedt?«, wandte sich der Hauptkommissar schließlich an Christine.

»Die Indianermädchen sahen so traurig aus«, sagte sie spontan und hätte sich danach am liebsten auf die Zunge gebissen, so kindisch fühlte sie sich bei ihrer Antwort. »Nein, mir ist nichts aufgefallen. Ich bin an einigen Besuchern vorbeigegangen, hatte aber nicht den Eindruck, dass noch jemand außer mir in dem Raum mit den Schaukästen war.«

»Wissen Sie, warum dieser Standing Child so schnell bei Ihnen am Tatort war?«

»War er schnell da? Ich habe keine Ahnung, wie lange ich bewusstlos war.«

»Wahrscheinlich haben Sie den Täter beim Diebstahl der Antiquitäten überrascht. Sie hatten entweder mehr Glück als Frau Auerbach oder ein hübscheres Lächeln«, sagte der Kommissar nachdenklich, doch sein Gesicht war noch immer in ernste Sorgenfalten gelegt. »Aber wahrscheinlich hat er Sie verschont, weil Sie ihn noch nicht bemerkt hatten. Wer weiß …«, der Hauptkommissar zuckte mit den Achseln und zog beide Augenbrauen hoch, »… ein paar Sekunden später, und Ihre Karriere als Journalistin hätte ein dramatisches Ende gefunden.«

»Diese Karriere muss erst mal ihren Anfang finden«, erwiderte Christine trocken. Sie wünschte, er würde ihr nicht so drastisch aufzeigen, was ihr an diesem Tage noch hätte passieren können.

Anschließend wurde auch Corwin Standing Child eingehend befragt, schließlich war er nach Christine als Erster am Tatort gewesen. Nur zu gerne hätte sie mitgehört, was der Indianer dem Hauptkommissar im Einzelnen erzählte, aber selbstverständlich führte der Beamte die nachfolgenden Gespräche leise und mit einem respektvollen Abstand zu den übrigen Besuchern. Von denen verteilten sich einige in der Eingangshalle, andere zogen es vor, sich auf die Galerie des Museumscafés zu begeben. Von dort hatte man wenigstens einen guten Überblick über den gesamten Eingangsbereich.

Trotz aller Gemütlichkeit, die Delbrock bei seinen Vernehmungen ausstrahlte, ging doch alles recht zügig voran. Gegen achtzehn Uhr dreißig radelten Birgit und Christine langsam nach Hause.

Birgit wollte sie nur ungern allein lassen, doch Christine wehrte müde ab. Sie hatte nun wirklich keine Lust mehr auf weitere Gespräche, auch wenn ihre Freundin, wie sie aus Erfahrung wusste, sehr viel Verständnis für gescheiterte Beziehungen und unglücklich verlaufene Tage aufbringen konnte.

Birgit war zehn Jahre älter und fast zwanzig Kilo schwerer als

Christine. Doch wenn man mal von der Fitness absah, so kannte Christine niemand anderen, der eine derart natürliche Grazie besaß. Birgit bewegte sich so geschmeidig wie eine Sambatänzerin und benutzte beim Reden ihre zarten Hände wie ein Dirigent, der Poesie vertont. Leider verliebte sie sich immer in Musiker, Künstler oder Exoten aus fernen Ländern, die ihre Vorstellungen von einer stabilen, gleichberechtigten Beziehung in keiner Weise teilten.

Die Ereignisse im Museum waren zwar nicht mit einer üblichen Ausstellungseröffnung zu vergleichen, aber für die Zeitungen war das natürlich umso interessanter. Nur weil ein Teil ihres Gehirns offenbar recht unempfindlich war und professionell funktionierte, bekam Christine die nötigen Artikel für ihre Redaktion pünktlich fertig. Danach jedoch verspürte sie eine Erschöpfung, die es ihr beinahe unmöglich machte, vom Sofa ins Bett zu wechseln. Jede noch so kleine Bewegung verursachte ein anhaltendes Pochen im Kopf, es fühlte sich an wie eine heftig arbeitende Pumpe, die stetig Druck aufbaut, diesen aber nicht mehr ablassen kann. Ihr linkes Knie tat weh – wahrscheinlich war sie beim Sturz daraufgefallen –, und ihre Augen brannten.

Im Bett dachte sie an die Ereignisse des Tages. War es wirklich Liebe, was sie für Achim empfunden hatte, wenn ihr bereits jetzt schon die Beziehung zu dem jungen Arzt so entfernt schien wie ein Jahre zurückliegender Urlaub? Oder drängten sich nur die aktuellen Aufregungen so sehr in den Vordergrund? Sie dachte an Corwin Standing Child und an den sympathischen Chief Thomas. Beide gemeinsam hatten ihr erklärt, warum das gestohlene Lederhemd, ein sogenanntes Geistertanzhemd von 1890, so überaus wertvoll für die Indianer war. Christine erinnerte sich.

Chief Thomas mischte deutsche Wörter in seine Erklärungen, sprach aber meist ein langsames Amerikanisch. »Es ist das Geistertanzhemd von Sitting Bull. Er hat es kurz vor seinem Tod getragen, und seine Kraft steckt in diesem Hemd.« Ein kurzes Nicken begleitete diese Feststellung.

Corwin Standing Child schaltete sich ein und ergänzte: »Der Geistertanz entstand in einer Zeit des großen Elends als religiöser Krisenkult. Ein Seher und Prophet der Paviotso-Indianer sah diesen Tanz in einer Vision. Darin wurde ihm offenbart, dass die Indianer bald wieder wie früher leben könnten, da alle Weißen bald verschwänden und die toten Indianer zurückkehrten. Der Geistertanz sollte durch tagelanges rhythmisches Tanzen bis zur Trance die beiden Welten der Lebenden und der Toten miteinander verschmelzen.«

Corwin Standing Child blickte Christine kurz in die Augen, als suchte er nach einer Reaktion auf seine Worte. Dann sprach er weiter: »Die erste Geistertanzbewegung verbreitete sich Ende der 1860er Jahre von Nevada aus bis nach Kalifornien und Oregon und löste damit zahlreiche religiöse Bewegungen aus. Sie endete 1872, als ihr Initiator Wodzivob die Idee widerrief und die Tänze ohnehin erfolglos geblieben waren. Aber zwanzig Jahre später gab es eine zweite Geistertanzbewegung, und erneut war es ein schamanischer Paviotso, der sie wiederbelebte. Tote und lebende Indianer würden sich vereinigen, die riesigen Büffel- und Pferdeherden wiederkehren, Tod, Unglück und Elend von den Indianern weichen. Diese zweite Bewegung währte länger und verbreitete sich wesentlich weiter, sodass nun auch die Stämme der Plains und des Südwestens davon erfasst wurden. Dabei passte sich der Geistertanz den jeweiligen Stammesmythen an. Aber auch dieses Mal fand die Bewegung ein abruptes und leider sehr brutales Ende.«

Auf eine leichte Handbewegung des Chiefs hin unterbrach Standing Child seinen Bericht und überließ dem Älteren das Wort.

Chief Thomas klang plötzlich viel leiser, trauriger: »Zahlreiche Indianerstämme lebten unter menschenunwürdigen Bedingungen, Familienverbände befanden sich in Auflösung, und berühmte Häuptlinge waren ermordet worden. Daher fiel die Idee des Geistertanzes auf fruchtbaren Boden. Sie verbreitete sich rasch, und der Gedanke an Widerstand gegen die Weißen kam auf. Viele Tänzer trugen stark bemalte Geistertanzhemden, die angeblich unverwundbar gegen die Kugeln der Weißen machten. Es hieß, durch den Geistertanz würden die Eindringlinge verschwinden. Als der Geistertanz 1890 in die Reservationen gelangte, die den Lakota-Indianern zugeteilt worden waren, und von vielen angesehenen Häuptlingen, wie zum Beispiel Sitting Bull, aufgegriffen wurde, kam es zu Spannungen. Die zuständigen Behörden sahen in dem Geistertanz einen Aufruf zum Widerstand und versuchten, durch Zwangsmaßnahmen die Kontrolle zu behalten. Die Auseinandersetzungen verschärften sich, und man verlangte von Sitting Bull, in seiner Position als Häuptling den Geistertanz zu verbieten. Er verweigerte dies mit kriegerischen Worten. Am 15. Dezember 1890 wurde er verhaftet und starb dabei durch die Kugel eines Indianersergeanten, weil einige seiner treuen Gefährten sich gegen die grobe Behandlung ihres alten Häuptlings wehrten.«

Christine konnte den alten Häuptling geradezu vor sich sehen, wie er tödlich getroffen in die Arme eines Freundes stürzte, nicht ahnend, dass er später eine Legende werden sollte.

»Etwa zwei Wochen später kam es dann zu dem Massaker von Wounded Knee, bei dem viele geflohene Geistertänzer und Reservationsindianer von der 7. Kavallerie gestellt wurden und ein zufällig gelöster Schuss zum wahllosen Abschlachten von Männern, Frauen und Kindern durch die Kavalleristen führte.« Chief Thomas schwieg und wandte sich dann ab.

Christine erinnerte sich noch gut an das Foto eines steif gefrorenen Indianers nach dem Wounded-Knee-Massaker in ihrem Englischbuch. Doch erst jetzt begriff sie wirklich, was damals geschehen war.

Natürlich war das aus dem Museum gestohlene Hemd damit für die Prärie-Indianer von unschätzbarem Wert.

Als Christine schließlich um Viertel nach elf das Licht löschte, starrte eine dunkle Gestalt zu ihrem Fenster hinauf. Trotz des schönen Sonnenwetters tagsüber waren die Nächte im April noch empfindlich kalt, und der Mann hatte die Arme eng um den Körper geschlungen, während er Stunde um Stunde ausharrte. Um halb vier Uhr morgens eilte er schließlich davon, wobei seine langen dunklen Haare fast widerstrebend hinter ihm herwehten, so als wollten sie diesen Posten noch nicht verlassen.

Am nächsten Tag ging es Christine schlecht. Allerdings litt sie nicht an einer Nachwirkung des Schlags auf den Hinterkopf, die Beule schmerzte nur noch, wenn sie fest darüberstrich, sondern sie litt an einer Mischung aus Missmut, Verletzbarkeit und Langeweile. Vor allem Langeweile. Die Zukunft schien ihr leer. Sie hatte immer geglaubt, nach Achims Facharztprüfung im Herbst würden sie zusammenziehen, heiraten und vielleicht irgendwann Kinder bekommen. Sie war neunundzwanzig Jahre alt. Mit der alleinigen Rolle einer Arztgattin und Mutter wäre sie sicher nicht zufrieden, doch sie arbeitete bereits jetzt viel zu Hause, und ihre Arbeit ließ sich mit der Gründung einer Familie gut vereinbaren.

Nun, die aktuelle Realität sah anders aus. Nach einem trübseligen Vormittag, an dem sie einen Kaffee nach dem anderen trank und zum wiederholtem Male Ozzy Osbournes »Dreamer« abspielte, musste sie sich eingestehen, dass sie Achim selbst nicht sonderlich nachtrauerte und sich schon gar nicht vor Liebe nach ihm verzehrte. Was sie vermisste, war die klare Lebensplanung und die Sicherheit, die Achim verkörpert hatte. Eine Erkenntnis, die einen gewissen Trost in sich trug. Vielleicht hatte Achim Christine gerade vor etwas bewahrt, was sie beide nicht glücklich gemacht hätte. Um dem Tag nun endlich eine Richtung zu geben, holte Christine ihre Post, um einige Rechnungen zu überweisen.

Ihre Wohnung in der dritten Etage eines schönen Altbaus befand sich im sogenannten Kreuzviertel von Münster, nicht weit von der Promenade entfernt. Die Promenade zog sich wie ein Ring um Münsters Innenstadt und trennte die schöne Altstadt von den umliegenden Stadtteilen. Sie wurde im 18. Jahrhundert anstelle der Stadtbefestigung angelegt und war mit den baumgesäumten Wegen ein idealer Ort zum Spazierengehen. Alle Straßen, die aus der Innenstadt herausführten, kreuzten die Promenade dort, wo früher die Stadttore gestanden hatten.

Heute spürte sie aufgrund der Kopfverletzung auf dem Weg nach unten jede einzelne Stufe. Ein großer brauner Umschlag hing sperrig aus ihrem Briefkasten im Hausflur, und sie zog ihn als Erstes heraus. Ihr Name stand in großen, wie gemalt wirkenden Druckbuchstaben darauf. Der Brief war offenbar persönlich eingeworfen worden, so etwas wie Adresse, Absender oder Briefmarke gab es nicht. Hastig riss sie das braune Papier auf und zog zwei mit dem Computer geschriebene Seiten heraus. Es handelte sich um einen englischen Artikel über die Peyote-Religion, von der sie noch nie gehört hatte. Der Artikel musste aus dem Internet heruntergeladen worden sein, denn sie konnte am unteren Ende die Adresse erkennen.

Ganz oben auf der ersten Seite hatte jemand einen Satz in einer anderen Schrifttype ergänzt. An sie persönlich gerichtet und in deutscher Sprache stand dort: *Schreiben Sie darüber Ihren nächsten Bericht für die Zeitung.*

Als sie die zweite Seite ansah, erstarrte sie vor Entsetzen. Sie zeigte die Kopie eines blassen Schwarz-Weiß-Fotos, auf dem eine Rassel und ein perlenverzierter Stab zu sehen waren. Beide Gegenstände waren laut Corwin Standing Child aus der Vitrine des Museums verschwunden. In Christines Kopf pochte es plötzlich dreimal so stark, und sie fragte sich, ob der Indianer ihr diesen Artikel in den Briefkasten geworfen hatte. Eigentlich fand sie nicht, dass ein so anonymes Vorgehen zu dem Cheyenne mit dem intensiven Blick passte.

Achtlos nahm sie die übrige Post aus dem Fach und eilte die Treppe hoch. Oben in der Wohnung griff sie zum Telefon, um ihre Kollegin Birgit anzurufen, als es gerade schellte. Christine meldete sich nach dem zweiten Klingeln und wünschte fünf Sekunden später, sie hätte es nicht getan.

»Hallo, Mama, wie geht es dir?«

»Es ginge mir besser, wenn du dich mal melden würdest.« Noch vorwurfsvoller als der Satz selbst klang die Stimme ihrer Mutter.

»Tut mir leid, Mama, ich habe zurzeit viel um die Ohren und –«

»Ein Telefonat zwischendurch ist wohl kaum so zeitraubend. Keine Ausreden bitte, das demütigt mich. Ich wollte dich und Achim für morgen zum Mittagessen einladen.«

Da Christine weder feige noch sonderlich diplomatisch war, antwortete sie direkt: »Das wird nicht funktionieren, Mama. Achim und ich haben uns getrennt.«

Die Antwort von Constanze Neustedt kam ebenso spontan. »Was soll der Unsinn, Christine. Für wie lange?«

Ihre Tochter schnaubte empört. »Für immer. Ich bin solo, wieder zu haben, ein Single – such dir was aus.«

Ihre Mutter gab sich noch nicht geschlagen. »Nun, so schlimm wird es hoffentlich nicht sein. Wie wäre es, wenn ihr gemeinsam kommt, und wir reden über das Problem. Passt euch zwölf Uhr?«

Wenn man nicht zu den Leidtragenden gehörte, hätte man die Ignoranz ihrer Mutter direkt bewundern können. Da Geduld ebenfalls nicht Christines Stärke war, rief sie: »Du kannst Achim gerne zum Essen einladen, damit er sich bei dir von seiner anstrengenden Tätigkeit als Assistenzarzt ausruht. Ich werde gemeinsam mit ihm nirgendwo mehr hingehen, schönen Sonntag.« Damit knallte sie das Gerät auf die Ladestation.

Mit einem Blick auf die Uhr lachte sie auf. Siebzig Sekunden, kein schlechter Schnitt für ein Telefonat mit ihrer Mutter über ein heikles Thema. Sie wusste, dass es jeden Moment wieder klingeln würde. Doch dieses Mal überraschte Frau Neustedt ihre Tochter. Sie rief nicht zurück.

Christine lief in ihrer Wohnung hin und her wie ein Hund in einem fremden Garten. Schließlich setzte sie sich an ihren Sekretär, ein altes Erbstück ihrer Patentante.

Sie nahm sich den zugesandten Artikel über die Peyote-Religion vor und versuchte, dessen Inhalt zu ergründen. Für die Übersetzung brauchte sie sehr lange, da ihr zahlreiche Vokabeln völlig unbekannt waren. Der Text handelte von einer Religion, die um 1870 bei den Prärie-Indianern entstanden war. Sie vereinbarte offenbar heidnische Zeremonien mit christlichen Gedanken, wie dem Glauben an einen großen Geist, der Gott entsprach. Auch Jesus wurde als Held verehrt, als Fürsprecher und spiritueller Hüter der Menschheit. Christine dachte, dass ein Volk, bei dem Geister und Spiritualität immer schon zum alltäglichen Leben gehörten, der christlichen Lehre gegenüber wahrscheinlich viel aufgeschlossener war als viele Menschen hierzulande, für die Religion in ihrem Alltag eine sehr viel geringere Bedeutung hatte. Viele lehnten ohnehin jede Art von Religion und Spiritualität ab; Engel, Wunder und spontane Heilungen mussten sich einer rationalen Beweisführung unterziehen, der sie eigentlich nicht standhalten konnten. Daher wurde der Glaube daran oft belächelt.

Christine rieb sich müde die Augen. Es war mittlerweile kurz vor sechs. Warum nur war ihr dieser Bericht zugestellt worden? Das Klingeln des Telefons ließ sie zusammenfahren.

»Hi, Chris, hier ist Birgit. Konntest du gestern gut schlafen?« Sie wartete die Antwort gar nicht ab, sondern fuhr mit dem ihr eigenen Enthusiasmus fort: »Ich bin heute mit einigen der indianischen Künstler im ›Fegefeuer‹ verabredet. Du musst unbedingt mitkommen, dann können wir die gestrigen Ereignisse ausgiebig bereden.«

Es war geradezu unheimlich, wie schnell Birgit Kontakt zu fremden Leuten und vor allem zu fremden Kulturen bekam.

»Das ›Fegefeuer‹ ist doch deine Idee, oder?«, fragte Christine.

Birgit lachte leise. »Findest du diese Lokalität zu bizarr für unsere Gäste aus dem fernen Westen?«

Christine fuhr sich müde durchs Haar. »Und wenn schon. Ich habe übrigens einen merkwürdigen Brief bekommen.«

Sie erzählte Birgit in wenigen Worten von dem Artikel. Ihre Kollegin reagierte als Journalistin. »So eine kleine Serie über historische Fakten, die die aktuelle Ausstellung unterstützen, finde ich gut. Sprich mal mit Jörg darüber. Ist doch klasse, wenn dich jemand mit Informationen füttert.«

Christine wusste, dass Jörg, ihr Chefredakteur, für eigene Ideen seiner Mitarbeiter immer Platz schaffte, wenn sie gut waren. Bekam er allerdings den Eindruck, dass jemand die Zeitung für eigene Ziele oder einen persönlichen Seelenstriptease missbrauchte, schaltete er auf stur.

Als sie die nächste Frage stellte, erschrak sie selbst. »Und wenn es der Mörder ist, der auf diese Weise der Öffentlichkeit etwas mitteilen möchte?«

Am anderen Ende der Leitung wurde es kurz still, dann sagte Birgit: »Pass auf, Chris, komm heute Abend und bring den Artikel mit. Mal schauen, was unsere Amerikaner dazu sagen. Möglich, dass einer von ihnen die Idee hatte, dir Informationen zu schicken. Den Hauptkommissar kannst du dann immer noch informieren.«

Christine überlegte kurz. Sie traute sich nicht zu fragen, ob Corwin Standing Child und der Chief ebenfalls kommen würden, und ärgerte sich, dass sie überhaupt darüber nachdachte.

Es war bereits dunkel, als Christine ihr Fahrrad vor dem »Fegefeuer« abstellte und sorgfältig verschloss. Münster war die Fahrradstadt Nordrhein-Westfalens und die Anzahl der täglich gestohlenen Räder beeindruckend.

Sie betrat das Mittelalterlokal in dem Augenblick, als gerade ein Taxi vorfuhr. Ihr Blick fiel als Erstes auf die etwas unheilvoll wirkenden Kapuzenmänner, die am Eingang der Taverne standen, jeder mit einer Art Sense in der Hand. Keiner wunderte sich hier über die altertümliche Kleidung der Bedienung, sie war so selbstverständlich wie die brettähnliche Speisekarte in gotischer Schrift. Glöckchen an den Füßen klingelten bei jedem Schritt der Kellnerin. Christine liebte diese Kneipe, weil sie eine andere Zeit verkörperte. Hier konnte man den Alltag vergessen und leckere Speisen und Getränke genießen.

Birgit und ihre Begleiter saßen an einem relativ großen Tisch auf der Empore. Mit leiser Enttäuschung bemerkte Christine sofort, dass Corwin Standing Child sich nicht unter den Gästen befand. Auch der Chief fehlte. Birgit winkte sie zu sich und stellte ihr die Anwesenden vor. Marie Ann Johnston, eine sehr schöne Frau mit feinen Gesichtszügen und langen schwarzen Haaren, reichte ihr förmlich die Hand, verzog aber nur kurz den Mund zu einem Lächeln. Christine wusste, welche Bilder von Marie Ann stammten, da sie lange davorgestanden hatte. Es waren Collagen, aus verschiedensten Materialien zusammengesetzte Kunstwerke, die in erster Linie von Krieg und Zerstörung erzählten. Sie schien mit Ende zwanzig die Jüngste in der Runde zu sein.

Als Nächstem reichte sie David Ironheart Seidel die Hand, der die ihre gleich mit beiden Händen umfasste. David war ein Sioux Anfang vierzig, seine leuchtenden schwarzen Augen gaben seinem charmanten Lächeln etwas Bestechendes. Seine überaus plakativ gemalten Bilder hatten Christine erstaunt. Sie waren in schönen, warmen Farben nach Art der naiven Malerei gemalt und zeigten typische indianische Motive, Tipis und Indianer, wie man sie aus den Büchern Karl Mays zu kennen glaubte.

Etwas hausbacken wirkte dagegen Lucie St. Jones, die neben ihm und Birgit saß. Sie nickte Christine zu und schenkte ihr ein warmes Lächeln. Lucie war eine der erfolgreichsten Künstlerinnen unter ihren indianischen Kollegen, wie David mit einem Zwinkern erklärte. Sie war in den Dreißigern, hatte einen etwas gedrungenen, kräftigen Körperbau und kurze, gewellte und sehr schwarze Haare.

Christine wollte sich gerade zu Birgit auf die Bank setzen, als sie von hinten angesprochen wurde: »Schaffen Sie meine Begrüßung diesmal im Stehen, oder soll ich noch warten?« Abrupt drehte sie sich um und hätte dabei beinahe einen Krug vom Tisch gefegt. Corwin Standing Child streckte ihr mit einem amüsierten Blitzen in den dunklen Augen seine Hand hin.

»Sie werden erstaunt sein, wie viel ich aushalte, wenn ich nicht niedergeschlagen werde«, erwiderte sie schnell.

Er zog sich einen Stuhl heran und setzte sich zwischen Marie und David, der ihn mit einem kameradschaftlichen Schlag auf die Schulter begrüßte.

Christine hielt sich zunächst zurück, denn sie wusste nicht recht, wie sie das Gespräch auf den mysteriösen Brief lenken sollte. Die Unterhaltung fand teilweise auf Deutsch, vorwiegend aber auf Englisch statt, doch die meisten sprachen langsam und betont deutlich, sodass Birgit oder Corwin Standing Child nur wenig übersetzen mussten. Natürlich waren der Raub und der Mord am gestrigen Tag das zentrale Thema. Lucie meinte: »Es war sicher kein Mord, bei dem es um persönliche Bereicherung ging, schließlich hat der Mörder das alte Messer sogar am Tatort zurückgelassen.«

»Was glaubst du, Lucie, war es ein Indianer oder ein Weißer?«, fragte Birgit.

Lucie lachte. »Ich glaube, im Beisein zweier Journalistinnen sollte ich mit Mutmaßungen vorsichtig sein.« Sie wurde ernst. »Es war offenbar jemand, der sich sehr gut mit indianischer Geschichte und ihren Ritualen auskennt. Er hat nicht ohne Grund diesen Schaukasten ausgewählt.« Dabei sah sie erst Birgit und dann Christine an. Diese nagte an ihrer Unterlippe und holte schließlich entschlossen den Brief über die Peyote-Religion aus ihrem Lederrucksack. »Ich habe heute Morgen einen merkwürdigen Brief bekommen. Allerdings habe ich nicht alles verstanden, was darin steht. Vielleicht hat einer von Ihnen eine Erklärung dafür?« Als sie in das fragende Gesicht von Corwin Standing Child blickte und seine beunruhigte Miene sah, begriff sie plötzlich, dass der Mann, der die Gegenstände entwendet und sie niedergeschlagen hatte, ihr auch den Brief geschickt haben musste. Einen fürchterlichen Augenblick lang war ihr, als müsste sie ersticken, als drückte ihr jemand in der Magengegend die Luft weg. Der Mörder kannte ihre Wohnung und wollte etwas von ihr!

Zögerlich reichte sie den Umschlag an Corwin Standing Child weiter und war mit einem Male besorgt, sie könnte den Urheber damit verärgern.

Der Cheyenne überflog den Brief rasch und sagte dann mit ernster Miene zu Lucie, wobei er ihr das Schreiben hinhielt: »Du hast die Lage richtig eingeschätzt. Sei vorsichtig, es reicht, dass wir beide ihn bereits angefasst haben.« An Christine gewandt sagte er mahnend: »Sie müssen den Brief unbedingt der Polizei übergeben. Es ist unwahrscheinlich, aber vielleicht finden sich doch noch Fingerabdrücke oder andere Spuren. Der Absender könnte durchaus der Mörder sein.«

Christine starrte auf seine Hände, die den Brief schließlich wieder geschickt in den Umschlag zurücksteckten und ihr zurückgaben.

»Warum ich?«, fragte sie. »Warum schickt er mir diesen Bericht? Ich habe keine Ahnung von indianischer Geschichte und indianischen Religionen.«

Marie Ann meinte trocken: »Vielleicht will der Absender das ändern.«

Stirnrunzelnd warf Lucie ihr einen Blick zu und antwortete Christine: »Nun, wahrscheinlich hat er heute Morgen Ihren Artikel über das Geistertanzhemd gelesen, und nun versucht er, Ihre Zeitung als Sprachrohr zu benutzen. Außerdem gehe ich davon aus, dass Sie ihm bereits bei der Ausstellung aufgefallen sind, sonst hätte er den Brief an die Redaktion Ihrer Zeitung geschickt und nicht Ihnen persönlich. Vielleicht schickt er noch weitere Informationen, wenn Sie das drucken lassen. So könnten Sie in Erfahrung bringen, was er eigentlich will.«

Christine versuchte einen Scherz. »Dann sollte er die nächste Information bitte mit Übersetzung liefern, ich habe Stunden damit zugebracht.«

Birgit fand die ganze Idee offensichtlich absurd. »Das kommt gar nicht in Frage, Chris, du kannst dir deine Zeitungsartikel doch nicht von einem Mörder diktieren lassen. Irgendwann steht er vor deiner Tür und will sie vorher Korrektur lesen. Das ist viel zu gefährlich.«

Christine fühlte sich unbehaglich, als alle sie anstarrten.

Corwin Standing Child fuhr mit dem Finger über das eingravierte Ritterzeichen auf seinem Krug und sagte langsam: »Vielleicht ist es noch gefährlicher, seine Anweisungen nicht zu befolgen.« Dann schaute er Christine an und fuhr fort: »Morgen sollte dieser Hauptkommissar von dem Schreiben erfahren. Ich werde Sie dorthin begleiten.«

Birgit schien etwas sagen zu wollen, schwieg aber doch und winkte der Kellnerin, um sich einen weiteren Wein zu bestellen. Christine hielt sich noch an ihrem ersten Becher Schlehenwein fest. Sie liebte diese fruchtig-herbe Spezialität des »Fegefeuers«, heute setzte ihr der Wein jedoch zu. Ihre Wangen glühten, und der leicht pochende Kopfschmerz setzte allmählich wieder ein. Ihr fiel plötzlich auf, dass David von den Indianern der Einzige war, der Alkohol trank. Die anderen hielten sich an die zahlreichen Säfte auf der Getränkekarte.

Es war bereits kurz vor zwölf, und das Lokal hatte sich geleert, als Corwin Standing Child schließlich Aufbruchstimmung verbreitete. Zu Christine sagte er: »Sie sehen ziemlich mitgenommen aus. Mit Ihrer Kopfverletzung sollten Sie es nicht übertreiben.« Er winkte der Kellnerin.

Christine verzog das Gesicht. »Wissen Sie, das hören wir Frauen wirklich gerne, wenn man uns sagt, wie ramponiert wir ausschauen.« Er zog eine Augenbraue hoch und musterte sie so kritisch, als wollte er seine Aussage noch mal bestätigen. Dann wandte er sich stumm ab. Christine schnaubte. Da sie lange Abschiedszeremonien ohnehin nicht leiden konnte, zahlte sie als Erste, winkte in die Runde und ging zum Ausgang. Draußen löste sie gerade ihr Fahrradschloss, als die anderen ins Freie traten. Es war windig und empfindlich kalt geworden. So löste sich die Gruppe um Birgit ebenfalls schnell auf. Christine überlegte, wo die indianischen Gäste eigentlich untergekommen waren und wie lange sie noch in Münster bleiben würden. Birgit winkte ihr fröhlich zu und stieg zusammen mit Lucie und Marie Ann in ihren dunkelblauen Wagen. Ihre Kollegin wusste also, wo sie wohnten. Christine saß noch nicht ganz auf dem Rad, als sich eine dunkle Hand auf ihren Lenker legte.

»Ich hole Sie morgen gegen Mittag ab. Rufen Sie vorab den Hauptkommissar an, damit er auch Zeit für uns hat?«

Christine war nicht sicher, ob Corwin Standing Child Letzteres wirklich als Frage formuliert hatte. Sie nestelte an ihrer Jacke und erwiderte: »Sie sind es wohl nicht gewohnt, zu fragen?«

Er drehte sich zum Lokal hin um und erwiderte harmlos: »Das stimmt nicht, ich habe eben noch die Kellnerin nach dem Weg gefragt.«

»Ich habe auch noch ein paar Fragen. Was hat es denn wirklich mit dieser Peyote-Religion auf sich? Wofür ist sie wichtig? Der Stab auf dem Foto ist doch auch verschwunden, oder?«

Er sah sie so lange schweigend an, dass sie Angst bekam, ob sie nicht doch dem Verfasser des Briefes gegenüberstand. Hatte sie etwas so Dummes gefragt?

»Viele Aspekte der Peyote-Zeremonie könnten eine Bedeutung für den Täter haben. Es geht dabei um Heilung. Aber es geht auch um den gemeinsamen Genuss von Peyote-Buttons, den kleinen Köpfen des Peyote-Kaktus.«

»Werden sie ähnlich ritualisiert und gemeinsam eingenommen wie bei uns die Hostien?« Christine stand noch immer auf ihren Lenker gestützt.

Corwin schüttelte den Kopf. »Peyote-Pflanzen haben einen nicht unerheblichen Gehalt an Meskalin, einem Rauschmittel. Die Zeremonien dauern mitunter ganze Nächte und beginnen mit dem Verbrennen von Zedernholz und Tabak, es wird gebetet, gemeinsam der Peyote gekaut und ein Peyote-Tee getrunken. Einer schlägt die Trommel, einer hält die Rassel, und ein Dritter hat den Stab des Lebens, einen mit Perlen besetzten Stab wie der auf dem Foto. All diese Werkzeuge werden herumgereicht, man singt und gerät durch das Meskalin in Trance.«

Christine unterbrach ihn: »Das ist doch bestimmt netter, als trockene Hostien zu sich zu nehmen.«

»Es handelt sich hier nicht um eine Zeremonie, bei der ein paar junge Leute sich gemeinsam bekiffen. Das Meskalin soll den Teilnehmern Kraft und Energie verleihen; Körper und Geist werden eins, um dem großen Geist näherzukommen.«

Sie sah ihn überrascht an, sie hatte ihre Bemerkung keineswegs verletzend gemeint. »Wird hier um etwas Bestimmtes gebeten oder gebetet?«, wagte sie zu fragen.

»Ja. Oft sind Kranke bei dieser Zeremonie anwesend. Durch die Gemeinschaft sollen heilende Kräfte freigesetzt werden, man bittet und betet für Kranke oder leidende Familienmitglieder.«

Corwin kickte einen Stein vom Bordstein und schloss seine Ausführungen mit dem Hinweis: »1918 gründeten die Anhänger dieser Religion die Native American Church, um als Kirche anerkannt zu werden. Sie ist heute die größte panindianische Glaubensgemeinschaft. Der Gebrauch von Peyote ist nur während einer heiligen Zeremonie erlaubt, und das Rauschmittel darf auch nur von bestimmten Stammesmitgliedern besessen und weitergegeben werden. Mit Chief Thomas kann man ein solches Ritual durchführen. Aber es bedarf einer guten Begründung.«

Er lächelte sie erneut auf diese überhebliche Art an, die sofort wieder Distanz zwischen ihnen schuf.

Etwas kurz angebunden erwiderte sie denn auch: »Danke für die Erklärung. Dann guten Heimweg und bis morgen.« Sie hob die Hand und trat in die Pedale. Erst zehn Minuten später fiel ihr ein, dass der Indianer gar nicht wissen konnte, wo sie wohnte. Sorgen machte sie sich deshalb nicht. Corwin Standing Child machte nicht den Eindruck, als würde er sich in einer fremden Stadt nicht zu helfen wissen.

***

Es war Sonntag, und das schöne Wetter der vergangenen Tage hatte sich über Nacht verabschiedet. Der Himmel zeigte sich grau, und es wehte ein unangenehmer Wind aus Nordost. Dann und wann fiel ein leichter Nieselregen und verdarb damit jede aufkeimende Frühlingslaune.

Mit einem Blick voller Verachtung registrierte Frau Horn das Klingeln an der Haustür und warf die Haarbürste zurück in den

Korb. Ihr Mann vergaß ständig irgendetwas, nicht einmal beim Brötchenholen war er eine wirkliche Hilfe. Verachtung und Ungeduld, viel mehr rief Herr Dr. Horn bei seiner Gattin nicht mehr hervor, obgleich er doch so sehr bemüht war, ihr jeden Wunsch von den Lippen abzulesen. Frau Horn wollte aber nicht jeden Wunsch erfüllt bekommen, sie wollte einen Mann mit Rückgrat. Nach elf Jahren Ehe wusste sie nicht einmal mehr, ob er jemals welches besessen hatte oder ob sie ihrerseits etwas verwechselt hatte. Vielleicht hatte sie sich von seiner guten Haltung, seinen ausgezeichnet geschnittenen Anzügen und seiner Höflichkeit blenden lassen. Seit ihrer letzten gemeinsamen Reise, die für ihren Mann auch eine Dienstreise war, zweifelte sie plötzlich an vielem, was in ihrer Beziehung bisher selbstverständlich gewesen war. In Montana hatte er sich auf einmal wie ein schwer Herzkranker benommen: kein Ausritt ohne anschließende Wundversorgung und übertriebene Pflege, kein Ausflug ohne erhobenen Zeigefinger, und dazu hatte er noch eine extreme Angst vor allen Lebewesen auf vier Beinen. Als sie alle zusammen einen alten Indianerfriedhof inspizierten und dabei, zugegeben, gleich mehrere Verbotsschilder ignorierten, war er mit seinen moralischen Predigten und der Sorge vor Konsequenzen selbst der guten alten Frau Auerbach auf die Nerven gegangen. Nein, in diesem Urlaub hatte ihr Mann wahrlich nicht gezeigt, dass er von einem Geschlecht der Mammutjäger und Krieger abstammte. Nur die Ausstellung, die hatte er mit Bravour zusammengestellt und dank der Kollegen schnell organisiert.

Frau Horn raffte ihren blassgelben Morgenmantel zusammen und verließ das warme Badezimmer. Sie schritt die breite Holztreppe nach unten, öffnete mit einem missmutigen Gesicht die Haustür – und musste feststellen, dass sie sich getäuscht hatte. Mit einem überaus interessierten Blick betrachtete sie ihren Besucher, während sie noch im Hausflur stand, der durch eine imposante Glastür vom Wohnbereich getrennt war. Dann lächelte sie und trat sogar einladend einen Schritt zurück.

Der Besucher trat ein, schloss die Tür ganz selbstverständlich hinter sich und legte die schmale Sicherheitskette vor. Das vertraute klirrende Geräusch passte nicht zur Situation. Sie kannte den Mann doch nur entfernt. Frau Horn hob die Hand, öffnete den Mund, um zu protestieren, doch da stieß er ihr bereits kraftvoll ein Messer in die Kehle, um sie gleich darauf mit befremdlicher Sorgfalt aufzufangen. Frau Horn wollte schreien, fragen, weinen, aber ein Gurgeln und Brodeln im Hals machte dies alles unmöglich. Sie fühlte nur noch eine ungeheure Schwäche, bevor ihr Körper schließlich als leblose Hülle zusammensackte und behutsam auf einen Stuhl in der Küche gesetzt wurde.

ZWEI

Christine und Corwin Standing Child saßen in dem warmen Büro des Hauptkommissars, das überraschend gemütlich war. In der linken Ecke gab es einen Kaffeeautomaten und eine einladende Dose mit Keksen, darunter stand ein kleiner Kühlschrank. Der Schreibtisch lag voller Akten, wirkte aber ordentlich und übersichtlich. In der rechten Ecke der Tischplatte standen einige Fotorahmen, die zwei etwa zwölf- bis fünfzehnjährige Mädchen zeigten. Außerdem gab es in dem Raum noch einen kleineren Tisch mit drei Stühlen, wo Christine und ihr Begleiter Platz genommen hatten. Abgesehen von den üblichen Fahndungsfotos hingen im Büro des Kommissars zwei Drucke von René Magritte an der Wand, wie Christine amüsiert feststellte. Ein bisschen viel Surrealismus für das Büro eines westfälischen Beamten, fand sie, aber warum nicht? Unter einer schmalen Garderobe standen braune Lederschuhe sorgfältig nebeneinander, auf Bügeln hingen ein Trenchcoat und eine Strickjacke. Sie nahm einen Schluck Kaffee, frisch und heiß aus dem Automaten, und unterdrückte ein Gähnen.

Letzte Nacht hatte sie sich in den Kissen hin und her geworfen, bis die aufregenden Ereignisse der letzten Tage zu einem wirren, bedrohlichen Traum verschmolzen.

Delbrock blickte auf und legte Christines Übersetzung des Artikels zur Seite. Das Original befand sich bereits auf dem Weg zur Spurensicherung. Er räusperte sich und rutschte auf seinem Stuhl hin und her, als fände er nicht die rechte Position, die er für die nächsten Worte dringend brauchte.

»Ich habe keine Ahnung, was dieser Brief uns sagen will, aber ich muss Ihnen etwas mitteilen. Es ist ein weiterer Mord geschehen.« Er machte eine Pause und sah beide an. »Die Frau des Museumsleiters Dr. Horn wurde heute Morgen erstochen aufgefunden. Ihr Mann, Sie kennen ihn ja, befand sich nur kurz außer Haus, um Brötchen zu holen. Die Vorgehensweise deutet darauf hin, dass es sich um denselben Täter handelte wie bei Frau Auerbach.«

»Aber das ergibt doch alles keinen Sinn!« Christine schüttelte verwirrt den Kopf. »Warum sollte er Frau Horn umbringen? Sie war ja nicht mal bei der Ausstellungseröffnung.«

»Sie kennen, pardon, kannten Frau Horn?«, hakte Delbrock sofort nach.

»Flüchtig. Ich habe sie ein... nein zweimal gesehen.« Christine griff nach ihrer Tasse und fügte hinzu: »Sie passte nicht zu ihm.«

»Nein, das tat sie ganz und gar nicht ...« Der Hauptkommissar und Christine schauten so verblüfft auf Corwin Standing Child, als hätte er soeben einen Mord gestanden. Der Indianer genoss die fragenden Blicke sichtlich und streckte die langen Beine aus, bevor er erklärte: »Sie war mit ihrem Mann und einigen anderen Deutschen vor etwa einem Jahr in Montana. Dort wurde die Ausstellung geplant.« Er starrte in seine Tasse, als ließe er dort die Ereignisse von damals Revue passieren.

Delbrock spielte mit dem Drehknopf seines Kugelschreibers und überlegte laut: »Ich werde das Gefühl nicht los, dass es sich bei den Morden um die Taten eines religiösen oder ideologischen Fanatikers handelt. Dieser Brief würde ja durchaus zu dieser Vermutung passen.« Er räusperte sich. »Herr Child, könnte der Brief einen Hinweis auf das Motiv des Täters geben? Geht es hier um religiösen Fanatismus?« Dass der Kommissar seinen Namen verkürzte, schien den Cheyenne nicht zu stören.

Mit leichtem Schulterzucken erwiderte er: »Es scheint zumindest einige Hinweise dafür zu geben. Mindestens zwei der gestohlenen Gegenstände entstammen religiösen Ritualen, allerdings sehr unterschiedlichen Zeremonien. Bei der Peyote-Religion ist es eine ruhige, von der Idee her heilende Zeremonie, die das Bewusstsein für den großen Geist erweitern will und bei der man im stillen Gebet zusammensitzt. Die Native American Church ist heute eine unserer größten panindianischen Religionsgemeinschaften. Der Geistertanz hingegen war wild und leidenschaftlich, er wollte etwas verändern, wenngleich ursprünglich auf friedlichem Wege. Dennoch war das Ziel kriegerisch, denn die Weißen sollten vertrieben oder gar durch die Macht des Tanzes vernichtet werden. Sie sollten verschwinden, die toten Krieger wiederauferstehen und die riesigen Büffelherden zurückkehren. Der

Geistertanz wird heute in dieser Form kaum noch praktiziert.« Corwin Standing Child hielt kurz inne und sah auf seine rechte Hand, an der er einen breiten Türkisring trug. »Derzeit sehe ich noch keine Verbindung zwischen den gestohlenen Sachen und den toten Frauen. Und leider kann ich Ihnen auch nicht sagen, warum dieser Brief ausgerechnet für die Frau bestimmt war, die zuvor niedergeschlagen wurde.«

Christine glaubte ihm. Umso mehr überraschten sie die nun folgenden Worte des Hauptkommissars.

»Soweit ich weiß, bleiben einige Ihrer indianischen Kollegen noch etwa zehn Tage in Münster und halten sich für unsere laufenden Ermittlungen zur Verfügung. Ich muss Ihnen sicher nicht erklären, dass auch Sie in dem Fall eine Rolle spielen.«

»Sie wissen also, dass ich noch heute Abend nach Montana zurückfliege.« Corwin Standing Child streifte wie zufällig Christines erschrockenen Blick, bevor er fortfuhr: »Ich melde mich, sobald ich angekommen bin, wenn Sie das beruhigt.« Er lächelte den Hauptkommissar kurz an, und dieser lächelte lässig zurück und sagte: »Ich habe einen Kollegen in New Ulm, der wird Sie im Auge behalten. Nur für den Fall, dass mich das beunruhigende Gefühl überkommt, Sie wüssten doch mehr, als Sie uns verraten haben. Aus welchen Gründen auch immer, aber ich vertraue Ihrem Chief, der ganz offensichtlich nicht glaubt, dass wir mit Ihnen den Täter in die Ferne reisen lassen.«

Christine fühlte sich hintergangen. Sie sollte die Artikel eines überspannten Täters veröffentlichen, und der einzige Mann, der von Anfang an um sie besorgt war, machte sich nun auf und davon. Grübelnd blickte sie zu Boden, als sie plötzlich ihren Namen hörte.

»Frau Neustedt, wir werden an Ihrer Haustür eine Kamera installieren«, erklärte der Kommissar. »Immerhin wurde der Brief persönlich eingeworfen. Auf Ihr Leben scheint es der Täter derzeit wohl nicht abgesehen zu haben, dafür hatte er schließlich genug Gelegenheiten.«

Christine bemühte sich um ein Lächeln, das aber etwas schief geriet.

Delbrock stand auf, holte sich eine weitere Tasse Kaffee am Automaten und stapelte drei, vier Kekse auf seine Untertasse. Dann setzte er sich an den Tisch und wandte sich in vertraulichem Ton an Christine: »Frau Neustedt, bitte zögern Sie nicht, mich jederzeit anzurufen, Tag und Nacht, falls Ihnen etwas Ungewöhnliches auffällt oder Sie einen weiteren Brief erhalten. Sie sehen im Übrigen blass aus. Haben Sie denn alles gut überstanden?« Er biss mit Genuss in einen Keks. »Ich habe vor einigen Jahren mal einen Schlag auf den Hinterkopf bekommen und hatte beinahe eine ganze Woche Kopfschmerzen.« Lächelnd schüttelte er den Kopf. »Ich habe mich damals aber auch zu dämlich angestellt. Der Täter war ein dreizehnjähriger Junge, der mich für einen Einbrecher hielt, als ich die Garage seines Vaters durchsuchte. Der Bengel haute mir einfach eine Latte um die Ohren.« Abrupt drehte er sich zu Corwin Standing Child um. »Haben Sie Kinder?«

Wenn diese Frage den Cheyenne überraschte, so ließ er sich zumindest nichts anmerken. »Ich habe eine siebenjährige Tochter, sie schlägt zwar nicht mit Latten, aber sie wirft schon mal mit Gegenständen.«

Der Hauptkommissar lachte herzlich. »In dem Alter ist fast alles niedlich, was sie anstellen, finden Sie nicht? Meine Töchter sind sechzehn und siebzehn und gnadenlos. Dieses Alter ist für Väter der absolute Alptraum.« Doch er lächelte dabei sehr stolz vor sich hin, bevor er in den nächsten Keks biss.

Christine wollte plötzlich nach Hause. Leider hatte sie ihr Fahrrad nicht dabei, weil sie und Corwin Standing Child in einem Taxi zum Kommissariat gefahren waren. In vielerlei Hinsicht ein Fehler – kein gesunder Münsteraner fuhr mit dem Taxi durch die Stadt.

Sie verabschiedete sich höflich und hatte das Büro des Hauptkommissars schon fast verlassen, als ihr noch etwas einfiel. »Ist das alte Messer aus der Vitrine eigentlich nun die Tatwaffe, oder hat der Täter es aus einem anderen Grund zurückgelassen?«

Delbrock überlegte kurz, bevor er ihr antwortete: »Ja, Frau Auerbach wurde mit diesem Messer getötet.«

»Und kann man nicht einfach die handgeschriebene Adresse auf dem Umschlag an mich untersuchen lassen und dann mit der Schrift aller Verdächtigen vergleichen?«

»Frau Neustedt, ich bin nicht Hauptkommissar geworden, weil

ich einen so guten Kaffeeautomaten besitze. Der Umschlag befindet sich bereits bei einem Grafologen.«

Gemeinsam mit ihrem indianischen Begleiter verließ sie schweigend das Präsidium. Als sie auf der regennassen Moltkestraße standen, ergriff Corwin Standing Child endlich das Wort: »Ich glaube, dass Sie irgendwie ein Verbindungsglied zum Täter sind.«

»Ich kann Ihnen ja die nächsten Todesanzeigen nach Montana mailen, damit Sie dort nichts verpassen.« Sie konnte nicht verhindern, dass ihre Stimme bissig klang, sah aber betont gleichgültig auf ihre Armbanduhr.

Ihr Begleiter trat in gespielter Überraschung einen Schritt zurück und lächelte sie plötzlich auf eine Art an, die weder arrogant noch spöttisch war. »Sie ärgern sich wohl, dass ich nach Hause fliege?«

»Wundert Sie das etwa? Schließlich haben die Morde sehr wahrscheinlich mit Ihrer Ausstellung zu tun. Ich darf hier unerwünschte Brieffreundschaften pflegen, und Sie genießen Ihre Familienidylle in Montana.«

Er legte auf charmante Weise den Kopf schräg, zog eine Augenbraue hoch und erwiderte erstaunt: »Für den Mörder halten Sie mich anscheinend nicht.«

»Jedenfalls nicht, was unsere beiden Toten angeht. Was Sie sonst noch so treiben, weiß ich nicht.« Christine biss sich auf die Lippen. Verdammt, sie konnte ihre Enttäuschung einfach nicht verbergen.

Es begann erneut zu regnen, und Corwin Standing Child schob sie mit sanftem Druck zur Tür eines Cafés, das sich nicht weit vom Präsidium entfernt befand. »Ich muss in Montana einen wichtigen Vortrag halten, für den ich bezahlt werde und den ich nicht absagen kann. Ich bin in drei Tagen wieder in Münster«, sagte er. Das Café hieß »Brasil« und war vielmehr ein Restaurant, das mit seiner brasilianischen Küche warb. Christine kannte es flüchtig, da hier an Wochenenden des Öfteren südamerikanische Bands auftraten. Jetzt, an einem verregneten Sonntagmittag, war es fast leer. Außer einem sehr verliebt wirkenden Paar, dem seine Umgebung mit hoher Wahrscheinlichkeit sowieso ziemlich egal war, saßen nur noch zwei südländisch aussehende junge Männer an der Theke. Sie unterhielten sich angeregt mit einem jungen Kellner.

Christine rührte den Milchschaum ihres Cappuccinos unter und fragte, ohne den Blick zu heben: »Drei Tage. Warum tun Sie das?«

»Das habe ich Ihnen doch gesagt. Ich kann den Vortrag schlecht absagen.«

Christine schüttelte den Kopf. »Das meine ich nicht. Warum kommen Sie wieder zurück?«

Corwin Standing Child beugte sich ein Stück vor und antwortete: »Weil ich herausfinden möchte, ob sich hier einer von uns als ganz schlechter Gast erweist oder vielleicht einer der Gastgeber ein teuflisches Spiel treibt.« Ein drohender Unterton schwang in seiner Stimme mit, und Christine bemerkte zum ersten Mal, wie wütend ihn die Vorfälle machten. Er hatte die Ausstellung zusammengestellt und gemeinsam mit anderen organisiert, und er musste wohl auch den Verlust der Antiquitäten den Besitzern gegenüber verantworten.

»Kann man mit den gestohlenen Sachen überhaupt Geld verdienen? Vielleicht sind die Gegenstände gar nicht mehr in Deutschland.«

Corwin schüttelte energisch den Kopf. »Wenn es um Geld ginge, würde der Täter im Louvre klauen.« Er zuckte kurz mit der Schulter. »Hier handelt es sich um ideelle Wertgegenstände.« Er bestellte sich noch eine Cola, und Christine hielt es für besser, das Thema zu wechseln. »Warum können Sie eigentlich so gut Deutsch?«

Er nahm einen Schluck von der Cola und strich sich ein paar lange Haarsträhnen aus dem Gesicht. »Ich war fünf Jahre lang mit einer deutschen Frau verheiratet. Sie legte großen Wert darauf, dass unsere Tochter zweisprachig aufwächst.«

Christine fand, sie könnte als Journalistin durchaus ein wenig Neugierde zeigen. »Sie waren? Dann lebt ihre Tochter gar nicht bei Ihnen?«

»Sie lebt bei meinen Eltern und hat momentan keinen Bedarf, in einer Story erwähnt zu werden, falls Sie auch meinen Namen mit denen der anderen Organisatoren der Ausstellung in der Zeitung erwähnen möchten.«

Da war sie plötzlich wieder, diese überhebliche Art, die Christine so wütend machte. Dabei zeigte der Cheyenne ein kühles Lächeln, das selbst einen Eskimo zum Frieren gebracht hätte. Christine kannte niemanden, der mit so wenig Mimik so viele verschiedene Gesichter zeigen konnte. Sie zwang sich zu Freundlichkeit und sagte: »So interessant sind Sie nicht, dass ich gleich über Ihre gesamte Familie schreiben möchte. Es war der Versuch einer Konversation jenseits von Mord und Totschlag.«

Am liebsten hätte sie sich einen Cognac bestellt und damit irgendetwas hinuntergespült, von dem sie nicht genau wusste, was es war.

Doch zu ihrem Entsetzen erwiderte Corwin Standing Child: »Meine Frau hat sich vor drei Jahren erschossen. So weit entfernt von Mord und Totschlag sind Sie mit Ihrem Konversationsversuch nicht.«

Christine schluckte. Ihr fiel nichts Passendes mehr ein. Was konnte eine Frau an der Seite von Corwin Standing Child so verzweifeln lassen, dass sie sich trotz einer kleinen Tochter das Leben nahm? Es folgte keine Erklärung, keine Rechtfertigung, ihr Gegenüber schwieg, trank seine Cola und starrte dabei sinnierend aus dem Fenster.

Draußen regnete es sich jetzt richtig ein, wie nicht nur die Münsteraner mit wenig Hoffnung und viel Erfahrung ein solches Wetter beschrieben. Christine folgte seinem Blick und bemerkte: »Wenn die Wetterfrösche überall Sonne ankündigen, dann ist das keine Garantie, dass es in Münster nicht doch regnet. Wir befinden uns hier in einer Region, die von Petrus benachteiligt wird.«

Er schaute zu ihr und schmunzelte immerhin, wenngleich seine Augen noch dunkler schienen als sonst. »Das plätschert hier doch ganz ruhig vor sich hin. Sie sollten mal die Regenstürme im Norden von Montana erleben. Unser Regen dringt durch jede noch so kleine Ritze und peitscht wie feuchte Lederriemen auf die Haut. Straßen werden überflutet, und manche Häuser sind oft tagelang von der Außenwelt abgeschnitten. Fahrradfahrer würden bei uns ertrinken, hier brauchen sie nur eine Regenhose.«

»Okay.« Christine hob ergeben die Hände. »Ihr Land ist wilder und gefährlicher.«

Als Corwin Standing Child sie eine halbe Stunde später mit einem Taxi nach Hause brachte, sah sie sofort den roten Audi, der vor ihrer Tür parkte. »O nein«, stöhnte sie, »meine Mutter.«

Ihr Begleiter sah sie fragend an, und Christine zuckte die Achseln. »Sie haben ja keine Ahnung. Wahrscheinlich ist sie bewaffnet.« Seit dem Streit am Telefon, als sie einfach aufgelegt hatte, hatten sie nichts mehr voneinander gehört.

Ganz offensichtlich stand ihrem Begleiter nicht der Sinn danach, Näheres über ihre Mutter zu erfahren. Ein fester Händedruck, ein aufmunterndes Nicken und die Worte: »Ich melde mich, wenn ich zurück bin«, dann verschwand das Taxi Richtung Innenstadt.

Sobald sie Christine kommen sah, stieg ihre Mutter aus dem Auto. Wenn sie sich vornahm, ihre Tochter zu besuchen, konnte sie sehr hartnäckig sein. Den Regen strafte sie mit Gleichgültigkeit. Lässig an den roten Wagen gelehnt, in einem eleganten Wollmantel mit Stehkragen, zierlichen Stiefeletten und einer Flor de Selva in der Hand, sah sie Christine entgegen. Wenn je ein Zigarillo einer Dame gut zu Gesicht stand, dann war das ihre Mutter. Frau Neustedt rauchte nicht viel, aber mit Stil. Sie zündete sich einen Zigarillo an, wie andere Frauen einen bestimmten Lippenstift auftrugen. Und an ihren roten Audi hätte sie sich auch mit einem weißen Mantel anlehnen können, denn dieser glänzte und blitzte immer und bei nahezu jedem Wetter. Hierfür war Albert Schmidt verantwortlich, der Nachbar, Gärtner und langjährige Verehrer ihrer Mutter. Seit dem Tod ihres Vaters half der rüstige Rentner ihr über so manche Schwierigkeiten und wohl auch über einsame Tage hinweg. Und er schaffte es mit viel Humor und einer jungenhaften Nonchalance, das etwas komplizierte Naturell ihrer Mutter in sanfte Stimmungen zu versetzen.

Christine fuhr sich mit gespreizten Fingern durch die Locken und ging auf ihre Mutter zu, bemüht, ein erfreutes Gesicht zu zeigen. Sie begrüßte Frau Neustedt mit einem flüchtigen Kuss. »Hallo, Mama, das ist eine Überraschung. Wartest du schon lange?«

Diese hielt ihre Tochter eine Armlänge von sich entfernt und bemerkte: »Meine Güte, Christine, was siehst du blass aus. Schläfst du gar nicht mehr?«

Man konnte Frau Neustedt einiges nachsagen, aber nachtragend war sie nicht. Mit keinem Wort erwähnte sie das unglücklich verlaufene Telefonat. In der Wohnung packte sie eine mit Lachscreme gefüllte Blätterteigpastete, gemischtes Gemüse und ein Schälchen

Herrencreme aus. Frau Neustedt spürte die erstaunten Blicke ihrer Tochter und lächelte ihr über die Schulter fast verschwörerisch zu.

»Nun schau nicht so, Kind. Achim war zum Mittagessen bei mir.« Mit flinken Bewegungen packte Frau Neustedt die Pastete auf einen Teller, dekorierte das Gemüse daneben und stellte alles in die Mikrowelle. Bei dem summenden Geräusch des Herdes bekam Christine tatsächlich einen enormen Appetit.

»Wenn man den heutigen Pädagogikbüchern Glauben schenken darf, ist es doch verwunderlich, dass ich keine Essstörung entwickelt habe, oder, Mutti?«

»Wie kommst du denn darauf? So groß sind meine Portionen doch gar nicht.«

»Das meine ich nicht. Es sieht übrigens alles super aus. Aber schon früher hast du mir immer etwas Leckeres gekocht, wenn du der Meinung warst, ich bräuchte Trost oder irgendeine Form von Zuwendung.«

Sie setzte sich an ihren kleinen Küchentisch, stützte ihren Kopf auf beide Hände und wartete auf die Fragen, die ihre Mutter beantwortet wissen wollte.

»Meistens hat es funktioniert.« Frau Neustedt lachte kurz. »Ich erinnere mich noch, wie du mir bei einem Schälchen Tiramisu von deinem ersten richtigen Freund erzählt hast. Ich habe mich so geärgert, dass ich dir keine größere Portion gegeben habe, denn als es aufgegessen war, bist du wieder in deinem Zimmer verschwunden. Und ich wusste nur die Hälfte.«

Christine schmunzelte und sah ihrer Mutter zu, wie sie in ihrer Küche hantierte. Der Raum war gerade so groß, dass zwei Leute sich bequem darin bewegen konnten und an dem halbrunden Buchentisch genügend Platz zum Essen fanden. Kaum zu glauben, dachte Christine, dass sie noch vor kurzer Zeit hier mit Achim gemeinsam gekocht hatte. Eine deckenhohe Säule, ausgestattet mit hängenden Pflanzen, diversen Kochutensilien und einer knallroten Kaffeekanne, vermittelte Behaglichkeit.

Der Blick aus dem Fenster zeigte eine relativ ruhige Wohngegend mit den vielen Grünanlagen der Nachbarhäuser.

Frau Neustedt besuchte ihre Tochter heute sicher nicht, um nach dem unglücklich verlaufenen Telefonat ein appetitliches Friedensangebot zu kredenzen. Christine ahnte, dass es vor allem um ihre Beziehung zu Achim ging. Wie sie ihn kannte, hatte er ihrer Mutter auf höfliche Art erklärt, dass die Beziehung zwischen ihm und Christine tatsächlich beendet sei. Womöglich hatte er ihrer Mutter auch noch diverse schwierige Charaktereigenschaften der Tochter vor Augen geführt, zusammen mit einer ausführlichen psychologischen Einschätzung.

»Wer ist eigentlich diese Frau Dr. Gerber?«, fragte Frau Neustedt soeben. Dieses Gesicht ihrer Mutter kannte Christine. Der Mund war leicht gespitzt, und eine Augenbraue zog sich einen knappen Moment lang nach oben. Offenbar hatte Achim, der doch immer als so gute Partie galt, ihre Mutter verärgert. Sie zuckte die Achseln, antwortete aber: »Eine Kollegin, soweit ich weiß.«

»Hat Achim etwa eine neue Freundin?« Christine stellte befriedigt fest, dass ihre Mutter zur Verbündeten geworden war. Wenn ihre Tochter wegen einer anderen Frau verlassen worden war, wandelte sich natürlich die Schuldfrage.

»Schon möglich. Ich weiß es nicht, lassen wir das doch bitte.«

Da die Nachrichten über die Ereignisse im Naturkundemuseum auch bis nach Telgte gelangt waren, wo Frau Neustedt wohnte, konnte sich Christine das nächste Thema denken. Ihre Mutter las beinahe jeden ihrer Artikel, auch wenn sie regelmäßig die Meinung verkündete, dass Christine nach mehrjähriger Tätigkeit bei einer Regionalzeitung eine berufliche Veränderung anstreben sollte.

»Wer hat denn nun einen Schlag auf den Kopf bekommen? Du oder deine Kollegin?« Frau Neustedt goss sich einen Sherry ein und sah ihre Tochter erwartungsvoll an.

Christine kaute ausgiebig, bevor sie antwortete. »Ich selbst hatte diese zweifelhafte Ehre, aber es war nicht so schlimm.«

»Nicht so schlimm? Du solltest wissen, dass Kopfverletzungen noch Tage später katastrophale Folgen haben können. Ein Blutgerinnsel könnte sich lösen, du fällst ins Koma, und wenn du aufwachst, bist du vielleicht schwachsinnig. Oder du bekommst aufgrund einer nicht behandelten Gehirnerschütterung chronische Kopfschmerzen –«

»Mama, bitte! Wir sind hier nicht in Achims Notfallsprechstunde. Mir geht es gut.« Christine kratzte den letzten Rest des

Gemüses von ihrem Teller und lehnte sich satt und müde zurück. Ihre Mutter beugte sich ein Stück vor und legte ihre schmale, gepflegte Hand auf den Arm ihrer Tochter. Die Stirn in besorgte Falten gelegt, fragte sie: »Willst du dich nicht wenigstens von Achim untersuchen lassen? Ihr habt euch doch nicht im Streit getrennt, da könnte er vielleicht hilfreich –«

Sie verstummte, als sie in das Gesicht ihrer Tochter blickte.

»Eher gehe ich qualvoll oder meinetwegen auch schwachsinnig zugrunde.« Christine verschränkte die Arme vor der Brust.

»Du bist immer so theatralisch, Kind.« Frau Neustedt nahm einen Schluck aus ihrem Sherryglas und schob Christine das Schälchen Herrencreme zu. »Erzähl mal, was ist denn nun eigentlich wirklich passiert?«

Nun berichtete Christine ausführlich vom Geschehen der letzten Tage, erwähnte den anonym gesendeten Brief über die Peyote-Religion aber lieber nicht. Auch so dauerte ihre Erzählung recht lange, da sie von ihrer Mutter wiederholt unterbrochen wurde. Frau Neustedt hatte überhaupt kein Verständnis dafür, dass Christine sich mit den indianischen Gästen traf, denn ihrer Meinung nach konnte nur ein Indianer als Täter in Frage kommen.

»Wieso denn?« Christine schüttelte energisch den Kopf. »Es kann genauso gut ein Deutscher sein, der diese Ausstellung stören möchte oder irgendwelche Rachepläne hegt, die mit gesundem Menschenverstand nicht nachzuvollziehen sind.«

»Der Täter muss krank sein, sonst hätte er sicher kostbare Antiquitäten, alten Schmuck oder so was mitgenommen. Was für einen Wert hat ein getragenes Lederhemd?«

Das war typisch für ihre Mutter. Verbrechen beging man allenfalls aus Pragmatismus, nicht aus Leidenschaft.

»Wenn jemand ein altes Stück Holz besitzt, das nachweisbar vom Kreuz Jesu stammt, würde der Papst persönlich alles dafür geben«, gab Christine zu bedenken.

»Aber eine christliche Reliquie ist doch keine heidnische Bastelarbeit!«

Christine war zu erschöpft, um bei ihrer Mutter nach einem gewissen Völkerverständnis zu suchen. Sie stöhnte nur missbilligend.

Dennoch, der Besuch ihrer Mutter hatte mehr gefüllt als nur

ihren leeren Magen. Es war ihr doch wichtig, Verständnis statt Vorwürfe zu bekommen, nachdem die langjährige Beziehung zu dem jungen Arzt gescheitert war. Und diese mütterliche Form der Zuwendung kam gerade jetzt genau richtig.

***

Während Corwin Standing Child durch die Glaswand des Flugsteigs in den Himmel blickte, wechselte das Grau des Himmels allmählich zu Anthrazit, ohne dass man die Dämmerung richtig wahrnahm. Als er schließlich im Flugzeug von Frankfurt nach Montana saß, war es dunkel, und darüber war er froh. Eine fremde Stadt bei Regenwetter war beinahe so trostlos wie eine Beerdigung. Er legte den Sicherheitsgurt an und wartete auf den Start seiner Maschine, die ihn direkt zum heimatlichen Flughafen St. Paul International bringen sollte. Zwei Tage würde das Seminar dauern, der dritte Tag gehörte seiner Tochter, und dann wollte er wieder zurück nach Münster fliegen.

Zwischen diesen Terminen musste er Zeit für einige Nachforschungen finden. Er hoffte, in der Vergangenheit der indianischen Künstler, die gerade in Münster ausstellten, Hinweise zu finden. Corwin Standing Child traute dem Hauptkommissar in Münster durchaus zu, dass dieser selbst schon einige Informationen besaß, doch der Cheyenne hatte seine eigenen Quellen.

Während er sich der in Plastik verpackten Mahlzeit widmete, dachte er an die Journalistin mit den rotblonden Locken. Eine Haarfarbe wie ein Salat aus Karotten und Sellerie, das sagte seine Mutter über solche Haare. Irgendetwas an dieser Christine erinnerte ihn an seine verstorbene Frau, auch wenn sie ganz anders war als Anne. Er schloss einen Moment die Augen, als wollte er diesen Teil seiner Vergangenheit ausblenden.

Anne war eine sanfte, immer etwas verträumt wirkende Frau gewesen, die an einer kleinen Grundschule als Lehrerin arbeitete. Mit geduldiger Hand, aber auch der nötigen Autorität führte sie die Schule, wobei ihr der Umgang mit Erwachsenen mehr Schwierigkeiten bereitete als der mit den Kindern. In Gesellschaft war sie scheu und zurückhaltend, sie blieb lieber allein zu Hause, statt ihren Mann zu Veranstaltungen und Festen zu begleiten. Nicht einmal zu den Pow Wows, den traditionellen Tanzfesten der Native Americans, war sie gerne mitgegangen. Aber sie hatte es geliebt, gemeinsam mit Corwin auf einem der zahlreichen Seen Kanu zu fahren oder auf der Veranda ihres Hauses mit ihrem Laptop Kindergeschichten zu verfassen. Wenn sie eine Geschichte abgeschlossen hatte, las sie sie einmal durch, genoss diesen Moment für wenige Minuten und löschte sie dann. Einmal hatte Corwin angeregt, sie solle doch etwas veröffentlichen, doch darauf hatte sie erstaunt, ja sogar erschrocken reagiert: »Das ist doch nichts, nur Entspannung.«

Mit der Geburt ihrer gemeinsamen Tochter wandelte sich ihre scheue Zurückhaltung allmählich in Melancholie und Traurigkeit. Anne ging immer weniger aus dem Hause, versorgte ihre Tochter aber mit einer Hingabe, die sie anderen Menschen gegenüber völlig gleichgültig machte. Der Arzt diagnostizierte eine mittelschwere Depression, verschrieb Medikamente und riet zu einem Klinikaufenthalt, den sie schon nach einer Woche wieder abbrach. Doch die Medikamente zeigten Wirkung, und für beinahe zwei Jahre ging es ihr besser. Sie unterrichtete wieder für einige Stunden in der Woche, während die mittlerweile knapp dreijährige Tabea von Corwins Eltern liebevoll betreut wurde.

Doch dann starb Annes Mutter plötzlich, und Anne musste nach Köln reisen und die Beerdigung organisieren. Als sie nach etwa zwei Wochen zurückkam, ging es ihr erneut sehr schlecht. Sie verlor an Gewicht, saß oft bewegungslos in ihrem Schaukelstuhl auf der Veranda und schaute ihren Mann aus großen traurigen Augen an, stets voller Erwartung, dass er ihr irgendwie helfen könnte. Aus der Ferne sah sie aus wie eine alte Frau, die ihren Lebensabend genoss. Doch wenn man ihr gegenübersaß, erkannte man eine junge, hübsche Frau mit traurigen Kinderaugen und der müden Haltung eines alten, von schwerer Arbeit gezeichneten Menschen.

Corwin Standing Child schob die Reste seines Flugzeugessens angewidert zur Seite und stülpte den Plastikdeckel darüber.

Er hatte seiner Frau nicht helfen können. Er wusste nicht einmal, ob er es überhaupt versucht hatte. Am Tag ihres Todes war er mit Tabea einer Einladung von Freunden gefolgt. Anne hatte an diesem Morgen entspannt, beinahe fröhlich gewirkt und noch ein Geschenk für die Freunde eingepackt. Corwin hatte erwartet, dass sie an diesem Tag mitkam, aber sie wollte lieber den Garten in Ordnung bringen und das gute Wetter zu Hause genießen. Als er sie zum letzten Mal lebend sah, trug sie ein Trägerkleid in bunten Sommerfarben, ihre nackten Füße steckten in alten grünen Clogs, und in der linken Hand hielt sie eine Kaffeetasse. Manchmal, in der Nacht, spürte er noch ihren letzten flüchtigen, nach Kaffee schmeckenden Kuss auf seiner Wange und ihre Hand auf seinem Oberarm, trocken und warm.

Hätte er es wissen müssen? Würde sie noch leben, wenn er damals nicht der Einladung gefolgt wäre? Glaubte er der Psychologin, die damals seine Tochter betreut hatte, dann war die ausgeglichene Stimmung seiner Frau an jenem Tage sogar ein Omen für den Selbstmord. Sie hatte die endgültige Entscheidung bereits gefällt. Corwin Standing Child schrak hoch, als ihn die Stewardess mit der Hand an der Schulter berührte und ihn bat, den Sicherheitsgurt anzulegen. Sie standen kurz vor der Landung. Er schüttelte den Kopf. Unfassbar, wie sehr die Vergangenheit noch immer seine aktuelle Zeit stehlen konnte. Er schnallte sich an, schloss die Augen und schickte ein kurzes Gebet zu Gott, wie er es bei einem Flug immer tat.

Corwin Standing Child stammte aus einer alten Familie vom Stamm der Northern Cheyenne, die in den indianischen Traditionen verwurzelt war. Die Tatsache, dass der Mensch mit Hilfe mechanischer Geräte die Luft teilte wie ein Adler, wo er doch von seiner Beschaffenheit her nur für den Aufenthalt auf der Erde konstruiert war, rief in ihm immer ein leises Gefühl der Anmaßung hervor.

***

Am Montagmorgen radelte eine überraschend gut gelaunte Christine durch den leichten Münsteraner Nieselregen zur Redaktion ihrer Zeitung. Dabei legte sie ein hohes Tempo vor und donnerte, wenn es sein musste, auch mal die Bordsteinkanten hoch. Es war geradezu unglaublich, dass sie trotz Missachtung der Hälfte aller Verkehrsregeln und trotz ihrer rasanten Kurven bisher noch nie einen nennenswerten Unfall verursacht hatte. Beeindruckend waren allerdings ihre Ausgaben für Strafmandate, denn in der Fahrradstadt Münster wurden die Radfahrer überdurchschnittlich oft kontrolliert. Mit einem letzten Schwung bog sie auf das Gelände der Redaktion ein, bremste abrupt und sprang vom Sattel.

Mit roten Wangen und etwas außer Atem betrat sie den Konferenzraum im fünften Stock des Redaktionsgebäudes. Es duftete nach Kaffee und frischen Brötchen.

»Guten Morgen, Jörg. Habe ich dich schon mal für deine Qualitäten als Chef gelobt?«

Das gemeinsame Frühstück montags zur Teamsitzung war seit Langem Tradition. Es blieben ihr noch fünf Minuten, bis alle Kollegen aus dem Ressort »Kulturelles Leben und Medien« sich hier zum Start in die Woche versammelten.

»Mensch, Christine!« Ihr Chef Jörg Dinkel, ein hochgewachsener, schlaksiger Mann, klopfte ihr freundschaftlich auf die Schulter. »Da denkt man immer, die Korrespondenten aus den Kriegsgebieten leben gefährlich. Aber die wahren Helden finden sich im kulturellen Bereich. Wie geht es dir?«

»Bestens. Ich denke soeben über ein Angebot nach, Pressesprecherin der Kriminalpolizei zu werden.« Christine zog ihre Jacke aus und setzte sich an den alten Tisch, der mit unzähligen Kerben versehen war.

Jörg ermunterte sie scherzhaft: »Nur zu, mit deinem diplomatischen Talent braucht die Polizei dann nicht mehr gegen ihren schlechten Ruf anzukämpfen. Zwei öffentliche Pressetermine mit dir, und die Kripo wird zum Volksfeind Nummer eins erklärt.« Er lachte und wich ihren spielerischen Knüffen aus. Dann erzählte Christine ihm in Kürze die neuesten Ereignisse vom Wochenende. Das Gesicht des Ressortleiters wurde ernst. Wie immer, wenn er nachdachte, rieb er sich seinen grauen Kinnbart.

Er äußerte seine Überlegungen schließlich laut. »Die Idee, eine kleine historische Serie über die Prärie-Indianer zu schreiben, finde ich prinzipiell gut. Ein Problem habe ich allerdings, wenn wir unsere Zeitung für die Zwecke eines Menschen missbrauchen, der sich durch seine Taten als brutaler Psychopath herausgestellt hat.« Er machte eine Pause und runzelte die Stirn, sprach aber dann schnell weiter, weil er das Lachen und die Schritte der übrigen Kollegen und Kolleginnen im Flur hörte. »Also, Christine, entscheide, über welche historischen Fakten du etwas veröffentlichen willst, aber mach dich nicht abhängig von den Informationen, die dir anonym zugesandt werden. Recherchiere selbst für deine Artikel und flicht das Wissen aus dem Brief und möglicherweise noch folgenden Briefen meinethalben mit ein. Ich möchte nicht den Eindruck entstehen lassen, du bist sein Sprachrohr.«

Christine nickte, sie war froh um den Rat. Das schien ihr ein guter Umgang mit den Informationen, die sie auf so seltsamem Weg erhalten hatte.

Doch in der halben Woche, bis Corwin Standing Child zurückkehrte, hatte sie noch andere Aufgaben zu erledigen. Sie musste einen Bericht über »Kunst in der Psychiatrie« fertigstellen und dazu die gleichnamige Ausstellung in der psychiatrischen Uniklinik in Münster besuchen. Nach der Teamsitzung wollte sie außerdem mit den Kollegen sprechen, die für das Ressort »Lokales« zuständig waren. Vielleicht konnte sie mit der einen oder anderen Information zu dem Mord an Frau Horn aufwarten. Sie wollte die Neuigkeiten, die sie im Gespräch mit dem Hauptkommissar am Tag zuvor erfahren hatte, keineswegs für sich behalten. Delbrock wusste schließlich, dass sie Journalistin war; wenn er Rücksichtnahme oder Geheimhaltung erwartete, hätte er ihr das sicherlich gesagt.

Nicht zuletzt musste sie sich um ihr Pflegepferd kümmern, einen zwölfjährigen Pinto-Wallach. Sie teilte sich den Stalldienst mit der Besitzerin und war in dieser Woche an der Reihe.

Als sie am Abend schließlich um neunzehn Uhr erschöpft, aber nicht unzufrieden in ihre Wohnung zurückkehrte, trug sie zwei dicke Bücher über indianische Geschichte unter dem einen Arm und eine Tüte mit griechischem Salat und einer Pita-Tasche in der anderen Hand. Die Bücher waren eine Empfehlung der Dame, die den kleinen Laden im Naturkundemuseum führte.

Nach einem raschen Abendessen auf ihrer Couch im Wohnzimmer widerstand sie der Versuchung, sich träge vom Fernsehprogramm unterhalten zu lassen, und nahm sich den ersten Band ihrer neu erworbenen Lektüre vor: *Die Welt der Indianer. Geschichte, Kunst, Kultur von den Anfängen bis zur Gegenwart.* Das Buch war eine ausführliche illustrierte Chronik über das Leben und Sterben der amerikanischen Ureinwohner und wog so viel wie ein Büffelkopf.

Sie legte das Buch auf den Knien ab und blätterte darin. Schon das vierte Foto faszinierte sie so sehr, dass sie sich kaum von dem Anblick lösen konnte. Es zeigte, wie sie der Unterschrift entnahm, einen Krieger der Pawnee-Indianer, und hätte dieser Mann leibhaftig vor ihr gestanden, so wäre sie wahrscheinlich instinktiv ein paar Schritte zurückgewichen. Es war ein junger Mann, etwa Mitte zwanzig, mit einer Pelzmütze auf den langen Haaren, wie die Trapper sie in den alten Wildwestfilmen trugen. Den Mund hatte er abwehrend zusammengepresst, was seine Miene grausam und hart wirken ließ. Christine brauchte nicht viel Phantasie, um sich diesen Krieger mitten im Kampfgetümmel vorzustellen, voller Zorn und unbarmherzig mit seinen Feinden. Aber es war auch ein schönes Gesicht, das ihr da entgegenblickte, ein Gesicht mit einem sinnlichen Mund, einer geraden Nase und dunklen Augen, die bei längerem Betrachten plötzlich traurig wirkten. Was hatte dieser Mann wohl erlebt und vor allem überlebt?

Es gab noch andere beeindruckende Gesichter zu sehen. Sympathische Gesichter von alten Männern, die Augen umringt von Lachfalten. Gesichter von stolzen Frauen und runzeligen Alten, deren geduldiger Blick voller Weisheit war.

Doch eigentlich suchte Christine Informationen über die sogenannte Sonnentanz-Zeremonie. Denn Corwin und der Chief Thomas hatten ihr erklärt, dass Gegenstände aus heiligen Zeremonien entwendet worden waren. Der Stab des Lebens aus dem Peyote-Ritual etwa und das Geistertanzhemd. Eine Ahle und einige andere spitze Gegenstände hatte der Täter ebenfalls eingesteckt. Doch bei ihrer eigenen Recherche hatte Christine eine überaus interessante Entdeckung gemacht: Es gab nämlich drei indianische Rituale, die alle nach und nach von den Weißen verboten worden waren. Neben der Peyote-Zeremonie und dem Geistertanz zählte dazu auch noch dieser sogenannte Sonnentanz.

Interessiert versank sie in ihrer Lektüre.

***

Hauptkommissar Delbrock war ein Genussmensch, und es war ihm absolut unerklärlich, wie jemand inmitten steriler Gerätschaften und zugedeckter Leichen einen Muffin im Stehen verzehren konnte. Der Rechtsmediziner missverstand Delbrocks zweifelnden Blick allerdings. »Möchten Sie auch einen? Die hat meine Frau gebacken.«

Dr. Köster, ein großer, schlanker Mann Mitte vierzig, stand an einem Pult und hatte vor sich eine Mappe, in der er mit der freien Rechten gerade einige Daten eintrug. Durch sein Bemühen, mehrere Dinge gleichzeitig zu erledigen, wirkte er ein wenig hektisch. Seine wenigen Haare waren so kurz geschnitten, dass sie an Kaktusstacheln erinnerten, das markante, glatt rasierte Gesicht bildete jedoch einen angenehmen Kontrast.

Der Rechtsmediziner drehte sich noch kauend um, durchwühlte mit beiden Händen verschiedene Unterlagen auf einem Schreibtisch und zog schließlich einen dünnen braunen Ordner hervor. Er klappte ihn auf, hielt im selben Moment aber inne und wandte sich erneut dem Schreibtisch zu. Diesmal grub er nur mit einer Hand und zog schließlich aus dem Wust von Papieren eine Lesebrille hervor. Die Stirn leicht gerunzelt und den Blick auf die Unterlagen gerichtet, wanderte er zu der abgedeckten Leiche. Sie lag auf einem der zahlreichen Steintische im Raum, der wie ein riesiges, kaltes Badezimmer aussah. Der Fußboden und Teile der Wände waren mit unterschiedlich großen Fliesen versehen, an den Wänden befanden sich zahlreiche Waschbecken, und der Geruch rief in Delbrock Erinnerungen an die Urlaubstage auf dem Bauernhof seiner Tante wach. Abends hatte die resolute Dame eine undefinierbare Flüssigkeit hervorgeholt, mit der sie die Ölspuren von den Fingern des Jungen entfernen konnte. Danach fügte sie dem Badewasser einen großen Becher Schmierseife zu, und es folgte der zweite Teil der Säuberung. Diese Prozedur und die damit verbundenen Gerüche waren der Preis für uneingeschränktes Umherstromern auf dem Hof und in der Umgebung. Hier roch es ähnlich, nur dass Delbrock jetzt nicht mehr unbeschwert spielte.

»Zunächst das Wichtigste.« Dr. Köster legte die Mappe auf den Bauch der noch bedeckten Leiche und schlug den Stoff am Kopfende weit zurück. Dann drehte er den Kopf der toten Frau Horn zur Seite, schob die Haare weg, sodass der Nacken frei lag, und zeigte auf eine hässliche kreisrunde Stelle direkt am Haaransatz. Die blutige, bläulich verfärbte Wunde war etwa so groß wie ein Eurostück. Es sah aus, als habe jemand ein Stück Haut abgeschabt oder herausgeschnitten.

Ohne den Kopf der Leiche loszulassen, angelte Dr. Köster mit dem Fuß nach einem Hocker. Er ließ den Kopf zurückgleiten, setzte sich und schaute forschend auf den Kommissar. Dieser wusste, was von ihm erwartet wurde, und blickte den Rechtsmediziner fragend an. *Erklären Sie mir alles, Sie sind der Fachmann.*

Dr. Köster schob seine Brille auf die Stirn, was ihm das Aussehen einer Eule verlieh. »Diese Wunde hat mich bereits bei der ersten Leiche verwundert, aber da dachte ich noch an eine versehentliche Verletzung. Nun findet sich bei der zweiten Leiche exakt die gleiche Wunde. Was sagt uns das?« Er nahm die Hände von der Bahre und rollte seinen Hocker mit einem enormen Schwung drei Meter weiter, wo ein Projektor zum Betrachten von Röntgenbildern stand. Von dort holte er eine Aufnahme und hielt sie Delbrock mit einem triumphierenden Lächeln hin. Auf dem Foto war der Hinterkopf einer Frau mit schwarz-grau melierten Haaren zu sehen. Am unteren Haaransatz zeigte sich die gleiche blutige Verfärbung wie bei Frau Horn.

»Es sieht so aus, als würde der Täter seinen Opfern ein kleines Stück der Haare mitsamt der Kopfhaut abschneiden. Diese Prozedur ist wahrscheinlich kurz nach dem Tode durchgeführt worden.« Dr. Köster schnalzte mit der Zunge. »Bei Frau Horn war er etwas ungeduldig und hat mehr gerissen als geschnitten. Das kann man hier recht gut erkennen.« Er machte Anstalten, die Wunde noch einmal freizulegen. Doch der Kommissar winkte ab und starrte weiter auf das Foto der toten Frau Auerbach.

»Herr Hauptkommissar, haben Sie James Fenimore Cooper gelesen?«

»Sie meinen, unser Mörder skalpiert die Leichen?«

»Zumindest teilweise. Wenn Sie mich fragen, haben wir es hier mit irgendeiner rituellen Handlung zu tun. Dafür sprechen auch die Tatwaffen.« Das Gesicht des Rechtsmediziners nahm einen beinahe träumerischen Ausdruck an, und er wirkte auf einmal fünfzehn Jahre jünger. »Stellen Sie sich vor, die beiden Frauen könnten theoretisch mit dem Messer umgebracht worden sein, mit dem Sitting Bull sich einst eine Büffellende abschnitt.«

»Gewiss könnte mich nichts mehr trösten, wenn ich selbst hier auf dem Tisch läge.« Delbrock schob das Foto in den Ordner, der noch immer auf dem Bauch der Toten lag. Dabei kam er nicht umhin, ihr ins Gesicht zu blicken. Es war das Gesicht einer Frau, die einen gewissen Wert auf ihr Äußeres gelegt hatte. Die Haut machte einen weichen, gepflegten Eindruck, einige Fältchen um die Augen und auf der Stirn hatten zu Lebzeiten ihrem guten Aussehen sicher nicht geschadet. Die Haare waren sorgfältig gefärbt und modisch geschnitten. Frau Horn war dreiundvierzig Jahre alt geworden, fünf Jahre jünger als er selbst. Aber neidvoll musste er zugeben, dass sie mindestens zehn Jahre jünger aussah.

Sie hatte das gleiche Alter wie seine Exfrau Karin. Vielleicht hätte er Karin mal in die Rechtsmedizin mitnehmen sollen. Vielleicht hätte sie dann nachempfunden, warum er nicht jeden Tag zur gleichen Zeit nach Hause kam, warum er Täter wie diesen, der Familien und Paare brutal auseinanderriss, unbedingt finden musste. Na ja, aber vielleicht hatte Karin ihn aber auch aus ganz anderen Gründen verlassen. Er wischte sich über die Stirn.

»Gibt es Spuren, die auf einen Kampf hindeuten?« Seine Stimme klang müde und lustlos. Er war sich sicher, dass der Mörder auch dieses Mal keine unabsichtlichen Spuren hinterlassen hatte.

»Nein, der Täter ist jedes Mal sehr schnell und präzise vorgegangen. Er stößt dem Opfer die Klinge mit einer enormen Wucht in die Kehle, und es ertrinkt innerhalb von kürzester Zeit in seinem eigenen Blut. Zugleich wird die Sauerstoffzufuhr zum Gehirn sofort unterbrochen, das Opfer kann keinen klaren Gedanken mehr fassen.« Köster gestikulierte heftig mit beiden Händen und ergänzte: »Selbst wenn die beiden Frauen noch lange genug gelebt hätten, um nach Hilfe zu schreien, bekamen sie bei dieser Art der Verletzung natürlich keinen Ton mehr heraus.«

»Der tödliche Stich und die kleine Skalpierung wurden mit demselben Messer durchgeführt?« Delbrock ahnte die Antwort bereits. Er hatte sich den Kopf zermartert, warum der Täter das

Messer bei Frau Auerbach nicht stecken ließ, sondern ihr ordentlich in den Schoß legte. Er hatte die gestohlene Sache sozusagen zurückgegeben.

Dr. Köster fuhr mit seinem Stuhl wieder zum nächsten Tisch, wo er nach einem Vergrößerungsglas kramte.

»Ja, so ist es. Man kann das an den Wundrändern recht gut erkennen, da diese alten Messer einige Kerben in der Klinge haben, die ihrerseits wieder Rückstände im Fleisch hinterlassen.« Er machte Anstalten, dem Kommissar diese Stellen an der Leiche noch einmal zu zeigen, doch Delbrock winkte erneut eilig ab. Er hatte genug gesehen und gerochen und erfahren. Er wollte diesen Raum endlich verlassen.

***

Seine muskulöse, nackte Brust glänzte von Fett. Die ersten Strahlen der aufgehenden Sonne ließen sie glatt und makellos erscheinen. Doch noch ehe die Sonne hinter den Black Hills verschwand, würde seine Haut mit Blut überströmt sein und für immer die Zeichen der Sonnentanz-Zeremonie tragen. Er war bereit. Zwei Tage lang fastete er schon, immer wieder hatte er den großen Geist um Kraft und Ausdauer gebeten. Nun stand er in einer Reihe mit Black Buffalo und Big Turtle, hörte die Trommeln der Alten und schaute dem Medizinmann mit scheinbar stoischer Ruhe entgegen. In Wahrheit schlug sein Herz so schnell, als hätte er zu Fuß einen Hirsch verfolgt. In seinem Kopf rauschte es, und sein Blut schien nicht mehr in den vorgegebenen Bahnen zu fließen. Er konnte es kaum mehr erwarten, bis ihm der Medizinmann endlich die hölzernen Pflöcke durch die Brustmuskeln stieß und er an den Lederriemen um den Holzpflock herumtanzen würde, bis die Haut riss und sein Opfer zum Wohl des ganzen Stammes vollbracht war. Von klein auf hatte er gelernt, dass Geduld eine Stärke war und Ungeduld nur in den Händen von Kindern lag. Doch bis heute nahm er lieber körperlichen Schmerz auf sich, als in Ruhe der Dinge zu harren, die einfach nicht kommen wollten. Sein Name, Red Hawk, passte daher vortrefflich zu ihm, war doch der Falke eines der wenigen Tiere, die sich tatsächlich durch

Ungeduld auszeichneten. Da der Falke aber auch der waghalsigste und schnellste Jäger unter den Vögeln war, trug er diesen Namen mit Stolz.

Die Trommeln wurden lauter und schneller, dann verstummten sie und mit ihnen jedes weitere Geräusch, obgleich das riesige Zelt voller Menschen war. Selbst die Vögel draußen schwiegen. Der Medizinmann, dessen Hakennase beinahe gefährlicher aussah als die kleine, scharfe Ahle, die er in seiner Linken trug, schritt würdevoll zu dem ersten Anwärter. In der rechten Hand hielt er seinen mächtigen Medizinstab. Böse Zungen murmelten, dieser reich geschmückte Stab sei nicht so sehr ein Zeichen seiner Macht, sondern vielmehr ein Zeichen seines Alters. Und in der Tat sah man Hinnankaga, die Eule, wie er genannt wurde, kaum noch ohne den Stab laufen. Neben ihm schritt Two Moons, Red Hawks Zwillingsschwester. Sie trug die Pflöcke mit den Lederriemen. Ihr sonst so anmutiger Gang wirkte heute steif, und ihre strahlenden Augen waren zu Boden gerichtet. Seine Schwester litt bereits jetzt mit ihm.

Black Buffalo und Big Turtle zuckten zusammen, als die Ahle durch drei Hautfalten geschoben wurde und die kleinen Stöcke so unter der Haut befestigt wurden, doch kein Laut drang über ihre Lippen. Als Letzter war er selbst an der Reihe. Kurz sah ihm der Medizinmann in die Augen. Sie mochten sich nicht, das war bekannt. Doch Red Hawk schätzte den Alten als großen Heiler, der schon viele von ihren Leiden befreit hatte, und Hinnankaga kannte den jungen Mann als tapferen Krieger und Mitglied der angesehenen Gruppe der Hundesoldaten. Der Medizinmann setzte seine Ahle an und schnitt auch Red Hawk drei Löcher in das Brustfleisch, durch die er die Pflöcke zog. Der Schmerz traf Red Hawk mit einer Wucht, die er nicht erwartet hatte, doch kein Zucken ging durch seinen Körper, und kein Laut entkam ihm. Er starrte vor sich hin wie eine steinerne Statue, spürte aber den erschrockenen Blick seiner Schwester. Die Schnitte waren viel zu tief angesetzt, die Haut würde niemals reißen und ihn von den Lederriemen befreien, selbst wenn er drei Tage tanzte. Doch es gab für ihn nur zwei Möglichkeiten. Entweder schaffte er es aus eigener Kraft, sich von den Riemen zu befreien, oder er würde so lange tanzen müssen, bis er tot zu Boden fiel. Aufgeben kam für einen Hundesoldaten nicht in Frage.

Und dann tanzte er gemeinsam mit seinen Leidensgenossen stundenlang um den Baumstamm, an dem das andere Ende ihrer Lederriemen befestigt war. Die Erschöpfung, die Schmerzen und die glühende Sonne würden die Tänzer schließlich in eine Art Trance versetzen, deren Visionen als besonders bedeutungsvoll für das Volk angesehen wurden.

Red Hawk kämpfte um jedes bisschen Bewusstsein, das ihm noch zur Verfügung stand, um gegen die zunehmende Schwäche ankämpfen zu können. Der Blutverlust und die wahrhaft höllischen Schmerzen machten ihm zu schaffen, dennoch tanzte er nahezu ununterbrochen mit starkem Zug gegen die Riemen. Als Big Turtle sich mit einem letzten Schrei gegen seine Lederriemen warf und sie endlich rissen, spürte Red Hawk, wie er Fieber bekam. Eine halbe Stunde später riss auch Black Buffalos Haut, und er sank erschöpft, aber zufrieden zu Boden. Nun tanzte nur noch Red Hawk mit glühender Stirn und völlig entkräftet um den Baumstamm. Als er seinen Blick haltsuchend über die Menschenmenge schweifen ließ, sah er in die hochmütigen und triumphierenden Augen von Hinnankaga. Unbändiger Zorn über den alten Mann, der seine Macht missbraucht hatte, erfasste ihn, und er warf sich mit ungeheurer Wucht gegen seine Fesseln, so lange, bis sie überraschend nachgaben und er einige Meter zurückgeworfen wurde. Mit letzter Kraft stand er noch mal auf und warf erneut einen Blick in das Gesicht des alten Mannes. Was er sah, erfüllte ihn mit Befriedigung. Ohnmächtig sank er zu Boden.

Drei Tage lang lag Red Hawk in tiefer Bewusstlosigkeit, und viele bangten um sein Leben. Auch Hinnankaga fürchtete um ihn, seitdem der Vater des jungen Kriegers, ein langjähriger Kriegshäuptling, ihm einen äußerst unangenehmen Besuch abgestattet hatte.

***

Das Telefon klingelte, und Christine schreckte schlaftrunken hoch. Sie war auf der Couch eingeschlafen, das Buch noch aufgeschlagen unter ihrer Hüfte, die sich nun schmerzhaft bemerkbar machte. Bis auf die kleine Leselampe war es dunkel in der Wohnung, und die Leuchtanzeige des Receivers zeigte zweiundzwanzig Uhr fünfundvierzig. Sie rieb sich die Stirn. Hatte sie noch gelesen oder geträumt? Das erneute Klingeln ihres Telefons, das die Stille durchdrang wie ein Bohrer eine Wand, holte sie schließlich endgültig in die Wirklichkeit zurück.

»Hallo?«

»Wo treiben Sie sich denn herum? Ich habe es eben schon mal probiert.« Es war mehr der Tonfall als die Stimme, die Christine verriet, wer der Anrufer war. Sie antwortete spontan: »In der Mitte des 19. Jahrhunderts, schätze ich.«

»Wieso? Schreiben Sie an Ihrer Familienchronik?«

»Nein. Ich beschäftige mich nach wie vor mit der Ausstellung und meinen Artikeln dazu und recherchiere soeben zum Thema Sonnentanz. Sie haben ja beeindruckende Rituale. Was Sie so alles mit dem harmlosen Wörtchen ›Tanz‹ bezeichnen, ist enorm. Aber ich fürchte, wenn ich nicht bald Feierabend mache, löst das Wort ›Indianer‹ bei mir einen Realitätsverlust aus.« Christine setzte sich aufrecht hin und massierte ihre eingeschlafene Hüfte.

»Sagen Sie doch besser ›*Native American*‹. Das hören wir viel lieber. Warum wollen Sie etwas über den Sonnentanz wissen? Haben Sie wieder einen Brief bekommen?« Die Stimme von Corwin Standing Child klang etwas besorgt, wie Christine zufrieden feststellte.

»Wenn Sie wüssten, wie spät es in Deutschland jetzt ist, würden Sie mir nicht gleich mehrere Fragen auf einmal stellen. Nein, ich habe keinen Brief bekommen, sondern mich daran erinnert, dass ich auch ohne die Hilfe eigentümlicher Informanten Artikel schreiben kann. Und der Sonnentanz ist deshalb interessant, weil er neben der Peyote-Religion und dem Geistertanz schon die dritte von den Weißen verbotene Zeremonie ist.«

Am anderen Ende der Leitung blieb es still. Christine glaubte schon, das Gespräch sei unterbrochen worden, als Corwin endlich etwas sagte.

»Sie haben soeben eine Verbindung zwischen den gestohlenen Objekten hergestellt, wissen Sie das eigentlich?«

Sie begriff sofort, was er meinte, und hatte plötzlich das Gefühl, Ameisen mit glühenden Füßchen liefen über ihren Rücken. Dennoch fragte sie nach: »Wie meinen Sie das?«

Seine Stimme klang gefährlich ruhig. »Es fehlt das Geistertanzhemd, es fehlt der sogenannte ›Stab des Lebens‹ aus der Peyote-Zeremonie, und es fehlt eine Ahle, mit deren Hilfe die Pflöcke durch die Haut der Tänzer geschoben wurden. Da es sich hierbei auch um ein allgemein nutzbares Werkzeug zum Gerben von Fellen handelt, habe ich nicht an den Sonnentanz gedacht. Einige Waffen, ähnlich dem Bowiemesser, das am Tatort zurückgeblieben ist, wurden ebenfalls entwendet.«

»Seine Ausrüstung für die Morde«, entfuhr es Christine, und sie kam sich vor wie in einem billigen Thriller.

»Ist Ihnen aufgefallen, dass uns der Hauptkommissar nicht mitgeteilt hat, auf welche Weise Frau Horn getötet worden ist?«

Nun klang ihre Antwort allerdings ein wenig überheblich: »Ja, und deshalb habe ich es auf anderem Wege in Erfahrung gebracht.« Sie machte mit Absicht eine kleine Pause, doch ihr Gesprächspartner reagierte nicht darauf. Natürlich nicht, dachte Christine empört. Er ist so unberechenbar wie ein Glücksspiel.

Sie fügte also hinzu: »Frau Horn ist ebenfalls mit durchgeschnittener Kehle aufgefunden worden. Von einem Messer war nicht die Rede. Es gibt allerdings ein Gerücht, wonach beiden Opfern ein Teil ihrer Kopfhaut fehlt.«

»Nonsens. Wir haben zumindest eine der Leichen gesehen. Kein schöner Anblick, aber ihren Skalp hatte die Frau doch noch.«

»Nein, nein. Es soll nur ein kleines Stück oberhalb des Haaransatzes fehlen, was erst bemerkt wurde, als man bei beiden Opfern eine solche Wunde entdeckte.« Christine fand es nun selbst erstaunlich, dass sie sich über diese Information, die als Gerücht in der Redaktion kursierte, noch gar keine weiteren Gedanken gemacht hatte.

»Dann geht es also um ihre Seelen.« Die Worte des Indianers klangen wie eine Feststellung.

»Wie meinen Sie das?«, fragte Christine und bemerkte, dass der Begriff *Seele* um diese Uhrzeit einen anderen Klang hatte als bei Tageslicht. So wie ein Wald im Sonnenschein ein wunderschöner, geruhsamer Ort war, bei Nacht aber Werwölfen Unterschlupf bot.

Corwin Standing Child schien noch zu überlegen. Schließlich sagte er: »Lassen Sie uns darüber reden, wenn ich wieder zurück bin. Kennen Sie einen gewissen Friedrich Kerner?«

Christine brauchte nicht nachzudenken. Sie hatte ein ausgezeichnetes Gedächtnis für Namen, und dieser war ihr unbekannt.

»Nein, wer soll das sein?«

Der Cheyenne ignorierte ihre Nachfrage. »Wie sieht es mit einem Bernhard Wendel aus?«

»Sagen Sie mal, wollen Sie mir Ihre neuen Freunde vorstellen, oder was wird das?« Christine schob unruhig ihr Wasserglas hin und her. Ja, einen Bernhard Wendel kannte sie. Er arbeitete im Kulturamt der Stadt Münster, und sie hatte beruflich einige Male mit ihm zu tun gehabt. Dabei hatte er jedes Mal so viel Humor gezeigt wie ein Wachhund, dem man seinen Knochen weggenommen hatte. Sein Verständnis für Zahlen, Kosten und alles, was damit zusammenhing, war allerdings beeindruckend.

»Diese beiden Männer waren vor einem Jahr in Minnesota ebenfalls bei der Planung der Ausstellung dabei.«

»Na und? Ich war auch schon mal in den Vereinigten Staaten.« Christine verschwieg allerdings, dass dieser Aufenthalt bereits sechzehn Jahre zurücklag. Sie hatte einige Wochen bei entfernten Verwandten auf einer Ranch verbracht. Damals war ihr Vater gerade gestorben, ihre Mutter war wochenlang kaum ansprechbar, und alle hielten es für das Beste, Christine eine Zeit lang in die Obhut einer Cousine ihres Vaters zu geben. Sie hatte nur wenige Erinnerungen an diese Zeit. Aber vielleicht wollte sie auch nie daran zurückdenken und ließ daher keine positiven Erinnerungen zu.

Corwin Standing Childs Stimme klang ungeduldig. »Dann beglückwünsche ich Sie im Nachhinein zu der Wahl Ihres Urlaubszieles. Ich wollte lediglich zu bedenken geben, dass das Motiv für die Morde eventuell innerhalb der Reisegruppe zu finden ist, die sich damals um die Ausstellung bemüht hat.«

»Hm. Ist das nicht eher abwegig? Ich meine, es gibt natürlich genug Verbindungen. Beide Frauen hatten mit Dr. Horn zu tun, beide lebten und arbeiteten in Münster, und sie hatten sicher viele gemeinsame Bekannte.« Christine drehte nachdenklich die Fransen ihrer Decke. »Nur kommt es mir so vor, als ob die Ausstellung selbst eine Art Ausgangspunkt ist. Aber vielleicht sollte man trotzdem die anderen Teilnehmer warnen?«

»Sprechen Sie den Hauptkommissar darauf an, aber ich bin mir sicher, dass er bereits weiß, wer die beiden Männer sind.«

Christine lachte leise. »Delbrock ist wie ein gemütlicher Bär, bei dem man leicht vergisst, dass er auch mächtige Tatzen hat.«

Nun lachte auch Corwin. Es war ein tiefes, kurzes Lachen, und für einen Moment klang er sehr zufrieden.

»Da wir auf der Seite der Guten sind, können wir seine Tatzen gut gebrauchen. Schlafen Sie gut.«

Er ließ ihr kaum Zeit für einen Abschiedsgruß, da hörte sie schon das Klicken des aufgelegten Hörers. In ihrer Wohnung war es wieder ganz still, nur von der Straße war das rhythmische Quietschen eines kaputten Fahrrads zu hören. Doch der Anruf hallte in ihren Gedanken nach. Sie fühlte sich weniger geschmeichelt denn beunruhigt, dass der Indianer ihre Telefonnummer mit nach Montana genommen hatte. Von ihr hatte er sie nicht bekommen. Und er wusste oder ahnte mehr, als er ihr gegenüber zugab, da war sie sich sicher.

DREI

»Warum willst du zurück nach Deutschland?« Sie goss ihm einen Becher Kaffee ein und setzte sich mit ihrer Tasse ihm gegenüber auf den dicken Teppich. Der Tisch zwischen ihnen erinnerte an eine japanische Essecke: Man musste auf dem Fußboden hocken, damit er die passende Höhe hatte. Die daraufliegende Decke war jedoch eindeutig indianisch. Corwin Standing Child streckte seine Beine lang neben dem Tisch aus und lehnte den Rücken an die Wand, während seine Tante im traditionellen Schneidersitz vor ihm saß. Allein der Anblick verursachte ihm Knieschmerzen, und er bewunderte wieder einmal ihre natürliche Anmut, die mit den Jahren keinerlei Einbußen erlitten hatte. Ihre dichten grau melierten Haare trug sie locker im Nacken zusammengesteckt, ihr Gesicht wirkte auch mit einigen Falten aristokratisch und wach. Bevor er antwortete, sah er sich in dem behaglichen Wohnzimmer um. Bei seiner Tante gab es immer etwas zu entdecken. Ihre Einrichtung bestand aus einem Sammelsurium von japanischen und indianischen Gegenständen. Da gab es wundervoll gestickte indianische Wandteppiche und eine alte Federhaube. Daneben stand ein zierliches japanisches Teeservice im Regal. An der gegenüberliegenden Wand hing ein eindrucksvolles Samurai-Schwert, hoch genug, damit ihre drei Enkelkinder keinen Zugriff hatten. In ihrer Küche gab es auch einen Tisch mit Stühlen, doch hier im Wohnzimmer machte man es sich auf diversen Kissen und Fellen bequem. Seine Tante vertrat die Auffassung, dass ihre frühen Vorfahren über die damals vereiste Beringstraße aus Asien nach Amerika gewandert und Japaner und Indianer somit miteinander verwandt waren. Diese Theorie hielt ethnologischen Forschungen durchaus stand, doch Tante Mae war die einzige Indianerin, die Corwin kannte, die japanische und indianische Lebensweise einfach miteinander kombinierte, um ihre Verbundenheit zu demonstrieren. Ihr Bruder, Corwins Vater, hatte einmal scherzhaft gesagt: »Hoffentlich entdeckt sie nicht auch noch Spuren von Wikingerblut in unseren Adern, immerhin haben wir einige blauäugige Stammesmitglieder.«

Corwin ließ sich noch immer Zeit mit der Beantwortung ihrer Frage. Er nahm drei Löffel Zucker in den Kaffee und goss den halben Inhalt des Milchkännchens dazu. Anders ließ sich der Kaffee seiner Tante nicht trinken. Während er das Gemisch umrührte, sagte er: »Es sind zwei Morde geschehen und einige Ausstellungsstücke verschwunden.«

»Und du glaubst, du kannst die Sachen besser wiederfinden als die deutsche Polizei?« Ihr Blick war eindringlich.

»Du traust mir diesbezüglich wohl nicht viel zu.« Er klang keineswegs verärgert.

»Ich traue dir zu, dass du über jedes verschwundene Objekt einen halben Tag referieren kannst, und ich traue dir auch zu, dass du jedem der geschädigten Stämme Ersatz versprichst, ohne zu wissen, wie du das schaffen sollst. Aber …«, sie machte eine kleine Pause, »… ich bin mir sicher, dass dich mehr in Deutschland hält, als du hier erzählt hast.«

Corwin runzelte die Stirn. Er hatte keine Ahnung, in welche Richtung ihre Vermutung ging, aber es war sinnlos nachzufragen, das wusste er aus Erfahrung. Sie hatte Antennen, die so fein waren, dass sie ein Unwohlsein wahrnehmen konnte, noch bevor die betreffende Person tatsächlich erkrankte.

Kurz nach der Geburt seiner Tochter hatte er sie einmal mit seiner Frau Anne besucht. Corwin wollte, dass Mae für das Baby ein Schutzamulett aus der getrockneten Nabelschnur herstellte, wie das schon seit Langem Tradition in seiner Familie war. Danach hatte seine Tante mit einem Blick in Annes Richtung zu ihm gesagt: »Du wirst sie irgendwann nach Hause bringen müssen.« Damals hatte er nicht wahrhaben wollen, was sie damit meinte. Er mochte sich gar nicht erst vorstellen, dass seine Frau einmal zurück nach Deutschland gehen könnte. Der Gedanke, seine Tochter Tabea würde dann ebenfalls mitgehen, hatte ihm seine Hilflosigkeit und Abhängigkeit vor Augen geführt. Eine Zeit lang besuchte er seine Tante sehr viel seltener.

O ja, es gab zahlreiche Dinge in seinem Leben, die manchmal wie Ratten an ihm nagten. Die Beharrlichkeit dieser Nagerei ließen die Wunden immer wieder schmerzen.

Mae griff nach einem Säckchen aus weichem Leder. Darin

befand sich eine Pfeife aus rotem Pfeifenstein, der Catlinit genannt wurde. »Heilige Gegenstände für die alten Zeremonien verschwinden, und die Waffen unserer Vorväter werden für die Morde missbraucht.« Mae machte eine Pause und widmete sich ihrer Pfeife, ohne aufzuschauen. Endlich sprach sie weiter. »Es ist doch ein Zeichen, wenn jemand mit einer so alten Waffe tötet. Liegt der Ursprung der Morde in unserer Geschichte? Liegt das Motiv vielleicht so weit zurück?« Nun schaute sie ihren Neffen nachdenklich an. »Du musst jemanden suchen, der sich selbst sehr wichtig nimmt. Er empfindet kein Unrechtsbewusstsein bei dem, was er da tut.«

Sie stopfte die Pfeife nun mit einem gemischten Tabak – das traditionelle Kinnikinnik nahm sie nur zu besonderen Anlässen –, und der süßlich-würzige Duft breitete sich in dem kleinen Raum aus. Auch beim gemütlichen Rauchen ganz allein gehörten die vier ersten Züge den »Großvätern der vier Himmelsrichtungen«, und so blies Mae den Rauch zunächst in Richtung Norden, dann Osten, Süden und Westen. Erst danach reichte sie die Pfeife an ihren Neffen weiter und bemerkte seinen dunkel verhangenen Blick.

»Corwin, wenn du wissen möchtest, was du wirklich willst, dann schau auf das, was du tust.« Sie machte eine energische Handbewegung, als wollte sie etwas aus der Luft streichen, und fuhr fort: »Und nun lass uns noch ein wenig palavern über die Familie und die Politik und warum der Falke schneller fliegt als der Adler.«

***

Christine stand der Schweiß auf der Stirn, obgleich sie erst zehn Minuten lang auf dem Rücken des Pferdes saß. Bereits zwei Mal war sie mit ziemlicher Wucht auf den harten Sattel geknallt, da die Bocksprünge und Kapriolen des Tieres sie immer wieder unvorbereitet trafen. Unnötige Marotten eines Pferdes, das von zwei sehr unterschiedlichen Reiterinnen bewegt wurde.

Jetzt betrat ein weiterer Reiter mit einer lebhaften, schlanken Araberstute die Halle. Christine kannte den Mann nur flüchtig. Mit dem schönen Pferd und seiner sehr teuren Reitausrüstung sah er aus, wie man sich einen eleganten Reiter vorstellte. Im Gegensatz zu diesem Paar bildeten Christine und ihr Pferd Pepe mit seinem kräftigen schwarz-weiß gefleckten Hinterteil, den langen Ohren und der wüsten Mähne einen ziemlichen Kontrast. Gebannt sah sie den beiden zu.

Die Araberstute war sehr temperamentvoll und nervös, und die häufige Benutzung der Gerte machte alles nur noch schlimmer. Bereits nach seiner ersten Runde im Parcours fragte Christine sich, warum der Mann bei diesem Pferd überhaupt eine Gerte benötigte, zumal auch Pepe jedes Mal schnaubte, wenn der Reiter in zügigem Trab an ihnen vorbeiritt. Christine zog die Stirn kraus und versuchte, sich auf ihr eigenes Pferd zu konzentrieren.

Ein dumpfes Geräusch ertönte. Die Stute war eine Idee zu nahe an die Bande getrabt und hatte mit dem linken Hinterhuf das Holz berührt. Kein Problem, so etwas kam schon mal vor. Christine sah jedoch, dass der Reiter empört die Gerte hob und sie auf das linke Hinterteil der Stute hinabsausen ließ. Leider befand Christine sich mit Pepe direkt hinter den beiden, und das zischende Geräusch der Gerte erschreckte ihr Pferd. Im Galopp und mit buckelndem Hinterteil raste Pepe auf den Ausgang zu. Bis zum Tor lagen noch etwa sechzehn Meter vor ihnen. Wenn ihr Pferd nicht langsamer wurde, würde es in der Kurve ausrutschen. Falls es nicht über die etwa anderthalb Meter hohe massive Schwingtür springen würde. Beide Aussichten ließen Christine um ihre Knochen bangen.

Begleitet wurde ihr Höllenritt von den Schreien des anderen Reiters, den Christine nur aus dem Augenwinkel sah. Seine Stute versuchte, den lästigen Reiter loszuwerden, indem sie ganz nah an der Bande entlanglief und dabei das linke Bein des Mannes einquetschte. Sie galoppierte schnell, aber nicht panisch, und der Reiter war nicht mehr in der Lage, sein lädiertes Bein hochzuziehen. Hilflos hing er über dem Sattel und schrie.

Christine blieben derweil nur noch wenige Sekunden. Auf das Zerren am Zügel reagierte ihr Pferd leider überhaupt nicht, und so erinnerte sie sich daran, was sie einst beim Voltigieren gelernt hatte: rechtzeitig und möglichst kontrolliert abspringen, bevor man völlig den Halt verlor.

Sie ließ als Erstes die Zügel los und fasste nach dem Sattelknauf. Nahezu gleichzeitig schwang sie ihr rechtes Bein dicht über dem

Pferderücken auf die andere Seite, hing für den Bruchteil einer Sekunde nur noch am Knauf und stieß sich schließlich seitwärts ab, wobei sie versuchte, durch eine leichte Drehung des Körper auf der linken Schulterpartie zu landen und sich abzurollen. Es gelang ihr nicht ganz, doch der Sand fing viel von dem Schwung ab. Allerdings hatte ihre rechte Hand einen großen Teil des Aufpralls abbekommen. Mit schmerzverzerrtem Gesicht blieb Christine erst einmal liegen und hielt sich das Handgelenk.

Sie war zwar von dem Pferd herunter, doch noch immer herrschte Chaos in der Halle. Durch das Geschrei aufmerksam geworden, standen mehrere Leute vor der Tür, die nicht fassen konnten, was sich da in der Halle abspielte. Mit unverminderter Geschwindigkeit legte Pepe sich in die Kurve und knallte an die rechte Seite. Das hätte für Christine böse ausgehen können.

Johann, der polnische Stallmeister, schob nun mit energischen Bewegungen die erstarrten Zuschauer zur Seite und verschaffte sich mit einem schnellen Blick Übersicht. Pepe stand mittlerweile schnaubend vor der Bande, er schien nicht ernstlich verletzt, nur sehr überrascht. Während Johann nun zügig, aber mit ruhigen Bewegungen auf die noch immer tänzelnde Stute zuging, stand Christine auf und ging leicht humpelnd, den Arm vorsichtig an den Körper gepresst, auf ihren Pepe zu, der sich willig wegführen ließ. Auch die Stute hatte sich ausgetobt, und Johann konnte sie mit geübtem Griff in seine Gewalt bekommen. Der unglückliche Reiter lag stöhnend auf dem Sattel und war nicht mehr in der Lage, sich selbst zu helfen. Sobald er sich bewegte, zuckte die Stute nervös. Johann hielt es für das Beste, ihn auf dem Pferd liegen zu lassen, bis der bereits informierte Krankenwagen eintraf.

Der Stallmeister warf Christine einen anerkennenden Blick zu und sagte. »Das war ein Sprung, wie er jedem Stuntman zur Ehre gereicht hätte.« Dann aber fügte er streng hinzu: »Und nun sieh zu, dass du von den Pferden wegkommst, und lass dich gleich vom Krankenwagen mitnehmen. Ich schau mir den Pepe später an.«

Als Christine drei Stunden später endlich zu Hause war, zierte eine Gipsschiene ihren rechten Arm. Dieser war zum Glück nur angeknackst, musste aber für zwei bis drei Wochen ruhiggestellt werden.

Birgit, die Christine vom Krankenhaus abgeholt hatte, setzte sich auf die Couch, balancierte vorsichtig eine große Tasse Kaffee zwischen den Händen und schmunzelte. »Wie viele Baustellen willst du eigentlich noch eröffnen, Chris?« Sie zählte mit einer Hand auf: »Mord, Beziehungsstress, Reitunfall. Was fehlt denn noch auf deiner Action-Liste?«

Christine stöhnte laut und fuhr sich durch die Haare. Sie stand in ihrem Wohnzimmer und schaute auf den blinkenden Anrufbeantworter. »Danke, dass du mich an all das erinnerst. Es war aber auch wirklich doppeltes Pech, dass der aufnehmende Pfleger mich kannte und, ach so fürsorglich, jenen Arzt holte, von dem ich am wenigsten gern untersucht werden wollte.«

Birgit stellte ihre Tasse ab und stützte ihren Kopf zwischen beide Hände. »Sei nicht ungerecht. Achim hat sich viel Mühe gegeben. Und er war ernstlich besorgt.«

»Ja, eben. Bei jedem anderen Arzt wäre ich mit einem kleinen Verband davongekommen. Achim hat ein Theater um den Arm gemacht, als könnte nur noch eine Operation verhindern, dass er steif bleibt.« Ruckartig schwenkte sie den Gipsarm in Birgits Richtung und verzog sofort schmerzlich das Gesicht. Dann drückte sie auf die Abhörtaste des Anrufbeantworters.

Die etwas metallisch klingende Stimme ihres Ressortleiters erklang. »Hallo, Chris, hier ist Jörg. In der Zentrale wurde ein Brief für dich abgegeben. Wenn ich nichts mehr von dir höre, werfe ich ihn auf dem Heimweg bei dir ein. Bis morgen.« Ein leichtes Knacken vom Auflegen des Hörers, dann verstummte die Anzeige, und Christine drehte sich langsam zu Birgit um. Sie sahen sich an, und ganz offensichtlich dachten beide an das Gleiche.

Birgit griff erneut nach ihrer noch immer dampfenden Tasse und hielt ihre blauen Augen besorgt auf Christine gerichtet. »Bekommst du nicht öfter Briefe in die Redaktion?«

»Sicher, aber es kommt selten vor, dass Jörg sie mir hinterherträgt. Es muss sich um etwas Wichtiges handeln.« Sie ging in die Küche, um ihren Schlüsselbund zu holen, dann verließ sie die Wohnung.

Schnell war sie wieder da, in der linken Hand einen großen braunen Umschlag. Er glich genau dem vom vergangenen Samstag. Offenbar war der Absender zu schlau, sich von der Videokamera im

Hausflur aufnehmen zu lassen, und hatte ihn dieses Mal an ihrem Arbeitsplatz deponiert.

»Jetzt wird es interessant, Birgit, schalte deinen Sprachgenius bitte auf das Englische.« Sie setzte sich ihr gegenüber in einen Sessel und versuchte umständlich, da durch den Gips behindert, den Umschlag zu öffnen.

»Tanz, bei dem die Sonne angesehen wird.«

Selbst Christine gelang es, die Überschrift, die in großen Buchstaben ins Auge stach, zu übersetzen. Konnte das ein Zufall sein? Sie schrieb bereits an einem Bericht über den Sonnentanz und bekam dazu nun diesen Brief. Der beigefügte Artikel war nur eine Seite lang. Doch dieses Mal befand sich die Kopie eines Bildes bei den Unterlagen. Es zeigte einen Indianer mit entblößter Brust, die weit nach vorn gebeugt war, während die Arme wie Flügel nach hinten zeigten. Aus seiner Brust ragten kleine Pflöcke, an denen ein Seil befestigt war. An diesen Stellen war die Haut merklich nach vorne gezogen. Seine langen Haare waren mit einer Art Blütenkranz geschmückt, und im Mund hielt er eine Flöte. Unter dem Foto stand: *Pulling back from the rope.*

Birgit brauchte nicht lange, um den gesamten Text zu übersetzen. Er erläuterte kurz die Zeremonie des Sonnentanzes und wies auf fehlerhafte Interpretationen hin. So wurde hinter der Sonnentanz-Zeremonie oft eine Art Anbetung der Sonne vermutet, was so nicht richtig sei. Es gehe in erster Linie um geistige und körperliche Reinigung sowie die Suche nach Visionen. Viele glaubten, durch den Schmerz komme man den Mächten der Erde nahe und durch die Visionen nehme man Kontakt zum großen Geist auf. Einige Tänzer brachten sich selbst als Opfer dar, um für einen kranken Angehörigen zu bitten und zu beten. Doch die Art der Selbstfolterungen war von Stamm zu Stamm verschieden, einige Stämme lehnten sie ganz ab.

Vieles davon wusste Christine bereits aus ihrer eigenen Lektüre. Aber es war der letzte Abschnitt, der sie zutiefst schockierte. *»Kennst du die Bedeutung der Frau bei der Sonnentanzzeremonie? Warum braucht eine Frau keine Selbstfolterungen auf sich zu nehmen? Finde es heraus, Christine.«*

»Woher weiß er, dass ich mich mit der Sonnentanz-Zeremonie

beschäftige?« Christine nahm sich erneut den Brief vor und starrte auf die englischen Sätze, als stünde die Lösung zwischen den Zeilen.

»Mensch, Chris, wir haben überhaupt nicht an mögliche Fingerabdrücke gedacht!«

Christine zuckte kurz zusammen, meinte aber nach kurzem Nachdenken: »Na, wenn schon. Ich bin ein Opfer, kein Polizeibeamter, und für die Spurensicherung bin ich nicht auch noch zuständig. Außerdem haben sie bereits einen Brief in Arbeit.«

Birgit setzte sich auf die Kante des Sofas und legte die Stirn in Falten. »Ich finde es ziemlich unheimlich, dass dieser Verrückte dir schreibt. Hast du denn keine Angst? Wo soll das denn hinführen? Christine, hörst du mir überhaupt zu?«

Christine sah ihre Freundin an und schaute doch durch sie hindurch. Sie fragte sich gerade, wem sie eigentlich von ihrer Recherche zum Thema Sonnentanz erzählt hatte.

»Birgit, habe ich dir erzählt, dass ich über den Sonnentanz schreibe?

»Ja, du erwähntest es eben.«

»Nein, ich meine vorher, gestern oder so?«

Birgit verzog das Gesicht. »Gestern war ich beim Zahnarzt. Da hättest du mir alles erzählen können, ich hatte den ganzen Tag nur das Geräusch des Bohrers im Ohr.« Sie überlegte kurz. »Aber es kann doch Zufall sein, dass er dir gerade jetzt Informationen über diesen Sonnentanz schickt. Sieh es als Zeichen für deinen guten thematischen Spürsinn an.«

»Und genau dieser Spürsinn sagt mir, dass der Schreiber dieses Briefes genau wusste, womit ich mich beschäftige. Wahrscheinlich kennt er auch schon die Röntgenbilder meines Arms.« Sie knallte den Brief auf die Tischplatte.

Birgit zuckte zusammen. »Wem hast du denn überhaupt davon erzählt? Jörg?«

»Nein, eigentlich nur Corwin Standing Child, und der sitzt in Amerika.« Christine schaute auf die Uhr. »Oder schon im Flieger.«

Birgit blickte erst Christine an und konzentrierte sich dann auf die Kerze in der Mitte des Tisches, während sie beiläufig sagte: »Vielleicht solltest du dich von dem Indianer besser fernhalten. Er ist schließlich, wie alle anderen, ein Verdächtiger.« Dann stützte sie ihr Kinn wieder auf beide Hände. »Wusstest du, dass seine Frau sich umgebracht hat?« Sie machte eine kleine Pause, bevor sie fortfuhr. »Und das unter Umständen, die nie ganz geklärt wurden?«

Christine reagierte erstaunt. »Wo hast du denn das her?«

»Nun, schließlich bin ich auch Journalistin. Ich kann zwar nicht ganz glauben, dass einer unserer neuen Bekannten ein Mörder oder gar eine Mörderin ist, aber eine einsame Bergwanderung würde ich momentan mit keiner Person unternehmen, die lange schwarze Haare hat und indianische Züge besitzt.« Birgit lächelte sie an, strich sich über ihre etwas üppigeren Formen und fügte hinzu: »Obgleich das meiner Figur und meinem einsamen Herzen guttäte.«

»Dann versuch es halt mit gemeinschaftlichem Joggen um den gut besuchten Aasee. Bei der Gelegenheit erfahren unsere Amerikaner auch, dass sich hier sogar kleine Tümpel See nennen dürfen«, bemerkte ihre Freundin, was ihr einen vernichtenden Blick von Birgit eintrug.

Christine holte zwei Sherrygläser aus der Vitrine und die Karaffe, aus der sich auch ihre Mutter so gerne bediente, und stellte beides auf den kleinen Tisch. Als sie sich setzte, sagte sie: »Von dem Selbstmord seiner Frau hat er mir erzählt, sie war übrigens eine Deutsche, falls die Information dir noch fehlt.« Christine versuchte, die kleinen Gläser mit der ungewohnten linken Hand zu füllen. Birgit ließ sie gewähren, rechnete aber jeden Moment mit einem Missgeschick. Endlich hielt Christine ihr Glas in den Händen und fragte: »Was weißt du von den anderen Indianern?«

Birgit rollte die blauen Augen vielsagend nach oben, bevor sie Auskunft gab. »Also, Lucie lebt allein, hat, soweit ich weiß, keine Kinder, ist etwa in meinem Alter, intelligent, warmherzig, einfach klasse. Sie hat mich sogar schon zu Hause besucht. Zumindest für den Mord an Frau Horn hat sie ein Alibi, weil wir am Sonntag zusammen gefrühstückt haben. Marie dagegen ist irgendwie ätherisch und erscheint mir in manchen Dingen recht kompliziert. Du weißt schon, jemand, bei dem man eher überlegt, was man sagt. Sie lebt mit einem älteren Mann zusammen, der sie angeblich anbetet.«

Belehrend hob Birgit die Hand und fügte hinzu: »Das sollte tatsächlich jeder Frau zustehen.« Dann tat sie, als müsste sie überlegen, und sprach dann weiter: »David Ironheart Seidel hat eine wilde

Vergangenheit hinter sich, er soll mehrfach wegen Unruhestiftung und als Anführer indianischer Aufstände verhaftet worden sein. Seit zehn Jahren allerdings benutzt er zum Kampf für die Rechte der Indianer anscheinend mehr den Verstand und weniger seine Fäuste. Er hat die amerikanische Regierung bereits mehrfach wegen Vertragsmissbrauchs angezeigt.« Birgit zuckte mit den Schultern. »Angeblich mit einigem Erfolg.« Sie lehnte sich entspannt zurück und fügte dann kokett hinzu: »Ich finde, ein Blick aus seinen dunklen Augen lässt jeden Gedanken an Widerstand vergessen. *Hingabe* ist das einzige Wort, das mir dann noch einfällt.« Sie lächelte schelmisch.

»Hm«, war alles, was Christine dazu einfiel. Birgit war diesbezüglich einfach unverbesserlich. Christine schaute auf die Uhr und wusste, dass sie den Hauptkommissar dringend anrufen musste, um ihn noch zu erreichen.

***

Der Mann saß in seinem Blut. Die ledernen Leggins waren mit dicken Blutstropfen übersät. Um den Stein, auf dem er saß, sammelten sich kleinere Lachen wie farbige Regenpfützen, und noch immer schnitt er sich mit einem geschwungenen Messer tiefe Wunden in die Arme. Dabei wiegte er seinen Oberkörper vor und zurück und sang. Es war ein monotoner Gesang, den seine leise, metallisch klingende Stimme noch beschwörender klingen ließ. Der Mann schien sich in tiefer Trance zu befinden, er bewegte sich, als fügte er diese schmerzvollen Wunden nicht seinem eigenen Körper zu.

In der Ferne hörte man Trommeln, dort bereiteten sich an die dreitausend Krieger auf den letzten bedeutenden Kampf vor. Eine wahrlich beeindruckende und auch einmalige Streitmacht in der Geschichte der Indianerkriege, bestehend aus Kriegern der Sioux, Cheyenne, Minneconjou und anderen Präriestämmen. In ungewohnter Eintracht sollten sie heute die 7. Kavallerie der Vereinigten Staaten unter dem Kommando von General Custer fast vollständig vernichten. Ihr großer Medizinmann und geistiger Führer saß auf einer Anhöhe, betete und brachte an diesem frühen Morgen sein eigenes Fleisch zum Opfer dar.

Schließlich hielt er inne. Sein Blick wurde klar und strahlte eine majestätische Ruhe aus. Der Mann richtete den Oberkörper kerzengerade auf, sodass die eine Adlerfeder am Hinterkopf nur noch durch die leichte Brise des Windes bewegt wurde, und seine langen, mit Fell umwickelten Zöpfe ruhten auf den Schultern. Sitting Bull wusste, seine Krieger würden siegen.

★★★

Christine lag steif im Bett. Ihre Arme schmerzten, besonders der rechte. Im dämmrigen Halbschlaf wusste sie zwar, wo sie sich befand, spürte aber noch immer die Eindrücke des Traumes am eigenen Körper und hatte die Traumbilder wie in einem Fernsehfilm vor Augen.

Erst jetzt fiel ihr auf, dass sie die Zähne fest aufeinandergepresst hatte. Vorsichtig löste sie die Spannung und wurde vollends wach.

Ihr Blick fiel auf den Gipsarm, und sie wusste zumindest, warum ihr der rechte Arm wehtat. Mit der Hand rieb sie, soweit es der Gips zuließ, über den linken Arm, und das Brennen der Haut wurde schnell schwächer und verschwand innerhalb weniger Sekunden vollständig. Sie hatte die blutigen Schnitte aus dem Traum an ihren eigenen Armen gespürt, denn sie hatte sich selbst auf dem Stein gesehen – in der Gestalt von Sitting Bull.

Ganz langsam setzte sie sich auf und rieb sich die Stirn. Offenbar nahmen sie die jüngsten Ereignisse mehr mit, als ihr das bei Tage bewusst war. Die Erlebnisse aus einem Traum derart realistisch mit in den Wachzustand zu nehmen, so etwas kannte sie bislang nicht.

Eine Dreiviertelstunde später saß sie fertig angezogen an ihrem Tisch in der Küche, eine dampfende Tasse Kaffee vor sich. Sie brauchte nicht lange zu warten, exakt zwei Minuten nach dem vereinbarten Termin schellte es an ihrer Tür. Hauptkommissar Delbrock schob seinen massigen Körper und einen Schwung kalter Luft in ihre Wohnung.

Er blickte auf ihren Gipsarm und schüttelte in väterlicher Weise den Kopf. »Wenn mir nicht meine Erfahrung sagen würde, dass ein Begleitschutz einen Reitunfall nicht verhindern kann, würde ich gern jemanden abordnen, um Sie zu schützen.« Er legte die hohe Stirn in Falten und sagte: »Vielleicht tue ich es auch noch. Ihnen passiert ein bisschen viel in etwas kurzer Zeit.«

Sie gingen in die Küche, und der Hauptkommissar strahlte, als Christine ihm eine große Tasse Kaffee mit Sahnehaube reichte. Er nahm einen Schluck und drehte die Augen genießerisch zur Decke. »Ah, genau die richtige Mischung. Können Sie sich vorstellen, dass meine Schreibkraft nach drei Monaten intensiver Zusammenarbeit mit mir noch immer nicht in der Lage war, mir einen schmackhaften Kaffee zu bereiten, geschweige denn einen Cappuccino? Ich musste wertvolle Zeit in irgendwelchen Cafés vergeuden, um meinen Koffeinspiegel auf die passende Höhe zu treiben.« Er schüttelte in nachträglicher Verzweiflung den zerzaust wirkenden Kopf. »Und dann ließ ich mir zu meinem Dienstjubiläum den Kaffeeautomaten schenken. Seitdem bin ich wieder ein umgänglicher Mitarbeiter.« Er lächelte sie so charmant an, wie es ein ermittelnder Hauptkommissar von seiner Statur überhaupt konnte.

Christine musste lachen. Schade, dass sie mit ihm eher unangenehme Dinge zu besprechen hatte.

Sie reichte ihm den Brief und die Übersetzung von Birgit. Mit einem Gesicht, das sowohl Verständnis als auch Tadel erkennen ließ, fragte er: »Wie viele Fingerabdrücke sind denn schon auf dem Papier?«

»Meine und die von Frau Hartmann. Wir haben in der Aufregung nicht mehr daran gedacht.« Und ein wenig trotzig fügte sie hinzu: »Außerdem ist wohl kaum anzunehmen, dass er bei dem Überbringen der Botschaften erst solche Vorsicht walten lässt, um dann seine Visitenkarte in Form von Fingerabdrücken zu hinterlassen.«

Delbrock überhörte den Einwand. Er hielt die handgeschriebene Übersetzung etwas weiter als gewöhnlich von sich weg, um sie zu entziffern, während er mit der anderen Hand an seinen Schuhen nestelte, um sie schließlich auszuziehen.

Angesichts der Selbstverständlichkeit, mit der er sich in ihrer Küche wohlfühlte, musste Christine leise lächeln. Er unterbrach seine Tätigkeit für einen Moment und erklärte: »Die Handschrift auf dem ersten Umschlag stammt übrigens laut unserem Grafologen von einem etwa Zehnjährigen. Er muss ein Kind gebeten haben, den Namen auf den Umschlag zu schreiben. Schlau, schlau.«

Seine Augen waren angestrengt zusammengekniffen. Christine kannte die Anzeichen einer Altersweitsichtigkeit von ihrer Mutter, die diesen Umstand ebenso ignorierte wie der Kommissar. Stattdessen bekamen alle Leute plötzlich eine *»schrecklich unleserliche Schrift«*, nützliche Lampen blendeten, und »sich etwas vorlesen zu lassen« galt plötzlich als *»très chic«*.

Hauptkommissar Delbrock las auch noch das englische Original und schaute sich das Foto an. Dann sagte er ernst zu Christine: »Er wird vertraulicher, Frau Neustedt. Das macht mir Sorgen.«

Christine schaute ihn fragend an, und der Hauptkommissar stellte die Tasse, die er gerade zum Mund führen wollte, wieder auf die Untertasse zurück. »Sehen Sie, in diesem Brief spricht er Sie mit Ihrem Vornamen an. Hier.« Er zeigte auf die Stelle im Brief. »Er gibt Ihnen Rätsel auf, will, dass Sie sich informieren, und beginnt auf diese Weise eine Kommunikation.« Er fuhr sich nachdenklich durch die struppigen grau-braunen Haare.

Christine bemerkte: »Etwas einseitige Kommunikation, wenn ich nicht antworten kann, finden Sie nicht?«

Der Hauptkommissar lächelte. »Nein.«

»Wie, nein?«

»Er schreibt geheime Briefe, und Sie antworten ganz öffentlich, durch Ihre Zeitungsberichte. Die Frage ist nur, was will er damit erreichen? Geht es um Ihre Person, oder geht es um Inhalte, für die er Sie als Sprachrohr erwählt hat?« Delbrock streckte seine langen Beine aus, lehnte sich so weit zurück, dass Christine um die Haltbarkeit der Stuhllehne fürchtete, und meinte auf seine entwaffnende Art: »Ich könnte mir verschiedene Möglichkeiten vorstellen, wie wir mit dem Verfasser in Kontakt treten oder ihn auf die eine oder andere Art mit einem Artikel ärgern könnten, aber …«, er machte eine vielsagende Pause, »… ich muss mich um Ihre Sicherheit kümmern. Auch wenn Sie einen reizenden Lockvogel abgeben.«

»Ich bin Journalistin«, sagte Christine, während sie seine Tasse erneut füllte.

Delbrock nahm die Tasse dankbar in Empfang und fragte freundlich: »Wie soll ich das übersetzen?«

»Ein Journalist lässt sich durch solche Briefe nicht in einen Hinterhalt locken. Ich werde meine Artikel in jedem Fall schreiben, aber auf meine Weise.« Christine gab sich mutiger, als sie sich fühlte. In Wahrheit wollte sie endlich mit Corwin Standing Child über den neuen Brief und über ihren nächsten Artikel reden. Sie würde sich sicherer fühlen, sobald er wieder in Münster war. Ihm und Chief Thomas vertraute sie seit der schicksalhaften Ausstellungseröffnung, ohne eine logische Erklärung dafür zu haben. Sie dachte sogar darüber nach, Chief Thomas aufzusuchen und sich von ihm einige ihrer Fragen beantworten zu lassen.

Beinahe hätte sie dem Hauptkommissar von ihrem Traum heute Morgen erzählt, in dem sie auf so erschreckend realistische Weise etwas von Sitting Bull erfahren hatte, doch sie schloss den Mund schnell wieder. Am Ende hielt er sie doch noch für überspannt und ängstlich. Plötzlich erklang eine Melodie, metallisch und dumpf, das Klingeln eines Handys. Christine kannte das Stück und schmunzelte unwillkürlich. Tschaikowskys »Nussknacker« in den Händen eines Hauptkommissars an einem trüben Frühlingstag.

Das Lächeln verging ihr allerdings schnell, als sie das Gesicht von Delbrock beobachtete. Auf seiner Stirn erschienen zwei steile Falten, und seine Kieferknochen bewegten sich, als rüsteten sich seine Zähne zum Kampf. Entgegen seiner sonstigen Art sprach er nur knapp in den Hörer und steckte das Telefon schließlich mit einer ruckartigen Bewegung zurück in die Manteltasche.

»Was ist passiert?«

Der Hauptkommissar bückte sich, zog seine Schuhe an und stand mit gerötetem Kopf auf. Dann antwortete er mit einer Gegenfrage: »Wussten Sie, dass Corwin Standing Child heute zurück nach Münster kommt?«

Christine zuckte mit den Schultern. »Er wollte nach drei Tagen wiederkommen. Ich dachte mir, dass er heute, spätestens morgen eintreffen müsste. Warum?« Besorgt suchte sie in seinem Gesicht nach Hinweisen und entdeckte zu ihrer Überraschung eine enorme Wut. Christine bekam eine Ahnung davon, dass es neben der netten Gemütlichkeit dieses Mannes auch noch eine ernste und unberechenbare Seite gab. Auf dem Weg zur Tür erzählte er knapp: »Auf dem Flughafen Münster/Osnabrück ist ein Anschlag auf Corwin Standing Child verübt worden.« Delbrock sah nicht, wie sie zusammenzuckte. »Die Kugel hat ihn zwar nicht verfehlt, aber nur leicht verletzt. Für einen meiner Männer sieht es ernster aus. Er liegt schwer verletzt in der Notaufnahme.« Der Kommissar rieb sich die Stirn, sagte dann leise: »Ich habe seiner Mutter versprochen, auf ihn aufzupassen ...«

Schon im Gehen wandte er sich nochmals um. »Ich werde ab und zu eine Streife bei Ihnen vorbeischicken.« Seine raschen, schweren Schritte hallten durch das Treppenhaus.

Christine sank wieder auf den Stuhl in der Küche und spielte unruhig mit ihrem Kaffeelöffel. Sie hatte das ungute Gefühl, dass die Geschichte nun erst richtig Fahrt aufnahm und sie die Tatsache, Teil eines perfiden Plans zu sein, nicht mehr ignorieren konnte. Für einen Augenblick musste sie an die romantischen Abende mit Achim denken, als er sie umworben hatte. Damals war ihre größte Aufregung gewesen, einen liebevollen Brief zu bekommen oder ein Präsent an ihrem Schreibtisch vorzufinden. Sie seufzte. Die Dinge veränderten sich gerade auf vielen Ebenen, wie sie mit einem Blick auf ihren Gipsarm feststellte.

Warum nur hatte jemand auf Corwin Standing Child geschossen? Handelte es sich um dasselbe Motiv wie bei den beiden Frauen, oder sollte er aus einem anderen Grund sterben? Sie hatte Delbrock noch fragen wollen, ob die Morde möglicherweise etwas mit der Ausstellungsvorbereitung zu tun haben konnten. Zu spät.

***

Das Behandlungszimmer wies das geordnete Chaos eines Raumes auf, in dem Menschen mit gebrochenen Knochen, offenen Wunden und Kopfverletzungen untersucht wurden und eine erste Versorgung bekamen, bevor sie in den OP oder zum Röntgen mussten.

Es roch nach Desinfektionsmitteln und feuchten Gipsbinden. Überall hingen grüne Schürzen; Rollen mit Pflaster, Mullbinden und Ähnliches lagen herum. Die Beleuchtung war hell. Weißgelbes Licht kam aus verschiedenen beweglichen Strahlern, was dem Raum etwas Fremdartiges gab.

»Sie versuchen wohl, das Klischee eines Karl-May-Indianers zu erfüllen, was?«

Die Ärztin in der Unfallchirurgie hatte ein sympathisches rundes Gesicht. Sie trug einen offenen weißen Kittel, der den Blick auf eine sportliche Figur in Jeans und hellblauem Poloshirt freigab. Sie arbeitete mit flinken Bewegungen an der Wunde, wo die Kugel seine linke Schulter gestreift hatte, gab ihren Kollegen Anweisungen und strahlte dabei eine Ruhe und Gelassenheit aus, die eigentlich nur aus langjähriger Arbeitserfahrung herrühren konnte.

Corwin Standing Child schaute auf die Nadel in ihrer Hand und fragte betont lässig: »Und, wie gut bin ich?«

»Ziemlich gut. Sie können ruhig mal zugeben, dass es wehtut.«

»Ich will es mal so sagen: Wenn Sie zwanzig Stiche machen müssen, denke ich über eine Betäubung nach.«

Sie lachte ihn kurz an und schüttelte den Kopf mit den kurz geschnittenen grau-schwarzen Haaren. »Es werden vier Stiche.« Während sie zügig die Nadel führte, ging ihr Blick immer wieder auch zu den drei wulstigen Narben, die in Form eines Dreiecks seine Brust zierten.

Sie machte den letzten Stich und verknotete die Fäden. »Ich würde Sie gerne für eine Nacht hierlassen. Die Wunde ist zwar nicht wirklich gefährlich, aber Sie haben einiges an Blut verloren, und bevor Sie mir auf der Straße zusammenklappen, könnten Sie doch besser mal das Stationsleben eines deutschen Krankenhauses kennenlernen.«

Corwin Standing Child schüttelte den Kopf. »Nettes Angebot, aber ich ziehe mein Hotelzimmer vor.« Sie schaute in sein markantes Gesicht, das nun noch eine Spur entschlossener aussah, und versuchte gar nicht erst, ihn durch weitere ärztliche Ratschläge zu beeindrucken. Dann betrachtete sie seine sportlich muskulöse braune Brust und schnitt schließlich ein großes Pflaster für die genähte Wunde zu.

Mit langsamen Bewegungen zog er sich T-Shirt und Hemd an, die er zuvor aus dem Koffer genommen hatte. Seine alten Sachen waren mit Blut durchtränkt. Als er seine braune Lederjacke mit dem zerfetzten Schulterteil betrachtete, machte er dann doch noch ein schmerzverzerrtes Gesicht. Es war ein schönes Stück aus dickem braunem Leder mit edel aussehendem karierten Innenfutter und einigen nur dezent verzierten Taschen.

»Oje, das tut jetzt wirklich weh.« Frau Dr. Jakob lächelte mitleidig und steckte ihre Hände in den Kittel. »Das kann ich leider nicht nähen.« Corwin legte sich die Jacke über den Arm, zuckte mit der gesunden Schulter und sagte, wobei sein Gesichtsausdruck mit einem Male sehr ernst wurde: »Wie geht es dem jungen Polizisten?«

»Dazu kann ich Ihnen nicht viel dazu sagen. Er lebt, hat grundsätzlich eine gute Konstitution, und meine Kollegen tun ihr Bestes. Sein Chef hat sich auch schon erkundigt. Er sitzt übrigens in meinem Büro und möchte Sie dringend sprechen.« Mit diesen Worten öffnete sie die Tür des Behandlungszimmers und ließ ihm den Vortritt. An der Sitzecke vorbei, wo weitere Patienten warteten, gingen sie bis zu ihrem Zimmer. Corwin fielen die freundlich gestalteten Flure mit den modernen Bildern an den Wänden auf. Eine Wand war komplett von einer Schulklasse bemalt und zeigte die Besiedlung eines fremden Planeten mit außerirdischen und phantastischen Kreaturen. Die Krankenhäuser, die er aus Montana kannte, hatten kühl und lediglich zweckmäßig ausgesehen.

In einer Ecke bemerkte er einen Getränkeautomaten und entschuldigte sich für einen Moment, um sich eine Cola zu ziehen. Dabei musste er feststellen, dass das Hantieren an einem sperrigen Getränkeautomaten mit einer frisch genähten Wunde doch schwieriger war, als er hier zeigen wollte. Er ärgerte sich, dass er die schwere Jacke nicht doch angezogen hatte, um den gesunden Arm freizuhaben, und widerstand nur mit Mühe dem Drang, sich auf den Rollstuhl zu setzen, der neben dem Automaten stand, um den plötzlichen Schwindel zu beruhigen. Mit einem Gesicht, als hätte er die Cola von einem Schlachtfeld gerettet, wandte er sich schließlich wieder Frau Dr. Jakob zu, die bereits die Tür zu ihrem Zimmer offen hielt.

Hauptkommissar Delbrock saß auf einem Besucherstuhl am Fenster und schaute hinaus auf den Parkplatz mit den zahlreichen bunten Autos, die von hier wie das Spielzimmer eines kleinen Jungen wirkten. Er stand sofort auf, als hätte man ihn bei etwas Verbotenem ertappt, und nickte der Ärztin respektvoll zu. Heute zierte eine kiwigrüne Krawatte sein dunkles Hemd, und die Haare schienen etwas weniger struppig.

»Herr Hauptkommissar, Sie können sich getrost an meinen Schreibtisch setzen. Dort kann man sich nicht anstecken.« Mit einem Augenzwinkern zu Corwin Standing Child ließ sie die Männer allein.

Delbrock ging nur zögerlich zum Schreibtisch, setzte sich vorsichtig auf den Drehstuhl und holte Papier und Stift heraus, bevor er den Cheyenne bat, sich zu setzen. Er lächelte verschämt und drehte den Kugelschreiber in seiner Hand. »In Anwesenheit von Ärzten fürchte ich ständig, sie könnten in meiner Iris oder an der Farbe meiner Haut alle möglichen Krankheiten erkennen. Und als würden sie mir gleich sagen, ich solle keinen Kaffee trinken, dringend abnehmen und noch mehr schreckliche Empfehlungen.«

Corwin Standing Child musterte den Hauptkommissar interessiert, bevor er sich setzte, und öffnete seine Cola. »Sie erlauben?« Ein Blick in das Gesicht des Hauptkommissars, und er verstand.

»Soll ich Ihnen auch etwas zu trinken holen?«

»Nein, nein, aber wenn Sie mir einen Schluck abgeben würden …« Delbrock stand auf und griff nach einem Glas, das am Rand eines Waschbeckens hinter der Tür stand, spülte es kurz aus und hielt es Corwin bittend hin. Der Cheyenne goss ihm etwas ein, sagte aber: »Hören Sie, die Ärzte, die ich kenne, rauchen viel, trinken Unmengen Kaffee und treiben wenig Sport. Hier hat man bestimmt Verständnis, wenn wir nach einem Kaffee fragen.«

Delbrock hob abwehrend die Hände und sagte betont lässig. »Danke, nicht nötig. Jetzt erzählen Sie mir mal, was am Flughafen geschehen ist.«

Der Cheyenne erzählte ihm auf kurze, aber prägnante Weise, wie er aus dem Flughafengebäude gekommen war und nach einem Taxi Ausschau gehalten hatte. Dabei hatte er den Polizeibeamten bemerkt. Just als er sich umdrehte, war der erste Schuss gefallen. Durch diese Bewegung wurde er zum Glück nur an der Schulter verletzt. Der Beamte seinerseits hatte blitzschnell reagiert, er zog seine Waffe und setzte sich in Richtung der großen Müllcontainer in Bewegung. Dort vermutete er wahrscheinlich den Schützen. Er kam nicht weit. Der zweite Schuss fiel sofort und traf ihn frontal.

Corwin berichtete, wie er zunächst in die Deckung des Flughafengebäudes gesprungen und dann, als keine weiteren Schüsse fielen, zu dem Verletzten gekrochen sei, um auch ihn aus der Schusslinie zu bekommen. Diesen Moment musste der Schütze genutzt haben, um ungesehen zu verschwinden, denn es traten bereits weitere Fluggäste aus dem Gebäude. Der Flughafen Münster/Osnabrück war eher klein und übersichtlich, doch an einem Mittwochmorgen herrschte auch hier ein regelmäßiges Kommen und Gehen. Der Täter hatte es offenbar billigend in Kauf genommen, andere Menschen zu gefährden oder sogar entdeckt zu werden.

Delbrock machte sich schweigend ein paar Notizen. Dann stützte er sich auf seine großen Hände und starrte auf ein Plakat an der Wand, wo einzelne Frakturen der Hände und Arme und deren Behandlung mit Drähten und Metallplatten dargestellt waren. »Sie sind ihm doch trotz Ihrer Verletzung noch nachgelaufen. Haben Sie denn gar nichts gesehen? Oder gehört?«

»Nein. Wahrscheinlich ist er durch einen hinteren Eingang in das Gebäude gegangen und hat sich unter die Besucher gemischt. Wenn man um die Müllcontainer herumgeht, gelangt man auf einen angelegten Spielplatz, und dort ist ein weiterer Eingang. Den wird er genommen haben.« Corwin streckte seine langen Beine aus und nahm einen weiteren Schluck aus seiner Colaflasche. Er ahnte die nächste Frage voraus.

»Wenn wir davon ausgehen, dass der Schütze unser Mörder war, warum hat er es nun auch auf Sie abgesehen?«

Corwin zögerte kurz, als mache ihm die Beantwortung dieser berechtigten Frage zu schaffen.

»Es gibt zwei Möglichkeiten. Entweder hat der Täter dasselbe Motiv, mich zu beseitigen, wie bei den beiden Frauen, oder er sieht in mir eine Gefahr.« Mit einem leichten Lächeln fügte er hinzu: »Mir persönlich wäre der zweite Grund lieber.«

»Die Heldenrolle. Verstehe.« Delbrock räusperte sich. »Vielleicht haben Sie zu Hause zu viele Fragen gestellt?«

»Ich habe meine Familie besucht und gearbeitet.«

Delbrock überhörte den Einwand und blätterte in einem kleinen dunkelgrünen Buch. »Wussten Sie, dass David Ironheart Seidel vorbestraft ist?«

Aus dem Munde des Polizeihauptkommissars klang der Name des Künstlers wie eine russische Kampfmaschine. Sein Gegenüber lächelte nachsichtig.

»Die meisten Indianer meines Alters haben in ihrer Jugend bei gewalttätigen Demonstrationen mitgemacht und von Befreiungsschlägen gegen die weißen Amis geträumt.«

Delbrock blickte ihn mit stoischer Ruhe an und sagte: »Nun, Sie stehen nicht im Vorstrafenregister.«

»Vielleicht hatten meine Eltern die besseren Anwälte.« Die beiden Männer schauten sich an, als ginge es um den Zuschlag für eine Auktion, und Delbrock fragte sich, warum er bei diesem Mann jedes Mal das Gefühl hatte, vor einer eisigen Wand zu stehen. Corwin Standing Child beantwortete alle Fragen, wurde nicht unhöflich und zeigte doch bisweilen eine Miene, die an die steinerne Büste eines römischen Imperators erinnerte. Wobei die Betonung auf »Imperator« liegt, dachte Delbrock nicht ohne Neid. Er ging in die Offensive.

»Herr Standing Child, ich suche den Täter tatsächlich eher im Kreise Ihrer indianischen Kollegen. Es ist kaum anzunehmen, dass Sie im Verlauf Ihres kurzen Aufenthaltes hier einen Münsteraner schon so verärgert haben, dass er sich am Flughafen auf die Lauer legt, um Sie zu erwischen.« Er machte eine kleine Pause. »Und die Briefe, die diese Journalistin bekommt, deuten ebenfalls auf einen Menschen hin, der sich sehr genau in der indianischen Kultur auskennt. Zumindest, soweit ich das beurteilen kann.«

Corwin Standing Child blieb ruhig auf seinem Stuhl sitzen, doch seine Augen blitzten, als er fragte: »Briefe? Ich weiß nur von einem.«

»Sie hat inzwischen einen zweiten Brief erhalten, irgendetwas über einen Sonnentanz.«

In dem Moment öffnete sich die Tür, und ein Pfleger mit einem Haarschnitt wie bei der Bundeswehr steckte seinen Kopf suchend herein. »Ist einer von Ihnen Hauptkommissar Delbrock?«

Der Hauptkommissar stand so langsam und schwerfällig auf, als zöge ihn ein imaginäres Gewicht nach unten. Sein Blick wanderte in sorgenvoller Erwartung zu dem Pfleger, doch der war keine große Hilfe. Mit Hast in der Stimme sagte er: »Ich soll Sie zur Intensivstation bringen.« Er drehte sich um und ging offensichtlich davon aus, dass der Hauptkommissar ihm sofort folgte. Das tat Delbrock jedoch nicht. Jegliche Form von Hetze war ihm zuwider, und so bat er zunächst den Cheyenne, ihn am nächsten Tag in seinem Büro aufzusuchen und einen Blick auf den zweiten Brief zu werfen.

Corwin Standing Child war nicht gewillt, sich so lange zu gedulden. Als der Taxifahrer vor seinem Hotel hielt, zögerte er nur einen kurzen Moment lang, dann bat er den Fahrer zu warten. Er war erschöpft, müde, und in seiner Schulter pochte ein dumpfer Schmerz, doch er war schließlich nicht zum Schlafen nach Deutschland gekommen. Schnell checkte er ein und ging mit souveräner Selbstverständlichkeit davon aus, dass einer der Hotelangestellten seine große Ledertasche in das richtige Zimmer bringen würde. Die empörten Blicke des jungen Angestellten sah er nicht mehr. Mit langen Schritten und einem dicken Norwegerpullover statt der defekten Lederjacke eilte er zurück zum Taxi.

Christine stand gerade unter der Dusche, als das Telefon klingelte. Sie hatte eine Plastiktüte um den Gipsarm gebunden, hielt den Arm aber dennoch aus der Duschkabine heraus, da sie ihren Bemühungen um eine wasserdichte Konstruktion selbst nicht ganz traute. Laut Achim sollte sie heute noch zu Hause bleiben, und so hatte sie nach dem plötzlichen Aufbruch von Hauptkommissar Delbrock lange gefrühstückt, in ihren neu erworbenen Geschichtsbüchern gelesen und nachgedacht. Sie wollte die Merkwürdigkeiten der letzten Tage verstehen.

Noch einen Rest Shampoo im krausen Haar, stürzte sie aus der Dusche und wickelte sich in ihren Bademantel. Beim fünften Klingelton hielt sie den Hörer in der Hand. Es war Birgit.

»Hallo, wie geht es dir?«

»Gut, du hast mich gerade aus der Dusche geholt.«

»Sorry, das konnte ich um elf Uhr fünfundvierzig nicht ahnen. Hast wohl lange geschlafen?«, neckte Birgit sie.

»Ich habe bereits um kurz nach acht mit Hauptkommissar Delbrock Kaffee getrunken und bin mit ihm meine Brieffreundschaften durchgegangen. Stell dir vor –«

Birgit unterbrach sie. In ihrer Stimme schwang eine Mischung aus Sensationslust und zögerlicher Besorgnis mit. »Du kennst doch Bernhard Wendel, den Mann vom Kulturamt?«

»Diese Frage hat mir neulich schon mal jemand gestellt. Ja, ich kenne ihn flüchtig, warum?« Christine ahnte nichts Gutes.

»Er scheint verschwunden zu sein. Heute Morgen ist er zu einem wirklich wichtigen Termin nicht erschienen, und auch auf seinem Handy ist er nicht erreichbar. Wer ihn kennt, weiß, dass er so etwas nicht tut.«

Christine nickte, als könnte ihre Freundin durch das Telefonkabel blicken, und fragte: »Was denkst du?«

»Bernhard Wendel war zusammen mit Frau Horn und Frau Auerbach in Amerika.« Birgit machte eine kleine Pause und atmete tief, bevor sie weitersprach. »Und die beiden Frauen sind nun tot, wie wir wissen.«

Christine fröstelte, was sicherlich auch daran lag, dass sie selbst zwar langsam trocken, ihr Bademantel dafür aber feucht und klamm wurde. Außerdem lief ihr eine kleine Spur kalten Shampoos langsam den Nacken hinunter. »Du glaubst doch nicht ernsthaft, dass jemand die Reisegruppe vom letzten Jahr dezimiert. Warum sollte er das tun?«

Birgit lachte leise und ignorierte die Frage. »Dr. Horn, der unglückliche Witwer, scheint das zu glauben. Sein Haus wird gerade mit zahlreichen Alarmanlagen ausgestattet. Ein Leibwächter läuft bereits neben ihm her.«

Christine überlegte kurz, dann schlug sie vor: »Wenn du Zeit hast, komm doch gleich bei mir vorbei, dann fahren wir zusammen zu diesem Wendel und schauen, warum er neuerdings seine Termine verpasst.«

»Gute Idee. Lass mich kurz einen Artikel zu Ende bringen, dann bin ich bei dir.«

Christine beeilte sich, wieder unter die Dusche zu kommen. Mühselig wusch sie sich mit einer Hand das restliche Shampoo aus den Haaren. Dann stand sie lange mit vorgebeugtem Kopf da, ließ sich das warme Wasser auf den Nacken prasseln und versuchte, an gar nichts zu denken – was sich als nahezu unmöglich erwies.

Ein lautes Schellen an der Tür beendete diesen Versuch.

»Verflucht«, schimpfte sie. »Weiß denn jeder, dass ich heute zu Hause bin?« Sie nahm sich diesmal die Zeit, ein Handtuch um die nassen Haare zu schlingen, zog den Bademantelgürtel zusammen und betätigte den Türöffner. Ein Blick durch das kleine Sichtfenster ihrer Wohnungstür ließ Christine zusammenfahren. »Das kann doch gar nicht sein«, murmelte sie, öffnete aber die Tür.

»Ich dachte, Sie liegen im Krankenhaus.«

»Und ich dachte, Sie sind im Büro. Darf ich reinkommen?« Mit diesen Worten betrat er auch schon ihre Wohnung. Christine betrachtete ihn verwundert, suchte seinen Körper nach Anzeichen einer Verletzung ab, doch Corwin Standing Child spazierte durch die Räume wie ein Feldherr, der den zukünftigen Kampfplatz begutachtet. Er kam ihr noch größer vor als noch vor einigen Tagen. Sein gut aussehendes Gesicht wirkte allenfalls etwas blass und angestrengt, so als habe er Schmerzen oder eine durchwachte Nacht hinter sich.

»Ich ziehe mich mal an.« Etwas pikiert sah Christine, dass er anscheinend jetzt erst ihr nasses Erscheinungsbild bemerkte. Er musterte sie von oben bis unten, dann zeigte er auf den Gipsarm und sagte ohne erkennbare Gefühlsregung: »War dir deine Kopfverletzung zu langweilig?«

»Schön, dass du wieder da bist«, knurrte sie, nun gleichermaßen das Du benutzend, und ging ins Badezimmer.

Sie zog sich eine enge Jeans und einen weichen Rollkragenpullover an und schminkte sich dezent. Mit ein wenig Gel lockerte sie ihre nassen Haare auf und war schließlich mit ihrem Spiegelbild recht zufrieden – vor allem angesichts der kurzen Zeit, die sie dafür benötigt hatte.

Als sie das Wohnzimmer betrat, stand Corwin Standing Child mit verschränkten Armen am Fenster und blickte auf die Straße hinunter.

»Möchtest du etwas zu trinken?«

Er drehte sich um und schaute sie diesmal sehr viel genauer an. Dann lächelte er kurz und sagte: »Ein Kaffee mit viel Milch wäre toll.«

Er folgte ihr in die Küche, und während Christine mit der Kaffeemaschine hantierte, erkundigte sie sich: »Was genau ist auf dem Flughafen eigentlich passiert?«

Corwin schüttelte lächelnd den Kopf. »Wie kommt ihr Frauen nur immer so schnell an Informationen?«

Christine stellte einen kleinen Topf mit Milch auf den Herd und drehte sich mit einem fast triumphierenden Gesicht zu ihm um. »Delbrock saß in meiner Küche, als er den Anruf bekam, dass es am Flughafen zu einer Schießerei gekommen ist.« Ihr Gesicht wurde ernst. »Er war ziemlich betroffen, weil einer seiner jungen Kollegen dabei schwer verletzt wurde.«

Corwin nickte und ließ sich auf eine einladende Geste von Christine hin am Küchentisch nieder. In wenigen Worten erzählte er, was auf dem Flughafen passiert war. Seinen Besuch im Krankenhaus sowie das Gespräch mit dem Hauptkommissar verschwieg er.

Christine stellte zwei große bunte Tassen auf den Tisch und meinte: »Und du bist also unverletzt und wenig beeindruckt diesem Mordanschlag entkommen?«

Er zog eine Augenbraue hoch. »Wie du siehst.«

»Männliches Imponiergehabe. Du machst eher den Eindruck, als ob du das Krankenhaus gerade unerlaubt verlassen hast.«

Jungenhaft lächelte er sie an, doch ihr Blick blieb bohrend.

Corwin zuckte mit den Achseln. »Ich habe einen Streifschuss an der Schulter. Er ist nicht schlimm und bereits genäht worden.« Mit einem Blick auf ihren Arm fragte er: »Und welchen Heldentaten hast du deinen Armbruch zu verdanken?« Sie erzählte ihm nun ihrerseits von dem unnötigen Reitunfall und schloss ihren Bericht mit den Worten: »Zu Hause fand ich dann den zweiten Brief, den mein Chef mir weitergeleitet hat. Hinterlegt wurde er auf meinem Schreibtisch in der Redaktion.« Christine fuhr sich mit gespreizten Fingern durch ihre immer noch feuchten Locken und machte ein ratloses Gesicht. »Ich habe das Gefühl, der Schreiber kennt mich schon recht gut, ohne dass ich irgendetwas über ihn erfahre. Ziemlich unheimlich.« Mit einer ruckartigen Bewegung, als wollte sie unangenehme Gedanken abschütteln, erhob sie sich und holte ihm die Übersetzung. »Das Original hat der Hauptkommissar leider schon mitgenommen.«

Corwin nickte. »Er will mir den Brief morgen zeigen.«

Der Cheyenne nahm sich viel Zeit für die wenigen Zeilen.

Christine schob es darauf, dass das Lesen der deutschen Sprache für ihn beschwerlicher war als das Sprechen. Nach der Lektüre wirkte Corwin besorgt und nachdenklich.

Christine setzte sich wieder auf ihren Stuhl. »Was hältst du davon? Und was meint er damit, ich solle herausfinden, warum Frauen keinen Sonnentanz zu machen brauchen? In keinem meiner Bücher steht etwas darüber.«

Er beugte sich ein Stück über den Tisch, und seine Stimme bekam einen merkwürdig belegten Klang. »Frauen brauchen keine Opfer beim Sonnentanz darzubringen, weil sie bereits mit jeder Geburt körperliche Qualen auf sich nehmen, um Leben zu geben.«

»Endlich mal jemand, der diese Leistung würdigt.« Christine grinste, doch Corwins Gesicht blieb ernst. Eine steile Falte stand zwischen seinen Brauen, und er kam ihr wieder einmal fremd vor.

»Warum will er, dass du das weißt? Denk nach, Christine. Dieser Mann kennt dich nicht erst seit der Ausstellung.«

Christine schaute ihn überrascht an. Was sollte dieser Ton? Bevor sie etwas erwidern konnte, schrillte erneut die Türglocke.

»Das wird Birgit sein«, murmelte sie und sprang fast hastig auf, um zu öffnen.

Birgit umarmte sie kurz und lachte. »Du siehst aus, als säße ein Gespenst in deiner Küche.« Mit diesen Worten betrat sie die Wohnung und strahlte Christine in ihrer offenen, herzlichen Art an.

»Corwin Standing Child ist da.«

Diese Eröffnung erwiderte Birgit mit einem schiefen Lächeln, was in Christines Augen alles und nichts heißen konnte.

Corwin stand kurz auf, um sie höflich zu begrüßen.

Christine wäre es lieber gewesen, Birgit wäre erst später gekommen. Sie wusste instinktiv, dass Corwin im Beisein eines Dritten nicht weiter über den Verfasser dieser Briefe reden wollte.

Die beiden wechselten einige Sätze in englischer Sprache. Birgit fragte nach seinem Aufenthalt in Montana, und er erzählte ihr von seinem Vortrag über die Bedeutung alter indianischer Symbole in der aktuellen Kunstszene.

Einmal mehr bewunderte Christine neidvoll die Begabung ihrer

Kollegin, aus dem Stand und in mehreren Sprachen ein lockeres Gespräch zu beginnen.

Schließlich erhob sich Corwin Standing Child und verabschiedete sich. Christine hielt es für geraten, ihm nichts von dem zu erzählen, was sie mit Birgit gerade plante. Im Flur drehte er sich kurz um. »Ich melde mich heute noch mal.«

»Ich habe ihn vertrieben, nicht wahr?« Birgit rieb sich schuldbewusst die Nase und schaute ihre Freundin prüfend an.

»Nein«, log Christine. Aber sie hatte plötzlich nicht mehr sehr viel Lust, nach Bernhard Wendel zu forschen.

Zehn Minuten später saßen die beiden in Birgits altem Mercedes und fuhren nach Hiltrup, einen kleinen Vorort von Münster. Unterwegs erzählte Christine von der Schießerei am Flughafen.

»Wenn du mich fragst …«, sagte Birgit und warf einen prüfenden Blick in den Rückspiegel, weil der zweispurige Fahrstreifen gerade einspurig wurde, »… so haben die überhaupt keine Ahnung, was hier gespielt wird. Momentan lässt die Polizei jeden öffentlich zugänglichen Computer mit Drucker in Münster untersuchen, um herauszufinden, ob die Briefe auf einem dieser Geräte ausgedruckt wurden. Bis sie damit fertig sind, sind wir alt und grau. Aber es zeigt, dass sie davon ausgehen, ein Ortsfremder habe die Taten begangen.«

»Davon gehe ich auch aus.« Christine wunderte sich nicht mehr über die Informationen, die Birgit parat hatte. Ihre Freundin kannte einfach genug Leute in allen möglichen Ämtern und Behörden. In der Beziehung war Münster Provinz und ihre Kollegin ein bunter Hund.

Sie kamen zügig voran und erreichten die Marktallee, die große Einkaufsstraße in Hiltrup, an der die meisten großen und kleinen Geschäfte sowie viele Restaurants lagen. Birgit bog mehrmals ab, bis sie in eine ruhige Wohngegend gelangten, mit Einfamilienhäusern oder Doppelhaushälften, die alle nicht mehr ganz neu, aber in einem gepflegten Zustand waren. Schließlich hielt sie vor einem Haus, in dessen Einliegerwohnung Bernhard Wendel wohnte. Der Vorgarten bestand aus einem kleinen Rasenstück, auf dem einige wohlplatzierte Schalen mit den ersten Primeln standen.

Eine ordentlich gestutzte Hecke grenzte das Grundstück von dem Bürgersteig ab. Ein roter Golf stand in der kurzen Einfahrt. Christine schaute fragend zu ihrer Kollegin. Birgit zuckte die Achseln. »Welchen Wagen er fährt, weiß ich nicht.« Sie blieb einen Moment vor dem Haus stehen, dann ging sie zügig auf die Treppe an der linken Seite des Hauses zu, und Christine folgte ihr. Birgit drückte den Klingelknopf, und es schellte laut und durchdringend. Nichts geschah. Auch beim zweiten und dritten Klingeln rührte sich in der Wohnung nichts und niemand. Birgit sah sie fragend an. »Das haben wir eigentlich erwartet, oder? Was nun?«

Christine untersuchte das Schloss und meinte enttäuscht: »Ich habe meine Wohnungstür schon oft mit einer Scheckkarte öffnen müssen. Aber ich schließe auch nie ab, und es ist ein einfaches Türschloss. Dieses Schloss hier wird auch professionellen Versuchen widerstehen.« Sie drehte sich zu Birgit um. »Wir läuten an der anderen Haustür, und wenn dort auch niemand da ist, sehen wir uns im Garten um.«

»Und wenn jemand aufmacht?«

»Dann sage ich einfach, ich hätte mein Portemonnaie bei meinem Freund Bernhard liegen lassen und müsste dringend in die Wohnung.« Birgit schüttelte in gespielter Entrüstung den Kopf.

Vor der Haustür hing ein silbernes Schild mit dem Namen Wendel. Auch hier stand ein Tontopf mit Primeln. Birgit schnalzte mit der Zunge. »Sieh an, der Junge wohnt noch bei seinen Eltern. Mal schauen, wie gut Mama seine Freundinnen kennt.« Eine große, schwere Holztür wirkte zwar recht herrschaftlich, aber wenig einladend. Christine suchte bereits nach einer anderen Begründung, warum sie unbedingt in die Wohnung wollten, doch auch hier öffnete ihnen keiner.

»Los, komm schon.« Christine zog ihre Freundin ungeduldig am Arm. »Lass uns nachsehen, bevor sie zurück sind.«

Auf den Weg in den Garten hielt Birgit inne. »Warte mal eben.« Sie lief zurück zum Wagen, während Christine bereits das kleine Holztor zum Garten öffnete. Es war kein besonders großer Garten, vielleicht zweihundertfünfzig Quadratmeter, aber schön angelegt. Eine rund gemauerte Terrasse, ein kleiner Teich mit Schilfpflanzen, der Rest bestand aus einem Rasen mit einigen Rhododendren am

Rand. Zum Glück schützten sie einige Bäume am Zaun vor den Blicken der Nachbarn.

Etwas außer Atem stand nun auch Birgit im Garten. In der Hand hielt sie triumphierend eine grüne Hundeleine.

»Willst du damit ein Fenster rausreißen, oder was soll das?«

»Ich will den Eindruck einer anständigen Bürgerin wahren. Wenn wir erwischt werden, haben wir nur unseren kleinen Rauhaardackel suchen wollen.« Birgit machte ein unschuldiges Gesicht, und Christine musste lachen.

»Ja, dir würde man das sogar glauben, wenn du eine Spitzhacke in den Händen hättest. Sieh nur, das kleine Fenster dort ist offen, es müsste zu Wendels Wohnung gehören.«

»Ja, super, da passt gerade mal mein linker Unterschenkel durch. Sag mal, Chris, du willst doch nicht wirklich in die Wohnung einsteigen?«

»Hilf mir mal.« Christine hatte sich bereits ihre dicke Jacke ausgezogen und schaute sich nach einer geeigneten Kletterhilfe um. Das kleine viereckige Fenster lag ein Stück über ihnen und schien zu einem Badezimmer zu gehören.

»Du musst mir eine Räuberleiter machen. Los, komm schon.« Christine wedelte ungeduldig mit ihrer gesunden Hand.

Birgit verschränkte bereitwillig ihre Hände, sodass Christine ihren Fuß daraufstellen konnte, und seufzte kummervoll: »Ich glaube nicht, was ich hier gerade tue. Da hilft auch kein Hundehalsband mehr als Erklärung. Warum haben wir eigentlich nicht Hauptkommissar Delbrock geholt?«

Christine ächzte. Sie war sehr gelenkig, doch der Gipsarm behinderte sie beim Klettern mehr, als sie gedacht hatte. Schließlich war sie drin und schaute lächelnd, aber auch etwas verzagt aus dem Fenster. »Weil er uns nicht mitgenommen hätte. Also, ich schaue mich jetzt mal um.«

Das Badezimmer war klein, aber sehr ordentlich und sauber. Es roch nach Zitronenreiniger und Rasierwasser und wirkte so unpersönlich wie in einem Hotel. Auf dem Waschbeckenrand stand oder lag nichts herum, alle Utensilien schienen in dem kleinen Spiegelschrank verstaut. Vorsichtig öffnete sie die Tür. Sie gelangte in einen kleinen Flur, der in einen offenen Wohnbereich überging.

Dichte Gardinen verhinderten den Ausblick zur Straße. Ein paar kleine Zimmerpflanzen standen auf der Fensterbank. Die Einrichtung bestand aus einem schwarzen Ledersofa, einem Glastisch und einem Sekretär, auf dem ein moderner Laptop lag, aufgeklappt, aber nicht eingeschaltet.

In den Regalen standen zahlreiche Bücher ordentlich sortiert, darunter viele Kunstbände und Bücher von National Geographic, wie Christine flüchtig bemerkte. An der Wand hing ein Druck von Vasarely, neben dem Sofa stand ein Korb mit zahlreichen Zeitschriften. Ein merkwürdig süßlicher Geruch hing in der Luft. Vorsichtig ging sie durch das Wohnzimmer und gelangte zur Küche.

Nach den zwei Morden an den Frauen und dem hinterhältigen Anschlag auf Corwin Standing Child hätte sie mit allem rechnen müssen. Doch der Anblick, der sich ihr in der Küche bot, erschreckte sie zutiefst. In stillem Entsetzen drückte sie die Hand vor den Mund und machte zwei Schritte rückwärts. Aus der Ferne hörte sie Birgit rufen.

Der Küchentisch war rot vor Blut. Wie eine zähe, klebrige Masse haftete es an dem Tisch und ließ keine Zweifel darüber aufkommen, dass der Mann, der da zusammengesunken saß, tot war. In seiner Kehle steckte ein breites, rostiges Metallstück, das einer Pfeilspitze ähnelte.

Christine war froh, das Gesicht nicht sehen zu müssen, denn Kinn und Stirn des Toten ruhten auf dem Tisch. Aber sie war sich auch so sicher, dass es sich bei dem Toten um Bernhard Wendel handeln musste.

Nach dem ersten Entsetzen kam die Übelkeit. Sie konnte den süßlichen Geruch des Blutes nicht mehr ertragen, und so hastete sie zur Haustür. Endlich im Freien, atmete sie tief durch und rannte dann so schnell wie möglich zum Gartentor. Dabei überlegte sie fieberhaft, was sie eigentlich als Erstes tun sollte. Den Krankenwagen rufen? Oder dem Hauptkommissar Bescheid geben? Unglücklicherweise befanden sich nun einige ihrer Fingerabdrücke in Wendels Wohnung.

Auf einmal hörte sie lautes Hundegebell. Das Gartentor war offen, und Birgit wartete nicht mehr vor dem kleinen Fenster.

Ihre Kollegin stand mit dem Rücken zur Hauswand, die helle

Jeanshose mit Dreck verschmiert, als sei sie gestürzt, die Augen starr auf einen kräftigen Dobermann gerichtet. Er befand sich keine zwei Meter vor ihr und zeigte mit hochgezogenen Lefzen seine Reißzähne. Die Nackenhaare standen struppig ab, und er schien nur auf einen Wink zu warten, um sich auf sie zu stürzen.

Es war ein schönes und gepflegtes Tier, das bei Hundeliebhabern sicherlich anerkennende Blicke erntete, aber Christine wusste, dass Birgit eine Heidenangst vor großen Tieren hatte, egal ob Pferd, Hund oder Kuh. Ihre Freundin war in einer unglücklichen Lage, und die Schönheit des Hundes war ihr dabei sicher so egal wie die Farbe seines Halsbandes.

Doch so gefährlich das Tier auch aussah, viel mehr Sorgen bereitete Christine der sichtlich wütende Mann, der keine drei Meter neben dem Hund stand. Offenbar glaubte er, zwei dreiste Einbrecherinnen gestellt zu haben. Schlimmer, dachte Christine, mich wird er für eine Mörderin halten. Ohne zu überlegen, hörte sie sich selbst sagen: »Bernhard Wendel sitzt ermordet in seiner Wohnung. Pfeifen Sie Ihren Hund zurück, bevor noch ein Unglück geschieht.«

Der Mann war groß und schlank bis auf einen leichten Bauchansatz, und sie schätzte ihn auf Anfang sechzig. Er verschränkte die Arme auf herrische Art vor der Brust, doch sein Blick wurde deutlich unsicher. »Hören Sie doch auf! Mein Sohn ist arbeiten. Wer soll denn in der Wohnung sein?«

Der Dobermann, der gerade noch Birgit in Schach gehalten hatte, war zunächst verwirrt gewesen von dem zweiten Eindringling. Als er nun die scharfe Stimme seines Herrn vernahm, glaubte er offensichtlich, Christine sei der bedeutendere Feind. Mit einem zornigen Knurren stürzte er sich auf sein neues Opfer.

Birgit schrie laut auf, als sie ihre Freundin zu Boden gehen sah, den Hund über ihr. Christine hielt schützend die Arme vors Gesicht und versuchte, die Knie anzuziehen, doch der Hund hielt sich seitwärts und zerrte an ihrem dicken Rollkragenpullover. Es war nur eine Frage von Sekunden, dass er nachgreifen würde und dann nicht nur ihren Pullover im Fang hätte. Birgit tat das einzig Richtige, sie brachte sich hinter Herrn Wendel senior in Sicherheit, schüttelte ihn an der Schulter und schrie ihn an: »Nun tun Sie doch endlich etwas! Wir arbeiten mit der Polizei zusammen.«

Der heiße tierische Atem des Hundes ließ in Christine eine neue Welle der Übelkeit aufsteigen. Sein Kopf war so nahe über ihrem Mund, dass keine Luft mehr für sie selbst blieb.

Ein kurzer Pfiff zwischen zusammengebissenen Zähnen, und der Spuk war vorbei. Augenblicklich ließ der Dobermann von ihr ab und kehrte mit kräftigen Schritten zu seinem Herrn zurück, wo er sich mit einem unzufriedenen Grunzen setzte. Allerdings ließ er Christine nicht aus den Augen. Um Birgit kümmerte er sich nicht mehr, und diese blieb vorsichtshalber hinter dem Mann stehen und rührte sich nicht.

Sehr wütend, aber unverletzt stand Christine auf und schlug sich den Dreck von der Hose. Der Pullover hing ihr ausgeleiert und durchlöchert um den Hals, und der Gips an ihrem rechten Arm sah aus, als hätte sie ihn durch ein Blumenbeet gezogen.

»Ich hoffe, Sie haben einen Waffenschein für diesen Hund und einen guten Anwalt.« Sie holte ihre Jacke, die mitten auf der Wiese lag. Hoffentlich befand sich ihr Handy noch in der Tasche.

Der alte Wendel schnappte nach Luft. »Das ist doch unerhört! Sie sind in die Wohnung meines Sohnes eingebrochen und befinden sich hier auf meinem Grund und Boden, junge Dame. Ich werde Sie anzeigen. Wen wollen Sie da anrufen?« Wütend ging er nun zu Christine, dicht gefolgt von der noch immer verstört blickenden Birgit.

Christine blickte nicht auf, sondern betätigte die Tasten ihres Handys und sagte kühl: »Ich rufe Herrn Delbrock von der Mordkommission an, aber er nimmt sicher auch Ihre Beschwerde bezüglich des Einbruchs entgegen.« Sie drehte sich etwas zur Seite, als die tiefe Stimme des Hauptkommissars durch den Hörer drang.

In wenigen Worten erklärte Christine ihm, wo sie sich befand und warum er sofort kommen müsse. Dann legte sie auf und schaute Herrn Wendel an. »Ich rate Ihnen dringend, den Hund an die Leine zu nehmen, bevor gleich die Polizei Ihren Garten betritt. Die werden sicher nicht mit Ihnen darüber diskutieren, ob es rechtens ist, dass Ihre Bestie sie zu Boden stößt.«

Herr Wendel schien sie gar nicht mehr wahrzunehmen. Er hatte gehört, was Christine zu Delbrock gesagt hatte, und war plötzlich in sich zusammengesunken. Offenbar fing er an, ihr zu glauben.

»Ich muss in die Wohnung, es kann nicht Bernhard sein«, murmelte er vor sich hin und kramte einen Schlüsselbund aus der Hosentasche.

Birgit reagierte professionell und hielt ihn sanft zurück. »Lassen Sie uns lieber gemeinsam auf die Polizei warten. Sie sollten da vorher nicht reingehen. Wann haben Sie Bernhard denn zuletzt gesehen?« Birgit sprach auf ihn ein und erzählte ihm von ihrer beruflichen Bekanntschaft mit Bernhard Wendel und warum sie sich Sorgen gemacht hatten. Dabei schaute sie immer wieder zu dem Dobermann hinüber, der nun aber regungslos im Gras lag. Es gelang ihr, Herrn Wendel zunächst davon abzuhalten, in die Wohnung zu gehen. Ratlos sank der Mann auf die Bank am Teich, ohne auf die nassen, schmutzigen Stellen auf dem Holz zu achten, und schaute immer wieder zu dem offenen Fenster hinüber, als kämen die schlechten Nachrichten von dort. Seine Wut war einer deutlich erkennbaren Angst gewichen.

Christine stand unterdessen an der Straße und wartete auf Delbrock. Sie würde sich sicher einiges anhören müssen, doch eine Anzeige wegen Hausfriedensbruchs oder gar Einbruchs fürchtete sie nicht mehr. Für sie stand fest, dass die Morde in direkter Verbindung standen mit der Teilnahme an dieser Reise nach Amerika vor einem Jahr. Frau Auerbach, Herr Dr. Horn und Herr Wendel hatten die Ausstellung gemeinsam geplant und waren dabei gewesen, Frau Horn war wahrscheinlich lediglich als Begleiterin mitgefahren. Und seit dem Mord an seiner Frau fürchtete Museumsleiter Horn selbst um sein Leben. Vielleicht wusste er genau, warum die drei gestoben waren? Möglicherweise hatten sie jemanden zutiefst beleidigt? Sie nahm sich vor, so bald als möglich mit Dr. Horn zu sprechen.

Obgleich zwischen ihrem Anruf bei Delbrock und dem Eintreffen der Polizei höchstens zwölf Minuten vergingen, kam Christine das Warten zu lang vor. Sie trat von einem Bein auf das andere, rieb sich die Hände und dachte sich zahlreiche gut klingende Entschuldigungen für den Hauptkommissar aus, warum sie überhaupt hier stand und nicht zu Hause ihre Wunden leckte.

Unwillkürlich musste sie an Achim und seine fürsorglichen Ratschläge und Ermahnungen denken. Er war schon immer geradezu übervorsichtig gewesen, zu jeder Sportart fielen ihm schreckliche Verletzungen ein, zu jedem Verhalten bedenkliche Spätfolgen. Als er einmal beim Frühstück überlegt hatte, ihr einen Fahrradhelm zu schenken, hatte sie ihm gedroht, sie werde doch noch den in der Reitschule angebotenen Nebenjob annehmen, bei dem es um das Einreiten halb verwilderter Pferde aus Polen ging. Mit ihren unterschiedlichen Ansichten hatten sie anfangs tatsächlich viel Spaß miteinander gehabt.

Delbrock kam in einem Polizeiwagen und brachte einen Beamten in Uniform und zwei Leute von der Spurensicherung mit. Ein Krankenwagen fuhr ihnen voraus. Den würden sie wohl nicht mehr brauchen, dachte Christine und hatte unwillkürlich wieder das Bild des Toten vor sich und den mit Blut verklebten Tisch.

»Frau Neustedt, wie tief wollen Sie denn noch in diesen Fall hineingeraten?« Delbrock zog die dichten Brauen hoch und ging an ihr vorbei in den Garten. »Und wie kameradschaftlich von Ihnen, auch noch Ihre Kollegin mit hineinzuziehen«, ergänzte er mit einem Blick auf Birgit, die besorgt auf den Hund schaute, als die Männer den Garten betraten. Zu ihrer Überraschung blieb der Dobermann liegen und knurrte nur leise.

Christine konnte nicht sagen, ob der Hauptkommissar besorgt oder wütend auf sie war. Er bat Herrn Wendel um die Schlüssel und ging in die Wohnung, gefolgt von den Männern der Spurensicherung. Der uniformierte Beamte blieb zurück. Offenbar sollte er ihre Aussagen aufnehmen, denn er befragte sie knapp nach der Reihenfolge der Ereignisse.

Christine schätzte ihn auf Mitte vierzig, ein untersetzter Mann in einer etwas stramm sitzenden Uniform, der einen freundlichen, gemütlichen Eindruck machte. Allerdings ließ er sie nicht einmal mehr in die Nähe des Hauses. Als der Polizist seine Notizen fertig hatte, schickte er sie tatsächlich einfach nach Hause, und Christine ahnte, dass Delbrock wohl ziemlich wütend war.

Birgit ließ sich erschöpft in den Autositz fallen. »Mensch, Chris, hoffentlich hat das nicht noch ein Nachspiel.«

Christine starrte auf das Haus von Bernhard Wendel und seinen Eltern. »Tut mir leid, dass ich dich da mit hineingezogen habe.«

»Nonsens«, gab Birgit zurück und schob den Autoschlüssel ins Zündschloss. »Ohne meine sportliche Räuberleiter wärst du doch gar nicht in das Haus hineingekommen.« Sie lächelten sich an.

Gerade als Birgit den Wagen startete und den Blinker setzte, kam der Polizeibeamte mit hoch erhobenen Armen auf sie zugelaufen. In der linken Hand schwenkte er einen Zettel. Birgit kurbelte die Scheibe nach unten.

»Den soll ich Ihnen von Hauptkommissar Delbrock geben«, sagte er und wirkte nach diesen paar Metern Dauerlauf reichlich außer Atem. Birgit nahm das zusammengefaltete Papier in Empfang.

Christine fiel plötzlich etwas ein, und sie fragte den Beamten: »Wissen Sie, wie es dem angeschossenen Kollegen geht?«

»Er ist über den Berg, hat verdammtes Glück gehabt. Und wohl auch ein bisschen Pech.« Der Beamte kratzte sich am Ohr, dann wandte er sich wieder um und ging zu seinem Dienstwagen. Christine beugte sich zu Birgit und las mit ihr die kleine Notiz. *Kein Bericht in der Zeitung – keine Anzeige, Delbrock.*

Christine schnalzte mit der Zunge. »Da kommt mir doch gerade die Idee zu einem wunderbaren Artikel.«

Birgit knuffte sie leicht in die Seite und fuhr endlich los. »Was hat deine Mutter bloß falsch gemacht! Ich werde dir die nächsten Tage aus dem Weg gehen müssen, sonst wird mir der schlechte Umgang zum Verhängnis.«

Ein Scherz unter Freundinnen, doch in diesem Fall leider mit prophetischer Kraft.

VIER

Christine lehnte sich zurück und schloss kurz die Augen. Sie brannten immer ein wenig, wenn sie längere Zeit am Computer gearbeitet hatte. Dann las sie den soeben fertiggestellten Artikel über die Sonnentanz-Zeremonie laut vor. Sie hatte sich bemüht, in ihren eigenen Worten über den Sonnentanz zu berichten, und dabei die Rolle der Frau beim Sonnentanz wie zufällig mit eingeflochten. Wenn sie Corwin richtig verstanden hatte, war der Sonnentanz auch eine besondere Form des Respekts für die Frauen der Tänzer. Die Männer, die sich der Sonnentanz-Zeremonie unterzogen, ertrugen Schmerzen genau wie die Frauen, die unter Schmerzen neues Leben zur Welt brachten. Eine interessante Art, das andere Geschlecht zu verstehen, dachte Christine. Bei uns gehen die Männer nur mit zum Schwangerschaftskurs.

Sie sah zur Uhr, eine Stunde blieb ihr noch. Um acht Uhr würde Corwin kommen und Pizza mitbringen. Christine machte sich nichts vor, ihm ging es nicht um sie, sondern vor allem darum, den Fall zu lösen. Da er davon überzeugt war, dass der Täter mit ihr weiterhin Kontakt halten würde, tat Corwin dies eben auch.

Corwins Behauptung, der Mörder müsse sie schon länger kennen, mochte Christine nicht glauben. Sie selbst ging davon aus, dass der Mörder sie am Tag der Ausstellung zum ersten Mal gesehen hatte. Alle anderen Überlegungen beunruhigten sie nur.

Sie reckte ihre steif gewordenen Glieder, schaute nochmals zur Uhr und entschied sich, bei ihrer Mutter anzurufen. Sie wollte es lieber nicht riskieren, dass diese durch Dritte von dem verletzten Arm ihrer Tochter erfuhr.

Das Telefonat verlief harmonisch. Sie plauderten miteinander so lebhaft wie schon lange nicht mehr. Nur am Ende des Gesprächs ließ Frau Neustedt verlauten, dass es sinnvoll wäre, nicht alle Ereignisse, die das Leben so in petto hatte, in eine einzige Woche zu packen, und sie bat ihre Tochter, sich doch ein wenig mehr aus den Problemen anderer Leute herauszuhalten. Es verstand sich von selbst, dass Christine ihrer Mutter einige Details bezüglich des Mordes an Bernhard Wendel verschwieg. Ihr Verständnis für Christines Verhalten hatte Grenzen, und diese waren nicht fließend, sondern recht abrupt. Dennoch spürte Christine eine gewisse Unruhe an ihrer Mutter, die sie sich nicht erklären konnte. Den Indianern gegenüber zeigte Frau Neustedt eine Abneigung, die Christine so bei ihrer des Rassismus gewiss unverdächtigen Mutter nicht kannte.

Mit einem Sherry vor sich und der CD von James Blunt im Hintergrund schlief sie schließlich auf der Couch ein.

Kurz nach acht Uhr stand Corwin vor der Tür, zwei Kartons einer Pizzeria auf einem Arm balancierend, eine dünne Tüte in der anderen Hand, und schaute sie forschend an.

»Warum hast du geweint?«

»Ich habe nicht geweint.«

Schweigend ging er an ihr vorbei in die Küche und stellte das Essen auf dem Küchentisch ab. Dann fasste er sie sanft bei den Schultern und schob sie vor den kleinen Spiegel an ihrer Garderobe.

Sie erschrak. Ihre Augen waren gerötet und leicht geschwollen, ihr Gesicht schien zu glühen. Dabei fühlte sie sich nicht krank. Verwirrt starrte sie auf ihr Spiegelbild. Corwin, der noch immer hinter ihr stand, legte ihr plötzlich seine angenehm kühle Hand auf die Stirn und ließ sie dort für einen Moment. Der Blick aus seinen dunklen Augen ruhte eindringlich auf ihrem Spiegelbild.

»Fieber hast du jedenfalls nicht«, sagte er entschieden. Er drehte sich langsam um und machte Anstalten, in die Küche zu gehen. »Ich hoffe, du hast Hunger. Ich esse nicht gerne allein.«

Christine rieb sich die Augen und folgte ihm langsam. »Ich brauche nur etwas Wasser im Gesicht. Teller findest du im linken Wandschrank.« Auf halbem Wege ins Badezimmer drehte sie sich noch mal um und sagte: »Du hattest übrigens recht. Bernhard Wendel wurde auch ermordet. Ich habe ihn heute Nachmittag gefunden.« Dann verschwand sie im Bad.

Vorm Spiegel stehend schüttelte sie den Kopf. Ich sehe immer irgendwie fertig aus, wenn dieser Indianer zu Besuch kommt, dachte sie.

Mit viel kaltem Wasser und ein wenig Kajal bemühte sie sich, ihrem Aussehen einen halbwegs souveränen Anstrich zu geben.

Sie musste geträumt haben, doch dieses Mal konnte sie sich kaum mehr daran erinnern. So starke körperliche Reaktionen im Traum waren ihr genauso fremd wie das plötzliche Einschlafen auf der Couch. Sie zuckte mit den Achseln und begab sich hungrig zurück in die Küche.

Corwin hatte den Tisch gedeckt und die Pizzen zum Warmhalten in den Backofen gestellt. Neben den Tellern befanden sich Gläser und in der Mitte des Tisches zwei Schüsseln mit knackigen Salaten. Der Cheyenne stand am Fenster und schaute auf die Straße. Erst als Christine sich an den Tisch gesetzt hatte, drehte er sich um.

»Ich nehme an, Delbrock war erfreut, dass du die nächste Leiche für seinen Fall gefunden hast?« Er reichte ihr eine Pizza mit Thunfisch, Ananas und Curry aus dem Ofen.

Sie verzog das Gesicht. »Ich glaube, er gehört zu den Menschen, die so etwas nicht zeigen können. Er hat uns einfach nach Hause geschickt.«

Corwin nickte. »Verstehe.« Er setzte sich mit seiner Pizza ebenfalls hin und schnitt sie mit viel Kraft und wenig Übung in handgerechte Dreiecke. Diese Arbeit wurde dadurch erschwert, dass sich beeindruckend viele Scheiben Schinken auf dem Teigboden türmten.

Dabei bemerkte er: »Bernhard Wendel wollte keinen Polizeischutz. Jetzt ist es zu spät.«

Christine hätte sich beinahe an ihrem Essen verschluckt. »Woher weißt du das?«

»Ich habe ihn angerufen, aus Montana. Da hatte Delbrock aber schon mit ihm gesprochen.« Er trank einen Schluck. »Der Mann ist gut.«

Christine überlegte kurz. »Warum wollte Wendel keinen Polizeischutz?«

»Weil er nichts Unrechtes getan habe und es ergo keinen Grund gebe, ihn umzubringen.«

»Leider ist das manchmal eine Sache der Interpretation.«

Corwin Standing Child schwieg. Er selbst lehnte ebenfalls jede Form von Polizeischutz ab. Aber anders als Bernhard Wendel war er sich sicher, dass jemand ihn töten wollte. Das musste als Schutz erst einmal reichen.

Langsam sagte er: »Auf irgendeine Weise verbindet diese Leute etwas, für das jemand zu töten bereit ist, und ich werde das Gefühl nicht los, dass die Lösung in Minnesota liegt, an dem Ort, wo sie alle das letzte Mal zusammen waren.«

Christine überlegte kurz. »Können wir dort nicht nachfragen, zum Beispiel in dem Hotel dort?«

Er antwortete nicht, sondern aß schweigend weiter.

Als sie später bei einem Kaffee im Wohnzimmer saßen und das sparsam eingestellte Licht die Gesichter in angenehmes Halbdunkel tauchte, versuchte Christine, dem Cheyenne von ihren Träumen zu erzählen.

»Ich träume in letzter Zeit so komische Sachen.« Er zog die Augenbrauen hoch, sagte aber nichts.

Sie erzählte ihm von dem jungen Krieger, der den Sonnentanz getanzt hatte, von dem Traum, in dem sie sich selbst als Sitting Bull gesehen hatte, und schloss mit den verweinten Augen, mit denen sie heute erwacht war. Sie träumte von einer Welt, die ihr im Grunde völlig fremd war.

Corwin hatte bis auf ein paar wenige Zwischenfragen still zugehört. Jetzt schaute er sie an. Sein Gesicht, umrahmt von den langen dunklen Haaren, wirkte unergründlich, fremd und dennoch beruhigend. Irgendwie schien auch er aus einem Traum gekommen zu sein. »Vertraust du mir?«

Sie wusste nicht, was er meinte.

»Also für den Mörder halte ich dich nicht.« Mit hochgezogenen Beinen kauerte sie auf der Couch, zwischen ihren Händen eine große Tasse Kaffee.

Er nickte und sagte dann: »Wir Cheyenne glauben an die Macht von Träumen und Visionen. Deine Träume könnten Botschaften sein, die dir den Weg zu neuem Handeln aufzeigen oder dich Dinge verstehen lehren.«

»Momentan klären sie nicht so viel. Sie verwirren mich eher.«

»Weil du nicht verstehst, in deinen Träumen zu lesen.«

Christine war sich nicht sicher, ob sie wissen wollte, warum sie von einem Mann träumte, der sich die Arme blutig schnitt.

Ihr fiel plötzlich etwas ein, was der Cheyenne am Telefon gesagt hatte. »Du hast neulich bemerkt, es gehe um die Seelen der Toten. Wie hast du das gemeint?«

Corwin wusste sofort, wovon sie sprach.

»Wenn wir davon ausgehen, dass die kleine Verletzung am Hinterkopf der Opfer ein symbolisches Skalpieren sein sollte, sind zwei Möglichkeiten denkbar. Es kann für den Täter eine Art Kopfprämie sein. Er behält etwas von den Opfern zurück, um sich seine Taten immer wieder vor Augen zu führen. Es könnte aber auch einen mystisch-religiösen Hintergrund haben. Einige Stämme des Südostens glaubten, dass die Haare der Sitz der Seele und der Lebenskraft seien. Nimmt man einem Gegner den Skalp, so soll dessen Lebenskraft auf die eigene Person übergehen. Die Seele des Toten kann dann nicht in die ewigen Jagdgründe gelangen.« Er legte auf seine unnachahmliche Art den Kopf schräg. »Du hast den toten Wendel gesehen. Fehlte ihm auch ein Stück Kopfhaut?«

Christine machte ein betretenes Gesicht. »Ich habe nicht nachgeschaut. Ich war von dem vielen Blut dermaßen geschockt, dass ich nur noch aus dem Haus wollte. Verdammt.« Sie trommelte mit den Fingern auf ihrem Bein. »Es wäre eine so gute Gelegenheit gewesen.«

Corwin beugte sich ein winziges Stück zu ihr hin. »Ich habe dir gesagt, dass der Mann, der die Briefe schickt, dich schon länger kennt.«

Christine erschauderte, in ihren Ohren klang diese Behauptung wie ein Fluch.

»Er kennt dich, und deshalb schreibt er dir und bringt dir etwas bei.«

»Dann kann der Täter kein Indianer sein.« Sie schüttelte energisch den Kopf.

»Du warst doch schon einmal in Amerika. Wo warst du, und was hast du dort gemacht?«

»Ich war irgendwo in South Dakota. Meine Güte, damals war ich ein Teenager und habe so gut wie gar keine Erinnerung daran. Mein Vater war gerade gestorben, meine Mutter hatte einen Nervenzusammenbruch, und ich musste für einige Zeit zu einer Tante oder Cousine. Alle dachten, weit weg wäre gut.«

»Warum hast du Verwandte in Amerika?«

»Wie kommst du zu einer deutschen Frau?« Christine biss sich auf die Lippen. »Entschuldige. Ich habe keine Ahnung, warum Verwandte von mir in Amerika leben. So was kommt schließlich vor.«

Er öffnete den Mund leicht, als wollte er noch etwas sagen, schloss ihn aber wieder. Stattdessen sah er sie von der Seite her an, betrachtete sie so lange schweigend und nachdenklich, bis Christine sich peinlich berührt abwandte.

»Du warst bereits ein Teenager und kannst dich nicht an einen Urlaub in einem fremden Land erinnern, und das unter Umständen, die sicher nicht alltäglich waren? Findest du das normal?«

Christine schloss ihr Büro ab und schaute mit einem zufriedenen Blick auf die große runde Uhr im Flur. Überall in diesem Gebäude verteilt hingen die gleichen großen runden Uhren, in verschiedenen Farben. Im Erdgeschoss hing eine rote Uhr, in ihrem Flur eine grüne – auf diese Weise gelang es kaum einem Mitarbeiter in der Redaktion, die Zeit aus dem Blick zu verlieren. Einzig zu diesem Zweck hatte Herr Arndt bei seiner Amtsübernahme als neuer Chef der Zeitung sie anbringen lassen. Akkurate Pünktlichkeit und große Aktualität, die sich durch exakte Recherche auszeichnete, das waren seine viel gepriesenen Prinzipien für die Zeitung. Wer diese beiden Aspekte bei seiner Arbeit berücksichtigte, kam mit Herrn Arndt gut aus.

Christine erinnerte sich daran, dass im letzten Sommer zwei Praktikanten die einzelnen Uhren vertauscht hatten. Sie wollten herausfinden, wann die Mitarbeiter bemerkten, dass die Farben sich verändert hatten. Das Ergebnis war niederschmetternd für die Welt der Erwachsenen! Erst als der achtjährige Tim etwa vier Tage danach seinen Vater, ihren Ressortleiter Jörg, besuchte, fragte er neugierig, warum nun die rote Uhr aus dem Eingangsbereich im Flur hänge und nicht mehr die blaue. Niemandem war das aufgefallen.

Es war kurz nach vier Uhr, damit lag sie gut in der Zeit.

Der einzige Tribut, den sie ihrem angeknacksten Arm zollte, war der Wechsel vom Fahrrad zum Auto. Ihr letzter beruflicher Termin heute fand in einer großen Buchhandlung statt, wo eine Kinderbuchautorin aus ihrem neuesten Buch vorlas. Um halb sieben war Christine mit ihrer Mutter dann zum Abendessen verabredet. Dieses Treffen war ihr wichtig, denn sie wollte nun doch einiges über die Verwandtschaft in Amerika erfahren. All die Jahre hatte sie sich für dieses Thema nicht interessiert, nicht ihr Aufenthalt dort, nicht die Verwandtschaft des Vaters. Vor dem Hintergrund der jüngsten Ereignisse bekamen diese Dinge eine ganz neue Bedeutung.

Da die Buchhandlung mitten in der City lag, freute sich Christine über etwas Zeit zum Bummeln. Münsters Innenstadt besaß reizvolle Ecken mit altem Kopfsteinpflaster und eleganten Häusern, in denen sich kleine Boutiquen und Cafés befanden. »Unter den Bögen«, so hieß ein besonders schöner Bereich der Fußgängerzone. Die alten Fachwerkhäuser besaßen gotisch geschwungene Vorbauten, die eine malerische Kulisse zum Einkaufen bildeten. Trat man aus den eher teureren Läden wieder hinaus auf das Pflaster, so konnte man einen Blick auf die imposante Lambertikirche werfen, wo in luftiger Höhe gut sichtbar drei Käfige befestigt waren. Auf dem Prinzipalmarkt waren im Jahr 1535 die drei Anführer der berüchtigten Wiedertäufer hingerichtet und in den Käfigen zur Schau gestellt worden. Noch heute hingen diese Käfige am Kirchturm, ein Mahnmal aus einer ganz anderen Zeit, das einen seltsamen Kontrast zum heutigen Trubel bildete.

Die Buchhandlung war um die Nachmittagszeit recht gut besucht, und zu ihrer Überraschung traf Christine dort Marie Ann Johnston und David Ironheart Seidel, die augenscheinlich zum Stöbern hergekommen waren. David schaute sich gerade in der englischsprachigen Literatur um und hielt einen Krimi in der Hand, während Marie in einem Bildband über Pablo Picasso blätterte. Beide hoben sich von den anderen Besuchern ab. Marie trug ihre langen schwarzen Haare zu einem lockeren Zopf geflochten, der anmutig auf ihrer rechten Schulter lag. Ein langer und ein kurzer Ohrring zierten ihren schmalen Kopf und unterstrichen ihre indianische Herkunft. Sie trug enge Jeans, flache Turnschuhe und eine kurze Lederjacke, die teurer aussah als Christines komplette Garderobe. David hatte seine langen Haare ebenfalls in einem Zopf, und ein Lederhalsband mit einem dicken Türkisanhänger, eine extra breite Lederschnalle mit Silber und natürlich seine bestechenden Mandelaugen ließen ihn auffällig exotisch wirken. Er legte sein Buch sogleich auf den Stapel zurück, als Christine ihm zunickte, und kam mit ausgestreckter Hand und einem charmanten Lächeln auf sie zu. »Christine, ich grüße dich.« Seine amerikanische Aussprache war einigermaßen verständlich, doch Christine hatte keinen blassen Schimmer, worüber sie sich mit David unterhalten sollte. Marie kam so zögernd näher, als wisse sie noch nicht, ob ihr das Zusammentreffen angenehm war.

Was sie dann sagte, wunderte Christine über alle Maßen. »Es tut mir so leid, Christine. Ich hoffe, der Alptraum endet für dich, wenn die Ausstellung nun abgebrochen wird und wir alle verschwunden sind.« Ihre Augen blickten traurig.

Christine war zu verblüfft, um sogleich auf Englisch antworten zu können. Aber David lachte nur und breitete die Arme aus, als wollte er beide Frauen gleichzeitig umarmen. »Also, ich könnte noch länger in dieser wundervollen Stadt bleiben. Außerdem, was redest du denn, Marie? Über ein vorzeitiges Ende der Ausstellung ist doch noch nicht entschieden.« Mit einem sanften Lächeln wandte er sich Christine zu. »Sie ist eine echte Lakota. Die brauchen dunkle Wolken wie andere Menschen Wasser.«

Bei sich dachte Christine, dass drei Morde durchaus Grund für eine gewisse Besorgnis waren, fragte aber nur: »Wer will denn die Ausstellung abbrechen?«

David verzog das Gesicht. Mit einem verächtlichen Ausdruck um den Mund und kalten Augen sagte er: »Der tapfere Dr. Horn denkt darüber nach. Er glaubt, dass die Ausstellung den Täter zu weiteren Morden inspirieren könnte.«

»Nicht die Ausstellung, die Reise nach Minnesota im letzten Sommer scheint doch der Grund für das alles zu sein.« Unwillkürlich hatte Christine diesen Satz auf Deutsch gesagt. Nun war es an Marie und David, verblüfft zu schauen. Offensichtlich hatten sie verstanden, was die Worte bedeuteten, doch zumindest Marie begriff den Zusammenhang nicht.

»Was meinst du damit?«

»Alle Opfer waren letztes Jahr zur Vorbereitung der Ausstellung in Minnesota.« Christine sprach nun englisch weiter und blickte unruhig auf ihre Uhr. Der Verlauf des Gespräches war ihr unangenehm, und sie fühlte sich überrumpelt. Daher seufzte sie erleichtert, als die Lesung der Kinderbuchautorin begann und alle Interessierten in die untere Etage gebeten wurden. Hastig verabschiedete Christine sich von den beiden, nicht ahnend, in welcher Verwirrung sie die Indianer zurückließ. Dann hastete sie hinter den anderen Gästen die Treppe hinunter zur Kinderbuchabteilung.

Frau Neustedt drehte ihr Weinglas zwischen den gepflegten Händen und schaute versonnen in die tiefrote Flüssigkeit. Es war, als hätte sie die Frage ihrer Tochter gar nicht mitbekommen.

Christine wartete ungeduldig. »Mama?«

»Ich habe dich schon gehört.« Frau Neustedt lächelte ihre Tochter abwesend an. »Ich habe deinen Vater sehr geliebt und hoffe sehr, ihn im Jenseits einst wiederzusehen. Aber stell dir nur mal die Komplikationen vor, wenn ich im Himmel auf einmal mit einem weiteren Ehemann auftauchen würde!«

Wenn Frau Neustedt sich über die Frage ihrer Tochter wunderte, warum sie nie wieder geheiratet habe, so ließ sie es sich nicht anmerken. Stattdessen lächelte sie schelmisch. Sie war keine verbitterte Witwe, den Tod ihres Mannes hatte sie längst überwunden, ohne ihn vergessen zu haben. In einer Geste der Verstärkung schüttelte sie den Kopf.

»Nein, ich möchte immer sagen können, der Stefan, das war mein Ehemann.« Frau Neustedt richtete sich auf und fügte hinzu: »Das heißt nicht, dass ich nur zu Hause bleibe und keine Verabredungen mehr habe. Du musst dir wirklich keine Sorgen machen. Momentan bist *du* die Frau mit den Beziehungsproblemen.«

Das klang keineswegs verletzend, und Christine war ihr nicht böse.

Sie konnte sich nicht daran erinnern, jemals mit ihrer Mutter über die Zeit nach dem plötzlichen Tod ihres Vaters und über ihren damaligen Aufenthalt in Amerika gesprochen zu haben. Als sie damals zurückkam, schien es ihrer Mutter eigentlich wieder recht gut zu gehen. Sie hatte ihre Depression überwunden.

Gewohnt direkt fragte Christine nun: »Inwiefern sind wir eigentlich mit den Leuten verwandt, die ich damals in Amerika besucht habe? Ich kann mich kaum mehr an sie erinnern.« Sie fragte sich mittlerweile auch, warum sie eine so blasse Erinnerung an die Wochen in Amerika besaß. Immerhin war sie damals bereits dreizehn Jahre alt gewesen.

Frau Neustedt überlegte kurz, legte ihren Zeigefinger sinnend an die Nase und sagte langsam: »Dein Großvater ist in Amerika geboren, aber mit seinem Vater, einem deutschen Auswanderer, irgendwann nach Deutschland zurückgekehrt. Der wesentlich ältere Bruder deines Opas, ich glaube, er hieß Friedrich, blieb hingegen in Amerika, und Maggy, die Frau, bei der du deine Ferien verbracht hast, war seine Tochter und daher eine Cousine deines Vaters.« Sie nickte, als wollte sie die Richtigkeit ihrer Worte noch mal bestätigen. Dann lachte sie plötzlich auf. »Dein Vater hat doch tatsächlich so manches Mal damit geprahlt, er habe indianisches Blut in seinen Adern, weil seine Familie sich eine Zeit lang im Wilden Westen herumgetrieben hat. Weißt du das nicht mehr?« Sie schaute erst Christine zärtlich an, dann ging ihr Blick zu einem silbernen Bilderrahmen, der auf einer schmucken alten Kommode aus Mahagoni stand.

Ihre Mutter bewohnte noch immer das Haus, das sie mit ihrem Mann vor dreißig Jahren umgebaut hatte. Es war ein altes Fachwerkhaus, wie es in Telgte viele gab, und es besaß eine überschaubare Größe von einhundertdreißig Quadratmetern Wohnfläche.

Christines Vater war Architekt gewesen, mit einem relativ gut gehenden Büro, das er mit zwei Kollegen geführt hatte. Damit war er zwar ein viel beschäftigter Mann, doch er hatte immer versucht, sich für seine Tochter etwas Zeit am Tag frei zu halten.

Mit ihrem Vater errichtete sie damals die tollkühnsten Konstruktionen aus Holzklötzen: Märchenschlösser, Drachenburgen oder Mondstationen. Dann ging ihr Vater einige Schritte zurück, begutachtete die Objekte und sagte: »Ja, das könnte ich vielleicht mal bauen.«

Sie erinnerte sich aber auch an Tage, an denen ihr Vater wie ein Gespenst durch das Haus lief, unruhig, launisch und kaum ansprechbar. Kleinigkeiten brachten ihn dann derartig in Rage, dass er türenknallend in seinem Büro verschwand und für Stunden nicht mehr herauskam.

Trotz seiner unglaublichen Schwindelfreiheit hatte Herr Neustedt eher damit gerechnet, bei einer der zahlreichen Besichtigungen seiner Baustellen durch einen Absturz ums Leben zu kommen statt durch einen profanen Herzinfarkt mit gerade mal fünfundvierzig Jahren. Seine kleine Familie war daher schon früh finanziell gut abgesichert. Ihre Mutter wohnte in einem nahezu schuldenfreien Haus und bezog Mieteinnahmen aus einer Erbschaft im Osten. Ihr ging es finanziell gut genug, um sich zumindest einige Wünsche erfüllen zu können.

Sie nickte dem Foto ihres Mannes zu. »Schau ihn dir nur mal an. Irisches Blut kann man sich vorstellen, aber indianische Vorfahren?«

Unwillkürlich ging auch Christines Blick zu der Fotografie ihres Vaters, die sie schon hundertmal gesehen hatte, aber nun forschend betrachtete. Er hatte die gleichen rotblonden lockigen Haare wie sie. Seine Haut wies den eher blassen Ton vieler Rothaariger auf, er hatte wie Christine zahlreiche Sommersprossen, und auch seine blauen Augen passten dazu. Christines Augen waren dagegen ziemlich dunkel. Und doch gab es etwas an dem Gesicht des Vaters, was Christine ins Grübeln brachte.

Sie erinnerte sich daran, dass sie und ihre Freunde für die Verabschiedung einer Studienkollegin einmal Gipsmasken ihrer Gesichter verschenkt hatten. Es war erstaunlich, wie beeindruckend die Kopfformen wirkten, wenn viele andere Faktoren wie die Farbe des Teints oder der Ausdruck der Augen fehlten. Wenn sie versuchte, in Gedanken eine Gipsmaske vom Gesicht ihres Vaters zu erstellen, so sah sie plötzlich einen markanten Indianerkopf vor sich.

Sie blinzelte verwirrt. War sie nun völlig überspannt, oder besaß sie eine gute Beobachtungsgabe? Sie musste mehr über ihre Familie in Erfahrung bringen.

»Was ist aus dieser Cousine geworden?«, fragte sie. »Hast du noch Kontakt?«

»Das ist so lange her. Warum willst du das wissen?«

Christine merkte, dass ihre Mutter auswich, und wunderte sich. Damals waren die Verwandten vertraut genug gewesen, um eine Dreizehnjährige einige Wochen in ihre Obhut nach Amerika zu geben, aber das hatte nicht genügt, um ab und an Kontakt zu halten?

Ihre Mutter lächelte sie schuldbewusst an. »Ich habe den Briefverkehr in den letzten Jahren wohl nicht sehr gepflegt. Es ist ja auch eher die Verwandtschaft von Stefan.«

Christine zog die Nase kraus. Dieses vorsichtige Ausweichen, solche mittelmäßigen Ausreden waren nicht der Stil ihrer Mutter. »Was weißt du überhaupt von dieser Cousine? Du hast mich doch nicht einfach wildfremden Menschen überlassen, oder?«

Ihre Mutter seufzte ergeben und goss sich und ihrer Tochter einen Sherry ein. Christine hob abwehrend die Hand, schließlich musste sie noch Auto fahren.

»Der Bruder deines Großvaters hat sich, soweit ich weiß, eine Farm gekauft, sie bewirtschaftet und zusammen mit seiner Frau zwei Kinder bekommen. Maggys älterer Bruder starb im Kindesalter, und auch ihre Mutter verstarb früh.« Sie hielt inne, überlegte kurz und drehte ihren zweifach zusammengefügten Ehering. »Maggy heiratete ebenfalls einen Farmer. Zusammen stellten sie allerdings einiges um und verwandelten den Besitz in eine recht gut gehende Ranch. Ihr Mann Ronald besaß viel Sinn für Pferde und züchtete eine Zeit lang sehr erfolgreich. Die Pferde traten bei Rodeos auf.«

»Immerhin muss man die Pferde dafür nicht gut zureiten.« Christine goss sich ein Wasser ein. Ja, an Pferde konnte sie sich schwach erinnern und auch daran, dass sie selbst dort einige Male geritten war.

»Haben sie Kinder?«

»Nein. Maggy konnte keine Kinder bekommen. Sie haben es lange probiert. Sie waren deshalb sogar einmal in Deutschland, um sich behandeln zu lassen.«

Frau Neustedt erzählte, damals habe sie die beiden besser kennengelernt. Maggy habe großes Interesse für ihre Familie in Deutschland gezeigt, und vor allem die damals neunjährige Christine sei ihr schnell ans Herz gewachsen. Ronald, ihr Mann, groß, kräftig und eher wortkarg, schaute sich während ihres Aufenthaltes viele umliegenden Pferdehöfe in Telgte an und spielte abends mit Stefan endloses Schach. Christines Mutter bekam den Eindruck, dass Ronald seine Ranch vermisste und nur aus Liebe zu seiner Frau mitgekommen war.

Aber beide hatten einen sehr zuverlässigen Eindruck gemacht, durchaus geeignet, um sich um eine Dreizehnjährige zu kümmern, deren Vater plötzlich verstorben und deren Mutter in ihrer Trauer kaum ansprechbar war. Als sie anboten, Christine ein paar Wochen zu nehmen, war Frau Neustedt sehr froh gewesen.

Constanze Neustedt schwieg und seufzte. Das alles sei schon so lange her, sagte sie noch. Dann stand sie auf, fuhr sich durch ihre sorgfältig gefärbten dunklen Haare, die sie in einem flotten Kurzhaarschnitt trug, und suchte nach ihren Zigarillos. Mit einem kleinen Ascher aus Porzellan in der einen Hand und ihrer Fleur de Selva in der anderen setzte sie sich wieder an den Tisch zurück. Christine wusste, dass das Thema damit für ihre Mutter beendet war, aber sie hatte das merkwürdige Gefühl, längst noch nicht alles erfahren zu haben.

Eine halbe Stunde später erhob sie sich, um nach Münster zurückzufahren. An der Haustür fragte sie ihre Mutter beiläufig nach der Adresse von Maggy und Ronald. Diese Hartnäckigkeit ihrer Tochter kannte Frau Neustedt. Sie lächelte sanft und versprach, ihr die Daten in den nächsten Tagen herauszusuchen. Ihr musste klar sein, dass Christine eher einen Detektiv engagieren würde, als die Sache auf sich beruhen zu lassen.

Als Christine in Münster ankam, war es halb elf. Beim Einbiegen in die Straße, an der ihr Wohnhaus lag, kamen ihr zwei Polizeiwagen in gemächlichem Tempo entgegen. Sie parkte das Auto an einer Stelle, die nur Anwohnern vorbehalten war, und stieg aus. Die Straße lag ruhig und menschenleer im indirekten Licht der hohen Straßenlaternen, die ihr heute wie majestätische Wachsoldaten vorkamen. Als sie auf das Haus zuging, sah sie erschrocken, dass ihre Wohnung hell erleuchtet war. Sie wusste genau, sie hatte kein Licht angelassen, denn als sie heute Morgen das Haus verlassen hatte, war es bereits hell gewesen. Die Eingangstür zum Treppenhaus stand weit offen, und ein Holzklotz hinderte sie am Zufallen. Nun packte Christine eine beklemmende Vorahnung, denn eigentlich war die untere Haustür um diese Zeit stets verschlossen. Richtige Angst empfand sie trotzdem nicht. Langsam stieg sie die Stufen nach oben.

Plötzlich ging das Licht im Treppenflur aus, und in einem Anflug von Panik wäre sie nun doch beinahe die Stufen wieder hinuntergelaufen. Doch es dauerte nur wenige Sekunden, bis sich das Licht mit dem typischen Klacken wieder einschaltete. Fast zeitgleich erschien der struppige Kopf von Hauptkommissar Delbrock über dem Geländer der oberen Etage.

»Ich dachte schon, Sie kommen gar nicht mehr nach Hause. Ich wollte hier nicht übernachten.«

»Ich bin mir auch nicht sicher, ob das hier mein Zuhause ist oder eine öffentliche Pension.« Skeptisch versuchte Christine, einen Blick an der massigen Gestalt Delbrocks vorbei in ihre Wohnung zu werfen.

»Frau Neustedt, Ihre Person steht für Chaos, Tod und rätselhafte Vorgänge.« Und während er einen Schritt zur Seite trat, um sie vorbeizulassen, fügte er hinzu: »Und, nicht zu vergessen, den Charme einer passionierten Heldin.«

In ihrer Wohnung war auf den ersten Blick nichts zu erkennen, was die Anwesenheit des Hauptkommissars zu dieser späten Stunde gerechtfertigt hätte.

Sie drehte sich zu ihm um. »Ich will auf gar keinen Fall, dass Sie sich bei diesem Fall langweilen.« Ihr Blick wanderte suchend durch die Räume. »Was bringt Sie heute Abend in meine Wohnung?« Dabei musste sie sich Mühe geben, nicht an seiner Jacke zu zerren, damit er endlich erzählte, was los war.

»Wie wäre es, wenn wir das bei einer schönen Tasse Cappuccino besprechen?« Er lächelte sie an. Nichts war mehr von der Wut zu merken, die er vor dem Haus des unglücklichen Bernhard Wendel gezeigt hatte.

»Ihre alte Nachbarin, Frau Strothmann, hat die Polizei verständigt, nachdem ihr in der Wohnung eine dunkle Gestalt aufgefallen war. Sie kam gerade vom Kegeln und wunderte sich zunächst nur über die spärliche Beleuchtung. Als sie dann einen Mann sah, rief sie die Polizei, denn sie konnte weder Sie sehen noch Ihr Auto.« Delbrock wirkte nun doch ernst und besorgt. »Wir haben hier niemanden mehr angetroffen, doch an der Wohnungstür sind eindeutig Spuren einer gewaltsamen Öffnung zu erkennen.«

Christine schüttelte den Kopf. »Aber gestohlen wurde anscheinend nichts. Was wollte er?«

Delbrock holte etwas aus seiner Tasche und wickelte eine zusammengerollte durchsichtige Plastiktüte auf. »Kennen Sie diesen Gegenstand, Frau Neustedt?«

Sie schaute genauer hin, im Innern der Plastiktüte konnte sie nur ein kleines, altes Stück Holz mit einigen Löchern erkennen. »Das sieht aus wie eine selbst gefertigte Flöte.«

Delbrock nickte anerkennend. »Und jetzt dürfen Sie raten, wo ich sie gefunden habe und wo sie eigentlich liegen sollte.«

Christine zuckte ahnungslos mit den Schultern.

Delbrock packte die Flöte vorsichtig wieder weg. »Sie lag auf Ihrem Bett im Schlafzimmer, zusammen mit einem Zettel, den die Spurensicherung bereits mitgenommen hat. Darauf stand: ›*Du kennst die Bedeutung der Flöte, Christine.*‹«

Delbrock löffelte die letzten Sahnereste vom Rand seiner Tasse und erinnerte Christine beiläufig an ein Kind, das nicht akzeptieren mochte, dass das Eis aufgegessen war. Dabei schaute er sie fragend an.

Sie spürte Wut in sich aufsteigen. Dieser Täter legte eine enorme Arroganz an den Tag. Jetzt marschierte er sogar unaufgefordert in ihre Wohnung und verteilte Geschenke, über die sich keiner freute. Sie fühlte sich verletzt. Außerdem hatte sie es noch nie leiden können, wenn respektlos mit ihr oder ihrem Eigentum umgegangen wurde.

Hinter dieser Wut schlummerte leider noch etwas anderes, klein und weit weg, aber mit enorm langen Greifarmen, die sich ganz allmählich auf sie zubewegten: Angst. Delbrocks Stimme klang auf einmal metallisch und weit weg, und sie hatte einen Geschmack nach Eisen in ihrem Mund.

»Wie Sie sich denken können, gehört dieses alte Stück ebenfalls zur Ausstellung im Naturkundemuseum.«

Natürlich war sie über diese Feststellung nicht wirklich überrascht.

»Aha. Manche bekommen ein altes Bowiemesser in die Kehle und ich eine Flöte aufs Bett. Ich bin zu beneiden, finden Sie nicht?«

»Bevor Sie sich zu sehr freuen, sollten wir klären, welche Bedeutung der Flöte zukommt.« Delbrock machte ein Gesicht, das die reinste Kriegserklärung an den Täter war.

Christine warf einen Blick auf die Uhr und entschied, dass es zu spät war, um Corwin noch anzurufen. Daher holte sie ihre neu erworbene Lektüre über die Geschichte der Indianer Nordamerikas aus dem Wohnzimmer und legte sie unter den zweifelnden Blicken des Hauptkommissars mit leisem Stöhnen auf die Tischplatte. Sie bemerkte den skeptischen Blick des Hauptkommissars, als sie mit ihrem Finger im Inhaltsverzeichnis suchte. Die Gipsschiene an der rechten Hand behinderte sie leider deutlich.

»Ihre Recherche in Ehren, Frau Neustedt, aber ich halte mich lieber an fachkundige Personen. Und die Uhrzeit spielt in meinem Job eine höchst nebensächliche Rolle. Ich werde heute wohl noch telefonieren.«

Motorengeräusch von der Straße her ließ Christine zusammenzucken, doch Delbrock warf einen zufriedenen Blick durchs Fenster und wartete, bis ein blauer Opel am Straßenrand geparkt hatte. Der Fahrer blieb im Wagen sitzen.

Der Hauptkommissar erhob sich. »Ein Kollege wird das Haus heute Nacht im Auge behalten. Und vermeiden Sie um Himmels willen alles, was das Schicksal herausfordern könnte.«

Ein fester, beinahe schmerzhafter Händedruck, ein aufmunterndes Kopfnicken, und er wandte sich zur Haustür.

Bevor Christine sich endlich ins Bett legte, warf sie bei gelöschtem Licht noch einen kurzen Blick auf die Straße. Ja, der Opel war da.

Mit klopfender Brust und mit Händen, die sie ineinander verschlungen hielt, als wollten sie ihr sonst nicht gehorchen, lag sie in dem Tipi. In einiger Entfernung hörte sie leises Flötenspiel, eine ruhige, sanfte Melodie. Kurze Zeit später vernahm sie das leise Kichern von Manori. Sie freute sich für ihre Freundin. Nur schwer konnte sie dem Drang widerstehen, die Felle vor ihrem Eingang zu lüften und durch einen Spalt nach draußen zu spähen. Bis weit nach Mitternacht lag sie wach, lauschte den nächtlichen Geräuschen, hörte Manori zurück ins elterliche Tipi schlüpfen und spürte den neuen Tag nahen. Nichts war geschehen. Keine Melodie hatte ihre Sinne berührt und ihr Gewissheit verschafft. Hatte sie etwas missverstanden? Seine Blicke? Seine Hand, die wie zufällig die ihre streifte? Seine Besorgnis, als sie vor einigen Tagen von einem jungen Pferd getreten wurde? Unruhig wälzte sie sich in den Schlaf.

Am nächsten Tag wartete mehr Arbeit, als sie schaffen konnte. Zahlreiche Felle mussten gegerbt werden, das Fleisch wurde getrocknet und mit Beeren zu Pemmikan verarbeitet, damit es für den Winter haltbar war. Die Hunde stritten sich um die Abfälle und bekamen wütende Fußtritte, wenn sie ineinander verkeilt den beschäftigten Frauen zu nahe kamen. Die letzte große Büffeljagd vor dem Wintereinbruch hatte wider Erwarten eine ansehnliche Beute gebracht.

Den ganzen Tag über arbeiteten sie gemeinsam in der warmen Herbstsonne, neckten einander, erzählten den Kindern von der großen Hungersnot vor drei Wintern und aßen warmes Maisbrot. Eigentlich arbeitete sie lieber im Lager. Sie mochte den Gestank der Kadaver nicht, hasste den Anblick getöteter Büffel, hasste es, wenn so ein mächtiges, schönes Tier sich in ein Stück bloßes Fleisch verwandelte, an dem die Fliegen sich labten.

So sah sie »Wolf« den ganzen Tag lang nicht. Abends zog sie sich früh zurück. Ihre Großmutter hob die Augenbrauen, als die Enkelin eher als erwartet hereinkam, sich ans Feuer setzte und ein Paar Mokassins ausbesserte. Sie sagte jedoch nichts. Einige Zeit später lagen beide Frauen ausgestreckt auf ihrem Lager, während das Feuer nur noch bei kleiner Flamme leise knisterte. Allmählich wurden die Geräusche im Lager weniger, wie das Kreischen von Zugvögeln, die sich immer weiter entfernen. Eine schläfrig machende Wärme vermischte sich mit der frischen Luft, die durch die Schlitze in den Zeltwänden strömte. Es roch ganz leise nach Herbst, was das Gefühl von wohliger Behaglichkeit verstärkte, das sie unter ihrer dick gewebten Decke empfand. Heute wartete sie nicht wie ein ungeduldiges Fohlen, sondern genoss den nötigen Schlaf.

Doch noch bevor sie gänzlich in eine Traumwelt versank, hörte sie die Flöte. Es war nicht die Melodie von gestern Abend. Auch der Klang dieser Flöte war anders, satter, voluminöser, die Melodie mal lockend, mal beinahe fordernd. So konnte nur einer spielen. »Wolf«.

Sie hörte hinter der Zeltwand leise jemanden ihren Namen rufen, und noch nie hatte er so schön geklungen. Rasch zog sie sich lederne Beinkleider und ein Kleid an und ging in gebückter Haltung aus dem Zelt hinaus in die Dunkelheit. Noch bevor sie sich aufrichten konnte, wurde eine Decke über sie geworfen, und kräftige nackte Arme führten sie. Einige Male stolperte sie über eine Wurzel oder ein liegen gebliebenes Werkzeug, doch jedes Mal wurde sie mit Leichtigkeit aufgefangen und zügig weitergeleitet. Sie hätte ewig so gehen können, unter der Decke mit »Wolf« und um sie herum die Nacht.

Dieses Verhalten entsprach nicht den Gepflogenheiten der Gemeinschaft. Wenn die jungen Krieger ihre Auserwählte durch die Melodie ihrer selbst gebauten Flöte zu sich gelockt hatten, sollten sie im Blickfeld des Lagers bleiben. In die Decke eingehüllt, genossen sie eine gewisse Privatsphäre, viele Väter hielten allerdings ein strenges Auge auf die Liebespaare.

»Wolf« setzte sich über solche Regeln hinweg wie ein Fuchs über einen Hühnerzaun. Er führte sie in ein nahe gelegenes Waldstück. Dort hielt er sie eng umschlungen und streichelte sanft ihren Nacken. Seine Stirn lehnte an der ihren, und sie spürte seine nackte muskulöse Brust durch das weich gegerbte Leder ihres Kleides. Eine süße Ewigkeit lang standen sie einfach nur so da.

Plötzlich zerrte etwas von außen an der Decke, und eine gewaltige Kraft riss die Liebenden auseinander. Sie selbst stürzte nach hinten und landete auf dem weichen, feuchten Waldboden, während »Wolf« noch stand. Doch nur kurz, denn der heftige Prankenhieb eines sich aufbäumenden Grizzlybären riss ihm die halbe Brust auf.

Christine schrie, was sie selbst so sehr erschreckte, dass sie hochfuhr. Langsam löste sie die Anspannung aus ihrem Körper und streckte die Beine unter der Bettdecke aus. Was für ein Traum! Und was für eine Melodie. Wäre sie Musikerin gewesen, so säße sie jetzt am Klavier, um ein Stück daraus zu komponieren. Aber sie konnte das, was sie im Traum so berührt hatte, nicht einmal summen. Die Leuchtziffern ihres Weckers zeigten vier Uhr fünfundfünfzig an.

Die Flöte. Sie hatte gerade von der Bedeutung der Flöte geträumt. Sie träumte von all den Dingen, die mit diesem Fall zusammenhingen. Im Traum schien sie an eine Quelle des Wissens zu gelangen, die ihr im Wachzustand nicht zugänglich war. Vielleicht hatte sie über diese Dinge irgendwann einmal etwas gelesen oder damals in Amerika etwas darüber erfahren. Auf einmal glaubte sie, unter der Decke ersticken zu müssen, und sie stand jäh auf. Barfuß lief sie in die Küche, um sich ein Glas Wasser einzuschenken. Plötzlich schrillte der einsame Ton des Telefons durch die Wohnung. Sie starrte auf das Gerät und griff dann so vorsichtig nach dem Hörer, als könnte jede heftige Bewegung eine Explosion auslösen. Weil es noch tiefe Nacht war, meldete sie sich nur mit einem leisen »Hallo?«.

»Schröder, hallo. Ist alles in Ordnung, Frau Neustedt? Ich sehe Licht brennen.« Natürlich, der Polizist im Auto. Es tat gut, so umsorgt zu sein. Sie beruhigte den Mann und wanderte zurück ins Bett. Und auch wenn sie anfangs beim Schließen der Augen den fürchterlichen Kopf des Grizzlybären vor sich sah, schlief sie ein.

Als Christine wenige Stunden später überraschend ausgeruht aufwachte, war sie bereit für Entscheidungen. Sie spürte eine Entschlossenheit, die sie einige Zeit vermisst hatte. Mit einem großen Milchkaffee und einem aufgebackenen Brötchen mit Marmelade saß sie an ihrem Küchentisch, das Telefon neben dem Teller, um die wichtigsten Dinge als Erstes zu erledigen.

Ein Anruf bei Jörg sollte ihr einige Tage Urlaub ermöglichen, lediglich ihre begonnene Serie über indianische Kulturen würde sie fortführen. Bei allen anderen Terminen ließ sie sich vertreten. Jörg stellt keine Fragen, sondern hielt ihr anstandslos den Rücken frei. »Pass auf dich auf«, war sein knapper Kommentar, mit dem er Verständnis signalisierte.

Von ihrer Mutter die Adresse der Verwandtschaft in Amerika zu bekommen, gestaltete sich schwieriger. Erst war der Anschluss ständig besetzt, dann ging ihre Mutter nicht ans Telefon. Nach dem dritten Kaffee bekam sie sie endlich an den Apparat. Nach weiteren zehn Minuten, von denen sie fünf Minuten in der Warteschleife verbrachte, weil Frau Neustedt die Adresse noch nicht griffbereit hatte, war auch dies erledigt. Im Internet suchte sie nach einer E-Mail-Adresse. Da die Ranch immer noch auf den Namen ihrer Verwandten lief und als größerer Betrieb über einen eigenen Internetauftritt verfügte, wurde sie schnell fündig. Es wurde ein ausgiebiger Brief, den sie über das

Internet schickte, und sie hoffte auf eine rasche Reaktion. Bestimmt waren die Verwandten verwundert, wenn nach so vielen Jahren ein Lebenszeichen von ihr kam, das mit einer derartigen Geschichte über Raub und Mord aufwartete.

Sie las noch mal die Namen auf dem Notizblock: *Maggy & Ronald Hiller in Idaho.*

Nichts regte sich in ihr, kein Gesicht tauchte vor ihrem inneren Auge auf, keine Erinnerung an einen bestimmten Ort. Meine Güte, sie war damals dreizehn gewesen, eigentlich kein Kind mehr. Sie konnte sich schließlich auch an ihren ersten Freund erinnern, eine harmlose Schwärmerei für einen zwölfjährigen blonden Jungen, mit dem sie der gemeinsame Gitarrenunterricht verband. Und das war mit elf Jahren.

Inzwischen hielt Christine es zunehmend für möglich, dass damals in Amerika etwas Schreckliches vorgefallen war, was sie zum eigenen Schutz bis auf schemenhafte Erinnerungen verdrängt hatte. Unwillkürlich schloss sie die Augen, als könnte sie auf diese Weise bestimmte Seiten eines inneren Buches aufschlagen.

Sie erinnerte sich an Pferde, an wunderschöne Ausritte in die Natur. Sie erinnerte sich an ein Telefonat mit ihrer Mutter, bei dem sie beide fürchterlich geweint hatten. Christine nahm an, dass es um den Tod ihres Vaters gegangen war, aber vielleicht hatte sie auch unter Heimweh gelitten.

Die Erinnerung an den Besuch eines Rodeos tauchte in ihr auf. Einer der Cowboys war im hohen Bogen durch die Arena geflogen und hatte sich beide Arme gebrochen. Und sie erinnerte sich an einen älteren Mann mit indianischen Zügen und einem seltsamen Schlapphut. Er arbeitete auf der Farm von Ronald und Maggy. Wusste sie von ihm die Geschichten aus ihren Träumen? Christine seufzte und schaute versonnen auf ihre Gipsschiene. Damit sollte jetzt auch Schluss sein. Mit energischen Bewegungen wickelte sie den Verband ab und bewegte den Arm vorsichtig hin und her. Er fühlte sich schutzlos und empfindlich an, und sie kramte nach einer alten Ledergamasche.

***

In der verwinkelten Hotelhalle herrschte um die frühe Mittagszeit ruhiger Betrieb. Einige verspätete Hotelgäste checkten aus, neue Gäste kamen an. Die meisten Leute schienen geschäftlich hier zu sein. Das Hotel Engel buchte man nicht, um einen Familienurlaub zu verbringen. Es lag nahezu mitten in der City, fünf Minuten vom Bahnhof entfernt, Spielmöglichkeiten für Kinder gab es nicht. In der Halle saßen Männer und Frauen, die offenbar in wichtige Gespräche vertieft waren und sich deshalb auch für wichtig hielten. Sie bestellten einen Cappuccino, als würden sie Trinkgeld verteilen.

Chief Thomas und Corwin Standing Child saßen in einer der vielen Sitzecken und hatten einen guten Ausblick auf die rege besuchte Einkaufsstraße, die die Promenade unweit des Hotels kreuzte. Diese Straße führte vom Bahnhof aus direkt in die Innenstadt, und Chief Thomas wunderte sich einmal mehr über das lebhafte, aber durchaus fröhlich wirkende Treiben auf den Straßen von Münster. Auch heute, an einem Freitag, waren viele Leute unterwegs. Dem Chief gefiel die Stadt, mit ihrer bunten Mischung aus Studenten, Geschäftsleuten, jungen Familien und gut gelaunten Senioren. Vereinzelt sah man Menschen aus anderen Kulturen und Nationalitäten; er hörte, wenn er durch die Stadt bummelte, holländische, englische und auch französische Stimmen. Aber Chief Thomas bemerkte auch die Alkoholiker, die sich in kleinen Gruppen am Bahnhof trafen, die Bettler, die, einen Plastikbecher zwischen den Füßen, in der Fußgängerzone saßen, den Kopf oft schamhaft gesenkt. Offensichtlich wurden sie in den Straßen und vor den Geschäften geduldet, und es klapperte durchaus die eine oder andere Münze in die Pappbecher. Und Straßenmusikanten gab es an allen möglichen Ecken der Stadt, russische Geiger, südamerikanische Panflötenspieler oder Kinder mit ihren Blockflöten.

Corwin Standing Child warf nur wenige Blicke auf die Straße. Im Gegensatz zum Chief interessierten ihn andere Menschen herzlich wenig, wenn er nicht unmittelbar mit ihnen zu tun hatte. Zurzeit gab es nur zwei Personen in Münster, die ihn brennend interessierten und in ihm die unterschiedlichsten Emotionen wachriefen: den dreifachen Mörder und Christine Neustedt, die auf irgendeine Weise mit dem Täter verbunden war und immer mehr in Gefahr geriet. Aber Corwin lief die Zeit davon, er konnte nicht mehr lange in Münster bleiben. Schließlich hatte er in Montana einen Beruf und eine Familie. Die ganze Ausstellung abzubrechen, um eventuell weitere Morde zu verhindern, war in seinen Augen nutzlos. Das würde den Täter kaum beeindrucken. Corwin war sich sicher, dass noch zwei Menschen sterben mussten, dann würde der Mörder sich Christine widmen. Was genau er mit ihr vorhatte, wusste Corwin allerdings nicht. Aber vermutlich folgte er einem genauen Plan. Die Träume, von denen Christine ihm erzählt hatte, konnten vielleicht einen Anhaltspunkt liefern, ihre Verbindung zum Täter aufzudecken.

Besorgt und unendlich müde saß Corwin bei seinem Freund Thomas, um sich Rat zu holen. Eine senkrechte Stirnfalte stand zwischen seinen dunklen Augen. Seit der Hauptkommissar ihm die Flöte gezeigt hatte, wusste er, dass Christine in unmittelbarer Gefahr war.

Chief Thomas nahm einen kräftigen Zug aus seinem Cola-Glas und starrte auf den Boden.

»Du willst eine Inipi mitten in Münster bauen, mit einer Frau, die vor zwei Wochen noch ein fremdes Gesicht hatte, die Zeremonie durchführen, und ich soll die heißen Steine segnen?«

»Ja.« Corwin wusste, was er von dem traditionsbewussten Häuptling verlangte. Er schaute ihm offen in das runde Gesicht, das nur durch die zusammengepressten Lippen Besorgnis verriet.

»Gut.« Thomas wiegte seinen Kopf bestätigend. »Aber versprich dir nicht zu viel davon. Sie ist eine deutsche Frau, und auch wenn sie starke Träume hat, kann diese Seite dem Bewusstsein verschlossen bleiben wie die Schale einer Schildkröte.«

»Sie war als Kind in Amerika. Vielleicht ist die Verbindung zum Mörder schon sehr alt, und sie kann sich nicht mehr daran erinnern.«

Thomas kaute gedankenvoll an einer kleinen Pfeife, die er in der Hotelhalle nicht anzünden durfte. »Wenn er ihr die Flöte schickt, liebt der Täter sie möglicherweise.« Er sah Corwin nun forschend an.

Der Chief fragte sich, wie weit Corwins Interesse an der Journalistin ging. Seine Frau Anne war bereits seit drei Jahren tot, und er schien nie so ganz darüber hinweggekommen zu sein. Das lag wohl kaum daran, dass die beiden einander in großer Leidenschaft verbunden gewesen waren, denn das Gegenteil war der Fall. Anne war von zurückhaltendem Naturell, und seit der Geburt der Tochter hatte sie sich noch mehr zurückgezogen. Auch Corwin war nicht gerade ein emotional offener Mensch. Zu vielen Feierlichkeiten seines Stammes war er schon damals ohne seine Ehefrau erschienen, aber seine kleine Tochter war fast immer mit dabei. Nein, was Corwin so schwer zu schaffen machte, war wohl die Art von Annes Tod. Thomas kannte den jüngeren Freund als verantwortungsvollen Mann, der sich seit dem Selbstmord von Anne große Vorwürfe machte. Zum einen hatte er die Tat nicht verhindert; er war zu einer Party gefahren, ohne ihren Gemütszustand erkannt zu haben. Zum anderen hatte ihre Ehe sie offensichtlich unglücklich gemacht – er hatte als Ehemann versagt.

Niemand in ihrem gemeinsamen Bekanntenkreis hätte Corwin so etwas unterstellt oder ihn als einen Mann bezeichnet, der seine Frau in den Tod getrieben hatte. Warum auch? Alle wussten um die Krankheit seiner Frau, ihren Hang zur Schwermut. Doch er selbst zeigte immer wieder mit dem Finger auf sich, klagte sich an und konnte sich nichts verzeihen. Eine Zeit lang war Corwin nicht einmal mehr zu den gemeinsamen Treffen und öffentlichen Pow Wows gekommen, er hatte sich benommen, als wäre er ein Verstoßener. Manchmal hatte Chief Thomas sogar den Eindruck, Corwin labe sich an einer Mischung aus Vorwürfen und Selbstmitleid. Aber irgendwann hatte ihn die Schwester seines Vaters schonungslos zur Rede gestellt, und seitdem hatte er sich der Gemeinschaft wieder angeschlossen – wenn auch nicht ganz, denn er tat nichts mehr mit der großen Leidenschaft, die ihn früher ausgezeichnet hatte.

Vielleicht führte dieser grausame Fall zwei Menschen zusammen, die sich gegenseitig helfen konnten, aber es war ein riskantes Spiel, das wusste Chief Thomas. Wenn Corwin erneut zusehen musste, wie eine ihm nahestehende Frau zu Tode kam, würde er für niemanden mehr erreichbar sein. Deshalb wollte Thomas ihm helfen. Sie durften beide nichts unversucht lassen.

Corwin beugte sich vor, und als er sprach, klang seine Stimme leise, aber eindringlich.

»Ein Psychopath wie unser Täter wird kaum danach fragen, ob Christine seine Liebe erwidert. Er nimmt sich, was er haben will, und vernichtet, was ihn stört.«

***

Hauptkommissar Delbrock warf die Akte, die er in seinen großen Händen hielt, in einer ruckartigen Bewegung auf den Schreibtisch. Mit vernehmlichem Knall landete sie auf der Holzplatte und brachte einige Papiere in Bewegung.

Er fuhr sich durch die Haare und rieb müde seine Augen. Dieser Dr. Horn raubte ihm die wenigen Nerven, die ihm, dem permanent unter Schlafmangel leidenden Beamten, noch geblieben waren. Immer wieder bat der Museumsleiter um erhöhten Schutz, weil er Geräusche gehört hatte oder angeblich jemand in seiner Wohnung gewesen war. Vergangene Nacht hatte er beharrlich behauptet, ein Mann sei in seinem Garten gewesen und habe ihn durch die Terrassentür beobachtet. Dabei hatte Delbrock rund um die Uhr einen Beamten vor Ort, dessen Beobachtungen eher darauf schließen ließen, dass es sich um die Sinnestäuschungen eines leicht überspannten, angstgebeutelten Mannes handelte. Rührte Dr. Horns Angst von den zahlreichen Todesfällen her, oder verheimlichte er etwas? War in Amerika doch etwas vorgefallen, was die Todesfälle erklärbar machte? Hatte die Reisegruppe jemanden erheblich geschädigt? Bislang konnte oder wollte Dr. Horn über keinerlei nennenswerte Vorkommnisse berichten. Er bestand darauf, die Morde müssten ausschließlich mit der Ausstellung zusammenhängen, vermutlich hätten sie durch die Zusammenstellung der Gegenstände eine böse Macht geweckt. Dann hatte er Delbrock von den vielen mysteriösen Todesfällen im Zusammenhang mit den Schätzen aus dem Grab des Tutanchamun berichtet und einen ausführlichen Vergleich gezogen. Spätestens an dieser Stelle hatte der Hauptkommissar nur noch hilfesuchend und hoffend abwechselnd zur Tür und auf sein Handy geschielt.

Die Ausstellung hingegen lief hervorragend, vermutlich gerade wegen all ihrer traurigen Sensationen. Ein wahrer Run war ausgebrochen, alle wollten das Leben der Prärie-Indianer kennenlernen und natürlich den Ort des Verbrechens besichtigen.

Es klopfte leise, und eine junge Frau mit einer wirren roten Kurzhaarfrisur steckte den Kopf zur Tür herein. Sie hatte ein frisches, munteres Gesicht und trug große, grün schimmernde Ohrstecker. »Frau Neustedt ist jetzt hier.«

»Sie kann sofort hereinkommen. Und wimmeln Sie alle anderen Dinge für heute ab, Gabi. Wenn ich nicht bald ein wenig Schlaf bekomme, kann der Mörder meinetwegen auch mich auf seine Liste setzen.«

Gabi strahlte ihn aus grünen Augen schmunzelnd an und verschwand, um gleich darauf Christine Neustedt ins Büro zu schieben.

Das Gesicht des Hauptkommissar hellte sich schlagartig auf. Er legte ihr kurz und freundschaftlich die Hand auf die Schulter und geleitete sie zu einem Stuhl. Bevor er sich ebenfalls setzte, betätigte er den Cappuccino-Automaten und warf ihr einen fragenden Blick zu.

Wer den großen, schweren Mann sah, wie er mit einem stolzen Lächeln und einem genüsslichen Blick auf die Kaffeebohnen vor seiner Maschine stand, eine Hand auf dem Wasserbehälter, die andere an der Tasse, der durfte einen Kaffee auf keinen Fall ablehnen.

»Frau Neustedt, ich habe Sie noch mal kommen lassen, um Sie eindringlich zu warnen und um mit Ihnen den nötigen Personenschutz zu besprechen.«

Christine hob erstaunt die Brauen. »Ist etwas passiert?«

»Mädel, Sie machen mir Spaß!« Delbrock fuhr sich in gespielter Verzweiflung mit beiden Händen übers Gesicht. »Mir reichen die jüngsten Ereignisse. Wussten Sie, dass das Spielen auf einer Flöte, ähnlich dem Objekt auf Ihrem Bett, bei den Prärie-Indianern dazu diente, der Auserwählten seine Liebe zu gestehen und sie zu einem heimlichen Treffen zu locken?«

»Ich brauche ja nicht mitzugehen.« Christine verschränkte die Arme vor der Brust, um Selbstsicherheit zu demonstrieren.

»Er wird Sie kaum fragen.« Der Hauptkommissar schob seine Tasse zur Seite und beugte sich über den Tisch zu ihr. »Frau

Neustedt, unser Täter ist ohne jeden Skrupel. Die Briefe und der Besuch in Ihrer Wohnung, das war nur ein Vorspiel. Sie gehören auf irgendeine kranke Art zu seinem Plan. Daher möchte ich, dass Sie erstens Tag und Nacht einen Beamten in Ihrer Nähe haben und sich zweitens vorsichtshalber von allen indianischen Künstlern fernhalten und von sonstigen Personen, die irgendwie mit der Ausstellung zu tun haben.«

Christine machte sich auf ihrem Stuhl steif wie ein Brett. »Herr Hauptkommissar Delbrock, ich bin Journalistin, und daher werde ich weiterhin meine eigenen Recherchen durchführen. Ein Beamter, der sich nachts vor meiner Tür positioniert, stört mich nicht, aber alles andere müssen Sie mir schon selbst überlassen.« Sie nahm einen Schluck aus ihrer Tasse und ergänzte beiläufig: »Im Übrigen scheint der Täter es nicht auf mein Leben abgesehen zu haben. Schließlich gehörte ich auch nicht zu dieser unglücklichen Reisegesellschaft wie sämtliche anderen Opfer.«

Der ältere Mann musste beinahe schmunzeln. Keine andere Antwort hatte er erwartet, aber er machte sich ernsthaft Sorgen. Wäre sie seine Tochter, so hätte er sie mit einem Flugticket ausgerüstet und in den Süden geschickt. Andererseits gab die junge Frau einen ausgezeichneten Köder ab, was er ihr natürlich nie so sagen würde. Früher oder später tauchte der Täter wieder bei ihr auf, und dann konnten sie zugreifen. Von den noch verbliebenen Teilnehmern der Reisegruppe war keine Hilfe zu erwarten. Herrn Friedrich Kerner, den fünften und letzten Mann der Reisegruppe, hatten seine Kollegen noch immer nicht erreicht. In seinem Büro hieß es, er sei verreist. Es gab eine Exfrau und zwei Söhne, doch auch hier waren die Auskünfte dürftig. Er sei irgendwo auf den Malediven zum Tauchen, eine Telefonnummer oder Adresse gab es nicht. Der Kontakt zu ihrem Mann sei eher sparsam, erzählte die frühere Gattin.

Delbrock war sich keineswegs sicher, ob wirklich alle Mitreisenden in Gefahr waren. Aber noch ein weiterer Toter würde dem Ansehen der Kripo in Münster ganz erheblich schaden.

Damit waren Christine Neustedt und eventuell Herr Dr. Horn die Einzigen, die Delbrock zum Täter führen konnten. Die Tatwaffen stammten alle aus der Ausstellung, Fingerabdrücke gab es nicht, ein Motiv war noch immer nicht bekannt – der Hauptkommissar tat sich zunehmend leid, zumal er die mahnenden Blicke der Staatsanwaltschaft spürte. In seiner Verzweiflung hatte er bereits sämtliche Unterlagen zu einem Psychiater nach Minnesota gegeben, der sich mit Ritualmorden beschäftigte. Seit Samstag wartete er auf einen Rückruf.

Mit einem Seufzer wandte sich Delbrock wieder seiner Besucherin zu. »Es gibt außer Mord und Totschlag durchaus noch andere, sehr unangenehme Dinge, die einer jungen Dame widerfahren können.«

In Christines Innerem klingelten ganz leise einige Alarmglocken, so wie man aus weiter Entfernung manchmal das Martinshorn eines Rettungswagens wahrnimmt und für einen kurzen Moment Mitleid mit dem Opfer bekommt. Sie überlegte, ob sie dem Kommissar erzählen sollte, dass sie vielleicht nicht zufällig von dem Täter auserwählt worden war. Doch wenn sie die erklärenden Sätze in Gedanken formulierte, sich überlegte, was sie über ihre Träume berichten sollte, klang alles so versponnen und hysterisch. Sie versprach, vorsichtig zu sein, und den Beamten nachts vor ihrer Tür nahm sie sogar mit Erleichterung hin.

***

Die Stelle war perfekt, denn die Wiese war kaum einsehbar. Sie lag hinter einem kleinen Waldstück und wurde von der anderen Seite von Ackerflächen begrenzt, an deren Rand sich Jäger einen Hochsitz gebaut hatten. Ein kleiner Bach zog sich zwischen Waldrand und Feld durch das Gelände, doch er war nur so tief, dass Kinder mit Gummistiefeln darin herumstapfen und Dämme bauen konnten. Für die Schwitzhütte würde er gerade eben ausreichen.

Corwin hatte die Erlaubnis des Bauern eingeholt, auf der Wiese eine traditionelle Schwitzhütten-Zeremonie abzuhalten. Die Hütte hatte er mit Chief Thomas einige Stunden zuvor in einer eigenen Zeremonie gebaut. Sie sah ein wenig aus wie ein Iglu, nur war sie nicht aus Eis, sondern aus sechzehn gebogenen Weidenruten errichtet, über die eine dicke Schicht aus Decken gelegt war. Sechs Schritte von der Hütte entfernt hatten die beiden Männer eine

Feuerstelle zum Erhitzen der Steine errichtet. Einige der Decken waren recht alt, muffig und verfilzt, sie hatten unbenutzt in der Scheune des Bauern gelegen, der sie ihnen gern zur Verfügung gestellt hatte. Doch im Inneren der Hütte roch es angenehm nach frischem Heu.

Anders als die nordeuropäische Sauna diente die Inipi, wie die Indianer die Hütte nannten, nicht nur der Entspannung. Von Corwin erfuhr Christine, dass sie für die Indianer einen Ort der Reinigung, der Heilung und des Gebetes darstellte. Dabei sollte sich die Reinigung von innen und außen vollziehen. Oftmals unterwarfen sich Kranke dem Inipi-Ritual, um durch das Schwitzen die Krankheit aus dem Körper zu treiben oder den Geist auf die Ursache der Krankheit zu lenken. Corwin war überzeugt, dass Christine einige Schlüssel zur Klärung des Falls in sich trug, und hoffte, sie könnte durch die reinigende Zeremonie den Kopf freibekommen, um zu den unbewussten Erinnerungen zu gelangen. Am liebsten hätte er sie zu seiner Tante gebracht. Diese würde einen Blick auf Christine werfen und wissen, was zu tun war.

Corwin hatte eigentlich keine Ahnung, wie die Zeremonie auf die Deutsche wirken würde, er vertraute lediglich auf das uralte Heilwissen seines Stammes. Und Christine vertraute ihm. Beinahe hätte er bitter aufgelacht. Jetzt wusste er, was ihn bei Christine an seine Frau denken ließ: Es war dieses selbstverständliche Vertrauen, mit dem sie sich an ihn wandte, offen und ohne Zweifel.

Einmal hatte er bereits versagt. Schließlich war Anne das Schlimmste geschehen, was einer Ehefrau passieren konnte – sie war so unglücklich geworden, dass sie sich das Leben nahm.

Was auch immer das gemeinsame Schwitzen in der Hütte bewirkte – es würde eine Verbindung zwischen ihnen schaffen. Sein unausweichlicher Rückflug in die Vereinigten Staaten würde ein Abschied mit schmerzhaften Konsequenzen werden.

Chief Thomas riss ihn aus seinen Gedanken, als er den ersten erhitzten Stein mit einer Heugabel in die Hütte brachte. Er trug seine Sonnenbrille auf der Nase, obgleich heute die Wahrscheinlichkeit größer war, von einem Regentropfen getroffen zu werden als von einem Sonnenstrahl. Eine dichte Wolkendecke hing über dem Münsterland, und auch wenn bereits einige Frühlingsblumen blühten, schien die gesamte Natur heute in einen Grauton getaucht. Dabei war es mit sechzehn Grad relativ mild, man fror nicht, solange man sich nicht auszog.

Bei dem Gedanken, sich hier gleich ihrer sämtlichen Sachen zu entledigen, fröstelte Christine. Als sie Corwin am Abend zuvor gefragte hatte, in welcher Kleidung sie die Zeremonie abhalten würden, hatte er eine Augenbraue hochgezogen und nur knapp erwidert: »Keine Kleidung.«

»Ich kann doch nicht völlig nackt mit dir in diese Schwitzhütte gehen.«

»Du kannst es ganz sicher nicht in Kleidung tun. Wie willst du dich sonst reinigen?« Doch nach einem kurzen Blick in ihr hilfloses Gesicht hatte er genickt. »Wir hängen uns ein Handtuch um.«

Dabei hatte er, wenn sie richtig sah, ein amüsiertes Blinzeln in seinen dunklen Augen.

Sicher, sie war auch schon mal mit einer Freundin in eine der vielen öffentlichen Saunen in Münster gewesen, wo es üblich war, sich nackt auf sein Handtuch zu setzen. Aber so etwas tat man nie mit männlichen Bekannten – sie jedenfalls nicht. Die schlimmste Phantasie, die sie damals auf der heißen Holzbank sitzend hatte, war die, dass plötzlich ihr Chef Jörg oder vielleicht ihr Zahnarzt hereinkam.

Dann erklärte Corwin ihr den Ablauf der Zeremonie. Üblich waren vier Gänge, was bedeutete, dass die Tür vier Mal geöffnet und wieder geschlossen wurde. Die Tür bestand aus einer dicken Schicht Decken, die man nach oben und nach unten klappen konnte.

»Der erste Gang ist für den Körper bestimmt, die Reinigung von außen. Der zweite Gang ist dem Verstand gewidmet. Mit der dritten Türöffnung soll man sich der emotionalen Welt zuwenden, und die vierte Öffnung dient der spirituellen Welt. Dann bekommen die Gebete eine größere Bedeutung, es geht um Vereinigung und das Verfolgen gemeinsamer Ziele.«

Bei jeder Türöffnung würde Chief Thomas einige Steine gegen heißere austauschen und das Wasser erneuern. Corwin kam die Aufgabe zu, das Wasser immer wieder über die Steine zu gießen, damit heißer Dampf entstand. Während der gesamten Zeit würde leise gebetet und meditiert, aber nicht gesprochen werden. Dabei konnte eine immense Hitze in der Hütte entstehen. Falls man es nicht mehr aushalten konnte, hob man die Hand und verließ die Runde. Damit war die Zeremonie allerdings beendet, eine Rückkehr in die Hütte war nicht möglich. Bei den Indianern verließ allerdings höchst selten jemand die Zeremonie, ehe sie abgeschlossen war.

Corwin hielt probeweise eine Hand in die Hütte und nickte Christine kurz zu. Dann band er seine langen Haare zu einem Zopf nach hinten und begann sich mit einer Selbstverständlichkeit seiner Kleidung zu entledigen, wie es sonst nur Kinder taten. Es war ihm offenbar völlig gleichgültig, ob Christine zuschaute oder nicht. Seine Sachen legte er ordentlich auf einen Strauch und schlang sich ein kurzes Handtuch um die Hüften. Es war eines dieser typischen Hotelhandtücher, weiß, sauber und schlicht. Bevor er die Hütte betrat, nahm er noch seinen gesamten Schmuck ab und reichte ihn Thomas zur Aufbewahrung. Christine konnte nicht umhin, ihn anzuschauen. Überrascht und auch ein bisschen verwirrt starrte sie auf seine muskulöse Brust, wo abgesehen von der Schussverletzung ein paar hässliche, vorstehende Narben prangten. Wieder einmal kam er ihr unglaublich fremd und undurchschaubar vor. Sie fühlte sich plötzlich wie ein Schaf, das sich mit einem Wolf zum Picknick verabredet hatte.

Thomas lächelte ihr aufmunternd zu und drehte sich dann höflich weg. So zog Christine sich komplett aus, legte sich das größte Handtuch, das sie in ihrem Wäscheschrank gefunden hatte, um den Oberkörper und stakste in Richtung Hütte, als schreite sie zu ihrer Hinrichtung.

Im Innern der Inipi war es bereits wunderbar warm, und es duftete nach verschiedenen Kräutern, die sie nicht zuordnen konnte. Es herrschte Dämmerlicht, und Corwin wies ihr mit der Hand einen Platz zu. Der Cheyenne saß entspannt auf dem Boden, die langen Beine so gut es ging ausgestreckt und eine Hand zur Stütze hinter dem Rücken. Christine versuchte es mit einem Schneidersitz, was angesichts des drapierten Handtuchs nicht ganz einfach war.

Der erste Gang galt dem Körper, und das nahm Christine auch so wahr. Die Poren ihrer Haut öffneten sich, nahmen die Wärme auf und gaben sie als kleine Schweißperlen wieder ab. Ein wohliges Kribbeln breitete sich über ihren gesamten Körper aus und ließ sie tief ein- und ausatmen. Ohne es zu merken, saß sie mit geschlossenen Augen da, sie sog die würzige, feuchte Luft durch die Nase ein und stieß sie durch den Mund wieder aus. Corwin goss Wasser über die Steine, und der heiße Dampf unterbrach ihre ruhige Atmung für einen Moment. Ihr Gesicht begann zu brennen, als stünde sie zu nahe an einem offenen Feuer, aber die Hitze war gut auszuhalten. Kurz dachte sie daran, ob Corwin die heiße Luft an seiner Schulterwunde schmerzte. Ansonsten genoss Christine das durch und durch angenehme Empfinden, hier zu sitzen und die Wärme durch den Körper strömen zu lassen. Beinahe noch angenehmer als ein Bad, fand sie, da selbst in der größten Wanne immer irgendein Körperteil hinausragte und kalt wurde.

Überrascht zuckte sie zusammen, als die Tür aus Decken schließlich zurückgeschlagen wurde und Thomas zwei neue heiße Steine auf den Haufen legte. Dann streute er einige Kräuter darüber, wobei er leise vor sich hin murmelte. Den kalten Luftzug durch die offene Tür spürte man nun deutlich, und Christine war froh, als sie wieder in der dunklen geschlossenen Hütte allein waren. Der zweite Gang begann, und nach kurzer Zeit goss Corwin erneut Wasser über die Steine. Hatte sie eben noch auf die Reaktion ihres Körpers geachtet, so versuchte Christine nun, ihren Geist zu lösen und an nichts zu denken. Sie spürte ein seltsam leichtes Gefühl im Kopf wie kurz vor dem Einschlafen, in dem Moment, in dem man noch wach ist, aber bemerkt, wie das Bewusstsein sich zurückzieht, hinübergleitet in eine andere Dimension. Einen kurzen Augenblick lang befürchtete Christine, Thomas habe vielleicht eine narkotisierende Substanz über die Steine gestreut, doch sie wurde nicht wirklich ohnmächtig, sondern der Kopf ruhte wie ein Computer im Stand-by-Betrieb. Sie wusste hinterher nicht mehr zu sagen, ob die völlige Entspannung des Körpers beim ersten Gang angenehmer war oder diese besondere Form der geistigen Erholung, die sie nun empfand. Es funktionierte tatsächlich. Man konnte an nichts denken und nur die wohlige Harmonie von Körper und Geist spüren und genießen.

Dieses Mal war sie nicht nur überrascht, sondern sogar enttäuscht, als die Tür ein zweites Mal geöffnet wurde und Thomas geschickt mit der alten Heugabel hantierte, um ein paar Steine auszutauschen. Die Temperatur in der Hütte stieg nun wieder an, und Christine bemerkte, dass ihre Haut an einigen Stellen brannte. Neue Kräuter oder die gleichen, sie hätte es nicht zu sagen gewusst, wurden verteilt, dann verschloss Thomas die Tür wieder.

Das Atmen durch die Nase war ihr nun nicht mehr möglich, zu heiß war die Luft an den empfindlichen Nasenschleimhäuten. Corwin hob die Kelle, um Wasser auf die Steine zu gießen, doch Christine berührte leicht seinen Arm und bat ihn stumm, noch ein wenig zu warten. Die Berührung seiner nackten Haut verursachte eine neue Hitzewelle. Sie hatte das Gefühl, ihr Kopf sei eine Bombe, die jeden Moment explodieren könnte. Ihr Herz schlug hart und deutlich in ihrer Brust, und sie wurde von den verschiedensten Empfindungen berührt. Fühlte sie sich in einem Moment sexuell erregt, war sie im nächsten plötzlich traurig und niedergeschlagen. Danach stieg eine Wut in ihr auf, die ihren Körper erst recht nicht abkühlen ließ.

Corwin schaute sie forschend an. Er hob die Hand mit der Kelle, zögerte jedoch lange und goss die Flüssigkeit dann in einer langsamen Bewegung auf die Steine. Vorübergehend war an Atmen nicht zu denken. Beide schlossen spontan die Augen und verharrten, bis die extrem heiße Welle des Dampfes über sie hinweggezogen war. Der Schweiß rann ihnen bächeweise vom Körper. Doch die äußere Hitze war nichts im Vergleich zu der Glut, die Christine in ihrem Innersten spürte. Sie stand kurz vor einer Panikattacke, fühlte sich bedroht, eingeengt und blockiert. Es war wie in einem Alptraum. Dann tauchten auf einmal Gesichter vor ihrem inneren Auge auf, das Gesicht ihrer Tante Maggy mit dem riesigen breiten Lächeln von mindestens sechzig Zähnen, das Gesicht eines jungen langhaarigen Mannes, der sie festhält und seinen Körper an ihren presst. Und dann begegnet sie dem traurigen Blick eines alten Mannes mit langen Haaren und einem schwarzen Hut, zu dem sie sich unendlich hingezogen fühlt. Der alte Mann lächelt müde und nimmt sie in den Arm. Sie legt ihren Kopf an seine Schulter, und nun sind es Tränen, die über ihre Wange fließen.

Als von draußen die Decken zurückgeschlagen wurden, zuckte Christine erschrocken zusammen und wollte sich, peinlich berührt, aus der Umarmung befreien. Doch Corwin hielt sie noch einen kleinen Moment mit sanftem Widerstand fest, bevor er seine Arme behutsam löste, wohl wissend, dass es nicht er selbst gewesen war, der sie gehalten hatte.

***

Lange Zeit saß die Frau auf dem Stuhl bewegungslos. Sie blickte durch das Fenster vor der großen Veranda und starrte in die Ferne. Eine Figur wie aus einem Wachsfigurenkabinett, hätten nicht einige unruhige Wimpernschläge ihre Starre unterbrochen. Auf ihrem Schoß lagen drei bedruckte Seiten weißen Papiers, die ihren von harter Stallarbeit rauen Händen zu entgleiten drohten, als wären sie zu schwer für die Finger.

In der Ferne bewegten sich die hohen Baumwipfel im starken Wind, wie zeitlose Riesen, die sie besänftigen wollten. Sie besänftigen angesichts der Ereignisse, die sie selbst zu verantworten hatte. Sie strich sich die mit grauen Strähnen durchzogenen Haare aus dem Gesicht. Eine alltägliche Geste, und doch schien in dieser Bewegung eine Last zum Ausdruck zu kommen.

Sie sah das Gesicht eines Mädchens vor sich, umrahmt von blonden Locken und mit traurigen braunen Augen, die doch manchmal so neugierig und wach dreinblickten.

Wie sehr hatte sie sich ein Kind gewünscht. Beinahe zwölf Jahre lang hatte sie sich an jede kleine Hoffnung geklammert und die Geduld ihres Mannes bis auf das Äußerste erschöpft. Und dann kam dieses Mädchen aus Deutschland, so verletzlich, so schutzbedürftig und so offen für dieses Land. Es dauerte nicht lange, und Christine war mit den Menschen auf der Ranch und vor allem mit dem Land völlig vertraut. Manchmal lag sie auf der Wiese, die Handflächen nach unten gekehrt, den Blick zum Himmel gerichtet, und »fühlte den Boden«, wie sie erklärte.

Damals lebte Charly Horseman noch, der Mann, der viele Jahre lang für die Aufzucht und Erziehung der Jungpferde verantwortlich gewesen war und dem Ronald einen Großteil seines Erfolges in der Pferdezucht verdankte. Charly Horseman, ein Sioux, war ein guter Mann und auf der Ranch nahezu unentbehrlich, und er zählte wie viele gute Arbeiter auf gewisse Weise zur Familie. Das war auf dem Land so. Man aß zusammen, besprach Probleme und bekam mit, wenn es jemandem schlecht ging. Mit diesem alten Indianer verband Christine schnell eine innige Freundschaft, die Maggy mal eifersüchtig und mal mit Genugtuung beobachtete. Das Mädchen saugte jedes Wort des alten Mannes geradezu auf, und Charly genoss ihre Wissbegierde.

Maggy hob die Seiten hoch, auf denen sie die E-Mail ausgedruckt hatte. Geradezu liebkosend strich sie über die Blätter. Wie glücklich war sie mit Christine gewesen! Sie hatte eine Vorstellung davon bekommen, wie das Leben mit einer Tochter hätte sein können. Und irgendwann war sie nicht mehr bereit gewesen, in ihren kinderlosen Alltag zurückzukehren. Und damit hatte sie alles kaputtgemacht.

Sie wollte und konnte Christine nicht mehr hergeben, war überzeugt davon, dass das Mädchen hier auf der Ranch glücklicher war als drüben im kalten Deutschland. Sie brachte sie mit vielen jungen Leuten zusammen, richtete ihr ein eigenes Zimmer ein und schreckte auch vor Lügen nicht zurück. Wie oft hatte sie dem Mädchen erklärt, dass seine Mutter noch zu krank sei, um sich um die Tochter zu kümmern, und es das Beste wäre, sie würde erst einmal bei ihren Verwandten in Amerika bleiben. Dass Christine selbst zunehmend verunsichert und distanzierter wurde, hatte sie gar nicht bemerkt. Sie versuchte sogar, den Kontakt zwischen Constanze Neustedt und ihrer Tochter weitgehend einzuschränken, und begann bereits, sich nach einer geeigneten Schule für die Dreizehnjährige umzuschauen.

Maggy schlug die Hände vor das Gesicht, schüttelte den Kopf und bückte sich nach den heruntergefallenen Seiten. Wie hatte sie nur glauben können, dem Mädchen die Mutter ersetzen zu können?

Und dann hatte das Schicksal zugeschlagen, und dem Aufenthalt des Mädchens wurde ein abruptes Ende gesetzt.

Die wenigen Briefe, die Maggy später an Christine schrieb, blieben allesamt unbeantwortet. Wahrscheinlich hatte Constanze sie abgefangen. Dennoch, einige Jahre später schickte Maggy eine Todesanzeige von Charly Horseman nach Deutschland. Sie wusste nicht einmal, warum sie das tat, vielleicht für den alten Mann, für den Christine etwas Besonderes gewesen war. Die junge Frau sollte wissen, dass er gestorben war.

Was in Gottes Namen sollte sie denn nun der erwachsenen Christine nach so vielen Jahren des Schweigens schreiben? Wenn sich die junge Frau bis zum heutigen Tag nicht mehr an die Ereignisse erinnerte, sollte man es wohl dabei bewenden lassen. Allerdings schrieb sie auch von Todesfällen, von Schwierigkeiten, die viel mysteriöser und gefährlicher zu sein schienen als das, was damals geschehen war. Und einiges deutete auf einen indianischen Täter hin.

Von der Indianerausstellung in Münster wusste Maggy nichts, und die Namen, die Christine ihr aufgeschrieben hatte, waren ihr allesamt unbekannt. Früher waren viele Indianer auf die Ranch gekommen, um dort auszuhelfen. Denkbar, dass einer von ihnen sich für Christine interessiert hatte. Vielleicht hatte sie irgendwo Fotos, aber oft hatte sie damals auch nur die Vornamen der jungen Burschen gekannt. Nun war Amerika also zu Christine nach Münster gekommen. Das Leben barg schon merkwürdige Zufälle.

Plötzlich runzelte sie die Stirn. Aber vielleicht waren es auch keine Zufälle. Laut und vernehmlich atmete sie aus. Sie fühlte sich zu müde für derartige Fragen und Entscheidungen. Seit ihr Mann Ronald gestorben war und sie die Ranch zum größten Teil verpachtet hatte, verlief ihr Leben ruhig, geordnet und ein wenig einsam. Sie hatte sich arrangiert – mit ihrer Vergangenheit, mit ihrem Leben und dem Tod ihres Mannes. Wieder starrte sie auf die Seiten. Christine hatte eine Telefonnummer und eine E-Mail-Adresse hinterlassen und bat um schnellstmögliche Antwort.

Vielleicht sollte sie Christine anrufen und abwarten, wie das Gespräch sich entwickelte? Wenn sie es nicht aushielt, konnte sie einfach auflegen. Und dann kam Maggy ein anderer Gedanke, eine Idee, die eine gehörige Portion Mut verlangte.

FÜNF

Sie hatte sich, selbstverständlich allein und als Erste, wie Corwin schmunzelnd vorgeschlagen hatte, im nahe gelegenen Bach abgekühlt, so gut, wie es die Umstände ermöglichten. Mit Hilfe eines kleinen Eimers übergoss Christine ihren glühenden Körper mit dem leicht grünlichen Wasser und schlüpfte schnell in ihre Kleidung, die ihr hier draußen so kalt vorkam wie die eisige Bettdecke in dem ungeheizten Gästezimmer ihrer Oma.

Chief Thomas hatte die Feuerstelle so weit vergrößert, dass sie sich nun gut daran wärmen konnte.

Aber sie war erschöpft, so unendlich müde, dass sie sich am liebsten an Ort und Stelle zum Schlafen neben das Feuer gelegt hätte. Erst jetzt wurde ihr bewusst, wie abgeschieden dieser Ort war. Sie waren mit einem Leihwagen bis zu einem Feldweg gefahren und hatten den Rest der Strecke, etwa fünfhundert Meter, zu Fuß zurückgelegt. Chief Thomas liebte das Autofahren in Deutschland, das hohe Tempo auf den Autobahnen, die gut ausgebauten, breiten Straßen und die Reaktionsschnelle der deutschen Autofahrer. Nun war er bereits mit einigen Utensilien zum Auto unterwegs, und Corwin stand im etwas entfernt gelegenen Bach. Bis auf das Knistern des Feuers war es still, nicht einmal die Vögel schienen Verlangen zu haben, an diesem trüben Nachmittag zu singen.

Ein Gedanke schoss ihr durch den Kopf. Wenn einer der beiden Indianer der wahnsinnige Täter war, so saß sie im Schoß von Mutter Natur geradezu auf dem Präsentierteller. Sie blickte unwillkürlich hinter sich und musste lächeln, als ein vorwitziges Kaninchen den Kopf durch ein paar lange Grashalme steckte. Es erstarrte kurz und raste dann mit einer unglaublichen Geschwindigkeit davon.

Allmählich begann Christine sich zu wundern. Es konnte doch nicht so lange dauern, sich ein wenig abzukühlen und in seine Sachen zu schlüpfen. Sie stand auf und lief vorsichtig und leise ein paar Schritte in Richtung des Baches. Zwischen den Bäumen sah sie ihn schließlich, regungslos, wie zur Statue erstarrt. Mit dem Rücken zu ihr saß er auf einem Stein, das Handtuch unter sich, noch immer völlig nackt. Ohne sich umzudrehen, sagte er unvermittelt: »Die Ungeduld der Frauen. Und ich dachte, du wolltest einen Moment lang allein sein.«

»Die Fehleinschätzungen der Männer. Es sieht so aus, als wolltest du allein sein.«

»Okay, ich ziehe mich an.« Er reckte sich, stand auf und marschierte nackt, immer noch mit dem Rücken zu ihr, zu seinen Sachen, die er über einen Busch geworfen hatte. Christine blickte ihm nach, nicht wissend, ob er sie provozieren wollte oder ob es ihm wirklich egal war, dass sie hier stand. Was sie sah, gefiel ihr, doch sie drehte sich mit heißem Kopf um und ging schnell zurück zum Feuer.

Von der anderen Seite sah sie Chief Thomas mit weit ausholenden Schritten herankommen. Er hatte seine Sonnenbrille in die Haare geschoben und trug einen Korb bei sich, aus dem er nun mit einem breiten Lächeln Brot, Käse, Fleischbällchen, Obst und eine große Kanne Kaffee holte, aus der Christine sich nur zu gern eine Tasse einschenken ließ. Am Feuer war es jetzt behaglich warm, und solange es nicht regnete, hatten sie es hier sehr gemütlich. Als Sitzgelegenheit dienten die immer noch aufgeheizten Decken der Inipi.

Hier saß sie mitten zwischen den Feldern des Münsterlandes mit zwei Indianern, die ihr vor zwei Wochen noch völlig unbekannt gewesen waren, und war im Begriff, ihre Vergangenheit mit ihnen zu besprechen. Selbst angesichts dessen, dass ein Mörder in Münster herumlief, der bislang unbescholtenen Bürgern mit einer alten indianischen Waffe die Kehle aufschnitt, musste das merkwürdig anmuten.

Auch Corwin hatte sich mittlerweile auf einer Decke niedergelassen und streckte nun umständlich seine langen Beine von sich. Während er sie neben der Feuerstelle lagerte, machte er ein hoch konzentriertes Gesicht.

»Hast du eigentlich Probleme mit deinen Knien?« Christine schaute auf seine Beine, und Chief Thomas lachte amüsiert und laut.

Corwin verzog das Gesicht. »Zu schnell zu groß geworden.«

»Das ist seine Version.« Der Chief schlug Corwin freundlich auf die Schulter und erzählte in breitem Englisch: »Corwin träumte mal von einer Karriere als Basketballspieler. Er hat sogar drei Semester Sport studiert. Aber bei dem wirklich harten Training hielt immer nur Corwin seine Knie hin. O Mann.« Thomas schüttelte beeindruckt den Kopf. »Corwin konnte damals jede Krankenschwester am Gang erkennen, so oft lag er im Hospital.« Seine Augen blitzten amüsiert, und Corwin warf ihm einen verächtlichen Blick zu.

Bei diesem unbeschwerten Plaudern am Feuer war es plötzlich ganz einfach. Christine erzählte. Zuerst von dem Rodeo, bei dem einer der Cowboys betrunken aufs Pferd gestiegen und in hohem Bogen in den Staub gestürzt war. Der war hinterher mit seinen ganzen Gipsverbänden bestimmt beinahe schwerer als das Pferd. Dann erzählte sie von dem alten Indianer auf der Ranch. Sie sah sein Gesicht nun wieder deutlich vor sich, den eher runden Kopf mit den hohen Wangenknochen, die dunklen Augen, die so durchdringend blickten, und die langen, grau gewordenen Zöpfe, die unter seinem schwarzen Hut hervorhingen.

Sie erinnerte sich an gemeinsame Stunden mit ihm. Sie saßen auf dem Koppelzaun, und er erklärte ihr das Herdenverhalten der Pferde. Corwin übersetzte vieles leise und in verkürzter Form für Thomas, dessen Deutsch eher dürftig war. Nun unterbrach er sie. »Hat dieser alte Mann dir auch das Wissen beigebracht, das in deinen Träumen zum Vorschein kommt?«

Christine schaute in die Flammen. »Ich weiß es nicht genau, aber ich kann es mir gut vorstellen. In der Schwitzhütte vorhin, da habe ich einige Gesichter wiedererkannt, und sie waren begleitet von bestimmten Gefühlen, angenehmen und unangenehmen. Und bei diesem alten Indianer schien plötzlich alles so vertraut, so tröstlich.« Sie schaute auf und runzelte die Stirn. »Wenn ich mich doch nur an seinen Namen erinnern könnte.« Sie machte eine Pause und biss gedankenverloren in ein Stück Brot.

Dann erzählte sie weiter. »Er kannte sich so unglaublich gut mit Pferden aus. Es war, als verstünde er ihre Sprache und sie die seine. Ich erinnere mich, dass es manchmal Streit gegeben hat zwischen Ronald, dem Besitzer der Ranch, und ihm. Es ging dabei eigentlich immer um die Pferde, und der alte Mann hat immer recht behalten. Zumindest, soweit ich mich erinnern kann.« Christine lächelte scheu in die Runde. »Warum nur konnte ich mich an diesen Mann nicht mehr erinnern?«

Corwin drang weiter in sie: »Wie steht es mit deinen Verwandten? Was ist mit diesem Ronald oder deiner Tante?«

Christine schüttelte den Kopf. »Sie ist nicht meine Tante, nur eine Cousine meines Vaters. An Ronald kann ich mich kaum erinnern. Er war ein wortkarger Mann, der in erster Linie draußen auf der Ranch nach dem Rechten sah.« Sie zuckte mit den Schultern. »Mehr weiß ich nicht. Ich kann mich an kein einziges Gespräch mit ihm erinnern. Wahrscheinlich war ich ihm total egal.« Sie sagte dies ohne jegliches Bedauern.

Auf einmal blitzten ihre braunen Augen auf. »Wartet mal, da war noch so ein junges Mädchen mit blonden Haaren und schrecklichem Benehmen. Ihr Vater hatte, glaube ich, eine Menge Kohle und wollte ein Pferd von Ronald kaufen.« Christine verzog das Gesicht. »Zu diesem Mädchen sollte ich besonders nett sein, aber sie verhöhnte mich und meine Familie.«

»Wie denn?«, fragte Chief Thomas beiläufig, während er ein wenig Holz nachlegte. Zwischendurch schaute er immer wieder besorgt zum Himmel.

Christine rückte fröstelnd näher an die Feuerstelle.

»Das weiß ich nicht mehr, ich erinnere mich nur noch an ihren blasierten Gesichtsausdruck und ihre Abneigung gegen Indianer. Sie hat sich einige Male über die indianischen Mitarbeiter auf der Ranch beschwert.« Christine überlegte angestrengt und lachte dann leise. »Jetzt fällt es mir wieder ein, sie hat behauptet, meine Familie hätte indianisches Blut und gäbe sich zu viel mit diesem Gesindel ab.«

Corwin zuckte mit den Schultern. »Und dieser Ronald hat ihr tatsächlich ein Pferd verkauft?«

»Ja, aber ihre Eltern mussten eine Menge hinblättern.«

Thomas sagte etwas, und Corwin übersetzte: »Wenn man ein Pferd großgezogen und ausgebildet hat, gehört es für einen Indianer praktisch zur Familie. Glaubst du wirklich, solche Menschen behandeln ein Tier gut?«

»Nein, aber ich denke nicht, dass Ronald es sich leisten konnte, ein gutes Geschäft auszuschlagen. Maggy weinte allerdings bei jedem Pferd, das die Ranch verließ.«

Und dann erzählte sie von Maggy, der Cousine ihres Vaters, dieser schönen, mitunter etwas melancholischen Frau, die bei dem Wort »Abschied« immer gleich an die Tragödie einer tödlichen Krankheit denken musste. »Maggy hatte wunderbar glatte braune Haare, die ihr madonnenhaft über den Rücken fielen, selbst dann noch, wenn der Wind alle anderen zerzauste. Ich weiß bis heute nicht, wie sie das gemacht hat. Sie war schlank und zart, hatte aber eine enorme Energie und Kraft. Jedes Tier, das Obdach brauchte, nahm sie auf, sodass zu meiner Zeit auf der Ranch neben den vielen Pferden auch zwei Golden Retriever lebten, eine blinde alte Katze, ein fast zahmer Waschbär, drei Hasen, die so fett waren, dass Maggy sie wahrscheinlich vor dem Schlachten gerettet hatte, und, zum Entsetzen der Putzfrau, eine dicke Ringelnatter, die sich vorwiegend im Gemüsegarten aufhielt. Dieser Tierbestand wechselte ständig. Einmal gab es einen flügellahmen Spatzen, der nur einige Tage verschnaufen musste, bis er wieder fliegen konnte, aber er wurde von der blinden Katze erwischt, die mit diesem Beuteerfolg sicher noch einmal ihren zweiten Frühling erlebte.«

Christine schwieg einen Moment, dann sagte sie: »Aber eigene Kinder waren Maggy nicht vergönnt, und so stürzte sie sich auf mich wie eine Graugans auf ihre Küken.«

Christine erinnerte sich wieder an das Zimmer unter dem Dach mit den urigen Dachschrägen, dem eigenen Waschbecken und dem riesigen Wandschrank, der aus einem anderen Jahrhundert zu stammen schien. Nach und nach richtete Maggy das Zimmer neu ein, weil sie es »mädchenhafter« haben wollte, aber jedes neue Möbelstück kam Christine vor wie ein weiteres Glied an einer schweren Kette, die sie an die Ranch fesseln sollte.

Alle hatten sie damals nett aufgenommen, und schon bald fühlte sie sich auf der Ranch heimisch. Sie liebte die Weite der Koppeln, die dahinterliegenden Wälder, das trockene, warme Klima im Sommer, und sie genoss den tagtäglichen Umgang mit den Tieren. Maggy und auch der alte Indianer zeigten ihr die Umgebung, das nahe gelegene Indianerreservat und die Stadt. Plötzlich wusste Christine wieder, dass der alte Mann Charly Horseman geheißen hatte.

Nach und nach löste sich in ihrem Inneren irgendeine Blockade, aber keine dieser eigentlich harmlosen Erinnerungen an den Aufenthalt in Amerika konnte erklären, warum der Urlaub so völlig in Vergessenheit geraten war.

Chief Thomas schaute sie prüfend an. »Klingt bislang alles, als sei die Ranch ein ganz annehmbarer Ort gewesen für einen jungen Menschen, dessen Vater gerade gestorben war.«

»Ja, aber ich brauchte kein neues Zuhause. Ich hatte bereits ein Zuhause und auch eine Mutter. Und das war es, was Maggy mir dort schaffen wollte, oder besser gesagt, was sie *sich* schaffen wollte. Ein trautes Heim, in dem es nun auch die ersehnte Tochter gab. Ich konnte mich immer daran erinnern, dass ich damals mit meiner Mutter telefoniert und dabei ziemlich geweint habe, aber ich wusste nicht mehr, worum es dabei ging. Es muss in der vierten Woche der Ferien gewesen sein, und ich wollte allmählich nach Hause. Mutter überredete mich, noch zu bleiben, und ich glaube, da bekam ich richtig Angst. Vielleicht befürchtete ich, dass es abgesprochen war, mich für unbefristete Zeit in Amerika zu lassen. Oder ich dachte, meine Mutter würde sich nicht mehr erholen und ich müsste auch sie noch verlieren.«

Christine schaute Thomas an. »Es stimmt. Ich fühlte mich auf der Ranch sehr wohl, ich mochte die meisten der Arbeiter dort, und ich liebte die Umgebung, aber auch ein schöner Ort kann zum Gefängnis werden. Ich bekam das Gefühl, dass Maggy immer mehr Klebstoff verteilte, an dem ich hängen blieb.«

Corwin veränderte seine sitzende Position und bewegte die Beine. Er wurde unruhig. Vieles von dem, was Christine über Maggy erzählt hatte, lockte sein eigenes schlechtes Gewissen hervor.

Hatte er für seine deutsche Frau auch zu viel »Klebstoff« verteilt, sie mit unsichtbaren Fäden an sich gefesselt? Er war nicht der Typ, der so offen klammerte, wie Maggy es getan hatte, aber er war auch nie auf den Gedanken gekommen, mit Anne nach Deutschland zu fliegen, ihre Heimat kennenzulernen oder mit ihr gar ihre Mutter zu besuchen. Er beruhigte sein Gewissen mitunter damit, dass Anne kein gutes Verhältnis zu ihrer Mutter hatte, soweit er dies beurteilen konnte. Seine deutsche Schwiegermutter war zur Geburt von Tabea nach Minnesota gekommen, aber sie interessierte Corwin nicht sonderlich. In seinen Augen war sie eine alte Frau, die sich über

Leiden und demonstrative Überforderung Aufmerksamkeit holte. Mit einer ruckartigen Bewegung riss er sich aus seinen Erinnerungen.

Diese abrupte Seitwendung rettete dem Cheyenne das Leben, denn in diesem Moment pfiff eine Kugel mit einem heulenden Geräusch knapp an seinem rechten Ohr vorbei, prallte gegen einen Baum und verschwand als Querschläger in einem Busch. Christine spürte, wie sie plötzlich in die Höhe gerissen und mit Gewalt nach vorne geschoben wurde, und fand sich hinter einem Baum wieder, Chief Thomas neben sich. Es folgte eine ganze Salve von Schüssen. Corwin lag völlig ohne Deckung auf dem Boden und versuchte verzweifelt, sich aus der Schusslinie zu rollen. Laub peitschte neben und hinter ihm auf, und er schützte seinen Kopf mit den Armen. Zu sehen war niemand, doch Christine bekam auch kaum die Möglichkeit, hinter dem Baum hervorzuspähen, denn Thomas hielt sie mit eiserner Hand an den Stamm gepresst. Dann wurde es plötzlich so still, dass Christine ihr Atem wie das Brausen von Sturmwind vorkam. Rascheln und das Knacken von Zweigen verrieten Corwins Versuch, in Richtung der Bäume zu robben. Darauf schien der Schütze gewartet zu haben. Eine neue, aggressiv klingende Salve von Schüssen ertönte, dann folgte das Aufschlagen eines Körpers auf dem Waldboden. Die letzten Schüsse klangen dann ferner, schließlich hörte das Schießen ganz auf. Christine versuchte, einen Blick auf die Stelle zu werfen, wo Corwin gerade noch gelegen hatte, doch sie sah ihn nicht mehr. Hatte er sich in den Schutz des Wäldchens retten können?

»Corwin?« Das war Chief Thomas, der sie noch immer nicht losließ. Sorge ließ seine Stimme höher klingen, als sie war.

»Hm.«

»Bist du getroffen?«

»Ich bin auf beide Knie gefallen. Das ist schlimmer als eine Kanonenkugel in der Schulter.«

Christine lachte erleichtert auf und wagte sich mit Thomas aus der Deckung.

Noch immer auf dem Boden liegend, grinste Corwin die beiden an und sagte: »Es ist erstaunlich, was einem anständigen Historiker so alles passieren kann, wenn er mal ins Ausland reist.« Er klopfte sich beim Aufstehen den Dreck von der Hose. »Ihm nachzulaufen macht wohl wenig Sinn.« Corwin schaute zweifelnd in die Richtung, aus der die Schüsse gekommen waren.

»Lass es lieber. Etwas anderes als einen morschen Knüppel zur Verteidigung findest du hier kaum.« Chief Thomas hatte bereits sein Handy gezückt und wartete auf die Verbindung. Von unüberlegten Heldentaten hielt er offensichtlich nicht viel.

Corwin schaute zu Christine und sagte. »Nun mach doch nicht so ein Gesicht, wir haben überlebt.«

Christine beachtete ihn gar nicht. »Er wird mich einsperren«, murmelte sie voller Verzweiflung.

»Wer wird dich einsperren?« Im Hintergrund sprach Thomas in einem Gemisch aus Deutsch und Englisch mit Kommissar Delbrock.

Sie nickte in Richtung des Telefons. »Der Kommissar. Vor Aktionen wie dieser hat er mich dringend gewarnt. Ich glaube nicht, dass sein westfälischer Humor reicht, um die Erklärung mit der Schwitzhütte zu verstehen.«

Der Cheyenne zuckte wieder auf seine unnachahmliche Art die Schulter und sagte: »Er muss sie ja nicht verstehen, aber er sollte besser die Wanze in deiner Wohnung finden.«

Christine schaute ihn mit großen Augen an. Es war keine schöne Vorstellung, abgehört zu werden.

Corwin fuhr fort: »Es gibt zwei Möglichkeiten. Entweder ist uns der Schütze gefolgt, was ich aber nicht glaube. Er hatte schon viel schönere Gelegenheiten, uns zu erwischen, als gerade jetzt. Das wiederum spricht für Möglichkeit Nummer zwei: Er ist erst später nachgekommen, wusste aber genau, wo wir waren.«

Chief Thomas winkte Corwin hilfesuchend zu sich ans Telefon. Bevor sich der Cheyenne seinem Freund zuwendete, sagte er zu Christine: »Ich habe niemandem von diesem Treffen erzählt und Thomas auch nicht.« Sie war sich nicht sicher, ob sie sich den leisen Vorwurf in der Stimme nur einbildete.

Die Spurensicherung fand zwei Wanzen in ihrer Wohnung, die der Täter mit hoher Wahrscheinlichkeit zusammen mit der Flöte hier deponiert hatte. Die eine Wanze befand sich an ihrer Garderobe, die zweite unter der Couch im Wohnraum.

Christine setzte sich zur Wehr und erklärte Corwin mit Trotz in der Stimme: »Du glaubst doch nicht, dass ich mich außerhalb von Münster mitten in der Pampa mit zwei fast fremden Indianern treffe, die zufällig in mehrere Mordfälle verwickelt sind, und dann keinem Menschen Bescheid sage, wo ich bin?« Natürlich hatte sie Birgit telefonisch von dieser Aktion berichtet und auch erwähnt, in der Nähe welches Bauern sie zu finden waren.

Corwin lächelte sie sanft an und erwiderte: »Der Umgang mit dir sollte mir eigentlich Angst machen.«

Kommissar Delbrock baute sich vor Christine auf. Dann hob er seinen linken Arm in Augenhöhe und sagte: »Wissen Sie, was ich täte, wenn Sie meine Tochter wären?«

Sie antwortete schnell: »Als Erstes wahrscheinlich vergessen, dass ich schon über achtzehn bin.«

Delbrock beachtete ihren Einwurf gar nicht, sondern hielt ihr weiter seinen Arm vor das Gesicht. »Ich würde Sie an dieses Handgelenk ketten, und zwar so lange, bis ich jeden möglichen Täter in Gewahrsam habe.« Und er fügte hinzu: »Aber wahrscheinlich hätten Sie mich bereits nach zwei Stunden zu Tode geschleift.« Angesichts von Christines zierlicher Gestalt neben dem bärigen Delbrock wirkte diese Behauptung eher unwahrscheinlich, ja geradezu absurd.

Als die Männer der Spurensicherung mit ihrem auffälligen Handwerkszeug endlich in einen Polizeiwagen kletterten, Kommissar Delbrock sich besorgt von ihr verabschiedete und Chief Thomas mit einem freundlichen Winken in den Leihwagen stieg, fuhr ein roter Wagen vor. Christine schloss die Augen, schickte drei Stoßgebete zum Himmel und schlug dem lieben Gott einen Handel vor. Doch es nutzte nichts. Ihre Mutter schwang sich mit gewohnter Eleganz aus dem Auto, und ihre Blicke ließen keinen Zweifel darüber, dass sie den Auflauf vor Christines Haus sehr wohl wahrnahm und sich entsprechend wunderte. Sie hängte sich ihre Handtasche – klein, schwarz und teuer – über die Schulter und klemmte sich eine Pappschachtel unter den Arm, bevor sie mit einer lässigen Bewegung die Zentralverriegelung an ihrem Schlüssel auslöste.

Meistens freute Christine sich, wenn ihre Mutter Anteil an ihrem Leben nahm und sie spontan besuchte, doch in letzter Zeit erwischte Frau Neustedt sie regelmäßig in einem ungünstigen Moment. Seit dem Tod ihres Vaters versuchte Christine, alles von ihrer Mutter fernzuhalten, was sie beunruhigen könnte. Die Angst, sie könnte erneut in eine Depression fallen, saß wohl sehr tief. Birgit lachte oft darüber, denn sie hielt Frau Neustedt für eine starke Persönlichkeit.

Als ihre Mutter nun in dunkler enger Hose, einem weißen Rollkragenpullover und einem eleganten Wollblazer energischen Schrittes die Straße überquerte und Christine die anerkennenden Blicke Kommissar Delbrocks auf ihr ruhen sah, verspürte sie leisen Stolz. Ganz objektiv betrachtet machte ihre Mutter tatsächlich nicht den Eindruck einer labilen Frau, die man vor den Härten der Realität beschützen musste. Zwar hatte sie in der Vergangenheit bewiesen, dass sie recht ignorant sein konnte, falls ihr irgendetwas nicht in den Kram passte. Doch wenn sie dann einen Blick hinter die Kulissen werfen durfte, reagierte sie sehr vernünftig und handelte auch entsprechend.

Vielleicht war es Zeit für einen offeneren Umgang miteinander. Mit einem entspannten Lächeln lief Christine ihrer Mutter entgegen und gab ihr einen Kuss, bevor sie ihr Kommissar Delbrock vorstellte.

»Ich freue mich, Sie kennenzulernen, Frau Neustedt.« Delbrock deutete eine Verbeugung an und versuchte sichtlich, sich gerade zu halten und den Bauch einzuziehen.

»Herr Kommissar, ich habe das Gefühl, dass meine Tochter mir nur ein Drittel dessen erzählt, was hier in Münster geschieht. Ein weiteres Drittel erfahre ich aus der Zeitung. Vielleicht können Sie mir beim letzten Drittel helfen und mir ehrlich sagen, ob meine Tochter in Gefahr ist? Ist wieder etwas geschehen?« Allein am Flattern der Augenlider konnte man erkennen, dass Frau Neustedt wohl sehr besorgt war.

Mit einer Geste gab Delbrock den Spurensicherern zu verstehen, dass er etwas später folgen würde, und wand sich sichtlich.

»Mir ist nicht klar, welche zwei Drittel Sie kennen, Frau Neustedt, doch wenn Sie es schaffen, Ihre Tochter zu einem Urlaub auf den Fidschi-Inseln zu überreden, würde es mir persönlich besser gehen. Ich habe es zu meinem vorrangigen Anliegen gemacht, Ihre Tochter heil durch diesen Fall zu führen, soweit sie sich überhaupt führen lässt, glauben Sie mir.« Er fuhr sich mit der Hand über seine abstehenden Haare am Hinterkopf, verabschiedete sich mit einem verlegenen Lächeln und ging schnell zu seinem Wagen.

Nun standen nur noch Corwin, Christine und ihre Mutter beieinander, und der Cheyenne tat das einzig Richtige, indem er sich vorstellte und Frau Neustedt mit einem Lächeln, das Christine so noch nicht bei ihm gesehen hatte, die Hand gab. Es blieb nicht ohne Wirkung, denn zu Christines Überraschung war es ihre Mutter, die Corwin überredete, mit in die Wohnung zu kommen.

Es war mittlerweile kurz nach acht Uhr abends, und ein leichter Nieselregen setzte ein, der den frühen Abend düster wirken ließ.

Ihre Mutter saß auf der Couch, den Karton noch immer dicht bei sich. Die unausgesprochene Frage von Christine wehrte sie mit einer Handbewegung und einem unwilligen Kopfschütteln ab, und Corwin begriff, dass er hier nur vorübergehend erwünscht war.

Als Frau Neustedt begann, den Cheyenne über seine Heimat und vor allem seine Tätigkeit an der Universität in Billings zu befragen, fühlte Christine sich an ein Vorstellungsgespräch erinnert, bei dem ein Leibwächter auf seine Tauglichkeit geprüft wurde.

»Herr Standing Child«, die Aussprache des ungewöhnlichen Namens klang bei ihrer Mutter ein wenig hart, »kennen Sie einen Ort namens Mobridge?«

»Natürlich. Das Grabmal von Sitting Bull befindet sich in der Stadt.«

»In Mobridge leben Verwandte meines Mannes. Vielleicht kennen Sie sie, Ronald und Maggy Howard? Sie leben doch auch in Montana, oder?«

»Ja.« Dabei schüttelte er langsam den Kopf. »Montana ist ein bisschen größer als Münster, wissen Sie.« Er schaute sie an und wartete auf die nächste Frage.

»Haben Sie mal von einem Charly Horseman gehört?«

»Ja.«

Verdutzt blickte Christine von ihrer Mutter zu Corwin und

wieder zurück. Was wusste ihre Mutter von dem Indianer, an dessen Namen sie sich selbst erst seit heute wieder erinnerte? Was war das überhaupt für ein merkwürdiger Dialog zwischen den beiden?

Frau Neustedt lehnte sich zurück und holte ihre Schachtel Zigarillos hervor, schaute sie versonnen an und legte sie dann auf den Tisch, ohne sich einen anzuzünden.

Christine seufzte innerlich. Eigentlich kam es schon nicht mehr darauf an. Wenn sich in ihrer Wohnung sogar Wanzen fanden, konnte ihre Mutter ruhig auch noch ein wenig Qualm verbreiten. Sie holte einen Aschenbecher aus der Küche und stellte ihn demonstrativ auf den Tisch.

Eine Minute später konnte sie beobachten, dass nicht nur ihre Mutter genussvoll an dem dünnen Stäbchen zog, sondern auch Corwin eine Fleur de Selva zwischen seinen Fingern hielt.

Was Corwin dann ihrer Mutter, und damit natürlich auch ihr, in aller Ausführlichkeit erzählte, war allerdings überaus spannend.

Demnach war Charly Horseman nicht irgendein Sioux, der sich mit Pferden auskannte, sondern jemand, der sich schon in jüngeren Jahren mit seinem enormen Wissen über das Verhalten von Pferden, über die Stärken und Schwächen der einzelnen Rassen und über die indianische Art zu reiten und die entsprechende Zurichtung der Pferde einen Namen gemacht hatte. Zahlreiche renommierte Pferdeställe hatten ihm damals viel Geld geboten, wenn er bei ihnen Trainer würde, doch Charly Horseman war nicht käuflich. Er half gerne, wenn jemand Schwierigkeiten mit einem Pferd hatte, doch mit den eleganten Reitställen der Reichen konnte man ihn nicht locken.

Wenn er ein Pferd sah, wusste er, ob es anständig behandelt wurde oder nicht, und was er sah, sprach er offen und deutlich aus, womit er nicht nur Bewunderer und Freunde fand.

Corwin machte eine Pause und nahm einige Züge aus seinem Zigarillo. »Ich habe gehört, dass er bei dem Besuch einer Auktion rücksichtslos und sehr gezielt über den Haufen geschossen wurde. Eine Kugel steckte so unglücklich in der Wirbelsäule, dass er um Haaresbreite an einem Leben im Rollstuhl vorbeigeschlittert ist. Seitdem sah man ihn nie wieder auf einem Pferd, und es wurde stiller um ihn. Aber der Name Charly Horseman steht bis heute für enormen Pferdeverstand.«

Christine erinnerte sich daran, dass sie Charly Horseman tatsächlich nie auf einem Pferd gesehen hatte, was sie damals aber auf die Vorsicht des Alters geschoben hatte. Er hatte stets auf einem mitgebrachten leichten Schemel am Rande des Reitplatzes gesessen und alles gesehen. Manchmal sprang er auf, um den Reiter oder die Reiterin zurechtzuweisen, manchmal sah er auch aus, als schliefe er, den Hut tief ins Gesicht gezogen, die Arme verschränkt. Doch darauf fiel jeder Reitschüler nur einmal herein.

Nachdem er seine Erzählung beendet hatte, machte Corwin Anstalten, sich zu verabschieden. Auf dem Weg zum Flur drehte er sich noch einmal um und sagte zu Frau Neustedt: »Charly Horseman soll ein Nachfahre von Sitting Bull gewesen sein.«

Christine gewann den Eindruck, er wollte vor allem, dass sie von dieser Tatsache wusste. Sie dachte an das gestohlene Geistertanzhemd von Sitting Bull und an ihren lebhaften Traum, von dem sie Corwin Standing Child erzählt hatte.

Bevor Corwin sich endgültig zum Gehen wandte, drückte er kurz Christines rechten Oberarm und blickte sie mit seinen dunklen Augen eindringlich an. Dann stieg er langsam die Stufen hinab, ohne sich noch einmal umzudrehen.

Im Wohnzimmer hatte ihre Mutter derweil die mitgebrachte Schachtel geöffnet und wühlte in einem Stapel Briefe. Einige hatten einen grünen Umschlag, und Christine erkannte ihre eigenen Briefe, die sie ihrer Mutter aus Amerika geschickt hatte. Sie konnte sich beim besten Willen nicht mehr erinnern, was sie damals geschrieben hatte, und hätte zu gerne allein in den Seiten gestöbert. Nach Christines Meinung gab es außer alten Briefen oder alten Melodien nichts, was die Vergangenheit präsenter werden ließ. Nicht einmal Fotos. Ein Foto zeigte ein starres Bild, einen festgehaltenen Augenblick, doch geschriebene Worte riefen ganze Erinnerungskomplexe wach, und eine Melodie berührte die Seele und konnte bestimmte Gefühle aus der Vergangenheit wecken.

Es waren allerdings nicht die grünen Briefe, die ihre Mutter nun aus dem Karton hervorholte, sondern schlichte hellblaue Luftpostbriefe, drei Stück an der Zahl.

Christine setzte sich in den Sessel gegenüber der Couch, stützte den Kopf auf die Hände und sah ihre Mutter abwartend an.

Doch als sie das ernste Gesicht ihrer Mutter, ihr Zögern und ihre Unruhe wahrnahm, ahnte sie, worauf das Ganze hinauslief. Sie half ihr.

»Sind die drei Briefe von Maggy und Ronald?«

Ihre Mutter ignorierte die Frage und sagte stattdessen mit einem leichten Vorwurf in der Stimme: »Maggy hat mich angerufen. Du hättest mir sagen sollen, dass du ihr geschrieben hast.«

Dann lächelte sie Christine beinahe zaghaft an. »Wir haben nie viel über deinen Aufenthalt in Amerika gesprochen, und das hatte einen ganz bestimmten Grund.« Frau Neustedt sah ihrer Tochter nun fest in die Augen. »Ich wollte, dass du alles vergisst, die Ranch, die Pferde, Maggy und den Unfall.«

»Welchen Unfall?«

»Du erinnerst dich noch immer nicht daran, oder?«

Christine schüttelte erstaunt den Kopf. »Nein, ich weiß von keinem Unfall. Erzähl es mir, bitte.«

»Ich kam erst dazu, als du schon im Krankenhaus warst. Ich hatte den ersten verfügbaren Flieger genommen. Es war ein Autounfall, und du hattest eine böse Kopfverletzung. Als man dich fand, warst du ohnmächtig, und danach konntest du dich an nichts mehr erinnern.« Sie hielt inne und schaute ihre Tochter beinahe prüfend an. »Aber manchmal ist das auch besser so.«

Christine schüttelte ungeduldig den Kopf. »Was haben denn Maggy und Ronald dazu gesagt? Sie müssen dir doch erzählt haben, was passiert ist. Jetzt will ich alles wissen!«

Ihre Mutter zuckte die Schultern und schwieg. Christine nahm an, dass sie ihr nicht alles erzählen wollte. Gerade wollte sie auffahren, da antwortete Frau Neustedt doch noch.

»Es war kein Mensch dabei, Kind. Maggy und Ronald haben sich gestritten, und du bist einfach weggelaufen. Angeblich wolltest du sofort nach Hause. Und dann ist es passiert.« Frau Neustedt legte ihre Hände offen in den Schoß, als wollte sie ihre Ehrlichkeit demonstrieren.

»Ich bin also angefahren worden, als ich zu Fuß zurück nach Münster wollte?« Christine beugte sich erregt vor.

»Nicht direkt.« Frau Neustedt suchte sichtlich nach einer besseren Erklärung.

»Ich habe ein Auto geklaut und bin dann damit verunglückt?« Christine war mit ihrer Geduld schnell am Ende. »Nun mach es doch nicht so spannend, sonst fordere ich den Polizeibericht von damals an.«

Das war nun wirklich ein Scherz und keine Drohung, aber ihre Mutter zuckte erschreckt zusammen.

»Du bist aus einem fahrenden Auto gefallen.«

»Was? Ich bin aus einem fahrenden Auto gefallen? Wie geht das denn? Und aus wessen Auto soll ich gefallen sein? Ich war damals dreizehn und hatte die Fahrradprüfung und das Sportabzeichen bestanden. Ich wusste, dass es so etwas wie Anschnallgurte gibt.« Dann hielt sie für einen Moment inne. Vor einigen Wochen wäre Christine der Gedanke nicht so schnell gekommen, doch nun lag es beinahe nahe.

»Du meinst, ich bin aus einem Auto gestoßen worden?«

Frau Neustedt seufzte vernehmlich und rutschte ein Stück vor. »Ich weiß es nicht und ich wollte es damals auch nicht wissen. Es hat ein paar Ermittlungen gegeben, die sich vor allem auf das nahe gelegene Indianerreservat konzentrierten. Aber ich wollte dich nur noch nach Hause bringen und den Alptraum vergessen. Du hast dich dann schnell erholt und konntest bereits nach acht Tagen das Krankenhaus verlassen. Wir sind sofort nach Hause geflogen.«

Sie fuhr sich mit beiden Händen durch die Haare und fügte hinzu: »Nach diesem Vorfall wollte ich mit Maggy und der Verwandtschaft aus Amerika nichts mehr zu tun haben. Vielleicht tat ich der Frau unrecht, aber sie hatte nun einmal darauf zu achten, dass dir nichts passiert, und ihre Bemühungen, dich mir wegzunehmen, haben mich beunruhigt.«

Christine nickte. Sie hatte heute eine ganze Menge erfahren. Dann sagte sie: »Ich erinnere mich wieder recht gut an Maggy und die Ranch.«

Nun erzählte sie von der Zeremonie in der Schwitzhütte und

übersah dabei das erschrockene Gesicht ihrer Mutter. Was sie aber bemerkte, war ihre Erleichterung, als Christine über Maggy sprach. Sie erzählte, wie sie sich zunehmend bedrängt gefühlt hatte und von ihren Ängsten, als Maggy die merkwürdige Idee entwickelte, Christine für immer bei sich zu behalten.

»Ich wollte immer zurück nach Hause. Nie wäre ich dort zur Schule gegangen und hätte mein Leben in Deutschland aufgegeben.«

»Und ich hatte solche Angst, dass diese Verwandten dir mehr zu bieten hatten. Ich fühlte mich so müde, so krank und niedergeschlagen. Du und dein Vater, ihr wart immer so vertraut und innig miteinander. Es muss ganz schrecklich für dich gewesen sein, als er starb. Es tut mir so unendlich leid.«

Nie zuvor hatte sich Christine ihrer Mutter so nahe gefühlt.

Nach kurzem Schweigen erhob sich Frau Neustedt und strich sich mit einer geradezu mädchenhaften Geste eine Haarsträhne aus dem Gesicht.

»Ich lasse dir die Briefe da. Ich habe sie dir zwar damals nicht weitergegeben, aber sie zu vernichten brachte ich auch nicht über mich.«

Ein letztes Lächeln, ein Kuss, ein paar mütterliche Ratschläge, doch ehe sich ihre Mutter verabschiedete, ging Christine in die Küche zum Fenster und winkte sie zu sich.

»Siehst du den blauen Wagen dort? Da sitzt ein Polizeibeamter und wacht über meinen Schlaf. Glaub mir, Kommissar Delbrock sorgt wie ein Vater für mich. Du musst dir keine Gedanken machen.«

»Hm«, war alles, was ihre Mutter dazu sagte, ehe sie ging, und das klang skeptisch.

Die Briefe waren natürlich alle auf Englisch geschrieben, und sie war damit als Dreizehnjährige offenbar besser zurechtgekommen als jetzt.

Vorsichtig faltete sie den ersten Brief auseinander. Es waren zwei Seiten auf schlichtem blassgelben Papier, handgeschrieben, aber in einer gut leserlichen Druckschrift. Oben links eingedruckt war die Adresse der Ranch mit Telefonnummer.

Liebe Christine,

nun ist es schon zwei Monate her, seit du nach Hause zurückgekehrt bist, und wir vermissen dich sehr.
Ich hätte mir für unseren Abschied einen schöneren Rahmen gewünscht, aber es hat nicht sein sollen, und daran bin ich nicht ganz unschuldig.
Ich hatte kein Recht, dich so zu vereinnahmen, das weiß ich inzwischen, aber glaube mir, Christine, es geschah aus Sympathie und Zuneigung.
Ich hoffe, du hast alles gut überstanden und bist wohlauf. Gleiches gilt natürlich für deine Mutter.
Charly lässt dich besonders herzlich grüßen; ich glaube, er vermisst eure gemütlichen abendlichen Gespräche an der Koppel. Ich fürchte, du hast in den wenigen Wochen mehr über die indianische Kultur erfahren als ich, die ich schon mein ganzes Leben in der Nachbarschaft der Native Americans lebe!
Mit unserem neuen Stalljungen kommt Charly leider gar nicht zurecht. Er lässt ihn mit den Pferden nur ungern allein und kontrolliert jeden Arbeitsgang, sodass er selbst kaum noch zur Ruhe kommt.
Er war zutiefst erschüttert über die unglücklichen Ereignisse und hat im Reservat eine Menge Aufruhr verursacht. Auch mir hat er mit wenigen, aber treffenden Worten gehörig den Kopf gewaschen. Leider wurde der Täter bislang nicht ermittelt.

Es folgten einige Sätze über die Pferde, die Christine dort kennengelernt hatte, und über die anderen Mitarbeiter und Besucher auf der Ranch. Zum Schluss wurde Maggy wieder persönlicher.

Du weißt hoffentlich, dass für dich immer ein Platz auf der Ranch frei ist, ob für einen Urlaub oder mal als Austauschschülerin.
Schreib mir bald mal, damit ich weiß, wie es dir geht und was du so machst.
Liebe Grüße, deine Maggy

Der Hinweis ihrer Mutter, sie sei aus einem Auto gestoßen worden, war offenbar nur der letzte Teil der Geschichte. Was war denn davor passiert? Und warum schrieb Maggy von einem Täter?

Nachdenklich öffnete Christine den zweiten Brief, der drei Monate später gekommen sein musste.

Meine liebe Christine,

ich hoffe, ihr habt das Weihnachtsfest gut verbracht. Wenn jemand, wie jetzt dein Vater, plötzlich nicht mehr dabei ist, erscheinen einem derartige Feste oft merkwürdig leer und unerträglich. Ich habe die letzten Wochen oft an euch gedacht.
Mein Ronald hatte eine schwere Lungenentzündung und über zwei Wochen hinweg immer wieder hohes Fieber. Zeitweise hatte ich große Angst, ihn zu verlieren.
Die Kälte hat uns hier oben auf der Ranch in ihren mächtigen Klauen, und Ronald mutet sich zu viel zu. Er ist noch immer etwas schwach und sieht mager aus. Aber bis zum Frühling ist es noch lange hin, und so müssen wir tapfer ausharren.

Hast du meinen ersten Brief erhalten?
Ich würde mich so sehr über eine Nachricht von dir freuen. Was macht die Schule? Reitest du zu Hause noch? Erzähl uns doch, was du so machst.

Charly sagt, ich bräuchte einen längeren Atem. Irgendwann würdest du dich bei uns melden. Ist das so?
Ich möchte dir noch so vieles erzählen und erklären …
Für heute muss es reichen. Alle grüßen dich von hier.
Herzlichst, deine Maggy

Christine ließ den Brief auf den Tisch gleiten. Kein Wunder, dass ihre Mutter die Briefe zurückgehalten hatte. Offenbar hatten sie ihr immer noch Angst eingejagt, Maggy wolle die Tochter nach Amerika locken. Nicht ganz verwunderlich aus ihrer Sicht. Objektiv betrachtet waren es die netten Briefe einer Verwandten, die sich Kontakt wünschte.

Der dritte und letzte Brief war vier Jahre danach gekommen, und Christine öffnete ihn voller Spannung. Warum hatte Maggy so viel später noch einmal Kontakt aufgenommen?

Was ihr in die Hände fiel, war jedoch kein Brief, sondern eine Todesanzeige.

Auf der linken Seite stand folgender Text:

Frieden zieht in die Seelen der Menschen ein, wenn sie ihre Verwandtschaft mit dem Universum wahrnehmen … und wenn sie wahrnehmen, dass in der Mitte des Universums Wakan-Tanka wohnt und dass diese Mitte überall ist, dass sie innen in jedem von uns ist.
Black Elk

Rechts stand der Name des Verstorbenen, darunter die Skizze eines Pferdes, welches mit indianischen Symbolen bemalt war. Auch ein schlichtes Kreuz und ein grüner Fisch als Zeichen des Christentums hoben sich farbig von dem kalten Weiß der Karte ab.

Christine hätte gerne gewusst, ob Maggy den Spruch für den Totenbrief ausgesucht hatte oder einer der Verwandten von Charly. Die wenigen Zeilen machten sie traurig. Sie hatte plötzlich den Eindruck, etwas verloren zu haben während der Jahre, in denen sie keine Erinnerung mehr gehabt hatte an diese Zeit und an diesen Menschen: Charly Thomas Horseman.

Nur ein ganz leichtes Lächeln, das dem der Mona Lisa glich, umspielte ihre Lippen.

Sie lag entspannt auf dem Rücken, einen Arm unter den Kopf gelegt, und genoss das forschende Streicheln seiner Hand. Er strich ihr einige Haare aus der Stirn, fuhr ihr zärtlich durch die Locken und ließ die Hand dann weiterwandern zu der kleinen Kuhle zwischen Hals und Brustbein. Zwar machte Corwin keine Anstalten, die Hand noch weiter nach unten zu schieben, doch allein die Nähe zu ihrer Brust brachte Christine in einen aufregenden Zustand zwischen wohliger Ruhe und erregender Spannung.

Corwin lag neben ihr ausgestreckt im Gras, den Kopf auf die Linke gestützt, seine Augen, so dunkel wie ein tiefer Brunnen, betrachteten sie ernst. Ihre Blicke trafen sich. So langsam, als hätten sie alle Zeit der Welt, Zeit zum Spielen und zum Träumen, knöpfte er ihre Bluse auf. Dann beugte er sich über sie, schob ihr die Hand unter den Rücken und hob ihren Oberkörper leicht an. Seine langen Haare fielen ihr übers Gesicht und verdeckten ihre Augen.

Sie spürte plötzlich seinen schweren Körper auf ihrem und erstarrte. Panik erfüllte sie, ihr Brustkorb verengte sich, und von einer Sekunde zur anderen wurde ihr glühend heiß. Sie wehrte sich, indem sie die Beine bewegte, doch nun lag der Mann ganz auf ihr und drückte mit seinem Knie ihre Oberschenkel auseinander. Seine rechte Hand hielt nun beide Arme Christines fest, während die andere Hand ohne erkennbare Zärtlichkeit an ihr herumzerrte. Christine warf den Kopf wild hin und her, so als wollte sie sich nach Hilfe umsehen, dann fuhr sie unvermittelt hoch und stieß mit ihrer Stirn gegen seine linke Augenbraue. Blut floss aus einer kleinen Platzwunde, und der Indianer hob schnell den Kopf. Nun sah sie wieder sein Gesicht, doch es war gar nicht Corwin, der da auf ihr lag. Dieser Mann war zwar eindeutig indianischer Abstammung, aber erheblich jünger, und er strahlte auch nicht die ruhige Gelassenheit von Corwin aus, sondern hatte einen animalischen, wilden Ausdruck im Blick. Jetzt lächelte er sie an, ohne seinen Griff auch nur einen Deut zu lockern. »Wir gehören zusammen, Christine, weißt du das nicht?«

Der Satz hallte noch nach, als sie bereits wach war. Sie setzte sich sofort aufrecht hin, kampfbereit.

Was war das für ein Traum, und was hatte er zu bedeuten? War sie Corwin bereits in ihrer Jugend begegnet? Der Traum zeigte eine ziemlich brutale Erinnerung an den jungen Indianer. Konnte sich ein Mensch so verändern?

Doch das Gesicht aus dem letzten Teil ihres Traumes kam ihr länger vor, die Augen schmaler, und vor allem der Mund passte nicht zu dem von Corwin. Aber wer war dieser junge Mann? Eine Kreatur ihrer Phantasie? Sie wollte gerade wieder das Licht löschen, als sie ein Geräusch vernahm. Es war eine Art Scharren, so als trete jemand auf Brotbrösel oder …

Auf Cornflakes! Gestern Abend war ihr die Cornflakes-Packung auf den Boden gefallen, und der Inhalt hatte sich bis in den Flur verteilt. Es war jemand in der Wohnung!

Vorsichtig stieg sie aus dem Bett und sah sich in ihrem Schlafzimmer nach einer Waffe um. Außer dem Bett standen darin ein großer Kleiderschrank und eine tiefe, niedrige Kommode mit drei Schubladen, auf der ein buntes Durcheinander verschiedener Kleidungsstücke herrschte. In den beiden Nachtschränken links und rechts vom Bett lagen einige Bücher, Taschentücher und zwei Aspirintabletten. Eine Küche war eindeutig eine bessere Waffenkammer.

Das Fenster zeigte nicht zur Straßenseite, sondern ging auf den gepflegten Garten ihrer Vermieterin. Der Polizist vor ihrer Tür würde es daher nicht bemerken, wenn sie das Licht einschaltete. Der Eindringling schon!

Schließlich griff sie nach einem Gürtel mit einer modischen und daher sehr großen Schnalle. Den würde sie dem Einbrecher notfalls über das Gesicht ziehen. Mit dem Lederband in der Hand fühlte sie sich zwar nicht unbedingt sicherer oder gar mutiger, aber wütender. Wütend, weil sie gezwungen war, sich allein in ihrer angeblich so gut bewachten Wohnung zu verteidigen.

Dann stand sie vor der Tür, die in den Flur führte, und lauschte. Es gab zwei Möglichkeiten. Entweder handelte es sich um einen echten Einbrecher, der sich ihre Wohnung zur persönlichen Bereicherung ausgesucht hatte. In diesem Fall war der Unglückliche zu bedauern, denn das wertvollste Teil in ihrer Wohnung war ihr riesenhafter antiker Schreibtisch, und den konnte wohl niemand ohne größeres Aufsehen abtransportieren.

Wahrscheinlich aber war derselbe Mann wieder hier, der bereits einmal zuvor heimlich ihre Wohnung betreten hatte. In diesem Fall hatte sie es mit jemandem zu tun, der bereits mehreren Menschen die Kehle aufgeschlitzt hatte.

Sie verharrte ratlos vor der Schlafzimmertür, ohne ein weiteres Geräusch zu vernehmen, eine gefühlte Ewigkeit lang. Dann fasste sie einen kühnen Plan.

Mit Schwung riss sie die Tür auf, sah tatsächlich aus den Augenwinkeln eine dunkle Gestalt im Wohnzimmer stehen und stürzte weiter in die Küche, um den Lichtschalter zu betätigen. Als sie dann Anlauf nahm, um das Fenster aufzureißen und sich auf diese Weise bei dem Polizisten bemerkbar zu machen, rutschte sie mit ihren bloßen Füßen aus und landete auf dem Hinterteil. Panisch drehte sie sich zur Tür um.

Der Eindringling trug eine schwarze Kapuzenjacke, hatte die Kapuze über den Kopf gezogen und stand mit dem Rücken zu ihr. Mehr konnte sie nicht erkennen, da sie im Licht saß und in die Dunkelheit des Wohnzimmers blickte. Für einen Moment schien der Mann zu überlegen, ob er sich zu ihr umdrehen oder fliehen sollte. Seine Arme hingen seitlich am Körper, und seine Finger schlossen und öffneten sich unentschlossen. Wenn er sich umdrehte, würde sie sein Gesicht sehen. Dann würde er das merkwürdige Spiel, das er schon seit Tagen trieb, unweigerlich beenden müssen, wusste Christine.

Doch schon die Bewegung seiner Hände wirkte so bedrohlich, dass sie sich eilig aufrappelte und schon beim Öffnen des Fensters laut um Hilfe schrie.

Ein gehetzter Blick über die Schulter zeigte ihr, dass der Mann nicht mehr zu sehen war. Sie erwartete jeden Augenblick einen Angriff aus dem Dunkel. Am ganzen Körper zitternd und schweißnass stand sie am Fenster und hielt sich am Griff fest. Da sie das Geräusch der Haustür noch nicht vernommen hatte, musste der Mann noch in der Wohnung sein. Endlich hörte sie das bekannte Klicken der Tür von außen, und gleich darauf stand der Polizeibeamte mit gehobener Waffe im Flur, wobei er den Lauf nach oben hielt.

Christine lief ihm erleichtert entgegen. »Es ist jemand in meiner Wohnung!«, rief sie und zeigte zum Wohnzimmer, wo sie den Eindringling zuletzt gesehen hatte. Mit einer hektischen Handbewegung schickte der Beamte Christine zurück in die Küche. Dabei murmelte er etwas wie: »Das ist doch nicht möglich!«

Umsichtig und gewissenhaft durchsuchte er dann die vier Zimmer, schließlich führte er Christine ins Bad.

Das geöffnete Badezimmerfenster sprach für sich. »Hier ist er hinausgesprungen.« Christine beugte sich aus dem kleinen Fenster, das ebenfalls auf den Garten der Vermieterin hinaussah. Es ging recht tief hinunter, aber mit einigem Geschick konnte sich der Einbrecher am Regenrohr hinuntergelassen haben.

Als Christine ihren Kopf wieder zurückzog, untersuchte der Polizist das Scharnier des Fensters.

»Es scheint weder beschädigt noch ausgehebelt. Kann es sein, dass das Fenster bereits offen stand?«

Christine nickte. »Na klar. Ich lasse Sie vor der Haustür Wache halten, um dann diversen Fremden hinten ein Fenster offen zu halten.«

Der Mann schaute sie verdutzt an, dann begriff er. »Entschuldigung, aber Sie glauben gar nicht, wie viele Leute ihre Fenster offen lassen und sich dann wundern, wenn der teure Laptop weg ist.«

Christine lachte. »Glauben Sie mir, ich wäre froh, wenn dieser merkwürdige Besucher nur meinen Laptop gewollt hätte. Ich lehne mich abends beim Zähneputzen an die Heizung, weil mir kalt ist, aber ich öffne ganz sicher kein Fenster. Sie müssen ihn übersehen haben.« Ihre Stimme klang vorwurfsvoll.

Außerdem wurde ihr nun wirklich kalt. Christine schaute an sich herunter und nahm peinlich berührt wahr, dass sie nur mit einer schwarzen Unterhose und einem lila Top bekleidet vor dem Beamten stand. Sie angelte nach ihrem Bademantel, der immer an der Tür neben der Dusche hing, während der Polizist eine Nummer in sein Handy tippte und zum Telefonieren den Raum verließ. Allein im Bad, ließ Christine sich auf den Rand der Wanne sinken und stützte den Kopf zwischen die Hände. Die ganze Situation kam ihr einfach zu abstrus vor, um richtig Angst zu bekommen.

Wenn sie doch nur eine Ahnung davon hätte, worum es dem Täter ging. Warum hatte er die anderen getötet und machte bei ihr nur Stippvisiten in der Wohnung? Wer war dieser Mann? Was trieb ihn an? Sie wusste keine Antwort, denn selbst wenn er ein alter Bekannter aus Amerika war, erklärte das doch nicht diese brutalen Morde.

Nach wenigen Minuten erschien der Beamte wieder, klopfte aber zuvor höflich an die offen stehende Badezimmertür.

Umständlich verstaute er sein Handy in die Jackentasche und sagte: »Hauptkommissar Delbrock meint, Sie sollten mir noch eine Täterbeschreibung geben und dann wieder ins Bett gehen. Die Spurensicherung schaut sich draußen im Garten um, sobald es hell wird. Ich bleibe den Rest der Nacht in der Küche sitzen, wenn es Ihnen recht ist.«

Christine schaute ihn wortlos an. Dann gähnte sie und fand die Idee Delbrocks ausgezeichnet. Was sollten sie hier auch noch tun, was nicht bis zum Morgen Zeit hatte? Wahrscheinlich hatte der Eindringling nur eine neue Wanze installieren wollen.

»Und was sagt Kommissar Delbrock?«, fragte sie. Der Polizist grinste. »Der Chef meint, seine Konstitution verlange, dass er sich heute Nacht um sich selbst kümmert. Aber keine Sorge. Seine Order an mich lautete, Ihnen nicht von der Seite zu weichen.« Mit einer plötzlichen Bewegung streckte der Mann seine rechte Hand aus und sagte: »Ich heiße übrigens Klaus Schröder.«

Christine griff zu und schaute den jungen Mann zum ersten Mal richtig an. Er war wohl kaum älter als zwanzig und hatte ein rundes, gutmütiges Gesicht, blonde kurze Haare und grün-graue Augen, die sie überraschend munter anschauten. Er machte jedenfalls nicht den Eindruck, als hätte sie ihn beim Dösen erwischt. Vielleicht tat sie ihm unrecht, und der Eindringling war auf anderem Wege in die Wohnung gelangt.

»Und Sie laufen bestimmt nicht weg?«

»Doch«, erwiderte er. »Ich muss noch meine Butterbrote aus dem Auto holen. Bin sofort wieder da.«

Christine schaute ihm nach. Er sah eher so aus, als wenn er das Essen häufig vergaß.

Kommissar Delbrock legte den Hörer auf die Gabel zurück und schob die Schnur ordentlich zusammen. Seine Sekretärin hatte ihm schon einige Male ein tragbares Telefon besorgen wollen, doch er liebte das alte Teil, bei dem man so wunderbar mit dem Kabel spielen konnte. Die ganze moderne Technik war ihm ohnehin suspekt. Man konnte miteinander reden, und nicht einmal ein winziges Kabel erklärte, wie das zustande kam. Sicher, jeder einigermaßen an Technik interessierte Teenager wusste, wie ein schnurloses Telefon funktionierte, aber Delbrock war in dieser Hinsicht völlig unbedarft. Er wunderte sich ja auch noch immer darüber, dass eine schwere Boeing 747 nicht wie ein Stein vom Himmel fiel. Für technisch Unbegabte gab es sie noch, die Wunder.

Was er soeben von Frau Neustedt senior am Telefon erfahren hatte, stellte endlich eine mögliche Verbindung von Christine Neustedt zu einem indianischen Täter her oder zumindest zu einem, der aus Amerika stammte. Erstaunlich, dass die junge Frau sich so gar nicht mehr an die Vorfälle von damals zu erinnern schien. Aber nüchtern betrachtet half ihm dieses Wissen noch nicht viel weiter. Er brauchte mehr Informationen.

Schon zigmal hatte er sich die verdächtigen Künstler und ihre Biografien angesehen. Jeder von ihnen hatte sich irgendwann einmal in der Nähe der Ranch aufgehalten, warum auch immer.

Delbrock hatte wieder die Telefonschnur um zwei Finger gewickelt und zwirbelte sie gedankenvoll. Es war wie verhext. Selbst wenn es klarer wurde, warum ausgerechnet Christine den Täter so interessierte, erklärte das doch noch lange nicht die Morde an der Gruppe, die die Ausstellung organisiert hatte. Was ihm fehlte, war ein Bindeglied zwischen ihr und der aktuellen Indianerausstellung. Irgendetwas übersah er, oder es entzog sich seiner Kenntnis. Wahrscheinlich fehlte ihm sogar das meiste, dachte er bitter.

Er hielt es für wahrscheinlich, dass er den Täter direkt vor seiner Nase hatte, ohne dass er eine wirkliche Spur erkennen konnte. Auch das Überprüfen der Alibis hatte nicht geholfen. Entweder waren die Beteiligten zusammen gewesen, oder man hatte sie in ihrem Hotel gesehen. Jeder schien für mindestens einen Mord ein unzweifelhaftes Alibi zu haben. Und Delbrock lief die Zeit davon. Er konnte die Amerikaner nicht ewig hier festhalten, prinzipiell durften sie abreisen, wann immer es ihnen beliebte. Und das würde in den nächsten Tagen geschehen. Zuvor sollte noch eine Sendung für den WDR Regional gedreht werden, dann würden die Amerikaner ins Flugzeug steigen.

Vielleicht würde der Museumsleiter Dr. Horn dann endlich zur Ruhe kommen, soweit das nach dem Mord an der eigenen Ehefrau überhaupt möglich war.

Einige Male schon hatte Delbrock Herrn Dr. Horn auf seine Verdächtigenliste gesetzt, denn er war immer in der Nähe der Tatorte gewesen und hatte stets die Möglichkeit gehabt, die Tat zu begehen. Allerdings müsste Horn dazu schon ein verdammt guter Schauspieler sein.

An Dr. Horn konnte man sehen, was Angst aus einem Menschen machte. Er war inzwischen ein völliges Nervenbündel, schreckte schon zusammen, wenn jemand ihm nur freundlich Guten Tag wünschte, vermutete hinter jeder Ecke einen Indianer mit einem Skalpiermesser und trieb seine Umgebung, einschließlich Delbrock selbst, beinahe in den Wahnsinn. Wenn ich der Mörder wäre, dachte Delbrock, würde ich einfach warten, bis Horn vor Panik einen Herzinfarkt bekommt oder ihn der Schlag trifft. Das konnte in seinem Zustand kaum noch lange dauern. Und dann hatte er noch die spleenige Idee, ein Indianerfluch sei für die Morde verantwortlich.

Es klopfte hart an der Tür, und Delbrock erschrak, als plötzlich Staatsanwalt Hänsel im Zimmer stand, der Mann, gegen den Delbrock tatsächlich sogar Horn eingetauscht hätte. Groß, schlank, mit einer modischen schwarzen Brille und einem Haarschnitt, der ebenso teuer aussah wie seine Krawatte, blickte er seinen Untergebenen ungeduldig an und schlug dabei mit einer zusammengerollten Mappe gegen seinen rechten Oberschenkel.

»Können Sie mir mal erzählen, warum meine Stadt ständig mit Wildwest-Schlagzeilen in die Zeitung gerät?«, schnarrte er.

Abgesehen von dem Tonfall fand Delbrock besonders die Formulierung »meine Stadt« unglücklich gewählt.

»Guten Morgen, Herr Hänsel. Ich nehme an, weil sich momentan die Wildwest-Taten in Münster häufen. Passt ja ganz gut zur Ausstellung.«

»Delbrock, das hier ist keine Werbung für ein Filmprojekt.«

»Für einen Film haben wir auch bereits zu viele Leichen. Das wirkt unglaubwürdig.« Delbrock strahlte den Staatsanwalt tapfer an. Seufzend setzte sich Hänsel an den Besuchertisch, schob seine Krawatte zurecht und sackte ein wenig in sich zusammen.

»Möchten Sie einen Kaffee?« Delbrock war bereits im Begriff, sich zu erheben.

»Tee, Delbrock. Ich trinke nur Tee.« Er legte die Mappe auf den Tisch und tippte mit seiner gepflegten Rechten darauf. »Der Mörder kommt aus der amerikanischen Ausstellergruppe, so wahr ich hier sitze.«

Delbrock stand an der geöffneten Tür und orderte bei seiner Sekretärin einen Tee für den Staatsanwalt. Dann schloss er die Tür wieder und setzte sich ebenfalls an den Tisch.

Hänsel fuhr fort: »Was ist denn mit diesem indianischen Rebellen? Der hat doch schon in den Staaten gesessen?«

»Sie meinen David Ironheart Seidel. Das waren politisch motivierte Taten. Außerdem hat er zumindest für einen Mord ein ausgezeichnetes Alibi. Keine Fingerabdrücke, keine Indizien. Mit welcher Begründung sollte ich ihn vorladen? Er passe so schön ins Täterprofil?«

Hänsel klopfte wieder auf seine Mappe, als könnte er so die Lösung des Falls vorantreiben.

»Und dieser andere Mann, der so gerne den Helden spielt?«

»Sie meinen Corwin Standing Child? Das glaube ich nicht. Ich bin mir sicher, er ist auf unserer Seite. Außerdem ist er dem Täter bereits zu nahe gekommen. Dies wäre zumindest meine Erklärung, warum auf ihn geschossen wurde.« Delbrock schüttelte langsam den Kopf.

»Hier geht es nicht um Glaubensfragen oder Sympathien, Delbrock. Es wäre immerhin denkbar, dass der Mann, der da auf ihn schießt, ihn als Täter entlarvt hat und dem Spuk ein Ende setzen will.«

Zu dieser waghalsigen Theorie sagte der Hauptkommissar nichts.

»Bewachen Sie ihn, und zwar möglichst rund um die Uhr. Die anderen auch. Wahrscheinlich decken die sich gegenseitig. Diese Indianer können doch nicht einfach nach Münster kommen und hier meine Bürger skalpieren! Delbrock, das geht so nicht weiter. Wir machen uns in ganz Deutschland zum Gespött.«

Delbrock fragte sich gerade, ob Hänsel vielleicht für die Bürgermeisterwahl kandidierte, als es an der Tür klopfte. Auf der Schwelle stand Gabi, Delbrocks Sekretärin, in einem karierten Minirock, hohen Stiefeln und mit dem Lächeln eines Bond-Girls. In der linken Hand hielt sie eine dampfende Teetasse, aus der es nach Vanille duftete, die sie nun vorsichtig vor dem Staatsanwalt auf den Tisch stellte.

Der ließ es sich nicht nehmen, eifrig aufzuspringen und die Sekretärin gebührend und mit sehr freundlichen Worten zu begrüßen. Delbrock musste innerlich grinsen angesichts von Gabis bemerkenswerter Fähigkeit, missmutige Beamte in die Gänge zu bringen. Er wartete, bis sie wieder allein waren und der Staatsanwalt an seinem Tee nippte.

Herr Hänsel schien der irrigen Meinung zu sein, seine Beamten arbeiteten unentgeltlich, wenn sie Observierungen vornahmen. Wie sollte Delbrock so viele Personen gleichzeitig unter Beobachtung stellen? Er war schon froh, dass er den Personenschutz von Christine Neustedt und Herrn Dr. Horn abdecken konnte. Da er sicher sein konnte, dass Oberstaatsanwalt Dr. Krüger, Hänsels direkter Vorgesetzter, solche Kosten ohnehin nicht genehmigte, ging er auf die Vorschläge des Staatsanwalts gar nicht ein und lenkte dessen Aufmerksamkeit auf andere Aspekte.

»Meiner Meinung nach verfolgt der Täter zwei Intentionen. Erstens haben seine Taten etwas von einer Hinrichtung. Er tötet und nimmt eine Trophäe mit, einen Teil des Skalps. Das zeugt von einer gewissen Kaltblütigkeit und Arroganz.« Delbrock hielt inne und starrte auf die dampfende Tasse Hänsels, die dieser in der rechten Hand hielt und immer wieder zum Mund führte.

»Klingt nach Hobby-Psychologie.«

»Der Psychiater aus der Forensik hat es vielleicht eleganter ausgedrückt. Da unser Mörder sowohl Frauen als auch Männer auf die gleiche Art hinrichtet, scheidet ein sexuelles Motiv, wie es bei Serientätern häufig vorkommt, mit hoher Wahrscheinlichkeit aus.«

»Hm. Und so ein Motiv scheidet in unserem Fall tatsächlich aus?«

Der Kommissar runzelte die Stirn und überging die Frage.

»Doch der Täter verfolgt noch ein zweites Ziel, und davon ist Christine Neustedt betroffen, die der Mann möglicherweise aus ihrer Vergangenheit kennt.«

»Das ist diese Journalistin?« Dabei verriet der abschätzige Gesichtsausdruck des Staatsanwaltes, was er von Journalisten im Allgemeinen und von Frauen in diesem Beruf im Besonderen hielt.

Der Kommissar nickte und brachte seinen Chef auf den neuesten Stand bezüglich Christines Aufenthalt in Amerika. Den nächtlichen Einbruch der vergangenen Nacht sparte er sich, zumal die Spurensicherung, die im Morgengrauen unterwegs gewesen war, keine verwertbaren Informationen gefunden hatte. Die Fußabdrücke zeigten Schuhgröße siebenundvierzig, die keine der Personen trug, die zu Delbrocks Verdächtigenkreis zählten. Der Eindringling hatte sich auf dem Dachboden versteckt gehabt und war mit Hilfe einer Scheckkarte durch die Wohnungstür eingedrungen. Nun zierte ein Sicherheitsschloss die Wohnungstür von Frau Neustedt.

Außerdem befand sich Delbrock auf dünnem Eis, weil er lieber geschlafen hatte, als noch in der Nacht selbst zu Frau Neustedt zu fahren.

Staatsanwalt Hänsel verschränkte in einer etwas weiblichen Geste die langen Finger ineinander und stöhnte. »Das klingt alles sehr diffus.« Dann stand er plötzlich sehr dynamisch vom Tisch auf. »Also, Delbrock, observieren, bewachen, die Augen offen halten, anders kommen wir in diesem Fall nicht weiter.«

Delbrock atmete auf, als die Tür ins Schloss fiel, und zog sich seine Schuhe aus. Bevor er heute noch die Hotels aufsuchte, in denen die ausländischen Gäste untergebracht waren, wollte er den Bericht des jungen Kollegen hören, den er zur nächtlichen Bewachung von Christine Neustedt eingeteilt hatte. Er griff zum Hörer und rief seine Sekretärin an.

»Wie? Warum ist der Schröder noch nicht zurück?« Delbrock schaute auf die Uhr. Es war mittlerweile halb neun, und Klaus Schröders Dienst ging bis sechs Uhr dreißig, maximal sieben Uhr. Und Delbrock konnte sich nicht vorstellen, dass der eifrige junge Beamte ohne Berichterstattung nach Hause gefahren war. Er massierte seine Füße und schaute verdrossen zur Uhr. Die Beschreibung des Einbrechers, die Schröder ihm heute Nacht geliefert hatte, passte theoretisch zu jeder verdächtigen Person, abgesehen von der kleinen, etwas pummeligen Lucie. Und Christine Neustedt hatte eigentlich nur einen Schatten gesehen, sie konnte lediglich vage Angaben machen. Die Person sei sehr groß gewesen.

Doch Delbrock wusste aus Erfahrung, dass Zeugen in einer bedrohlichen Situation häufig die Größe von Personen überschätzten.

Der Mann habe unter seiner Kapuze laut Christine dunkle Haare gehabt. Ob er breite Schultern besessen oder welche Hose er getragen hatte, welche Schuhe und die ungefähre Schuhgröße, all das konnte sie nicht mit der nötigen Genauigkeit sagen. Lediglich die abwartende Haltung und das aggressive Spiel seiner Hände, die in schwarzen Handschuhen steckten, waren ihr aufgefallen.

Ein wenig ärgerte Delbrock sich über die lückenhafte Aussage. Er hätte der jungen Frau mehr zugetraut.

Der Hauptkommissar griff erneut nach dem Hörer. Bereits nach dem dritten Klingelzeichen ertönte die überraschend fröhliche Stimme von Christine Neustedt.

»Haben Sie eine Ahnung, wo sich mein Kollege Schröder vom Nachtdienst befindet?«

»Es ist mehr als eine Ahnung. Er sitzt mir gegenüber und beißt gerade in eines der Croissants, die Corwin Standing Child mitgebracht hat.« Und sie fügte schnell hinzu: »Für den Fall, dass Sie den auch sprechen möchten.«

»Dann soll der Kollege Schröder aufpassen, dass er sich nicht die Zunge abbeißt, ich warte nämlich seit geraumer Zeit auf seinen Bericht«, knurrte Delbrock nun mürrisch.

Christines Stimme klang erstaunt. »Er hat Ihnen doch heute Nacht schon alles erzählt.«

»Frau Neustedt, wenn Sie nicht augenblicklich meinen Mann ans Telefon holen, stecke ich Sie in Schutzhaft und schicke den Schröder zur nächsten defekten Ampelkreuzung.«

Delbrock wusste, dass er überzogen reagierte, aber er war nicht ausgeschlafen, und wenn potenzielle Verdächtige, Opfer und Polizisten in aller Ruhe miteinander frühstückten, steigerte das seine Laune keinesfalls. Außerdem hatte er heute wieder einmal einige Befragungen vor sich, die ihm den Tag verdarben.

»Herr Berniere.«

»Nennen Sie mich Chief Thomas, das tun alle.« Der Chief strahlte ihn an und zeigte sich sichtlich bemüht, sein breites Amerikanisch langsam zu sprechen.

So schlagfertig er im Deutschen sein konnte, so plump und ungeschickt kam Delbrock sich in der englischen Sprache vor. Zudem war die Antwort auf seine Frage nach einem Alibi zwischen halb zwei und zwei Uhr letzte Nacht in den meisten Fällen nicht wirklich aufschlussreich.

»Ich habe geschlafen, nachgedacht und wieder geschlafen.« Der Chief sagte es ganz ernsthaft.

»Und das allein und ohne Zeugen, verstehe«, murmelte der

Hauptkommissar mehr zu sich selbst. »Hat jemand Sie am Abend auf Ihr Zimmer gehen sehen?«

Der Chief nickte. »Ja, aber das ist ohne Belang. Nachts kann man in diesem Hotel ungesehen raus und rein.«

»Woher wissen Sie das?« Delbrock malte lauter kleine Schnecken in sein Notizbuch.

»Weil ich schon öfters nachts das Hotelzimmer verlassen habe.« Delbrock wurde das Gefühl nicht los, dass der Cheyenne ihm Brocken zuwarf und beobachtete, was er damit anstellte.

»Was haben Sie dann nachts gemacht?«

»Die Wohnung von Frau Neustedt bewacht.« Der Chief schaute ihm direkt in die Augen, und Delbrock bemerkte erstaunt, dass er wesentlich hellere Augen hatte als seine indianischen Freunde. Sie waren grün mit braunen Sprenkeln.

Die Worte des Chiefs hallten in Delbrocks Kopf nach wie ein Echo. »Wie bitte?« Sein Englisch reichte zwar aus, um zu wissen, dass er sich nicht verhört hatte, dennoch begriff er den Sinn nicht.

»Herr Berniere … Chief Thomas, das müssen Sie mir schon genauer erklären. Immerhin sind wir für das Bewachen zuständig.«

Der Cheyenne beugte sich ein wenig zu dem Kommissar hinüber. »Frau Neustedt ist in Gefahr, das weiß ich. Aber ich kenne das Wesen dieser Gefahr noch nicht.«

Delbrock kam sich vor wie in einem subtilen Thriller mit Gänsehaut-Garantie.

»Sie meinen, es ist mehr so eine Intuition?«

»So nennen Sie das wohl in Ihrer Welt.«

»Herr Ironheart Seidel, wo waren Sie gestern Nacht zwischen halb zwei und zwei Uhr?«

Herr Seidel drehte sich mit geschickten Fingern eine Zigarette und lächelte.

»Warum wollen Sie das wissen?«

»Es geht um Ereignisse, die in Zusammenhang mit der Ausstellung und den Morden stehen, sodass wir wieder einmal die Alibis aller Beteiligten überprüfen müssen.« Der Hauptkommissar lächelte gequält und dachte, dass dieser Mann die glutvollen Augen eines charismatischen Anführers hatte. Und er war groß genug, dass er der Eindringling gewesen sein konnte – aber das galt auch für den Chief, Corwin Standing Child, Marie Ann Johnston und noch viele andere Männer und hochgewachsene Frauen.

Der Kommissar rutschte auf dem eleganten, aber unbequemen Stuhl in einer der Sitzecken des Hotelfoyers hin und her und suchte nach den passenden Worten.

»Ich bin noch immer Ihr bevorzugter Verdächtiger, oder?«

»Nun, Sie haben in Ihrem Leben bereits eine gewisse Gewaltbereitschaft bewiesen.«

»Weil ich einen Zug zum Entgleisen gebracht habe?«

»Weil Sie billigend in Kauf genommen haben, dass dabei Menschen zu Schaden kamen.«

Ironheart Seidel ließ die Arme sinken. »Ich fürchte, so weit reichte unsere Vorstellungskraft damals gar nicht. Wir hatten ein Ziel vor Augen und den stürmischen Aktionismus einer Jugend, die ihre Eltern verachtete und ihre Idole weit in der Vergangenheit suchte. Der Gedanke, dass unsere Aktionen irgendwelche weiteren Folgen haben könnten, kam uns gar nicht.«

»Verstehe«, sagte Delbrock, aber er verstand keineswegs, warum ihm der selbstsichere Indianer auf einmal diese reumütig wirkende Erklärung bot. Ablenkung?

»Ich war heute Nacht in meinem Zimmer und habe geschlafen. Bezeugen kann das leider nur eine kleine Stubenfliege, die mich immer wieder aufgeweckt hat.« Ironheart Seidel lächelte, so wie man lächelt, wenn man jemanden erfolgreich abserviert.

»Und warum nächtigen Sie als Einziger in einer kleinen Pension und nicht hier im Hotel?«

»Weil ich in einem Gebäude, das mehr als zwei Stockwerke hat, nicht schlafen kann.«

SECHS

»Es scheint beinahe, als wollte unser unbekannter Mörder nur noch dich umbringen.«

»Wie bitte?« Corwin schaute Christine an, als habe sie ihn soeben der Wohnung verwiesen.

»Bislang hat der Täter ungefähr alle zwei Tage einen Teilnehmer der Organisationsgruppe umgebracht. Nun besucht er nur noch meine Wohnung oder schießt auf dich. Keine weiteren Leichen.« Sie sah Corwin triumphierend an.

Beide saßen im Wohnzimmer und hatten die Liste der gestohlenen Gegenstände und die Briefe, die Christine bislang von dem Unbekannten erhalten hatte, vor sich auf dem Tisch liegen.

Christine beugte sich vor und griff nach ihrem Wasserglas, wobei sie unwillkürlich zusammenzuckte.

»Hast du noch Schmerzen in der Hand?« Seine Frage klang verwundert.

»Der Arm war immerhin leicht angeknackst. Ruckartige Bewegungen kann er noch nicht so gut haben.«

»Dann muss er viel aushalten bei dir.« Corwin zuckte mit keiner Miene, als er fortfuhr: »Ich glaube, dass man die Leiche von diesem Friedrich Kerner nur noch nicht gefunden hat. Und was diesen Dr. Horn angeht, so ist er vielleicht kein würdiges Opfer für unseren Täter. Er nimmt ihn eventuell nicht mehr ernst.«

Christine riss die Augen auf. »Ich dachte immer, Opfer einer Gewalttat zu werden, wäre ein Unglück und keine Sache der Würde.«

»Nicht, wenn unser Täter sich für einen traditionsbewussten Krieger hält. Helden starben am Marterpfahl oder im Kampf mit dem Gegner und verhalfen dem Sieger zu Ehren. Einen Feigling oder Schwächling zu töten, galt schon immer als unehrenhaft.«

Christine runzelte die Stirn. »Wer war dieser Kerner eigentlich? Warum war er mit in Minnesota?«

»Wenn ich richtig informiert bin, hatte er gar nichts mit der Ausstellung zu tun. Ich glaube, er ist ein Freund von Dr. Horn und hat die Gelegenheit genutzt, eine interessante Reise mitzumachen.«

»Wie viele Waffen sind aus der Ausstellung entwendet worden?« Sie griff nach der Liste.

Corwin brauchte keinen Blick darauf zu werfen, er zählte langsam auf: »Zwei alte Bowiemesser, ein primitives Jagdmesser, zwei Pfeilspitzen und eine Ahle. Darüber hinaus das Geistertanzhemd, die kleine Flöte, die bei dir auf dem Bett lag, der Stab aus der Peyote-Zeremonie sowie die Rassel.«

Christine nickte, während sie noch auf den Zettel sah. »Frau Auerbach starb durch ein Messer, ein ziemlich großes sogar, Frau Horn ebenfalls, Bernhard Wendel hatte eine der Pfeilspitzen in der Kehle. Daran werde ich mich bildlich ein Leben lang erinnern müssen. Wenn wir die Ahle zu den rituellen Gegenständen zählen, bleiben noch zwei Waffen und zwei Personen übrig, die damals in Montana waren.«

»Passt. Fehlt nur noch das Motiv.«

»Könnten wir nicht die alten Zeitungen durchsehen, ob es zum Zeitpunkt der Reise irgendein Verbrechen gegeben hat? Oder in dem Hotel nachfragen, was die Leute unternommen haben? Die einzige plausible Verbindung zwischen Amerika und Münster ist doch nun mal diese Reise.« Christine machte ein Gesicht, als zerrten drei junge Welpen an ihr.

»Du vergisst, dass ich die Reisegruppe damals in Minnesota begleitet habe. Da war nichts. Ich habe inzwischen auch alle wichtigen Zeitungen durchgesehen. Es gab die üblichen Verbrechen, aber nichts, in das eine deutsche Reisegruppe verwickelt war.«

»Vielleicht hat es nicht in der Zeitung gestanden. Es könnte eine private Fehde gewesen sein.«

Corwin seufzte leise. »Ich kann mich an keinen Skandal oder Streit mit diesen Leuten erinnern. Ich habe auch im dortigen Reservat nachgefragt. Abgesehen von einem tragischen Unfall konnte sich keiner an etwas Außergewöhnliches erinnern. Viele waren stolz, dass die Geschichte ihres Volkes in einer Ausstellung in Deutschland gezeigt werden sollte.«

»Was war das für ein Unfall?«

»Ein Mädchen ist auf dem Gelände einer alten Begräbnisstätte abgestürzt oder von herabfallendem Geröll getroffen worden. Es starb an seinen Verletzungen. Keine Ahnung, warum ein Kind alleine dort herumgeklettert ist. Für Fremde sind diese alten Begräbnisstätten gesperrt, das Betreten ist strengstens verboten.«

Corwin stand auf und lief einige Schritte ziellos in der Wohnung herum. Dann drehte er sich abrupt zu Christine um und sagte: »Lass uns woanders hingehen. Ich unterhalte mich nicht gerne an Orten, wo man Wanzen gefunden hat …«

Wie üblich wartete er die Antwort nicht ab, sondern nahm seinen dicken Pullover und ging zur Wohnungstür.

Christine gab ihm recht, blieb aber noch sitzen und dachte darüber nach, wo man in Münster hingehen konnte, wenn man vertrauliche Angelegenheiten zu besprechen hatte. Wie sie erwartet hatte, steckte Corwin kurze Zeit später seinen Kopf ins Wohnzimmer. »Kommst du?«

Christine erhob sich langsam und bemerkte etwas spitz: »Immerhin, das war jetzt fast eine höfliche Frage.« Dann nickte sie übertrieben anerkennend und ging an Corwin vorbei zur Garderobe.

Der schüttelte nur den Kopf und murmelte einige Worte über die Empfindlichkeit deutscher Frauen.

Unten auf der Straße fragte er sie mit dem Lächeln, das er schon bei ihrer Mutter so erfolgreich eingesetzt hatte: »Wäre es dir recht, wenn wir in den Zoo gehen?«

»Du willst in den Zoo?«

»Ja. Ich kenne Waschbären eigentlich nur als überfahrene Haufen am Straßenrand.«

»Wie bitte?« Christine kämpfte mit dem Ärmel ihrer Jeansjacke und wusste nicht, ob er sich über sie lustig machte.

Corwin wirkte auf einmal unternehmungslustig, während er erzählte: »Nun ja, viele Tiere, denen ihr hier, für Geld, zärtlich vom Zaun aus zuwinkt, gelten bei uns in Montana als lästige räuberische Artgenossen.« Er warf einen Blick zum Himmel hinauf und zog sich seinen dicken Pullover über den Kopf. Dann sprach er weiter. »Wenn so ein Schwarzbär zum Beispiel den gesamten Gemüsegarten einer alten Dame verwüstet, dann ist diese nur zu froh, wenn ihr ein Jäger Nachbarschaftshilfe leistet.« Sein Gesicht verdüsterte sich. »Viele Amerikaner haben nicht nur ein schlechtes Verhältnis zur Natur, sie haben oft überhaupt keines mehr. Und das Theater, das sie um ihre verwöhnten Haustiere machen, ist meist nur die Kompensation von Kinderlosigkeit oder sonstiger Einsamkeit.«

Sie waren bei ihrem Auto angekommen, und Corwin sagte mit unschuldigem Gesicht: »Wann habe ich schon mal die Gelegenheit, einen echten deutschen Zoo zu besichtigen?«

»Und wie praktisch, dass das Naturkundemuseum und die Ausstellung gleich nebenan liegen.«

»Nicht wahr?« Corwin tat erstaunt, und Christine lachte.

An diesem frühen Samstagnachmittag tummelten sich auf dem Parkplatz des Zoos die Kombis und Sharans und entließen Massen von Kindern, Kinderwagen und geduldig lächelnden Großeltern.

Das Wetter war nicht überragend, aber immerhin so, dass man eine reelle Chance hatte, trocken durch das große Zooareal zu spazieren. Im Übrigen nannte sich der Münsteraner Tierpark »Allwetterzoo« und wollte damit deutlich machen, dass die große Anzahl an Tierhäusern einen Besuch bei jedem Wetter ermöglichte.

Nachdem die beiden unversehrt an den rollenden Kinderwagen, spitzen Regenschirmen und drängelnden Ellbogen vorbeigekommen waren, standen sie vor den Schildern mit den Rundgängen. Corwin schaute mit gerunzelter Stirn auf die zahlreichen Wege und die angelegten Parklandschaften.

»Wo sind denn hier die Tiere?«

Christine breitete die Arme aus und wedelte damit in alle Richtungen. »Überall. Da laufen wir jetzt der Reihe nach hin. Du willst mir doch als Amerikaner nicht erzählen, dass eine Stadt wie Münster dich mit Größe beeindrucken kann! Was hast du denn erwartet?«

Corwin zuckte kurz mit den Achseln. »Ein paar Käfige mit Tieren drin.«

Christine lachte fröhlich. »Hier findest du ein bisschen Afrika, eine Ecke Australien, Südpol und Nordpol direkt nebeneinander und einen deutschen Streichelzoo. Fangen wir bei den Bären an.«

Corwin schaute wieder auf die Schilder. Gleich hinter dem Zooeingang begannen die Gehege der Bären, wobei sich erst einmal die kleineren Vertreter zeigten, die Nasenbären. Diese Tiere beeindruckten eher durch ihre Kletterkünste und das possierliche Aussehen als durch Kraft und Masse. Da die Nasenbären aus Südamerika kamen, waren sie sowohl Christine als auch Corwin unbekannt.

Als sie weitergingen und zu den Gehegen der größeren Bären kamen, fragte Christine neugierig: »Bist du schon mal einem Grizzly in freier Wildbahn begegnet?«

Corwin beobachtete, wie einer der Braunbären gelangweilt am Ufer seines Wasserloches hin und her trabte. Er wirkte wie ein verwirrter alter Mann, der sich nicht erinnern konnte, ob er gerade in die Badewanne steigen wollte oder bereits gebadet hatte.

»Ja, drüben in den Rockys.« Seine dunklen Augen leuchteten, und seine Stimme senkte sich.

»Schon wenn du die gewaltigen Abdrücke seiner Tatzen am Boden entdeckst, spürst du eine enorme Erregung, und deine Atmung beschleunigt sich wie bei einem schnellen Dauerlauf. Aber wenn du ihn siehst, hörst du auf zu atmen. Die Zeit steht still. Die Erde dreht sich nicht mehr. Alles hält inne.«

Corwin stand immer noch vor dem Gehege des Braunbären, hatte sich allerdings mit dem Rücken gegen das Gitter gelehnt und sah Christine an, während er weitererzählte.

»Es war ein Männchen, noch nicht sehr alt, vielleicht fünf bis sechs Jahre und etwa achthundert Kilo schwer. Er war ungeduldig, nicht gewohnt, dass sich jemand ihm in den Weg stellte. Viel schneller, als wir es erwartet hatten, richtete er sich auf und schlug mit einer einzigen kraftvollen Bewegung den Hund meines Freundes gegen den nächsten Baum. Es war ein junger Husky, zu unerfahren, um einen ausreichenden Abstand zu dem Bären einzuhalten.«

Corwin hielt kurz inne. Im Hintergrund hatte der Braunbär seinen trottenden Spaziergang unterbrochen und schaute herüber, als wollte er die Geschichte mithören.

Christine fragte sich für einen Moment, ob Corwins hässliche Narben auf der Brust vielleicht von der Begegnung mit dem Grizzly herrührten. »Ich schoss in dem Moment, als die Knochen des Huskys krachten und jeder von uns zusammenzuckte, als wäre er selbst verwundet worden. Nur Sekunden später traf ihn die zweite Kugel von der anderen Seite, wo mein Freund und Begleiter Tom sich positioniert hatte. Der Bär stand noch immer aufrecht, wie erstarrt, begriff nicht, was mit ihm geschah. Doch die eine Kugel hatte seine Lunge zerfetzt, und die andere war so nah am Herzen eingeschlagen, dass er kurz darauf zusammenbrach.«

»Tot?«

»Das glaubte Tom jedenfalls, als er, genauso unvorsichtig wie sein Hund, sofort zu dem gewaltigen Tier lief. Der Bär war zwar nicht mehr in der Lage, seinen massigen Körper hochzubekommen. Wir hatten beide schwere Jagdgewehre mit entsprechend scharfer Munition dabei. Doch mit seiner hinteren Tatze erwischte er im Todeskampf Toms linkes Bein und riss es entlang der Wade bis zum Knie auf.«

Zwei steile Falten zeigten sich auf Corwins Stirn.

»Der Bär musste sterben. Wir waren schließlich nicht zufällig in seinem Wald. Dieser Grizzly hatte die natürliche Scheu vor den Menschen verloren und tauchte immer wieder auf einigen Ranches auf, riss die Pferde und tötete leider auch einen Rancher, der auf die Weide gekommen war, um nach seinem Vieh zu sehen. Der Bär hat ihn wie den Hund meines Freundes mit einem Prankenhieb zur Seite geschleudert, als wäre ihm eine lästige Fliege in die Quere gekommen.«

Christine schaute unwillkürlich auf die Pranken des braunen Artgenossen, der noch immer hinter Corwin an der Wasserstelle stand und zu ihnen herüberschaute. Sie verzog das Gesicht und murmelte: »Wie schrecklich.«

Corwin nickte. »In der Tat. Tom hat sein Bein verloren.«

»Was?«

»Ich dachte an jenem Tag sogar, dass er das Leben lassen müsste. Eine derartige Fleischwunde mitten in der Wildnis führt schon allein wegen des hohen Blutverlustes zu ziemlichen Komplikationen. Und obgleich er schnell medizinisch versorgt worden ist, entzündete sich das Schienbein. Die Krallen des Bären waren bis zum Knochen vorgedrungen. Beinahe ein Jahr lang haben die Ärzte versucht, das Bein zu retten, doch es war vergeblich. Vom Kniegelenk an trägt Tom eine Prothese, und bei jedem Erzählen seines Abenteuers wird der Bär größer, der Angriff heftiger, und ich als Begleiter tauche schon lange nicht mehr in dieser Geschichte auf.«

So schrecklich es war, Christine musste lachen und den Mann bewundern, der aus einem Schicksalsschlag beinahe eine Anekdote machte.

»Scheint ein toller Mann zu sein«, sagte Christine nachdenklich.

Corwin schaute auf eine Gruppe Jugendlicher, die versuchten, die Aufmerksamkeit des Bären auf sich zu lenken, indem sie gegen eine Coladose klopften.

»Tom ist mehr als das. Er ist ein Freund mit all den Qualitäten, die man diesem Begriff zuordnet.« Er blickte auf einen imaginären Punkt in der Ferne und ergänzte in einem Anflug von privater Offenheit: »Ich habe nicht sehr viele Freunde, aber die, die sich dazu zählen, sind es wirklich wert.«

Christine glaubte zu wissen, was er damit meinte.

»So wie Chief Thomas?«

Die Antwort kam schnell und eindeutig.

»Nein, Thomas ist ein Stammesoberhaupt, eine Mischung aus Respektsperson und väterlichem Vertrauten. In zahlreichen Dingen ist er ein hilfreicher Ratgeber, aber oft blicken wir beide in verschiedene Richtungen.« Corwin stieß sich vom Geländer des Bärengeheges ab und marschierte weiter, ein deutliches Zeichen, dass er das Thema wechseln wollte. Mit seinem dicken Norwegerpullover und den langen schwarzen Haaren marschierte er so selbstverständlich durch den Tierpark, dass Christine sich wie eine Fremde fühlte.

Einen heißen Plastikbecher Kaffee in den kalten Händen, saßen sie später auf einer Bank am Elefantenhaus und griffen den Faden wieder auf, den sie in Christines Wohnung fallen gelassen hatten. Sie gingen nochmals die religiösen Aspekte der Ereignisse durch.

Der Täter hatte ein Geistertanzhemd gestohlen, einen Stab aus der Peyote-Zeremonie und eine Ahle, wie sie im Sonnentanz-Ritual verwendet wurde. Der Bezug zu diesen Ritualen schien umso deutlicher, als der Unbekannte Christine erläuternde Texte zu diesen drei Themen übersandt hatte.

Und Christine war schon früher aufgefallen, dass alle drei Zeremonien irgendwann durch ein Verbot der amerikanischen Regierung eingeschränkt worden waren.

Doch Corwin glaubte nicht mehr, dass es dem Unbekannten allein um Tänze und religiöse Handlungen ging. Es musste noch eine weitere Verbindung geben.

Er saß vorgebeugt da, die Ellbogen auf seine Oberschenkel gestützt, und rieb sich mit den Händen die Schläfen, als durchsuche er einen inneren Karteikasten. Seinen Kaffee hatte er zwischen seine Füße gestellt, und Christine erwartete jeden Moment, dass sich die hellbraune Brühe über seine Schuhe ergoss.

»Unser Mann hat von Beginn an versucht, mit dir zu kommunizieren. Er will dir etwas mitteilen.« Corwin betonte besonders das Wörtchen »dir«, sodass es Christine einmal mehr unheimlich wurde.

»Machen wir doch eine Art Brainstorming«, schlug sie vor.

»Was meinst du damit?«

Christine erklärte ihm das ungeordnete Sammeln von Überlegungen, Ideen und Lösungsansätzen, um etwas in Fluss zu bringen, bis sich ein roter Faden herauskristallisierte.

Es war nicht so schwierig, aus historischer Sicht Gemeinsamkeiten zwischen den indianischen Ritualen herzustellen. Doch sich in die Gedanken und Pläne des Mörders hineinzuversetzen, erforderte, dass man sich abseits der normalen Logik dachte.

»Okay«, sagte Corwin in seinem schönsten Amerikanisch. »Womit fangen wir an?«

»Wir brauchen noch etwas zum Schreiben.« Christine schaute sich um und lief dann zu dem Stand, wo sie den Kaffee erstanden hatte. Mit einem kleinen Block, der ein paar alte Kaffeeflecken aufwies, kam sie zurück zur Bank.

Als ersten Begriff schrieb sie den Geistertanz auf und schaute Corwin erwartungsvoll an. »Fang du an.«

»Niederlage.«

»Sitting Bull.«

Christine schrieb alle Begriffe mit, und schon nach wenigen Minuten hatten sie einige vollgeschriebene Zettel.

Geistertanz: Niederlage; Sitting Bull; Geistertanzhemd und Diebstahl; Erneuerung; Schamane; Tod; Verzweiflung; Vision; Verrat, Glaube; Geheimnis; Hoffnung.

Peyote: Kaktus; Heilung; Stille; Reinigung; Gott; Beten; Traum; Krankheit; Rauschmittel; Quanah Parker; Vereinigung; Magie.

Sonnentanz: Schmerz; Geburt; Licht; Trommel; Opfer; Narben; Visionen.

Bei dem Begriff »Narben« nahm Corwin Christine die Zettel aus der Hand und schaute darauf.

***

Birgit richtete sich stöhnend auf und griff sich unwillkürlich mit der linken Hand an den Hinterkopf. Tatsächlich, dort hatte sich eine dicke Beule gebildet. Aber nicht nur der Kopf, beinahe alle Knochen taten ihr weh. Ihre Haltung war sehr unbequem, da ihre rechte Hand an ein eisernes Treppengeländer gekettet war. So gut es ging, rutschte sie mit dem Po an die Wand, um eine Stütze im Rücken zu haben. Nachdem sie die bequemste Position gefunden hatte, bemühte sie sich um eine Bestandsaufnahme.

Ihr Hinterkopf schmerzte, doch sie schien nicht ernstlich verletzt. Ihrer Armbanduhr entnahm sie, dass sie höchstens eine halbe Stunde ohnmächtig gewesen sein konnte, eher weniger. Ihre Jacke lag zusammengerollt neben ihr, aber natürlich war das Handy herausgenommen worden. Sie schaute sich in dem kleinen Raum um, von dem aus zwei Türen in weitere Kellerräume führten. Ein Fenster gab es in ihrer Behausung nicht, aber es schien etwas Licht durch die Türspalten. In der Ferne hörte sie ab und zu das Signalhorn eines Schiffes, sie musste sich also in einem abgelegenen Gebäude am Hafen befinden. Ohne eine genaue Orientierung zu haben, ahnte sie, dass lautes Rufen und Schreien nur ihren eigenen Frust erhöhen würde. Sie musste sachlich und mit klarem Verstand überlegen, wie sie sich aus dieser Situation befreien oder eine Freilassung erreichen konnte.

Dann sah sie etwas, was ihr Hoffnungen zerschlug, hier binnen kurzer Zeit wieder herauszukommen. Bislang hatte sie sich tapfer gehalten, doch nun spürte sie eine Panik in sich aufsteigen, die ihr beinahe den Atem nahm. So musste eine Klaustrophobie entstehen, die Angst vor engen Räumen. Niemals könnte sie es hier länger aushalten!

Doch an der kurzen Wand, die der Treppe gegenüberlag, lehnte eine alte Matratze am rauen Putz. Wenn man genau hinschaute, waren auf dem staubigen Boden noch die Schleifspuren zu sehen, die sie beim Transport hinterlassen hatte. Darüber hing eine bunte altmodische Wolldecke. Kein Zweifel, sie sollte länger in diesem Kellerloch bleiben.

Zudem lag Birgit ein Gedanke schmerzhaft im Magen: Wie hatte sie sich in einer Person nur so täuschen können? Sie war keineswegs von wildfremden Verbrechern entführt worden. Dieser Verrat tat weh, und sie wusste, dass Christine genauso in die Falle tappen würde wie sie selbst. Sie erinnerte sich an die Worte ihrer Freundin: »Eine Reihe von gut aussehenden Egomanen haben ein paar wirklich üble Steine auf deinem Lebensweg hinterlassen. Lass dich doch nicht immer so blenden!« Dies hier war dann wohl der spektakulärste Beweis ihrer fehlenden Menschenkenntnis.

Wer konnte Christine warnen? Der Kommissar war zu langsam. Birgit traute ihm durchaus zu, dass er seine Fälle zu lösen wusste, aber der Countdown lief bereits. Und wenn sie mit ihrer Vermutung richtiglag, war Christines Auftritt bald an der Reihe.

Birgit lächelte gequält. Immerhin, jemanden, dem man ein Bett zur Verfügung stellte, wollte man wohl nicht sofort töten.

***

Corwin stellte die Frage in dem Moment, als Christine ungeduldig zu werden begann. Er hatte nun lange genug stumm auf den Zettel geschaut. »Warum fällt dir beim Sonnentanz die Geburt ein?«

Christine strich sich ein paar Locken aus dem Gesicht, die der Wind aber sofort wieder verwehte. Es wurde mittlerweile immer sonniger, doch der Wind kam mit einer kühlen Brise aus Nordost.

Christine antwortete, eine Hand an der Stirn: »Weil ihr, du und dieser dubiose Briefeschreiber, mich darauf gestoßen habt. Die Männer leiden körperliche Qualen, genau wie die Frauen bei der Geburt.« Und sie fügte etwas leiser hinzu. »Wobei mir nicht ganz einleuchtet, was die Frauen von dieser Prozedur haben, außer ein paar Narben mehr am Körper ihres Mannes.«

»Hm«, war alles, was Christine vernahm. Gedanken formierten sich in Corwins Kopf, suchten Verbindungen, lösten sich wieder auf oder verstärkten sich, wie bei einem Magnetspiel. Seine schwarzen Haare glänzten in der Sonne, und er hatte die Augen zusammengekniffen, sodass sich zahlreiche kleine Fältchen in seinem Gesicht bildeten.

»Und warum Vereinigung beim Peyote-Ritual?« Jetzt schaute er sie mit einem Ausdruck an, als habe sie Wesentliches nicht verstanden.

»Ich habe gelesen, dass die Peyote-Religion heute als Native American Church die größte panindianische Religionsgemeinschaft darstellt und interessanterweise naturreligiöse und unsere christlichen Vorstellungen in sich vereint. Eine gelungene Vereinigung von Rot und Weiß, heidnisch und christlich.« Dabei betonte sie noch mal sprachlich das Wort »Vereinigung« und schaute ihn triumphierend an. »Ich habe meine Hausaufgaben gemacht.«

»Ihr Journalisten seid eine Berufsgruppe, die man ernst nehmen muss«, murmelte Corwin, doch er schien noch immer tief in seiner Gedankenwelt zu stecken.

Christine tippte mit dem Finger auf zwei Wörter. »Wer oder was ist Quanah Parker?«

»Einer der berühmtesten Anhänger der Native American Church. Quanah Parker war ein außergewöhnlicher Kriegshäuptling der Quahadi-Comanchen, der bis zum Schluss gegen die Weißen kämpfte, sich dann aber ergab und ein angesehener Politiker wurde. Auf diese Weise kämpfte er für sein Volk weiter. Er brachte es zu beträchtlichem Reichtum und lebte mit mehreren Frauen in einem großen Haus.« Corwin machte eine Pause und schaute sie mit einem undefinierbaren Blick an. »Seine Mutter war übrigens eine weiße Frau, und er trug ihren Namen von Geburt an bis zum Tode, was für einen Krieger in seiner Zeit höchst selten war. Quanah – der Wohlriechende, das war der Name, den seine Mutter ihm bei der Geburt gab, und Parker war der Nachname seiner Mutter Cynthia Ann Parker. Ein faszinierender Mann und ein wahrhaftiger Krieger. Wenn ich eine Zeitmaschine hätte, würde ich ihm gerne die Hand schütteln. Du lagst ihm übrigens zu Füßen, als ich dich in der Ausstellung gefunden habe.«

Christine schaute ihn überrascht an.

Corwin schob die Zettel zusammen, steckte sie in die Gesäßtasche seiner Wrangler und erhob sich umständlich von der Bank.

»Wir sind doch noch gar nicht fertig.« Christine sprang auf, mehr erstaunt als verärgert.

»Doch. Du hast mich da auf etwas gestoßen, dem ich erst nachgehen muss. Lass uns rüber zum Naturkundemuseum gehen und nach dem tapferen Dr. Horn suchen.«

Beim Durchlesen der gesammelten Begriffe war dem Cheyenne tatsächlich eine Vermutung gekommen, doch diese war so ungeheuerlich und bizarr, dass er sie Christine gegenüber auf keinen Fall aussprechen wollte. Allerdings war die Idee auch nicht wesentlich bizarrer als ein Mörder, der mitten in einer gut besuchten Ausstellung historische Waffen entwendete und damit dann seine Opfer liquidierte, dachte Corwin bitter. Es wurde mal wieder Zeit für ein Gespräch mit dem behäbigen Hauptkommissar.

Christine öffnete den Mund, um zu protestieren, schloss ihn dann aber wieder. Diesen Gesichtsausdruck von Corwin kannte sie bereits. Da konnte sie ebenso gut eine Steinbüste um eine Erklärung bitten. Sie hatte sich die Begriffe gemerkt und würde sich später allein noch einmal daransetzen, um einen roten Faden zu finden. Corwin hatte durch seine indianischen Wurzeln und durch sein Studium der Kunstgeschichte einen klaren Vorteil, und sie hatte das Gefühl, dass ihm etwas eingefallen war. Aber wenn es eine Lösung gab, die mit den drei Ritualen zusammenhing, dann würde sie diese ebenfalls finden. Ihr kam der nicht so beruhigende Gedanke, dass der Mörder ihr diese Lösung immerhin zutraute.

Sie drehte sich einmal um die eigene Achse, um sich zu orientieren, und stellte fest, dass sie sich bereits in der Nähe des Ausgangs befanden. Ein Schild mit einem Fisch darauf wies den Weg zum Aquarium.

»Lass uns doch noch zu den Fischen und Reptilien gehen.«

»Nein.«

Christine wandte sich erstaunt um. Corwin stand mitten auf dem Gehweg mit verschränkten Armen und dem blasierten Gesicht eines englischen Butlers, der sich weigert, einen Gast einzulassen. Er bewegte sich nicht einmal dann, als eine vierköpfige Familie mit Kinderwagen auf ihn zukam. Sie waren schließlich gezwungen, um ihn herumzugehen.

Christine ging einige Schritte auf ihn zu und fragte: »Was ist los? So viel Zeit werden wir doch noch haben.«

»Nein, geh meinethalben allein, ich warte.« Mit diesen Worten drehte er sich um und widmete sich intensiv einem Infoschild am Wegesrand, das über einige Pflanzen Auskunft gab.

Christine wusste nicht, ob sie diese Abwehrhaltung oder sein stures Schweigen so wütend machte, jedenfalls schritt sie weit aus und gelangte rasch in das Haus mit den zahlreichen kleinen und großen Aquarien, den Spinnen und Reptilien. Die bunten Fischschwärme waren zwar hübsch anzusehen, doch Christine empfand Mitleid mit diesen einfachen Tieren. Nicht etwa weil sie innerhalb eines begrenzten Wasserbassins herumschwimmen mussten; die Becken waren wunderschön angelegt, mit vielen Pflanzen und urig wirkenden Höhlen. Aber ein Fisch konnte nur immer hin und her schwimmen. Er war nicht in der Lage, zu laufen, zu sitzen oder auf eine andere Art und Weise seinen Körper zu spüren. Niemals würde er das wunderbare Gefühl kennenlernen, sich entspannt auf eine grüne Wiese oder in den warmen Sand des Strandes fallen zu lassen. Er konnte nichts festhalten und sich an niemanden anschmiegen. Nein, sie war froh, kein Fisch zu sein.

Langsam ging sie weiter zu den Terrarien mit den Schlangen. Eine kräftige Python lag zusammengerollt in der Ecke des Glaskastens und döste träge. Das Tier kam ausgerollt bestimmt auf eine Länge von zwei Metern zwanzig. Christine betrachtete den anmutigen, beinahe dreieckigen Kopf mit den geheimnisvoll blickenden Augen.

Plötzlich fiel ihr eine blonde Frau auf, die für einen Besuch im Zoo eher ungewöhnlich gekleidet war, sehr schick und mit Stiefeletten an den Füßen, die viel zu hoch waren für einen Gang durch den Zoo. Das Gesicht der Frau zeigte den Ekel, den viele Menschen bei dem Anblick von Schlangen hegten, doch gleichzeitig war ihr ganzer Körper wie erstarrt, und auch die viele Schminke konnte nicht verbergen, dass jegliche natürliche Farbe aus dem

Gesicht gewichen war. Aller Wahrscheinlichkeit nach hatte diese Frau eine Schlangenphobie, und Christine verstand ihren Freund oder Begleiter nicht, der sie vor der Scheibe festzuhalten schien.

Kopfschüttelnd ging sie weiter. Sie konnte weder den Ekel noch den panischen Schrecken beim bloßen Anblick einer Schlange nachvollziehen, und auch die Terrarien mit den Spinnentieren entlockten ihr lediglich ein paar interessierte Blicke. Sie konnte nicht umhin, das planvolle Verhalten der Tiere zu bewundern, die so viel Arbeit und Geduld in ein Netz investierten, um an Beutetiere zu gelangen. Doch spätestens bei diesem Gedanken wurde ihr doch ein wenig mulmig zumute. Irgendjemand lag ganz in ihrer Nähe auf der Lauer und wartete, bis er seinen Plan vollenden konnte. Schnell wandte sie sich von den Schaukästen ab und versuchte, das bedrohliche Gefühl abzuschütteln, wie man es mit klebrigen Spinnweben macht.

Eine Spinne fing ihre Opfer mit Geduld und fein gesponnenen Fäden, eine Schlange war bekannt für ein blitzschnelles und lautloses Zupacken. Und plötzlich drängte sich ihr eine neue Theorie auf.

Eigentlich hatten sie es hier mit mehreren, ganz unterschiedlichen Taten zu tun: Diebstahl, Mord, anonyme Briefe, Einbruch. Christine kam zum ersten Mal der Gedanke, dass es auch mehrere Täter sein konnten, und sie blieb so plötzlich stehen, dass eine ältere Dame hinter ihr nicht schnell genug reagieren konnte und gegen ihren Rücken prallte. Für sie selbst wurde ein Spinnennetz gewoben, aber den anderen Opfern wurde aus dem Hinterhalt ein Messer in die Kehle gestoßen. Was, wenn es einen Fanatiker gab, dem es um einen politisch oder religiös motivierten Vergeltungsschlag ging, und dazu noch einen weiteren Täter, der aus ganz persönlichen Gründen handelte und dabei vor allem Christine im Blick hatte?

Sie musste diese Überlegung dringend mit Corwin besprechen! Daher sparte sie sich den tropischen Tümpel mit den Krokodilen und verließ das Haus wieder durch den Eingang, weil sie ihn noch immer dort vermutete. Den Gang gegen den Strom der Besucher hätte sie sich sparen können, denn Corwin war mittlerweile zum Ausgang des Reptilienhauses gewandert, wo er mit einer Cola in der Hand an einem Geländer lehnte und nach ihr Ausschau hielt. Er bot ihr die Flasche an, und Christine trank dankbar einige tiefe Schlucke. Eiskalt und prickelnd und eigentlich nicht das richtige Getränk für den kühlen April, zumal sie nach der feuchten Wärme des Tropenhauses fröstelte.

Während sie hundert Meter weiter zum Naturkundemuseum gingen, erzählte Christine, was ihr soeben eingefallen war.

»Es gibt keinerlei Verbindungen zwischen mir und den Opfern oder den anderen Teilnehmern der Amerikareise. Es könnte doch gut sein, dass wir es mit zwei Tätern zu tun haben, die unterschiedliche Interessen verfolgen.« Christine schaute den Cheyenne erwartungsvoll an.

Corwin blieb vor der Eingangstür zum Museum stehen, ohne sie zu öffnen. »Merkwürdig, dass du auch auf diesen Gedanken gekommen bist.«

»Wieso auch?«

»Hauptkommissar Delbrock hat mal etwas in dieser Richtung gesagt.« Er hielt noch immer den Türgriff in der Hand. Dann schob er die Tür mit einem schwungvollen Schritt nach vorne und sagte: »Den Kommissar würde ich gerne mit nach Billings nehmen. Guter Mann.«

Christine starrte ihn an, als habe er sie über eine bevorstehende Katastrophe informiert. Auf einmal wurde ihr deutlich bewusst, dass ihre Zusammenarbeit, ihre unerwartete Vertrautheit, bald enden würde. Sie wurde traurig.

Im Inneren des Foyers war es angenehm warm. An der Information, die gleichzeitig auch die Kasse war, saß eine blonde Frau mittleren Alters.

»Und, hältst du meine Theorie für möglich?«, hakte Christine nach, während sie mit einem etwas mulmigen Gefühl im Foyer stand. Hier hatte vor kurzer Zeit alles seinen Anfang genommen, was mittlerweile tief in ihre persönliche Vergangenheit und Gegenwart eingriff. Es fehlte nicht mehr viel, und sie konnte von einem neuen Lebensabschnitt sprechen.

Corwin drehte sich zu ihr um und sah ihr ernst in die Augen. »Alles ist möglich.« Dann nickte er ihr auffordernd zu und deutete auf die Dame an der Rezeption.

Christine trat vor und fragte nach Dr. Horn.

Die Empfangsdame zog eine Augenbraue in die Höhe, ordnete ein paar Notizzettel, die nicht geordnet werden mussten, und sagte: »Bedaure, Herr Dr. Horn ist momentan für niemanden zu sprechen.« Und mit einer vielsagenden Pause setzte sie hinzu: »Er ist sehr beschäftigt.« Mit spitzen Fingern setzte sie ihr angestecktes Namensschild gerade und lächelte Christine entschuldigend an. Auf dem kleinen Namensschild stand: *Frau Elmar.*

Die Frau war Christine auf Anhieb sympathisch, sie zeigte mit einem Minimum an Körpersprache ihre Einstellung zu Dr. Horn. Nun trat Corwin einen Schritt vor, baute sich in voller Größe vor dem Tresen auf und sagte: »Richten Sie ihm bitte aus, es gehe um gewisse Ereignisse während seines Aufenthaltes in Minnesota im letzten Jahr. Mein Name ist Corwin Standing Child.«

Christine schaute ihn erstaunt an. Sie hatte keine Ahnung, was er Horn fragen wollte und wie er es erreichen wollte, dass der Museumsleiter ihm mehr erzählte als der Polizei. Falls sie der ängstliche Mann überhaupt empfing.

Während Frau Elmar zwei Eintrittskarten verkaufte, wählte sie eine kurze Nummer und klemmte sich einen dunkelgrünen Telefonhörer zwischen Ohr und Schulter. Sie wiederholte exakt die Worte, die Corwin gesagt hatte, und nickte den beiden dann zu. »Sie können da vorne Platz nehmen, Herr Dr. Horn kommt gleich.«

Christine spürte Frau Elmars Blick im Rücken, während sie zu der Sitzecke gingen, in der sie Delbrock damals zum ersten Mal getroffen hatte. Damals. Das klang nach Jahren, dabei waren nicht einmal zehn Tage vergangen.

Sie beugte sich in ihrem Sessel ein wenig vor und sagte zu Corwin: »Das, was du da treibst, gilt in meiner Branche als unkollegial.«

Er zog eine Augenbraue hoch und sah sie erstaunt an.

»Ich soll mich in diesem Fall entblättern wie eine Zwiebel, und du hältst dein Wissen zum großen Teil zurück. Was willst du Horn fragen?«

Das Gesicht des Cheyenne wurde ernst und seine Stimme leiser, während er den Flur im Auge behielt. »Du bist ein Opfer in diesem Fall, daher ist es besser für dich, nicht zu viel zu wissen.«

»Manchmal rettet Wissen auch Leben.«

»Ja, hätte ich mehr von meiner Frau gewusst, hätte ich sie retten können, aber hier liegen die Dinge anders. Christine, der Täter hat nicht aus Langeweile auf mich geschossen.« Christine erschrak beinahe, wie zornig er aussehen konnte. Seine Augen glühten, und doch fehlte ihnen jegliche Spur von Wärme, der sonst so sinnliche Mund wurde so hart wie ein geschmiedetes Schloss. Mit ihrer Bemerkung hatte sie natürlich nicht auf den Tod seiner Frau angespielt.

Und sie fühlte sich keineswegs wie ein Opfer. Sie war weder gefangen genommen noch ernsthaft verletzt worden, und sie hatte keine ernsthaften Drohungen erhalten. Außerdem wurde ihre Wohnung nun streng bewacht.

Doch da gab es noch eine dunkle Bedrohung im Hintergrund, nicht fassbar, nicht zu benennen und vielleicht deshalb so unheimlich. Und es tröstete sie nicht, dass Corwin deshalb besorgt zu sein schien. Sie musste aufpassen, nicht plötzlich melancholisch auf ihr Leben zu blicken. Überall, wo sie hinschaute, sah sie mit einem Mal dunkle Flecken, wie bei einer strahlend bunten Bluse, auf die der Wind Rußflocken geweht hatte. Ihre Vergangenheit wies plötzlich jede Menge Schattenstellen auf, ihre nahe Zukunft erschien ihr düster und ungewiss, und Corwin, dem sie in dieser Lage am meisten vertraute, war zwar interessant und exotisch, doch in seinem eigenen Leben waren die Flecken schon dunkle Löcher, in denen man zu versinken drohte. Ob seine Frau vielleicht daran zerbrochen war? An seiner beinahe groben Verschlossenheit, seiner unnahbaren Art? Oder war er erst seit ihrem Selbstmord so?

Dann kam ihr ein Gedanke, und den sprach sie unvermittelt aus. »Du hast Angst vor Schlangen oder Spinnen, stimmt's? Deshalb bist du nicht mit in das Reptilienhaus gegangen.«

Zu ihrer Überraschung grinste er nun breit. »Wenn ich Schlangen nur in einem Buch abgebildet sehe, kannst du einen Arzt rufen.«

»Gut, dass du damals nur gegen einen Grizzlybären kämpfen musstest und nicht gegen eine Schlange«, erwiderte Christine trocken.

Er nickte ernst. »Sie hätte mich gefressen.«

Christine konnte sich schwer vorstellen, wie ein Mann mit einer derartigen Körpergröße völlig erstarrt vor einer kleinen Schlange stand, die ihm allein durch ihren Anblick jede Handlungsfähigkeit raubte.

»Und? Unternimmst du etwas gegen diese Phobie?«

»Ich gehe nicht in Reptilienhäuser.« Er sagte das, als handele es sich um eine unglaublich tapfere Lösung.

Christine schüttelte erst den Kopf und nickte dann in Richtung Zoogelände. »Dort war eben eine Frau mit einer, wie mir schien, ausgeprägten Schlangenphobie, die sich beherzt die Nase an der Scheibe platt drückte, um eine Python zu beobachten.«

Corwin wiegte den Kopf ein wenig hin und her. »Ich glaube, ich habe sie gesehen, als man sie zur Rot-Kreuz-Station brachte. Sie sah schrecklich aus. Ihre Augen traten hervor, und sie schnappte nach Luft, wie ein Karpfen im Spülbecken. Willst du so mit mir gesehen werden?«

Christine musste herzlich lachen, aber gleichzeitig fiel ihr auf, dass Corwin niemals ernst blieb, wenn es um seine eigenen Probleme ging. Entweder blockte er ab, oder er machte sich lustig.

Auch jetzt flog wieder ein leises, belustigtes Schmunzeln über Corwins Gesicht. Dr. Horn trat vorsichtig aus seinem Büro, zwei Männer in dunklen Anzügen hielten sich hinter ihm. Beim Anblick von Corwin und Christine wies der Museumsleiter seine Begleiter leise an, an einem der Nachbartische im Foyer Platz zu nehmen.

»Wir sind immerhin gefährlich genug, dass er seine Bodyguards in der Nähe wissen möchte«, flüsterte Corwin ihr zu.

»Das liegt sicherlich an deinen langen Haaren.« Christine blickte dem nervösen Mann freundlich lächelnd entgegen. »Ich bewundere Ihre Contenance, Dr. Horn. Bei all dem, was Sie durchgemacht haben, tapfer im Dienst.«

Dr. Horn fuhr sich fahrig durch die Haare, dann schüttelte er ihnen die Hände. Seine Finger waren warm und trocken, sein Aussehen tadellos. Nur seine Augen blickten unstet hin und her.

»Die Alternative wäre, allein zu Hause zu sitzen und die Sachen meiner Frau zu ordnen, und dafür fehlt mir tatsächlich die Kraft.« Kein Lächeln, nur ein nervöses Zucken der Augen. Während er sich in einen Sessel fallen ließ, sagte er zu Corwin: »Mr. Standing Child, ich versichere Ihnen, dass bereits alles Nötige in die Wege geleitet wurde, um Ihnen beziehungsweise den Stämmen die zur Verfügung gestellten Antiquitäten irgendwie zu ersetzen. Einiges ist ja wiederaufgetaucht und wird hoffentlich von der Polizei bald freigegeben.« Dr. Horn zog ein gelbes Taschentuch hervor und putzte sich die Brille.

»Ich hoffe doch, dass wir den Täter finden und ihm die Sachen wieder abnehmen, bevor er weitere Leichen damit drapiert«, sagte Corwin.

Dr. Horn schaute ihn überrascht an und stotterte. »Ja, sicher, ja. Wenn er nicht schon längst wieder in den Staaten oder sonst wo ist.« Man sah es dem Museumsdirektor an, dass er sich an diese Vorstellung klammerte.

Der Cheyenne war ohne jedes Mitgefühl, seine Stimme klang so unbeschwert, als plaudere er über das Wetter. »Ich bin mir sicher, dass der Mörder noch in Münster ist. Er ist noch nicht fertig.«

Dr. Horn griff sich an seine Krawatte. »Wie meinen Sie das?«

Corwin ignorierte die Frage. »Was haben Sie letztes Jahr in Minnesota unternommen, abgesehen von der Ausstellungsorganisation? Wen haben Sie besucht? Welche Ausflüge haben Sie gemacht, und wo waren Sie essen? Alles könnte einen Hinweis geben.«

»Das bin ich mit dem Kommissar doch schon alles durchgegangen. Es ist ein Fluch.«

»Haben Sie zufällig in der Nähe der Sisseton-Reservation eine indianische Begräbnisstätte der Absarokee besucht?«

Gespannt blickte Christine von Corwin zu Dr. Horn. Glaubte Corwin nun doch, dass die Gruppe etwas mit dem Unfall des kleinen Mädchens zu tun hatte?

Dr. Horn wurde blass, die hektischen roten Flecken auf seinen Wangen traten deutlich hervor. »Dieser Indianerfriedhof war verflucht. Ich war von Anfang an dagegen. Es ist genau wie bei Howard Carter.«

Nun wurde es Christine ein wenig zu phantastisch. »Bei Carters Mannschaft gelten Bakterien, die sich in der abgedichteten Gruft gesammelt hatten, als wahrscheinlichste Ursache für die Häufung von Todesfällen. Und Lord Carnarvon ist an einer Blutvergiftung infolge eines Insektenstiches gestorben.«

Corwin nickte bestätigend. »Die Begräbnisstätten unserer Vorfahren sind nicht mehr und nicht weniger verflucht als europäische Friedhöfe, dürfen aber in der Regel von unbefugten Personen nicht betreten werden.«

Dr. Horn sah dem Indianer direkt in die Augen, hielt dem Blick aber nicht lange stand, sondern widmete sich seinem Taschentuch. »Wir haben das Verbotsschild gelesen, und ich war auch dagegen, das Gelände zu betreten. Doch Sie wissen ja, wie das ist. In der ausgelassenen Laune eines Ausflugs überredet einer den anderen. Aber wir haben nichts angerührt oder gar weggenommen, das müssen Sie mir glauben.« Dr. Horn redete nun ohne Punkt und Komma, so als würde jedes weitere Wort die verbotene Handlung harmloser erscheinen lassen. »Wir haben keinen Menschen gesehen, nichts angefasst und sind auch gleich wieder gegangen.«

Corwin gab mit keiner Miene zu verstehen, was er von diesem Ausflug hielt, sondern fragte eindringlich weiter: »Ist Ihnen etwas aufgefallen? War noch jemand dort? Denken Sie nach.«

»Sie glauben doch nicht, dass uns jemand umbringen will, nur weil wir mal unbefugt eine Begräbnisstätte betreten haben?« Das Erstaunen Dr. Horns war echt. Andererseits, wenn man überlegte, wie viele Kriege es bereits gegeben hatte, weil jemand einfach fremdes Land betreten hatte, wirkte seine Frage beinahe naiv. Doch in Christines Augen hatte er recht. Das Vergehen war an sich nicht sonderlich dramatisch, respektlos, ja, aber nicht bösartig. Wenn die Gruppe nicht zufällig etwas ausgelöst hatte, was ein kleines Mädchen letztendlich mit dem Leben bezahlen musste.

Dr. Horn schüttelte den Kopf, und Christine musste wieder an seine Bemerkung über einen Fluch denken. Daher fragte sie den Museumsleiter danach. »Wieso glauben Sie eigentlich an einen Fluch?«

Bereitwillig erwiderte Dr. Horn: »Als wir über einen Hügel gingen, gab es plötzlich ein unheimliches knirschendes Geräusch, und der Boden gab unter uns nach. Es klang wie das Grummeln zorniger toter Wesen. Ein plötzlicher Wind zog auf, und es wurde merklich kühler.« Nun wischte er sich mit seinem gefalteten Taschentuch über die Stirn und lächelte nervös. »Wenn man sich mit Archäologie befasst, weiß man, dass es mehr Dinge zwischen Himmel und Erde gibt, als unser rationaler Verstand glauben möchte. Nein, wir hatten dort nichts zu suchen, und Frau Auerbach hat sich dabei sogar den Knöchel verknackst. Das war Warnung genug. So schnell wie irgend möglich sind wir von dort verschwunden.« Seine Stimme bekam von einer Sekunde zur anderen einen schrillen hysterischen Ton. »Und nun sind fast alle tot.«

Corwin rieb sich mit beiden Händen übers Gesicht, als müsste er etwas Unangenehmes abwischen. Dann fragte er: »Wissen Sie noch ungefähr das Datum Ihres Ausfluges?«

Horn schloss kurz die Augen, wie um sich zu beruhigen oder um zu überlegen. »Das müsste ich nachsehen. Ich führe so eine Art Tagebuch, aber den Wochentag weiß ich noch genau. Es war ein Freitag, Freitag, der Dreizehnte. Meine Frau machte noch einen Witz darüber, dass dieser Wochentag wohl auf jedem Kontinent Unglück bringe.« Seine Unterlippe bebte leicht, als er von seiner Frau sprach, aber vielleicht zeigte sich auch seine eigene Angst. Christine vermochte es nicht zu sagen, doch sie spürte die Bedeutung seiner Aussage.

Abrupt erhob sich Corwin, nickte dem Museumsleiter knapp zu und verschwand in Richtung Ausgang. Dr. Horn war offensichtlich zu sehr mit sich selbst beschäftigt, um sich zu wundern, und Christine streckte ihm höflich die Hand hin: »Vielen Dank, Dr. Horn. Vielleicht hilft uns diese Information bei der Suche nach einem Motiv für die Morde. Auf Wiedersehen.«

Den Kopf in beide Hände gestützt, blieb der Museumsleiter sitzen, während die Dame an der Kasse erstaunt von ihm zu der hinauseilenden Christine blickte.

Nachdem Christine zehn Minuten lang das Gelände vor dem Museum und dem Zoo abgesucht hatte und innerlich bereits derart kochte, dass sie am liebsten jemanden niedergeschlagen hätte, sah sie Corwin. Er saß auf einer Wiese, die gegenüber dem riesigen Parkplatz lag und auf die ihr bisher ein grüner Transporter die Sicht versperrt hatte. Der Cheyenne hatte die Beine ausgestreckt, den Oberkörper auf eine Hand gestützt, und starrte in die Wolken. Sie wunderte sich nicht mehr, dass Corwin sich nicht einmal umdrehte, als sie sich mit festen Schritten von hinten näherte. Gerade wollte sie sich lauthals beschweren, weil er so unhöflich verschwunden war, als er, immer noch in die Wolken starrend, sagte: »Dieser Mann denkt, er hätte einen schwarzen Freitag erwischt. Dabei würde ein kleines Mädchen noch leben, wenn die deutschen Helden nicht feige davongerannt wären.«

Sie setzte sich ein wenig entfernt ebenfalls ins Gras, wusste aber nicht, was sie darauf erwidern sollte. Christine wunderte sich, dass ihm der Tod dieses Mädchens mit einem Male so naheging. Was hatte er mit dem Kind zu tun? Schließlich fragte sie vorsichtig: »Kennst du die Familie des Mädchens?«

Corwin zupfte einige Grashalme aus. »Nein, aber wenn ich mir vorstelle, meine Tochter wäre durch eine derart plumpe Respektlosigkeit verunglückt, könnte ich auch zum Mörder an diesem Horn werden.«

»Sie hätten bestimmt geholfen, aber sie haben mit Sicherheit überhaupt nicht bemerkt, dass jemand zu Schaden gekommen ist. Wie denn auch? Ich kann mir gut vorstellen, wie ahnungslos unsere Reisenden durch die Prärie gestolpert sind. Ausgenommen vielleicht Frau Horn. Sie schritt mit Sicherheit elegant hinterher und hatte mehr Angst vor einem Stein im Schuh als vor irgendwelchen Geistern.«

»Und hat ihren Mann einmal mehr verabscheut«, ergänzte Corwin.

Christine verstand das als Stichwort und erwiderte: »Vielleicht ist es drüben in Amerika üblich, unvermittelt zu verschwinden, aber ich für meinen Teil habe allmählich keine Lust mehr, dass du mich ständig wie blöd stehen lässt und ohne jede Erklärung deiner Wege ziehst.«

Schon während sie die Worte sagte, wusste sie, dass er kaum verstehen würde, was sie daran so wütend machte.

»Wieso stehst du blöd da, nur weil ich gehe?«

Ärgerlich steckte sie sich zum zigsten Male die Haare hinter die Ohren. »Weil du nicht allein in dieses Museum gegangen bist, sondern mit mir. Weil dein Verhalten auf andere eine Wirkung hat. Dich schroff abzuwenden mag deine Art sein, deine Ruhe zu bekommen und andere Menschen loszuwerden, aber deiner Begleitung gegenüber ist es respektlos. Du kannst Menschen nicht behandeln wie Gegenstände, nach denen du greifst, wenn du sie brauchst, und die du liegen lässt, wenn dir gerade der Sinn nach etwas anderem steht.« Noch während ihrer Tirade kam Christine der Gedanke, dass Corwin vielleicht etwas abbekam, was sie auch Achim gerne an den Kopf geschmettert hätte, doch sie fuhr fort: »Und du kannst mir verflucht noch eins erklären, warum du nicht mit ins Reptilienhaus gehst, statt so zu tun, als wäre mein Vorschlag ein krimineller Akt.« Sie holte tief Luft. »Ich habe jedenfalls keine Geduld mehr für diese Alleingänge.«

Um nicht untätig auf eine Antwort zu warten, nestelte sie an ihrem Schuhband und widmete einem belanglosen Knoten ihre volle Aufmerksamkeit.

Corwin hatte erstaunt zugehört. Er wusste genau, dass sie mit jedem Satz recht hatte, aber er war es nicht gewohnt, dass ihn jemand derartig kritisierte. Die meisten Menschen in seiner Umgebung ließen ihn gewähren und nahmen sein schroffes Verhalten einfach hin. Vielleicht, weil sie meinten, einem Mann, der seine Frau verloren hatte, müsste man einige Eigenarten nachsehen. Corwin musste sich eingestehen, dass er sich meist sehr wenig Gedanken machte, wie er auf andere wirkte. Er fragte sich nur gelegentlich, ob er seiner Tochter als Vater gerecht werden konnte. Aber nun merkte er, dass es ihm überhaupt nicht gleichgültig war, was Christine von ihm dachte.

Mit einem Schwung, den Christine seinen ramponierten Knien gar nicht zugetraut hatte, erhob er sich und streckte ihr die Hand hin, um sie hochzuziehen, und wohl auch, um sich zu entschuldigen. »Du hast recht. Mit allem, was du gesagt hast.« Christine ergriff seine Hand und erhob sich.

Corwin hielt sie auch weiterhin fest, während sie über den Parkplatz liefen, der sich nun allmählich lichtete. Am Auto sagte Corwin zu ihr: »Und trotzdem sollten wir uns jetzt trennen. Es gibt eine bestimmte Spur, die ich alleine verfolgen möchte.« Als er sah, wie sich ihr Gesicht verdüsterte, hielt er seine Handfläche abwehrend vor die Brust. »Du kannst in der Zwischenzeit versuchen herauszufinden, ob sich ein Verwandter des verunglückten Indianermädchens hier in Münster herumtreibt. Ich habe ihren Namen aufgeschrieben. Vielleicht ist es wirklich einer unserer Künstler? Aber Delbrock solltest du unbedingt mit hinzuziehen. Er hat mehr Möglichkeiten, denn ich gehe davon aus, dass wir unter diesem Namen«, er tippte auf einen Zettel, »niemanden in Münster finden werden.«

»Wie bist du überhaupt an diese Information gekommen?«

»Meine Tante konnte sich an das Unglück erinnern, der Rest war simple Recherche, bis ich herausfand, dass es tatsächlich in der fraglichen Zeit geschehen war. Um an Informationen zu kommen, muss man häufig nur die richtigen Fragen stellen, aber das weißt du sicherlich am besten.«

Sie bedankte sich mit einem honigsüßen Lächeln und fuhr los. Als Erstes würde sie Birgit anrufen, schließlich hatte ihre Kollegin einige der Künstler und Künstlerinnen bereits unter die Lupe genommen. Vielleicht hatte sie Informationen, die erst jetzt eine Bedeutung bekamen.

»Kann ich dich irgendwo absetzen?«, fragte sie möglichst gelassen. Sie wollte nicht den Eindruck erwecken, ihm nachzuspionieren.

»Gerne an meinem Hotel. Wir Cheyenne haben es nicht so mit dem Laufen.«

»Ja, ich weiß. Ihr seid aus dem Wald gekommen und in die Prärie gesprungen, um dann nur noch zu Pferd unterwegs zu sein.«

Er schaute sie halb belustigt, halb erstaunt an. »Du hast dich über meinen Stamm informiert?«

Sie antwortete nicht direkt. »Meine Güte, die einzelnen Stämme sind ja mitunter unterschiedlicher als die Bayern und die Preußen.« Christine fuhr zügig über die Umgehungsstraße zur Innenstadt.

»Mitunter mögen sie sich auch genauso gerne«, sagte Corwin. Christine musste lachen. Sie waren mittlerweile in der Nähe des Bahnhofs, so sagte sie: »Wenn du nicht streng geheim gehalten hättest, wo du in Münster untergebracht bist, könnte ich dich jetzt zu deinem Hotel bringen.« Diesen Satz brachte sie tatsächlich mit der routinierten Betonung eines Taxifahrers heraus, obgleich sie sich schon häufig gefragt hatte, wo er wohl wohnte. Sie hatte überhaupt keine Ahnung, was er in den Staaten verdiente und welche Ansprüche er üblicherweise stellte.

Sichtlich amüsiert sah er sie an. »Du weißt es wirklich nicht?«

»Nein.«

»Mein Hotel heißt Mövenpick und befindet sich am Aasee.«

»Ich weiß, wo das Mövenpick ist. Feines Hotel«, sagte Christine und bog links ab.

Das Mövenpick war ein ziemlich gutes Hotel mit vier Sternen. Christine kannte es gut. Trotz der einigermaßen zentralen Lage hatte es doch die Abgeschiedenheit, die man sich während eines Aufenthaltes in einem Hotel wünschte. Es war stilvoll, modern und natürlich nicht ganz preiswert.

Christine überlegte kurz, auf den Parkplatz zu fahren, doch da sie nicht aussteigen wollte, hielt sie direkt vor dem Hotel an einem Taxistand. Es war nun kurz vor sechs Uhr und wenig los vor dem Eingang. So fiel die große Gestalt des Hauptkommissars, der gerade durch die breite Tür heraustrat, sofort auf. Delbrock wirkte zögerlich. Er ließ seinen Schlüsselbund einige Male in der flachen Hand hüpfen und schien unsicher, welchen Schritt er als Nächstes machen sollte.

Ehe Corwin die Autotür öffnete, sagte er: »Entweder ahnt er, dass wir neue Informationen haben, oder er wartet selbst mit etwas Interessantem auf.«

Delbrock blickte auf und sah Christines Auto. Mit einer entschlossenen Bewegung steckte er den Schlüssel in die Manteltasche und kam auf sie zu. Genau wie Corwin stieg auch Christine aus, blieb aber an der offenen Tür stehen. Sie hatte bereits eine scherzhafte Begrüßung auf den Lippen, als sie das ernste, müde Gesicht des Kommissars bemerkte.

Er begrüßte die beiden knapp, aber nicht unfreundlich und sagte dann: »Wir haben eine weitere Leiche. Ein Mann wurde aus dem Kanal gezogen, der anscheinend nicht ertrunken, sondern an den Folgen einer Stichverletzung gestorben ist. In seiner Kehle steckte noch die Tatwaffe.« Delbrock hielt kurz inne. »Jemand hat ihm eine alte Pfeilspitze frontal in den Hals gestoßen. Und ich wäre sehr erstaunt, wenn es sich bei dem Toten nicht um Friedrich Kerner handelt.«

Vor einigen Tagen noch hatte Christine sich für Herrn Kerner gefreut, weil er anscheinend rechtzeitig auf die Malediven geflogen war. Nun würde er nie wieder irgendwohin reisen können. Der Gedanke daran schnürte ihr die Kehle zu.

Hauptkommissar Delbrock zog umständlich ein Polaroidfoto heraus und reichte es Corwin Standing Child. »Können Sie mir sagen, ob es sich bei dieser Waffe um eine der vermissten Pfeilspitzen handelt?«

Corwin nahm das Foto und betrachtete es genau. Die eiserne Pfeilspitze war lang und schmal wie ein Miniaturdolch und ähnelte einer der Spitzen, die aus dem Glaskasten der Ausstellung verschwunden waren. Auch wenn die andere Pfeilspitze, die man bei der Leiche von Bernhard Wendel gefunden hatte, eher dreieckig gewesen war, gehörten beide Pfeile doch eindeutig zu einem Jagdbogen der Prärie-Indianer. Der Täter musste schon über eine große Rücksichtslosigkeit und wohl auch Kraft verfügen, um jemandem eine solche Waffe tödlich in den Hals zu stoßen. Dazu musste man direkt vor seinem Opfer stehen, ihm in die Augen blicken. Wie groß musste der Hass sein, um auf diese brutale Weise zu töten?

Christine zählte nach. Wenn sie mit ihrer Vermutung richtiglagen, war der Tod des kleinen Mädchens bereits vierfach gerächt. Sie blickte noch einmal auf das Foto, auf dem außer der Pfeilspitze nur ein Steintisch zu sehen war. Wahrscheinlich war das Bild in der Pathologie gemacht worden, wo der bedauernswerte Kerner nun in einer metallenen Schublade lag anstatt am weichen Strand. Plötzlich schüttelte sie erstaunt den Kopf und fragte: »Warum hat der Täter diese Leiche eigentlich verschwinden lassen? Bei allen anderen war es ihm doch auch gleichgültig, ob und wann die Toten gefunden wurden?« Keiner der Männer antwortete ihr.

Corwin schaute sie nachdenklich an und reichte Delbrock dann das Foto zurück. Er sagte: »Ich denke, es ist eine der Pfeilspitzen aus der Ausstellung. Wie lange ist dieser Kerner denn schon tot?«

Delbrock zuckte kurz die Achseln und überlegte. »Soweit ich das nach dem Zustand der Leiche beurteilen kann, mehr als zwei bis drei Tage, aber wohl nicht länger als eine Woche. Eine Wasserleiche ist kein schöner Anblick, das kann ich Ihnen sagen.« Er fuhr sich müde mit beiden Händen über sein Gesicht, wo vereinzelte Bartstoppeln eine nachlässige Rasur verrieten. Dann fuhr er fort: »Der Mann ist in jedem Fall nach Frau Auerbach gestorben, schließlich hat sich unser Täter an jenem Nachmittag erst die Waffen besorgt. Ich schätze, er ist nach Frau Horn und vor Bernhard Wendel ermordet worden.« Er wandte sich an Christine. »Warum diese Leiche in den Kanal geworfen wurde, weiß ich auch nicht, aber ich würde es gerne herausfinden.«

Nun war es an Christine und Corwin, von ihren neuen Erkenntnissen zu berichten, und fünf Minuten später wusste der Kommissar zumindest ein mögliches Motiv für die Morde. Corwin gab ihm den Zettel mit dem Namen des verunglückten Mädchens. Erschüttert hörte Delbrock von dem Unfall auf dem Friedhof, in den die Deutschen – ahnungslos, wie Dr. Horn beteuert hatte – verwickelt gewesen waren. »Das ist in der Tat ein Motiv.« Delbrock rieb sich über sein Kinn und starrte auf die Schuhspitzen. »Ich schätze, wenn man ein Kind verliert, ist es egal, ob die Täter mit oder ohne Absicht gehandelt haben.«

»Sie wussten ja nicht einmal, dass jemand zu Schaden gekommen ist«, warf Christine ein.

Delbrock schaute sie mit einer steilen Falte zwischen den Augenbrauen an und bemerkte: »Sagt zumindest Horn. Übrigens, der wird jetzt tatsächlich auf Schritt und Tritt überwacht, denn wenn auch auf ihn noch ein Anschlag verübt wird, ist das vielleicht unsere letzte Chance, den Mörder zu fassen.«

Er wollte schon zum Parkplatz gehen, aber dann wandte er sich noch einmal um und sagte in einem Tonfall, der keinen Widerspruch duldete: »Frau Neustedt, auch Sie werden von nun an rund um die Uhr bewacht. Ich verlasse mich darauf, dass Sie mit meinen Beamten kooperieren und dem zuständigen Mitarbeiter immer mitteilen, wohin Sie gehen. Lassen Sie bitte auch keine Besucher ohne Rücksprache in Ihre Wohnung. Ich möchte bei diesem Fall ab sofort alles persönlich unter Kontrolle haben.« Er wartete eine Antwort gar nicht erst ab, registrierte das zustimmende Nicken von Corwin Standing Child und marschierte los wie ein müder Feldmarschall, der seine eigene Befindlichkeit stets höheren Zielen unterordnete.

Christine stand noch immer neben ihrem Auto, an die offen stehende Tür gelehnt. Sie starrte erst Delbrock hinterher, dann drehte sie sich mit entrüstetem Gesicht zu Corwin um. Der war mit einem einzigen großen Schritt neben ihr und legte ihr, noch bevor sie ein Wort sagen konnte, sanft einen Finger auf die Lippen. Sie sah ihn überrascht an. Sein Mund zuckte amüsiert, aber seine dunklen Augen blickten ernst.

Corwin brachte seine Lippen ganz nah an ihr Ohr. »Der Kommissar hat recht, und das weißt du ganz genau.« Er verharrte noch einen kurzen Augenblick und schien zu wittern wie ein Tier, das einen neuen Geruch nicht einzuordnen wusste. Dann wurde dieser intime Augenblick jäh gestört.

Eine höfliche, aber leicht verärgerte Stimme ertönte: »Sie können hier nicht stehen. Bitte fahren Sie den Wagen auf unseren Parkplatz.« Ein Herr in einem grauen Anzug und einem Schild am Revers winkte ihnen zu und zeigte auf den etwas entfernt gelegenen Parkplatz. Corwin nickte ihm kurz zu, und Christine setzte sich eilig in ihr Auto. Sie war mit einem Mal nervös und fingerte am Zündschloss herum.

In diesem Moment steckte Corwin den Kopf durch die Beifahrertür. »Schau mal auf die Internetseiten der Künstler, vielleicht findet sich dort der eine oder andere Hinweis auf eine Verbindung zu dem Stamm der Absarokee oder auf ein verstorbenes Kind in einer der Lebensgeschichten. Ich melde mich in zwei Stunden.« Damit schlug er die Tür zu und ging zum Eingang des Hotels.

Sie sah ihm nach, und ein schmerzhaftes Ziehen in der Magengegend erinnerte sie daran, dass dies bestimmt nicht der richtige Zeitpunkt für eine neue Liebe und ein Amerikaner indianischer Abstammung wohl kaum der richtige Mann dafür war.

SIEBEN

Christine fuhr zügig am Schloss vorbei, das zur Westfälischen Wilhelms-Universität gehörte und wo die Studenten in einer altehrwürdigen Umgebung Wissen aufnehmen konnten. Innen glich das Schloss mittlerweile einem alten Schulgebäude, doch von außen bot es eine herrliche Kulisse. Auf dem riesigen Innenhof pulsierte zu jeder Tageszeit das Studentenleben. In Münster gab es keinen zentralen Gebäudekomplex, der die Universität beherbergte, sondern verschiedene Häuser, die sich über die einzelnen Stadtviertel verteilten.

So kurz entschlossen, dass eine Radfahrerin erbost ausweichen musste, bog sie in die nächste Straße ein und hielt vor einem Supermarkt. Ihr war eingefallen, dass sie an Getränken und Lebensmitteln kaum mehr zu Hause hatte als eine verarmte Studentin: eine angefangene Packung Müsli, eine Rolle Vitamin-C-Tabletten zum Auflösen und eine Dose gesalzener Erdnüsse.

Eine halbe Stunde später ließ Christine sich erschöpft auf ihre Wohnzimmercouch fallen und griff nach dem Telefon. Während sie mit der einen Hand die Begriffe notierte, die ihr gemeinsames Brainstorming mit Corwin ergeben hatte, hörte sie am anderen Ende der Leitung nur das rhythmisch unterbrochene Tonzeichen. Birgit war offensichtlich nicht zu Hause. Auch über ihr Handy erreichte Christine die Freundin nicht und zog enttäuscht die Stirn kraus. Sie hatte sich auf einen Austausch mit Birgit gefreut.

Missmutig ging sie in die Küche und machte sich ein Käsebrot. Sie konnte besser nachdenken, wenn sie etwas zu kauen hatte. Dann starrte sie auf ihre Notizen wie eine Wahrsagerin auf eine Hand.

Alle drei Zeremonien waren irgendwann verboten worden. Warum?

Der Geistertanz war ein an sich friedlicher Gemeinschaftstanz, aber die Idee dahinter erschien den Weißen rebellisch. Außerdem war es mit seiner Hilfe zwei Mal gelungen, zerstrittene und desillusionierte Stämme zu einigen und Hoffnung zu vermitteln. Das allein war bedrohlich genug gewesen. Die Peyote-Religion diente der Heilung, aber hier war es wohl der Gebrauch des Rauschmittels, der zum Verbot geführt hatte. Und der Sonnentanz? Eine brutale Selbstkasteiung in den Augen vieler Weißer, und auch Christine sah das so. Sie konnte sich aber nicht vorstellen, dass der Sonnentanz den Indianern aus reiner Fürsorge untersagt worden war.

Viel wahrscheinlicher erschien ihr, dass bei dem Verbot bei allen drei Zeremonien religiöse Gründe ausschlaggebend waren. Die Indianer sollten ihren eigenen Glauben aufgeben und sich dem Christentum zuwenden, was sie zumindest teilweise auch getan hatten. Inzwischen waren viele Indianer Christen, aber sie bewahrten zusätzlich ihre eigenen Rituale und flochten sie einfach mit ein. Hatten auch die Vorfälle in Münster religiöse Gründe? War der Täter ein Fanatiker? Christine stöhnte laut auf. So kam sie nicht weiter, sie wusste viel zu wenig über diese Dinge.

Vehement schob sie den leeren Teller zu Seite und stützte die Ellbogen auf den Tisch. Delbrock und wohl auch Corwin waren der Meinung, dass der Unbekannte ihr irgendetwas mitteilen wollte.

Der Mörder hatte sich alte Waffen besorgt und damit brutal Rache genommen. Sie war kein Profiler, aber diese Vorgehensweise sprach zumindest für eine gewisse Vorliebe für die dramatische Inszenierung von Handlungen. Da lag der Gedanke nahe, dass er die Zeremonien auch nur aus ganz persönlichen Gründen auserwählte und sie für ihn eine bestimmte Bedeutung beinhalteten. Aber wie passte dazu die Überlegung, dass es sich vielleicht um zwei Täter handelte?

Erneut starrte sie auf ihr Blatt.

Geistertanz: Niederlage; Sitting Bull; Geistertanzhemd und Diebstahl; Erneuerung; Schamane; Tod; Verzweiflung; Vision; Verrat; Glaube; Geheimnis; Hoffnung.

Peyote: Kaktus; Heilung; Stille; Reinigung; Gott; Beten; Traum; Krankheit; Rauschmittel; Quanah Parker; Vereinigung; Magie.

Der Name dieses Häuptlings, von dem Corwin gesprochen hatte, war ihr nicht mehr eingefallen.

Sonnentanz: Schmerz; Geburt; Licht; Trommel; Opfer; Narben; Visionen.

Plötzlich kam ihr ein Gedanke, und sie starrte wie hypnotisiert auf die letzten Wörter. Wie hatte sie nur so blind sein können? Da stand es, in ihrer eigenen runden Schrift. Sie dachte wieder an die schrecklichen Narben auf Corwins Brust und schlug sich nachträglich die Hand vor die Stirn. Und sie hatte sich gefragt, ob der Grizzlybär für die Verletzungen verantwortlich war. Corwin hat eine Sonnentanz-Zeremonie mitgemacht! Eine unglaubliche Vorstellung für Christine. Er war ein moderner Amerikaner und, zumindest nach ihrer bisherigen Einschätzung, wahrhaftig kein Fanatiker.

Die Erkenntnis erschütterte sie mehr, als sie sich erklären konnte. Sie hatte keine Ahnung, wie häufig diese alte Zeremonie bei den Stammesangehörigen in Amerika oder Kanada überhaupt noch praktiziert wurde, aber sie hielt diese Leute auf gar keinen Fall für normal. Erst fasteten die Männer einige Tage, dann ließen sie sich kleine Stöcke unter die Haut stechen und tanzten zu guter Letzt so lange, bis die Haut über den Stöcken riss und sie sich von den daran befestigten Lederriemen befreiten. Sie konnte sich ungefähr vorstellen, was Achim als Arzt dazu sagen würde.

Konnte es sein, dass Corwin diese schmerzhafte Prozedur auf sich genommen hatte, um die Strapazen seiner Frau bei der Geburt nachzuempfinden? Aber dafür sahen die Narben eigentlich zu frisch aus.

Mit einem lauten Schrillen unterbrach das Telefon ihre Überlegungen, und selbst dieses alltägliche Geräusch kam ihr heute merkwürdig fremd vor. Sie meldete sich nur mit »Hallo?«.

Am anderen Ende der Leitung blieb es zunächst still, dann knackte es im Hörer, und eine unsichere Frauenstimme sagte leise: »Ist dort Christine, Christine Neustedt?«

Christine wusste sofort, wer da sprach und soeben Tausende von Kilometern und einiges an Jahren überwand.

»Maggy?«, sagte sie aufgeregt. Plötzlich stiegen so viele Fragen in ihr auf, die sie sich alle nicht auszusprechen traute.

Sie begannen, sich zögerlich zu unterhalten, so behutsam, als könnte der Kontakt sofort wieder unterbrochen werden. Die Stimme ihrer Verwandten klang älter und leiser als früher, aber Christine erkannte den weichen, volltönenden Klang von damals.

Bald kam Maggy auf die Vergangenheit zu sprechen, auf Christines Besuch auf der Farm und auf das, was damals geschehen war. Sie erzählte ihr von der verzweifelten Idee einer kinderlosen Frau, die sich über den Besuch einer jungen Verwandten so sehr freute, dass sie diesen Tochterersatz plötzlich nicht mehr hergeben wollte. Sie erzählte, wie sie auf selbstsüchtige Art und Weise versucht hatte, Christine ihrem Leben in Deutschland zu entfremden und sie an die Ranch zu binden. Maggy erzählte flüssig und ohne Unterbrechung; sie weinte nicht, und sie suchte keine entschuldigenden Ausflüchte. So beschrieb sie schließlich den letzten Tag Christines auf der Ranch, sie gab sich die Schuld daran, dass das Mädchen weggelaufen war, und auch an den Folgen, an die sich Christine nicht mehr zu erinnern vermochte.

Schließlich sagte Maggy: »Ich habe mit deiner Mutter gesprochen und sie davon überzeugt, dass du besser alles wissen solltest.«

Was Christine nun erfuhr, erschütterte sie zutiefst. Aber auf eine irritierende Weise erreichten Maggys Worte nur ihren Verstand, fühlen konnte sie nichts, keinen Schmerz, keine Trauer. Vielleicht, weil dies alles so lange zurücklag? Vielleicht, weil Christine nicht mehr das junge Mädchen von damals war?

An diesem Morgen, Christine war nun fünf Wochen dort, war es zu einem Streit gekommen. Zu Hause gingen die Sommerferien zu Ende, und Christine wollte zurück. Sie verlangte von Maggy, sie solle ihr einen Rückflug nach Münster besorgen, und erklärte, sie müsse sich nun um ihre Mutter und die Schule kümmern.

Maggy war fassungslos, denn in diesem Moment zerbrachen alle ihre Hoffnungen. Sie bat, sie flehte, sie weinte und benahm sich für Christine in höchstem Maße sonderbar und beängstigend. Ronald versuchte, seine Frau zu beruhigen, aber ohne jeden Erfolg. Mit geballten Fäusten schrie Maggy immer wieder: »Sie kann nicht gehen, sie kann nicht gehen, sie darf mich nicht verlassen!« Dabei hatten weder Ronald noch die aufgelöste Maggy bemerkt, wie Christine einfach aus dem Zimmer ging. Sie hatte offenbar ihre nötigsten Sachen zusammengerafft, war zur Straße gelaufen und hatte ein Auto angehalten, um sich zum nächsten Bahnhof bringen zu lassen. Doch dort war sie nie angekommen.

Maggy und Ronald hatten den ganzen Tag nach Christine gesucht. Am frühen Abend machte sich Charly Horseman gemeinsam mit einem Sheriff auf den Weg ins Reservat, wo er mit Verwandten einen Suchtrupp aufstellen wollte. Sechzehn Kilometer von der Ranch entfernt entdeckten sie das verletzte Mädchen am Straßenrand. Aus zahlreichen Schürfwunden blutend, mit zerrissener Kleidung und kaum ansprechbar, wurde Christine in das nächste Krankenhaus gebracht. Vermutlich hatte sie eine schwere Gehirnerschütterung, denn drei Tage lang dämmerte sie in einer Art Halbschlaf dahin. Die Ärzte gingen davon aus, dass sie aus einem fahrenden Wagen gesprungen war, aber das Mädchen konnte sich an überhaupt nichts mehr erinnern.

Maggy holte tief Luft, ehe sie Christine das Schlimmste verriet: »Der oder die Täter haben dich offenbar in ihrem Auto mitgenommen, und sie müssen versucht haben, dich zu vergewaltigen. Es gab eindeutige Spuren. Aber die Ärzte sagten, die Tat sei nicht vollzogen worden. Du musst dich ziemlich gewehrt haben und bist anscheinend aus dem fahrenden Auto gesprungen.«

Ihre Tante machte eine Pause. Christine hörte Papier am anderen Ende der Leitung rascheln und wartete still ab. Was hätte sie auch sagen sollen?

Schließlich sprach Maggy weiter. In Christines Hosentasche hatte sich ein indianisches Armband gefunden, das keiner der Verwandten zuvor bei ihr gesehen hatte, und so hatte man im Indianerreservat nach Zeugen oder Spuren eines Unfalls mit Fahrerflucht gesucht. Doch die Ermittlungen blieben ohne jedes Ergebnis, und schließlich wurde der Fall zu den Akten gelegt.

Zu diesem Zeitpunkt hatte Constanze Neustedt, die sofort nach Amerika gereist war, ihre Tochter längst wieder mit nach Deutschland genommen, und sie wollte gar nicht, dass Christine sich genauer an die Ereignisse erinnerte. Christines Mutter hatte die Notwendigkeit, sich um die verletzte Tochter zu kümmern, aus ihrer eigenen Schwermut und Antriebslosigkeit herausgerissen. Sie trauerte weiter unendlich um ihren Ehemann, aber nun wollte sie das, was ihr erhalten geblieben war, mit allen Mitteln beschützen.

Endlich verstand Christine, warum ihrer Mutter so sehr daran gelegen war, dass der Aufenthalt in Amerika völlig in Vergessenheit geriet. Dennoch kam ihr Maggys ganze Erzählung beinahe unwirklich vor, ihr war, als wären all diese Dinge einer völlig fremden Person zugestoßen. Was hatte das alles mit ihr zu tun, mit der Christine, die sie heute war?

Als habe Maggy ihre Gedanken erraten, sagte sie nun: »Du hast mir einiges von dem geschrieben, was bei euch in Münster passiert und …« Sie stockte und setzte neu an. »Ich habe so ein komisches Gefühl, Christine. Warum sollte ein völlig fremder Mann dir diese merkwürdigen Briefe schreiben? Was ist, wenn der Täter von damals dich in Münster wiedergefunden hat, ob nun absichtlich oder aus Zufall, und wenn er vollenden will, was er damals nicht geschafft hat?«

»Etwas viel Aufwand, findest du nicht? Und was gilt es überhaupt zu Ende zu bringen?« Christine bemühte sich, ihrer Stimme einen lockeren Tonfall zu geben. Die Vorstellung, dass sie einem offensichtlich gestörten Menschen so wichtig war, dass er sie über den halben Erdball hinweg ins Visier nahm, war zutiefst erschreckend.

»Christine, dieses Armband, dass man bei der Einlieferung ins Krankenhaus bei dir gefunden hat … Ich habe schon damals oft darüber nachgedacht, ob du vielleicht gar nicht so zufällig Opfer eines Verbrechens geworden bist. Das Armband war nämlich mit deinem Namen bestickt.«

Maggys Stimme wurde immer eindringlicher. Jahrelang hatte sie sich Vorwürfe gemacht, und es war deutlich zu hören, dass sie sich wünschte, nun etwas zur Klärung der schrecklichen Vorfälle beitragen zu können.

»Schade, dass wir das Armband nicht mehr haben, ich würde es gerne jemandem zeigen«, sagte Christine, die sich bemühte, sachlich und pragmatisch zu bleiben.

»Deine Mutter hat es an sich genommen. Ich weiß nicht, ob sie es noch hat. Es war eine recht aufwendige Handarbeit.«

Christine brannte noch eine Frage auf der Zunge. »Weißt du, ob aus eurer Gegend jemand an der Ausstellung hier beteiligt ist?«

Maggy antwortete prompt: »Nein, aber ich habe darüber auch schon nachgedacht. Keiner der Namen, die du aufgeschrieben hast, ist hier bekannt, aber viele der jungen Leute verlassen die Reservate und ziehen in die Städte, gehen auf die Universität oder suchen anderswo ihren Weg.«

Christine überlegte einen Moment, dann ergänzte sie: »Viele Künstler ändern ihre Biografien und ihre Namen, es könnte also vielleicht doch jemand von damals sein …«

Sie verabschiedete sich freundlich von Maggy und legte den Hörer auf. Dann griff sie spontan zu den Autoschlüsseln. Sie musste nach dem Armband suchen. Christine zweifelte nicht einen Augenblick daran, dass ihre Mutter es noch irgendwo verwahrte. Doch dann fiel ihr ein, dass ihre Mutter heute eingeladen war, und sie warf den Schlüssel auf die Garderobe zurück, wo er mit einem lauten Knall landete.

Nach den Ereignissen in Amerika hatte Frau Neustedt mit den amerikanischen Verwandten nichts mehr zu tun haben wollen, und wie Christine ihre Mutter kannte, war der Abschied sicher nicht freundlich gewesen. Umso mehr bewunderte sie Maggys Mut, nach so vielen Jahren tatsächlich einen Anruf bei Constanze Neustedt zu wagen.

Ruhelos lief Christine in ihrer Wohnung umher und schaute immer wieder aus dem Küchenfenster auf die Straße, wo ein Beamter in einem grünen Opel saß und Zeitung las. In regelmäßigen Abständen warf der Mann einen Blick auf die Haustür und nach oben zu ihrem Fenster.

Zum x-ten Mal wählte sie die Nummern von Birgit, konnte ihre Freundin aber weiterhin weder auf dem Handy noch im Festnetz erreichen. Das war bei Birgit nicht ganz ungewöhnlich. Wenn sie eine gute Geschichte verfolgte, ließ sie sich durch nichts stören. Sie besaß eine Nase für interessante und oft sehr ungewöhnliche Storys, Christine erinnerte sich an aufwendig recherchierte Artikel von ihr über eine »erste Geige« im Orchester, die aus Liebe zu ihrer Mutter den Beruf aufgegeben hatte, oder über einen alten

Herrn und die Frage, warum er seit zwanzig Jahren beinahe jede Vorstellung des Theaterstücks »Kabale und Liebe« im Umkreis von hundert Kilometern besuchte.

Mittlerweile war es halb acht. Christine ging zum Kühlschrank, öffnete ihn und starrte auf die vorhin gekauften Lebensmittel. Erst als der alte Apparat zu brummen begann, schloss sie die Tür mit einem lustlosen Schlag. Bei der Vorstellung, allein vor ihrem Teller zu sitzen, war ihr jeglicher Appetit vergangen.

Seufzend setzte sich Christine zurück auf die Couch und wandte ihre Gedanken wieder den jüngsten Ereignissen zu. Vier Morde innerhalb weniger Tage – die Zeitungen waren voll davon. In immer abenteuerlicheren Artikeln spekulierten sie wild und immer blutrünstiger über das, was vor und während der Ausstellung wohl geschehen war.

Dabei war es tatsächlich erstaunlich, dass Dr. Horn noch lebte, denn er war nun definitiv der letzte Teilnehmer der Reisegruppe. Entweder griffen seine Sicherheitsvorkehrungen so gut, oder der Täter hatte kein Interesse mehr an seiner Person. Vielleicht hatte er nun genug innere Befriedigung erlangt?

Rache war ein sehr trauriges Motiv mit wenig Aussicht auf eine innere Genugtuung, wie Christine aus eigener Erfahrung wusste. Als ihr Vater so plötzlich starb, hatte sie auch das Bedürfnis empfunden, ihn zu rächen. Doch wen konnte man für einen Herzinfarkt verantwortlich machen? Gott? Den Hausarzt? Die Arbeitskollegen, die für seinen Stress verantwortlich waren?

Christine starrte die gemeinsam mit Corwin gesammelten Begriffe an. Warum nur hatte der Täter sie nach dem Sonnentanz gefragt? Damit sie einen authentischen Bericht in der Zeitung veröffentlichte? Dafür wäre ihre Kollegin Birgit viel besser gewesen. Überhaupt, warum sollte dem Täter an der Aufklärung der Münsteraner Leser gelegen sein?

Je länger sie darüber nachdachte, desto bedrohlicher erschien ihr die direkte Anrede des Briefeschreibers. Wieso war ihm so wichtig, dass sie das Wesen des Rituals verstand? *Warum braucht eine Frau keine Selbstfolterungen mitzumachen? Finde es heraus, Christine.*

Das hörte sich an wie eine Aufforderung zur Selbsterfahrung. Sie würde ganz sicher niemals ein derartiges Ritual mitmachen, und die Chancen, selbst ein Kind zu bekommen, hatten noch nie so schlecht gestanden, wie sie schonungslos feststellen musste. Sie wusste mittlerweile, dass die Fruchtbarkeit der Frau bei vielen indianischen Völkern eine besondere Wertschätzung erfuhr, aber warum sollte dieser Aspekt in Verbindung mit den brutalen Morden wichtig sein?

Und wenn es tatsächlich zwei Täter waren, blieb die Frage offen, welchen Zweck der zweite Täter mit den Hinweisen auf die drei unterschiedlichen Rituale verfolgte. Die beiden mussten sich zumindest gut abgesprochen haben, immerhin waren nicht nur die Mordwaffen verschwunden, sondern auch Gegenstände aus den Ritualen.

Da kam Christine die beunruhigende Überlegung Maggys in den Sinn: Was, wenn nun der Täter vollenden will, was er damals nicht geschafft hat?

In diesem Moment klingelte das Telefon.

Es war Corwin, der sie mit fröhlicher Stimme fragte, ob er sie zum Essen einladen dürfe, und auch gleich ein Restaurant vorschlug. Er gab ihr drei Minuten, denn er war bereits in der Nähe. Natürlich hatte er nicht wirklich mit einer Absage gerechnet.

***

Birgit lag auf der staubigen, muffig riechenden Matratze und starrte an die kahle Decke. Sie dachte daran, wie sehr der Mensch sich doch den gegebenen Umständen anpassen konnte, denn vor einigen Stunden noch hätte sie sich nicht für viel Geld auf einer so vergammelten alten Matratze ohne Bezug niedergelassen. Nun war sie froh, nicht länger an der kalten, harten Mauer lehnen zu müssen, und nutzte die Bequemlichkeit nur zu gerne. Neben ihr stand eine bereits halb geleerte Plastikflasche mit Leitungswasser, etwas, was sie sonst nur zum Ausspülen der Zahnpasta in ihren Mund ließ.

Nach dem, was sie herausgefunden hatte, als man ihr das Wasser gebracht hatte, machte sie sich nicht mehr so große Sorgen um ihr eigenes Leben. Aber das, was der Täter mit Christine vorhatte, war furchtbar. Ein so bizarrer Plan konnte nur einem kranken Hirn entsprungen sein. Völlig schleierhaft war ihr immer noch, warum ihre Freundin überhaupt ins Visier des Täters geraten war.

Sie selbst war vermutlich die Einzige, die jetzt wusste, wer für die brutalen Morde verantwortlich war. Es erschien ihr unmöglich, hier weiterhin untätig herumzusitzen und auf Gnade zu hoffen, aber wie sollte sie sich aus den Handschellen befreien?

Birgit hatte erst jüngst die Geschichte eines Indianerhäuptlings gelesen, der sich, unter einer Decke versteckt, die Finger abgenagt und sich so aus den Handschellen befreit hatte. Über diese Methode brauchte sie nicht nachzudenken. Ihr wurde schon schlecht, wenn sie sich zu tief in einen Fingernagel schnitt. Aber vielleicht konnte sie sich mit viel Spucke aus den Handschellen winden oder sich den Daumen ausrenken? Sie musste Christine warnen, und zwar so schnell wie möglich.

***

»Wehe, du hast schon wieder Neuigkeiten für mich! Derzeit würde ich nicht mal mehr den Hinweis auf eine Wetterveränderung ertragen.«

Christine versuchte, mit Corwins langen Schritten mitzuhalten. Sie hatten sich pflichtschuldig beim diensthabenden »Nachtwächter«, wie Christine ihren Personenschutz nannte, abgemeldet und waren unterwegs zu dem kleinen italienischen Restaurant in der Nähe, wo Corwin einen Tisch bestellt hatte. Christine war sich nicht sicher, inwieweit Delbrock dem Cheyenne vertraute und ob der Polizist ihnen folgte.

Wie immer am Samstagabend herrschte im Kreuzviertel reges Treiben. Nicht mehr lang, dann wurde es warm, und man stellte die Stühle auf den Bürgersteig und zeigte einmal mehr die genussvolle Seite dieser Stadt. Das Leben bekam eine gewisse Leichtigkeit, wenn überall Menschen die Sonne genossen und die Arbeit wie nebenbei erledigt wurde.

»Ich sehe, du hast in der Zwischenzeit schon wieder mehr erlebt als ich«, erwiderte Corwin scherzend, doch sein Blick verriet Besorgnis. Ehe Christine antworten konnte, hatten sie das Restaurant erreicht. Angenehm selbstverständlich ergriff Corwin ihre Hand, und sie drängten sich zur Theke durch. Zum Glück hatte Corwin vorab einen Tisch bestellt. Der Andrang war enorm, denn das kleine Restaurant zeichnete sich durch eine gute Küche aus und hatte eine angenehme Atmosphäre. Die hübschen, wenn auch künstlerisch nicht bedeutsamen Bilder an den Wänden zauberten eine südländische Stimmung in den Raum.

Ihr kleiner Zweiertisch stand in einer Nische am Fenster, doch die zimtfarbenen Gardinen gaben nur einen kleinen Ausblick nach draußen frei. Christine schaute sich um. Mit Achim war sie nur ein einziges Mal hier gewesen, denn er hatte die Gäste nicht gemocht. Sie hatte das bedauert, denn ihr hatte das Essen sehr gut geschmeckt. Später fand sie heraus, dass Achim lieber Lokale aufsuchte, in denen er Kollegen und Vorgesetzte zu treffen hoffte. Sie musste unwillkürlich grinsen. Corwin würde es wahrscheinlich nicht einmal stören, wenn eine Horde Bauarbeiter in Arbeitskleidung am Nachbartisch saß und nach Baustaub roch. Er schien seine Umgebung komplett auszublenden.

Im nächsten Moment gefror ihr das Lächeln.

Ein weiteres Paar betrat in sichtlich guter Laune das Lokal, blieb stehen und sah sich vergeblich nach einem freien Tisch um. Als der Mann sie sah, erstarrte er zunächst, erholte sich dann aber rasch und kam mit dem routinierten Lächeln eines Vertrauensarztes auf Christine zu. Es war Achim.

Corwin, der in der Speisekarte gerade nach einer Pizza suchte, blickte auf, als Achim plötzlich vor ihrem Tisch stehen blieb und Christine eine gepflegte Hand reichte. Neben ihm befand sich eine dunkelhaarige schlanke Frau in einem grünen Kostüm, in der Christine Frau Dr. Gerber erkannte, etwas älter als Achim und eine der Oberärztinnen in Achims Team. Offenbar war es Achim mit der richtigen Begleitung nicht mehr so wichtig, Kollegen zu treffen.

Christine stellte alle einander vor und genoss es, wie Achim bei Corwins befremdlichem Namen aufblickte und wie Frau Dr. Gerber irritiert auf die langen schwarzen Haare des Cheyenne starrte. Christine fühlte sich bei diesem unverhofften Zusammentreffen sogar recht wohl.

Doch Achim ließ sich von der Situation nicht verunsichern.

Mit einem liebevoll-besorgten Blick fragte er nach ihrem verletzten Handgelenk, um gleich darauf tadelnd zu bemerken, sie solle seinen ärztlichen Rat bitte ernst nehmen und die Schiene weiterhin tragen. Mit einem Verweis auf die langen Arbeitszeiten von Klinikärzten und darauf, dass sie hungrig wie Wölfe gerade erst vom Dienst kämen, verabschiedete er sich dann und verließ mit seiner Begleiterin das Lokal.

Corwin zog eine Augenbraue hoch, beugte sich langsam vor und sagte: »Wenn du mir jetzt gestehst, dass dieser blonde Mann mit den adretten Koteletten dein ehemaliger Freund war, dann spendiere ich dir drei Sitzungen bei einem Experten für Persönlichkeitstests.«

»Achim ist kein schlechter Mensch.«

»Das glaube ich dir sogar. Tue Gutes und rede darüber, das ist seine Devise, oder?« Er schüttelte den Kopf und spitzte die Lippen.

»Ich wusste gar nicht, dass du so ein Menschenkenner bist«, knurrte Christine nun leicht verärgert.

»Das bin ich auch nicht, aber wer dich nur ein wenig kennt, der würde dir Achim nicht mal als Hausarzt empfehlen.«

Christine reckte ihr Kinn in die Höhe und starrte ihn angriffslustig an. »Ach, und du kennst mich wohl so gut?«

»Gut genug, um dich sehr gerne zu haben und mit dir jede freie Minute zu verbringen, statt mir mal den Dom anzuschauen oder Souvenirs für meine Tochter zu kaufen.« Seine Ehrlichkeit war entwaffnend. Oder meinte er das nicht doch ironisch? Sie sah ihn fragend an, aber er blätterte schon wieder suchend in der Speisekarte.

»Wieso soll das ein guter Italiener sein, wenn er nur so wenig Pizzen zur Auswahl hat?«

»Weil gute Italiener gar nicht so gerne Pizzen anbieten. Dieses Gericht ist in Italien eher ein Imbiss oder eine kleine Mahlzeit. In guten Restaurants möchte der Koch gerne seine mediterranen Kochkünste richtig zeigen.«

»Aha«, sagte Corwin gedehnt und bestellte eine Pizza Calzone mit einer doppelten Schinkenfüllung, während Christine sich für eine Portion Calamari entschied.

Sie nahm ihr Glas Merlot vorsichtig in die Hand und prostete ihm zu. Der rote Wein schmeckte ausgezeichnet und hinterließ einen angenehm würzigen Geschmack im Mund. Mit einem Male fühlte sie sich sehr behaglich. Sie sah Corwin an und bemerkte die dunklen Ringe unter seinen Augen. Entweder schlief er viel zu wenig, oder seine Schussverletzung machte ihm mehr zu schaffen, als er zugeben mochte.

Er lächelte sie kurz an, als ihre Blicke sich trafen, und fragte: »Erzählst du zuerst, welche Abenteuer du heute Nachmittag noch erlebt hast?«

Sie lehnte sich mit dem Glas Wein in der Hand zurück und erwiderte: »Ich würde lieber erst hören, was du herausgefunden hast. Meine Geschichte ist gut sechzehn Jahre alt, die läuft nicht mehr weg.«

In seiner unnachahmlichen Art zog er die rechte Augenbraue hoch und blickte sie so durchdringend an, dass sie das Gefühl bekam, er würde ihre Geschichte bereits kennen. Dann begann er seinen Bericht mit einer Frage.

»Was würdest du machen, wenn du erfährst, dass dein vorgesehenes Mordopfer auf die Malediven reisen will, bevor du die passende Tatwaffe auftreiben kannst?«

Christine schaute ihn verdutzt an und antwortete pragmatisch: »Ich besorge mir eine andere Tatwaffe und beeile mich.«

»Ich bewundere deine kriminelle Phantasie. Aber angenommen, aus religiösen Motiven muss der Mord mit einer ganz bestimmten Waffe begangen werden, an die du erst einige Tage später kommen kannst.«

Christine dachte nach. Es war klar, dass er ihr die Hintergründe des Mordes an Kerner erzählen wollte. Der Mann war also wahrscheinlich schon vor dem ersten Mord abgefangen worden.

»Hat man Kerner etwa irgendwo festgehalten, bis man ihn umbringen konnte?« Sie fand diesen Gedanken bestialisch.

»An Händen und Fußgelenken sind Spuren von Fesseln, und außerdem fanden die Pathologen Reste eines Betäubungsmittels in seinem Blut.«

Christine stellte ihr Glas ab und stützte die Ellbogen auf den Tisch. »Dann war Kerner eigentlich das erste Opfer, und man hat ihn nach seiner Ermordung in den Kanal geworfen, damit die anderen Opfer nicht schon vorher ahnten, in welcher Gefahr sie schwebten?«

Corwin nickte zustimmend. »Frau Auerbachs Tod hätte noch Zufall sein können, weil sie den Dieb vielleicht überrascht oder gesehen hatte. Auch den Mord an Frau Horn konnte man noch mit der laufenden Ausstellung in Verbindung bringen, aber bei Kerner hätten sich die anderen Opfer bereits Sorgen gemacht und wären gewarnt worden.«

Christine griff wieder zu ihrem Glas. »Was sagt uns das?«

Corwins steile Stirnfalte trat wieder markant hervor. »Das sagt uns, dass wir es hier mit einer sehr durchdachten und wahrscheinlich von langer Hand geplanten Tat zu tun haben. Es sagt uns, dass der oder die Täter sehr gefährlich sind, weil sie extrem zielstrebig und skrupellos vorgehen, und daher kann ich mir auch nicht vorstellen, dass die Briefe an dich ein zufälliges Nebenprodukt sind, mit dem der Täter zwischen den Morden seinem Bedürfnis nach Small Talk frönt.« Er fuhr sich mit beiden Händen durch die Haare und befeuchtete mit der Zunge seine Lippen.

Christine ahnte, dass er noch mehr zu erzählen hatte, doch er presste die Lippen aufeinander und hielt nach dem Essen Ausschau.

»Das wird noch dauern«, sagte Christine und blickte wie er zum Tresen. Eine sehr zierliche Italienerin mit großen dunklen Augen und einem sinnlichen Mund lächelte Corwin zu, bevor sie an den Nachbartisch ging, um eine Bestellung aufzunehmen. Vergebene Liebesmüh, das Gesicht des Indianers war einmal mehr eine eherne Maske.

Christine seufzte leise und lächelte ihn ihrerseits an. »Du siehst aus wie Cäsar, der von den Göttern erfährt, warum seine Freunde ihn umgebracht haben.«

»Und? Wirke ich erstaunt?«

»Nein. Uneinsichtig und stur. Warum sagst du mir nicht, welche Vermutung du bezüglich der Briefe hegst?«

Die direkte Art Christines erschreckte ihn, doch er kramte in seiner Hosentasche und zog einige Zettel heraus, denen man ansah, dass er sie schon länger mit sich herumtrug. Corwin glättete sie, so gut es ging, und legte sie nebeneinander auf den Tisch, damit Christine sie lesen konnte. »Was fällt dir auf?«

Sie betrachtete die Zettel und erkannte ihre eigene Handschrift. Es waren die Papierbogen, die sie im Zoo beschrieben hatte, aber mit einer wesentlichen Veränderung: Corwin hatte unter jeder Überschrift jeweils einen Begriff rot umrandet. Beim Geistertanz war es das Wort *Erneuerung*, beim Sonnentanz *Geburt*, bei der Peyote-Religion *Vereinigung*. Sie las die drei Wörter laut vor: »Erneuerung – Geburt – Vereinigung.«

Corwin tippte auf den Zettel und bat: »Bring sie mal in eine andere Reihenfolge.

Christine begriff nicht ganz, was er meinte, und überlegte laut. »Im Buddhismus ist jede Geburt auch eine Erneuerung, eine Wiedergeburt sozusagen. Davor kommt die Vereinigung, also die geschlechtliche Vereinigung. Ist es das, was du meinst? *Vereinigung – Geburt – Erneuerung.*« Sie blickte ihn fragend an.

»Genau. Ich glaube, dass wir die wesentlichen Bedeutungen der einzelnen Zeremonien erfasst haben, aber du hast die Reihenfolge nicht eingehalten. Du hast deine Artikel mit dem Thema Geistertanz begonnen und bekamst dann den Hinweis auf die Peyote-Religion, die für unseren Täter allerdings die erste Zeremonie darstellte. Er muss sich ganz schön geärgert haben, dass du so schnell einen eigenen Schwerpunkt gesetzt hast. Darum hat er unter den ersten Artikel auch den Hinweis gesetzt, dass du genau darüber schreiben sollst. Damit du nicht wieder ein falsches Thema vorziehst.«

Corwin machte eine Pause und vergewisserte sich, dass Christine ihn verstanden hatte.

»Dann kamen die Hinweise auf den Sonnentanz.«

Er unterbrach sich, als das Essen serviert wurde.

Corwins Calzone erinnerte an eine riesige Apfeltasche, war aber prall gefüllt mit Schinken und einer Menge anderer Zutaten. Corwin trug, als er zu seinem Besteck griff, ein fast glückliches Grinsen im Gesicht, und Christine fühlte sich in ihrer Vermutung bestätigt, dass Männer vor allem mit den einfachen Dingen des Lebens zu beeindrucken waren.

Ihre Tintenfischringe machten in jedem Fall einen guten Eindruck, goldgelb frittiert, mit verschiedenen Dips, Salat und frischem Baguette angerichtet.

»Es geht also um eine Geburt?«, fragte sie, während sie vorsichtig einen Tintenfischring auf die Gabel spießte. Er nickte und kaute.

»Um wessen Geburt?« Christine hielt die Gabel noch immer in die Luft, Corwin zuckte die Achseln und kaute.

Endlich steckte Christine ihren ersten Bissen in den Mund und sprach gleich darauf weiter. »Weil wir eben schon beim Buddhismus waren – vielleicht will der Täter eine Reinkarnation von Sitting Bull herbeiführen? Er war doch einer eurer größten Häuptlinge, oder?« Ihr Lächeln zeigte, dass diese Idee nicht ganz ernst gemeint war.

Corwin kaute, schluckte und sagte endlich etwas. »Wäre ich ein Sioux, hätte ich leidenschaftlich genickt. Was die Geburt angeht, bin ich mir nicht sicher. Vielleicht geht es auch nur um die Geburt einer Idee. Du lässt dein Essen kalt werden.«

Gedankenverloren nahm sie einen weiteren Bissen. Bei dem harmlosen Wörtchen »Vereinigung« fiel ihr der brutale Begriff »Vergewaltigung« ein, und sie überlegte, ob sie Corwin wirklich von der versuchten Vergewaltigung vor sechzehn Jahren erzählen sollte. Das Ganze kam ihr so unwirklich vor, es war so lange her, und sie konnte sich überhaupt nicht erinnern. Das wiederum fand sie allerdings nicht schlimm, denn auf das Trauma, das derartige Erfahrungen oft verursachten, konnte sie gut verzichten.

Wenn diese Ereignisse allerdings tatsächlich etwas mit dem Fall zu tun hatten, musste sie auch Delbrock davon erzählen. Immerhin hatten sie dann vielleicht zwei Spuren, die zum Täter führen könnten. Bestimmt wurde bereits nach Verwandten des verunglückten Indianermädchens gesucht. Aber es dürfte wohl schwer werden, denjenigen zu finden, der Christine damals im Auto mitgenommen und wohl sexuell belästigt hatte.

Daher berichtete sie Corwin von dem Telefonat mit Maggy, von dem Armband, das es eventuell noch gab, von dem Überfall auf sie selbst und auch von der versuchten Vergewaltigung.

»Maggy meint, dass der Täter von damals nun vielleicht vollenden will, was er vor Jahren nicht geschafft hat.«

Corwin wischte sich den Mund mit einer Serviette ab und schob den Teller, auf dem jetzt nur noch ein Zwiebelring lag, zur Seite.

Dann streckte er seine langen Beine seitlich vom Tisch aus,

wobei es ihm offensichtlich egal war, dass mit hoher Wahrscheinlichkeit der nächste vorbeikommende Kellner darüber stolpern würde, und sagte ohne Umschweife: »Das, was unser Täter unter Vereinigung versteht, ist also in Wirklichkeit eine Vergewaltigung, und du bist seine Auserwählte für die Geburt.«

»Wow, ich bin richtig wichtig, oder?« Christine holte tief Luft. »Das ist nicht witzig, Corwin.«

Er beugte sich leicht vor und sah sie eindringlich an. »Du hast mich gefragt, was mir bei unserem Brainstorming im Zoo aufgefallen ist, und genau das habe ich gerade ausgesprochen. Mit Briefen baut man eine Beziehung auf, das war der Aspekt, der mir als Erstes Sorgen bereitete. Der Schreiber wurde immer persönlicher, er hat dich mit Namen angesprochen und ganz direkt den Bezug zwischen dem männlichen Sonnentanz und den Frauen angesprochen, nämlich den Vergleich mit dem Geburtsschmerz. Dass er dir die Flöte dann sogar auf dein Bett gelegt hat, ist womöglich schon der erste Schritt in Richtung Vereinigung. Er macht keinen Small Talk mehr, er handelt. Deine Geschichte macht die Besessenheit des Täters nur umso deutlicher, denn er scheint schon sehr lange eine bestimmte Wahnidee zu verfolgen.«

***

Wie eine vom Schmerz des Verlustes übermannte Witwe, die Schultern zusammengezogen und die Arme verschränkt, stand Maggy vor dem Grabstein und starrte auf die Inschrift. Allerdings trug sie nicht Schwarz, sondern ein buntes wollenes Cape, feste Arbeitsschuhe und eine enge, ausgebleichte Jeanshose, die ihre zierliche, immer noch schöne Figur erkennen ließ.

Verwitwet war Maggy zwar, doch sie stand nicht vor dem Grabstein ihres Mannes. Ronald lag nicht einmal auf diesem Friedhof begraben, er ruhte neben Maggys Vater Johannes auf dem christlichen Friedhof ihrer Gemeinde. Maggy hingegen befand sich auf dem Friedhof, der zu der nahe gelegenen Reservation der Sisseton-Wahpeton Dakota Nation gehörte. Nach dem aufwühlenden Telefonat mit Christine hatte sie auf einmal den starken Wunsch verspürt, mit Charly Horseman zu sprechen. Und vor dem Grab des alten Mannes fühlte sie Nähe und Verbundenheit, denn Charly Horsemann war mit ihrer Familie verwandt. Diese Verwandtschaft ließ sich auf einen großen Mann zurückführen: Sitting Bull. Maggys Großvater hatte eine Tochter des berühmten Häuptlings geheiratet.

Sie musste Christine eigentlich davon erzählen. Möglich, dass diese entfernte Verwandtschaft ihrer Familie dem offenbar wahnsinnigen Täter in Münster bekannt war? Immerhin war ausgerechnet das Geistertanzhemd von Sitting Bull gestohlen worden.

Die Sonne hatte bereits eine solche Kraft, dass sie Maggy auf den Scheitel brannte und sie die Augen zusammenkneifen musste. Sie straffte die Schultern und verabschiedete sich stumm von Charly Horseman.

***

Es war bereits recht spät, als Corwin und Christine aus dem Lokal auf die Straße traten. Zum ersten Mal, seit sie sich kannten, hatte Corwin ihr ein wenig über sein Leben erzählt. Christine wusste nun, dass seine Eltern ihn bei der Versorgung und Erziehung seiner Tochter sehr unterstützten und er in einem eigenen Bungalow wohnte, der nicht weit vom Elternhaus entfernt lag. Corwins Vater war Anwalt und nicht nur in Stammesangelegenheiten recht erfolgreich, seine Mutter engagierte sich in zahlreichen Vereinen und Gremien des Stammes und kümmerte sich um Missstände in den Reservaten. Dabei machte sie sich nicht nur Freunde und trieb vor allem ihren Mann so manches Mal in die Verzweiflung, weil sie seine Dienste als Anwalt, unentgeltlich und für eine gute Sache natürlich, zu jeder Tages- und Nachtzeit in Anspruch nahm.

Christine hatte einige Male herzlich lachen müssen, als Corwin die unterschiedlichen Charaktere seiner Eltern schilderte. Sein Vater hatte schon sehr früh erkannt, dass allein Bildung junge Menschen aus dem Elend und der Arbeitslosigkeit in der Reservation führen konnte.

Vor Christines Haus begrüßte sie Klaus Schröder fröhlich winkend aus dem Fenster seines Dienstwagens. Er übernahm heute wieder die Nachtschicht. Christine fragte sich, ob das Auto wirklich der beste Platz für die Bewachung war. Sie wollte zwar keinen Polizisten in ihrer Wohnung haben, aber wenn Klaus Schröder im Hausflur säße, wäre ihr in dieser Nacht wohler. Sie schaute zum zunehmenden Mond hinauf und stöhnte unbewusst. Auf Corwins fragenden Blick hin machte sie eine fahrige Geste, als wollte sie einer Sache, die sie noch gar nicht ausgesprochen hatte, die Bedeutung nehmen. Dann aber sagte sie es doch: »In letzter Zeit habe ich den Eindruck, dass meine Wohnung gar nicht mehr mir gehört. Ich fühle mich allein dort nicht mehr wohl. Es ist, als hätten die Wände Ohren und die Türen Augen.« Sie lachte nervös und holte den Schlüssel aus ihrer Jackentasche.

Sie wollte Corwin nicht bitten, mit ihr die Wohnung zu kontrollieren, aber der Drang, unter das Bett zu schauen und alle Schranktüren zu öffnen, war genauso stark wie damals, als sie mit elf Jahren heimlich allein einen Vampirfilm geschaut hatte.

Im Restaurant hatte sie sich so wohlgefühlt, nun aber fürchtete sie, die ganze Nacht grübelnd im Bett zu liegen.

Plötzlich hielt Corwin ihre Hand mit dem Schlüssel fest. Er sah sehr müde und erschöpft aus, als er sagte: »Ich werde den Beamten daran erinnern, dass er regelmäßig die Rückseite des Hauses überprüft. Ich gehe jetzt zurück zum Hotel, denn ich muss noch telefonieren.«

Christine warf einen Blick auf die Uhr und fragte erstaunt: »Wen willst du denn um kurz vor zwölf Uhr noch anrufen?«

»In Billings ist es jetzt ungefähr sechs Uhr am Abend, eine ideale Zeit, um meine Tochter ans Telefon zu bekommen.« Er spähte die Straße entlang. »Sagst du mir Bescheid, wenn du das Armband hast?«

»Natürlich. Willst du mein Fahrrad nehmen?«

Corwin schüttelte langsam den Kopf. »Ich fahre nie Fahrrad. Bis morgen.«

Corwin schob die Hände in seine Jeanshose und marschierte los. Mit Klaus Schröder, der es sich in dem Opel einigermaßen bequem gemacht hatte, wechselte er noch ein paar Sätze, dann war er hinter der nächsten Straßenkrümmung verschwunden. Anscheinend wollte er wirklich die ganze Strecke bis zu seinem Hotel am Aasee zu Fuß gehen.

Christine zuckte mit den Schultern, schloss endlich die Haustür auf und stieg leise die Treppe hinauf. Es war still, die meisten Hausbewohner schliefen vermutlich schon. Sie fragte sich, wie viel ihre Nachbarn von den Ereignissen mitbekommen hatten und ob sie die Bewachung des Hauses bemerkten. Delbrock gab sich jedenfalls keine Mühe, den Personenschutz zu verbergen.

Während sie nun tatsächlich alle Räume ihrer Wohnung abging und die Fenster kontrollierte, überlegte sie, wer für sie selbst eigentlich als Täter in die engere Wahl kommen würde. Lucie schied schon deshalb aus, weil sie zu klein war. Sie konnte auf gar keinen Fall der Eindringling in ihrer Wohnung gewesen sein. Zudem hatte Birgit sich ein wenig mit ihr angefreundet, und sie traute ihrer Kollegin eine gewisse Menschenkenntnis zu. Die schöne Marie wäre groß genug gewesen, und ihre geheimnisvolle und unnahbare Art machten sie schwer einschätzbar, doch eigentlich tippte Christine auf einen männlichen Täter. Die Briefe, die Flöte und die Andeutungen bezüglich der Rituale, all das schien ihr eher zu einem Mann zu passen. Der Chief hätte theoretisch der Täter sein können, doch bei diesem Gedanken sperrte sich alles in ihr. Schließlich schien ihm selbst Delbrock zu vertrauen.

Blieb nur noch der charismatische David Ironheart Seidel, der erste Verdächtige des Hauptkommissars. Allerdings hatte er für mindestens einen der Morde ein Alibi. Christine konnte sich David durchaus als leidenschaftlichen Rächer vorstellen, aber diese geduldig und bis ins letzte Detail geplanten Taten schienen ihr nicht recht zu seinem Charakter zu passen. Immer wenn sie David Ironheart Seidel traf, zeigte er eine galante Lässigkeit, eine fröhliche und impulsive Genussfähigkeit, die mit einem lange vorausplanenden Rächer in ihren Augen nicht harmonisieren konnte. Die anderen Tänzer und Künstler waren bereits nach den ersten beiden Morden abgereist und schieden damit eigentlich aus.

Und Corwin Standing Child? Christine entschied sich, dass er zu den Guten gehörte. Trotz seiner persönlichen Tragik und dem Zorn, den er mit sich herumtrug, konnte sie sich beim besten

Willen nicht vorstellen, dass er ein vielfacher Mörder sein konnte. Vertrauen zu haben setzte mitunter Mut voraus, und vielleicht war sie nur deshalb noch kein nervliches Wrack wie Dr. Horn, weil sie einigen Menschen vertrauen konnte. Blieb also nur der große Unbekannte, der seine Identität noch nicht enthüllt hatte.

Christine warf einen letzten Blick auf den grünen Opel vor ihrem Küchenfenster und nahm das Telefon dieses Mal mit an ihr Bett. Als sie auch noch ihre Schlafzimmertür verschloss, kam sie sich tatsächlich ein wenig albern vor. Doch wenn ihr dadurch ein ruhigerer Schlaf beschert wurde, nahm sie diesen kleinen Riss in ihrem Selbstwertgefühl hin.

***

Sie zählten nicht einmal zwei Handvoll Männer, nur ein paar Freunde und dazu noch zwei junge Burschen, die etwas lernen wollten. Ihr Lager hatten sie in der Nähe einiger kleinerer Berge auf einer saftigen Wiese aufgeschlagen. Die Feuchtigkeit der Nacht verbreitete einen angenehm würzigen Geruch, der Duft von Natur, Sommer und Freiheit. Er liebte es, unter freiem Himmel zu schlafen, und so reckte er sich wohlig und zog die Decke bis zur Brust. Trotz der lauen Nacht hatten sie sich neben dem Feuer zur Ruhe gelegt, die Waffen griffbereit. Keiner der Männer trug Kriegsbemalung. Sie waren nur zum Jagen hier.

Plötzlich näherten sich schwere Schritte dem Lagerplatz, und eine tiefe, leise murmelnde Stimme war zu hören. Alle Männer schreckten auf und sahen sich im Schein des Feuers beunruhigt an. Seine Freunde griffen unwillkürlich, aber mit geübten Bewegungen nach ihren Waffen, doch er hielt sie zurück, denn er wusste, was da kam. Und er spürte seine Bedeutung.

Ein gewaltiger alter Büffelbulle schritt langsam den ausgetretenen Pfad zwischen den Hügeln entlang und geradewegs auf sie zu. Sein großer Kopf war zu Boden gerichtet, und das Murmeln kam aus seinem Maul. Die anderen Männer konnten nicht verstehen, was der Bulle sagte, doch er verstand es genau und hörte andächtig zu, wie der große Bulle ihm Namen nannte.

Tatan'ka Iyota'ke,
Tatan'ka Psi'ca,
Tatan'ka Winyu'ha Najin,
Tatan'ka Wanji'la

Und während der Büffel gemächlich an ihnen vorbeischritt und schließlich außer Sicht geriet, da wusste er, dass dies seine vier neuen Namen waren, kraftvolle, schöne Namen.

Der alte Büffel trabte hingegen weiter, ganz allein, den schweren Kopf gesenkt. Plötzlich blieb er vor einer dunklen Höhle stehen, die in dieser grünen Landschaft wie ein offener Mund klaffte. Der Bulle hob den Kopf und öffnete sein Maul, so weit er konnte. Ein Schwarm Fledermäuse kam daraus hervor und erfüllte für einen kurzen Moment die Luft mit ihren bizarren Flügelschlägen. Dann flogen die kleinen Tiere in die Höhle und waren nicht mehr zu sehen.

***

Christine erwachte und griff vorsichtig nach ihren Haaren. Sie ertastete nur ihre zerwühlten Locken und das Kopfkissen, keine Fledermäuse. Es war nur ein Traum. Die Augen zu öffnen traute sie sich dennoch nicht. Sie fürchtete, dass noch kein Tageslicht durch die schweren Gardinen schien, dass die Nacht noch längst nicht überstanden war. Zunächst lauschte sie nach Motorengeräuschen. Nichts. Es war Sonntag, da tat sich auf den Straßen nur wenig. Dann hörte sie ein Fahrrad und blinzelte schließlich vorsichtig mit einem Auge. Es war sehr hell draußen. Ein Blick auf ihren Wecker zeigte neun Uhr zehn. Eine halbe Stunde später wählte sie die Nummer ihrer Mutter, um sich für einen kurzen Besuch anzumelden.

»Christine, ist etwas passiert?

»Die Sonne ist aufgegangen«, sagte Christine gut gelaunt, »und ich wollte dich gleich kurz besuchen.«

»Vermutlich hast du recht, aber von der Sonne sehe ich hier nichts. In Telgte regnet es seit dem Morgengrauen.« Ihre Mutter machte eine kurze Pause. »Es gibt ja schon wieder einen Toten. Ist mit dir alles in Ordnung?« Die Stimme ihrer Mutter klang zögernd und besorgt.

Christine ignorierte es und berichtete von Maggys Anruf. Dann fragte sie: »Ich würde gerne das Armband sehen, das man nach dem Unfall bei mir gefunden hat. Du hast es doch noch, oder?«

Am anderen Ende der Leitung zog ihre Mutter scharf die Luft ein. Es dauerte eine Weile, bis die Antwort kam. »Was willst du damit?«

Christine hielt den Atem an. Das klang zumindest so, als hätte ihre Mutter den Indianerschmuck noch. »Ich will das Armband jemandem zeigen. Vielleicht führt es uns auf eine Spur, aber das kann ich dir besser gleich persönlich erzählen.«

»Kommst du allein?«

»Ja, Mama, ich komme allein. Bis gleich.«

Constanze Neustedt lauschte auf das hohle Tuten, nachdem ihre Tochter aufgelegt hatte. Sie fragte sich, ob Christine naiv war oder einfach über eine Art positiver Energie verfügte, die sie für bestimmte Dinge unerreichbar machte.

In ihren Augen war ihrer Tochter beinahe das Schlimmste geschehen, was einem Kind, einem jungen Mädchen, zustoßen konnte. Als sie von der versuchten Vergewaltigung erfahren hatte, war es ihr wie ein Messerstich in den eigenen Körper gefahren, und sie hatte ein schweres Gefühl des Versagens gespürt. Wie konnte sie ihr Kind nur allein in ein so fernes Land reisen lassen? An Christines Bett im Krankenhaus schwor sie bei Gott, ihre Tochter von nun an zu beschützen, und wenn sie ganz allein in einen Krieg ziehen müsste. Später in Deutschland konnte sich das Mädchen durch die schwere Gehirnerschütterung kaum mehr an das Geschehen erinnern, und irgendwann arrangierten sich Mutter und Tochter.

Ein bitteres Lächeln huschte über Constanzes Gesichtszüge. Wie erleichtert war sie gewesen, als Achim, der junge Mediziner, in Christines Leben trat und alles nach einer sicheren Zukunft aussah.

Nun traf sich ihre Tochter mit langhaarigen Indianern aus diesem Land der schlechten Erinnerungen, die allesamt unter Mordverdacht standen, und grub zudem ein Stück schmerzliche Vergangenheit aus, über das ihr das Schicksal eine gnädige Amnesie verhängt hatte. So viel verstand Constanze Neustedt von Psychologie, dass bestimmte Schlüsselreize auch bestimmte Erinnerungen wieder hervorrufen konnten. Was würde dieses einzigartige, wunderschöne Armband bei Christine auslösen?

Frau Neustedt ging zu einem edlen Mahagoni-Sekretär, zog eine der vielen kleinen Schubladen auf und entnahm ihr eine zierliche Taschenlampe, deren hinteres Teil sie aufschraubte. Aus dem leeren Batteriefach fiel ein alter Schlüssel, der zu einer etwas größeren Schublade des Sekretärs gehörte. Sie schloss die Lade auf. Zwischen sorgfältig gebundenen Päckchen mit alten Briefen, einem braunen Schmuckkästchen und diversen anderen Erinnerungsstücken lag ein kleiner Lederbeutel, den Frau Neustedt nun hervorholte. Darin bewahrte sie das fein gearbeitete Armband auf, das ein Unbekannter Christine einst hatte zukommen lassen. Sie legte es auf ihre Hand und betrachtete es. Das weiche, zwei Zentimeter breite Lederband war liebevoll mit bunten Ornamenten bestickt, in der Mitte stand der Name ihrer Tochter. Mit den an beiden Enden dünn auslaufenden Lederriemen konnte es am Handgelenk befestigt werden. Bis auf den deutschen Namen wirkte das Armband sehr indianisch, was den Verdacht damals auf das nahe gelegene Reservat der Sisseton-Wahpeton Dakota Nation gelenkt hatte. Eigentlich passten dieses Geschenk und der so brutal anmutende Überfall auf Christine nicht zusammen. Wahrscheinlich hatte sie es deshalb all die Jahre behalten.

Frau Neustedt fühlte sich besorgt und hilflos. Doch sie konnte das, was da kommen sollte, nicht mehr aufhalten.

ACHT

Christine putzte sich gerade die Zähne, als es zweimal kurz an der Haustür klingelte. Schnell spuckte sie die Zahnpasta aus und wischte sich die Nässe aus dem Gesicht. Sie nahm an, dass der Beamte vom Personenschutz etwas von ihr wollte, und öffnete sowohl die Wohnungstür als auch per Knopfdruck die Haustür unten. Während sie bereits schnelle Schritte auf der Treppe hörte, zog sie sich eilig Schuhe an. Wer auch immer das war, sie wollte jetzt unbedingt zu ihrer Mutter nach Telgte fahren.

Zu ihrer Überraschung stand plötzlich Lucie im Türrahmen, die indianische Künstlerin, die Christine eigentlich nur aus dem »Fegefeuer« und vom ersten Tag der Ausstellung her kannte. Sie wusste jedoch, dass ihre Kollegin Birgit sich häufiger mit Lucie traf.

Die Navajo-Indianerin machte einen arg mitgenommenen Eindruck. Ihre Augen waren gerötet, als habe sie eben noch geweint, mit den Händen knetete sie einen zerfledderten Stadtplan, und auf ihrer sonst so glatten Stirn standen sorgenvolle Falten.

Sie sprach ein Gemisch aus Englisch und Deutsch, und das, was sie sagte, reichte, um Christine in Bewegung zu bringen. Sie riss ihre Jacke von der Garderobe, langte nach ihrer Handtasche und lief, immer zwei Stufen auf einmal nehmend, mit Lucie die Treppe hinunter. Dabei verfluchte sie sich innerlich, dass sie nicht schon eher bei Birgit angerufen hatte. Nun stotterte Lucie etwas von einer Entführung und von Lebensgefahr, weil Birgit etwas herausgefunden hatte. Wenn sie die Indianerin richtig verstand, dann wurde Birgit an einem abgelegenen Ort festgehalten und lebte noch. Woher und warum gerade Lucie von alldem wusste, war Christine noch nicht ganz klar.

Als Christine in ihr Auto stieg und zügig vom Parkplatz fuhr, bemerkte sie im Rückspiegel den alten Opel, in dem der Personenschutz saß. Die Tür des Wagens stand ein Stück offen, der Beamte war aber nicht zu sehen. Eigentlich hätte sie immer Bescheid geben sollen, wenn sie die Wohnung verließ, doch dann beruhigte sie sich damit, dass sie gleich mit ihrem Handy die notwendigen Anrufe tätigen konnte.

Lucie saß auf dem Rücksitz und breitete den Stadtplan aus. Sie wirkte wieder ruhig und lächelte Christine von hinten entschuldigend an. »Ich hatte solche Sorge, dass du nicht zu Hause bist.« Kurz legte sie Christine die Hand auf die Schulter und sprach dann englisch weiter: »Ich habe im Hotel Bescheid gegeben, damit sie diesen komischen Kommissar informieren. Vielleicht finden wir den Ort, wo Birgit versteckt gehalten wird. Sie sagte etwas von einem Kanal in Richtung Greven.«

»Sie sagte etwas? Hast du denn mit Birgit gesprochen?« Um ein Haar hätte sich Christine nach hinten umgewendet, ohne auf den Verkehr zu achten.

»Das versuche ich dir doch zu erklären. Sie war wohl für einen Moment unbeobachtet oder konnte sich befreien. Leider wurden wir nach einigen Worten wieder getrennt, darum weiß ich nicht mehr. Ich mache mir die größten Sorgen. Hast du eine Ahnung, in welche Richtung wir suchen müssen?« Lucies Blick ging suchend über den Stadtplan. Plötzlich hob sie den Kopf und sagte, bevor Christine noch auf ihre erste Frage antworten konnte: »Hast du dein Handy dabei? Dann versuche ich es einfach mal bei ihr.«

Christine fuhr gerade über eine Kreuzung und bog auf die Grevener Straße ab. Zwei Gedanken schossen ihr durch den Kopf. Warum rief Birgit bei Lucie an und nicht bei ihr? Oder noch besser bei der Polizei? Und seit wann war Birgit überhaupt entführt? Sie selbst hatte Birgit bereits nach dem Zoobesuch nicht mehr erreicht, also am frühen Samstagabend. Da war ihr Handy ausgestellt gewesen.

Mit dem Kanal in Richtung Greven konnte Birgit eigentlich nur eine Straße gemeint haben, den Max-Klemens-Kanal. So hieß die Verbindungsstraße von Münster nach Greven. Die Straße war mehrere Kilometer lang, sehr schmal, ohne jegliche Befestigung und teilweise kurvenreich. Wenn dies der einzige Anhaltspunkt war, den sie hatten, dann stand es für Birgits Befreiungsaktion nicht besonders gut.

Christine langte mit der rechten Hand nach ihrem Rucksack, wühlte eine Zeit lang darin herum, bis sie ihr Handy in der Hand hielt, und reichte es Lucie nach hinten. »Ich muss noch dringend meine Mutter anrufen, sie wartet auf mich.« Auf Englisch hatte Christine Mühe, immer die richtigen Formulierungen zu finden, was sie gerade beim Fahren sehr anstrengend fand.

»Wie ist die Nummer deiner Mutter?«, fragte Lucie hilfsbereit. Christine sagte sie ihr und streckte die Hand nach hinten aus, um das Handy wieder in Empfang zu nehmen. Aber Lucie hielt den Hörer erst abwartend ans Ohr. Dann schüttelte sie den Kopf und sagte: »Es geht keiner dran, sorry. Ich versuche es jetzt bei Birgit.« Sie schaute fragend durch den Rückspiegel zu Christine, die auch diese Nummer auswendig kannte. In zügigem Tempo näherten sie sich nun dem Ortsausgangsschild von Münster, dahinter befand sich auf der linken Seite die Abzweigung nach Greven. Wie Christine vermutet hatte, meldete sich auch an Birgits Apparat niemand. Sie bog in den Max-Klemens-Kanal ein, fuhr einige Meter und blieb dann stehen.

Die Straße nach Greven verlief durch Felder und Wälder, nur an wenigen Stellen gab es vereinzelte, abseits der Straße liegende Häuser. Werktags war die Straße zwar relativ befahren, dennoch wirkte die Gegend sehr abgelegen. Jetzt, an einem Sonntagvormittag, war es hier ruhig. Radfahrer und Ausflügler mieden die Straße, die recht gefährlich war, weil oft gerade mal zwei Autos nebeneinander Platz fanden.

Christine wunderte sich, dass keine Polizeiwagen zu sehen waren. Angeblich war doch die Polizei längst informiert?

Sie drehte sich zu Lucie um und begriff sofort, dass hier ganz sicher keine Polizei auftauchen würde.

Die kumpelhafte, nette Indianerin hielt ihr plötzlich eine kleine schwarze Pistole vor die Nase, die sehr echt und sehr gefährlich aussah. Christine duckte sich unwillkürlich, als rechnete sie damit, sofort erschossen zu werden. Als sie auch noch mit der linken Hand nach dem Türgriff langte, versetzte ihr Lucie mit dem Schaft der Waffe einen festen Schlag auf die empfindliche Kuhle zwischen Hals und Schulter. Schmerz durchzuckte Christine, für einen Moment war ihr Arm gelähmt, und sie konnte den Kopf kaum bewegen.

Nun wurde ihr klar, was sie in den letzten zwanzig Minuten alles falsch gemacht hatte: Sie hatte einer des Mordes verdächtigen

Person blind vertraut, hatte dem diensthabenden Polizisten nicht Bescheid gegeben, hatte ihre Mutter nicht persönlich angerufen und auch noch ihr Handy aus der Hand gegeben. Die besten Sicherheitsvorkehrungen konnten nicht greifen, wenn das mögliche Opfer sich derart dumm in Gefahr begab. Am liebsten hätte sie vor Wut geheult.

Lucie ließ ihr ein wenig Zeit, sich zu erholen, dann sagte sie: »Und jetzt fahre bitte wieder los.«

»Und wenn nicht? Wirst du mich dann erschießen?«

»Ich werde dir in die Schulter schießen. Das ist sehr schmerzhaft, aber nicht tödlich. Tödlich ist das, was wir mit deiner Freundin Birgit machen, wenn du nicht tust, was ich dir sage.« Lucies Stimme klang hart und ohne jedes Mitgefühl, ihr Gesicht hingegen zeigte die Besonnenheit, die Christine beim ersten Treffen so an ihr gemocht hatte. Aber sie zweifelte nicht eine Sekunde an der Entschlossenheit dieser Frau. Erst jetzt, wo sie hier mit Lucie zusammen im Auto saß, erschien es ihr glasklar, dass nicht nur ein einziger Täter für diese ganzen Mordtaten in Frage kommen konnte.

Womöglich steckten sogar sämtliche Künstler unter einer Decke, schließlich hatten sie sich von Anfang an gegenseitig Alibis gegeben. Aber Christine hielt es jetzt zumindest für sehr wahrscheinlich, dass sowohl Marie als auch David mit Lucie gemeinsame Sache machten. Wollten sie etwa alle den Tod des kleinen Mädchens auf dem Indianerfriedhof rächen?

Sie startete den Motor und fuhr nach einem kurzen Blick in den Rückspiegel sehr langsam weiter. Wo immer man sie hinbringen würde, sie wollte so spät wie möglich dort ankommen.

»Das kleine Mädchen, das auf dem Friedhof vor einem Jahr verunglückt ist, war das eine Verwandte von dir?«

»Es war meine Tochter und das Einzige, was mir von meinem toten Mann geblieben ist.«

»Wie schrecklich. Darum mussten die Verantwortlichen sterben?«

»Du weißt es.« Lucie bedeutete ihr mit einer Handbewegung, schneller zu fahren, und Christine schaltete einen Gang höher.

»Die Morde machen deine Tochter nicht wieder lebendig, sondern noch mehr Menschen unglücklich.«

»Vergebung macht sie auch nicht wieder lebendig.« Lucie schwieg einen Moment, dann sagte sie leiser, fast zu sich selbst: »Jedes Mal, wenn das Blut eines dieser Täter fließt, fließen auch meine Tränen wieder freier.«

Die Worte gingen Christine unter die Haut, sie konnte Lucies Schmerz beinahe körperlich spüren. Er schien mit ihnen im Auto zu sitzen und einen Teil der Luft zu verbrauchen, die sie so dringend zum Atmen benötigte.

Was Lucie sagte, war vielleicht eine Erklärung für die grässlichen Taten, aber beileibe keine Entschuldigung. Außerdem … Christine holte so tief Luft, wie sie konnte, und sagte: »Ich habe aber damit nichts zu tun.«

»Du«, erwiderte Lucie, »du bist Teil einer Abmachung.«

***

Frau Neustedt hatte bereits zum zweiten Mal Kaffee aufgebrüht, da sie nichts mehr verabscheute als Kaffee, der länger als eine halbe Stunde in der Kanne gestanden hatte. Der harte, bittere Geschmack verursachte ihr Übelkeit. Sie hatte auch schon zweimal bei ihrer Tochter angerufen, doch nach langem Klingeln sprang nur der Anrufbeantworter an, woraus Frau Neustedt schloss, dass Christine bereits losgefahren war. Auf dem Handy erklang lediglich das nervtötende Besetztzeichen. Was trieb sie bloß? Wahrscheinlich stand sie am Straßenrand und telefonierte stundenlang.

Doch je später es wurde, desto mehr verwandelte sich die Wut in echte Sorge. Christine hätte bereits seit einer Stunde hier sein müssen, großzügig gerechnet. Unwahrscheinlich, dass sie selbstvergessen solche langen Handytelefonate führte.

Mit einer entschlossenen Bewegung goss sich Frau Neustedt eine Tasse Kaffee ein und setzte sich mit dem Telefon in der Hand an den Küchentisch. Galt sie als hysterische Mutter, wenn sie gleich den Kommissar anrief? Vielleicht sollte sie zuerst die beste Freundin ihrer Tochter zu erreichen versuchen? Mit einigen schnellen Schlucken trank sie die Tasse Kaffee leer und entschied sich für eine dritte Variante. Sie kannte den Weg ganz genau, auf dem ihre Tochter nach Telgte fuhr. Es bestand also nur eine geringe Gefahr, dass sie aneinander vorbeifuhren. Schließlich konnte es auch sein, dass Christine eine Panne hatte und versuchte, den ADAC zu erreichen. Das würde zumindest das ständige Besetztzeichen erklären.

Als Frau Neustedt eine halbe Stunde später vor der Wohnung ihrer Tochter ankam, beschloss sie, die Lage zunächst positiv zu betrachten. Ihre Tochter war nicht zwischen Münster und Teltge mit dem Auto verunglückt und lag nicht schwer verletzt irgendwo herum.

Aber wo war sie? Frau Neustedt kramte in ihrer Handtasche und versuchte erneut, das Handy ihrer Tochter zu erreichen. Den schnellen, sich wiederholenden Ton kannte sie nun zur Genüge. Es machte beinahe den Eindruck, als habe Christine ein Gespräch nicht korrekt beendet.

Sie stieg aus dem Auto und zündete sich einen Zigarillo an. Während sie den Rauch langsam ausstieß, schaute sie zum Eingang hinüber und dann zu den Fenstern von Christines Wohnung. Plötzlich rief jemand nach ihr, ein Mann mittleren Alters stieg aus einem Opel und winkte. »Hallo, Sie wollen sicher Ihre Tochter besuchen. Sie sind doch Frau Neustedt, oder?« Er lächelte sie an, offenbar stolz, weil er sie erkannt hatte. Es schien einer von Delbrocks Männern zu sein.

Mit wenigen Schritten war sie bei ihm und sagte: »Meine Tochter ist leider nicht da. Wissen Sie vielleicht, wo sie steckt?«

Offensichtlich gab Delbrock sich keine Mühe, den Personenschutz zu verbergen. Der Mann trug eine Uniform, wenn er auch seine Mütze auf dem Beifahrersitz abgelegt hatte. Sein Gesicht, voll und rund, strahlte eine freundliche Gemütlichkeit aus, was gut zu dem Bauchansatz und den kräftigen Beinen passte.

»Na, ich müsste mich sehr täuschen, wenn die junge Dame nicht zu Hause ist. Ich habe sie jedenfalls nicht herauskommen sehen.«

»Und Sie waren die ganze Zeit hier?«

Jetzt kratzte sich der Beamte verlegen am Kopf. »Nun ja, beinahe. Ich wurde für etwa fünf Minuten weggerufen, da in der Parallelstraße angeblich zwei Jugendliche ein Auto zu knacken versuchten. Hatten sich aber schon aus dem Staub gemacht, die Bengel.«

Er sah hinauf zum Küchenfenster von Christines Wohnung und

fügte hinzu: »Außerdem muss sie sich immer bei mir abmelden, bevor sie weggeht; der Chef will das so.«

Frau Neustedt blickte den Polizisten zweifelnd an. Noch immer den Zigarillo in der Hand, schritt sie zur Eingangstür und schellte zwei Mal. Wie erwartet geschah nichts.

»Vielleicht steht sie unter der Dusche?« Der Beamte konnte offensichtlich nicht glauben, dass Christine während seiner Observierung das Weite gesucht hatte. Als sich auch nach weiterem Klingeln nichts rührte, machte der Polizist ein betroffenes Gesicht. »Das wird dem Chef aber nicht gefallen. Wo kann sie denn nur hin sein?«

»Sie wollte zu mir.«

»Aber das hätte sie mir doch sagen können.«

»Sie ist eben nicht bei mir angekommen. Deshalb bin ich ja jetzt hier.« Frau Neustedt gewann den Eindruck, dass sie ihrem Gegenüber alles etwas langsamer auseinandersetzen musste. »Ich wäre Ihnen dankbar, wenn Sie jetzt Hauptkommissar Delbrock informieren würden. Immerhin ist es möglich, dass Sie absichtlich in die Parallelstraße gelockt wurden.«

»Das wird dem Chef gar nicht gefallen«, wiederholte der Mann und kratzte sich nochmals am Hinterkopf. »Dann werde ich ihn mal anfunken.« Aber er setzte sich noch immer nicht in Bewegung, sondern spähte zu den Fenstern hoch, als erwartete er, das Gesicht Christines jeden Augenblick hinter der Scheibe zu sichten.

»Wundern Sie sich nicht lange.« Christines Mutter warf entgegen ihrer sonstigen Etikette den Zigarillo an den Straßenrand und trat ihn mit der Stiefelspitze so vorsichtig aus, als habe sie Sorge, der Schuh könne Feuer fangen. »Sie ist nicht mehr oben in ihrer Wohnung, und ihr Auto sehe ich auch nirgends.«

Während der Beamte endlich mit Delbrock telefonierte, versuchte Frau Neustedt ihren hilfsbereiten Nachbarn zu Hause zu erreichen. Er sollte Ausschau halten, falls Christine doch noch in Telgte auftauchte, und sich solange um ihre Tochter kümmern.

In der Ferne hörte sie eine Kirchturmuhr schlagen. Es musste bereits halb zwölf sein. Auf der gegenüberliegenden Straßenseite sah sie eine junge Mutter, die einen Kinderwagen schob. Ein etwa zweijähriger Junge hielt ein angeknabbertes Brötchen in der Hand und trällerte zufrieden vor sich hin. Frau Neustedt verspürte plötzlich ein schmerzliches Ziehen in der Magengegend, wie sie es lange nicht mehr erlebt hatte.

Sie wusste nicht, was sie jetzt machen sollte. Nach Hause fahren? In Christines Wohnung warten?

Als der Polizist ihren Namen sagte, drehte sie sich um. »Frau Neustedt! Frau Neustedt, Sie möchten bitte in der Wohnung warten, mein Chef kommt gleich. Ich kann Ihnen aufschließen.« Und mit einem breiten Lächeln zog er einen Schlüssel aus der Hosentasche. Er machte eine weit ausholende Geste und geleitete sie zur Eingangstür, wobei er ihr dabei etwas von Spurensicherung und Zeugenbefragung erzählte. Erst oben vor der Wohnung kam Frau Neustedt dazu, auch etwas zu sagen. »Der Hauptkommissar geht also davon aus, dass meine Tochter sich in Gefahr befindet?«

»Ähm, nein, nein, nein, so habe ich das nicht gemeint. Wir wollen das nur ausschließen. Der Chef glaubt, dass sie vielleicht wieder nur eine eigene Spur verfolgt und vergessen hat, mir Bescheid zu geben.« Der letzte Satz kam etwas zögerlich heraus. Der Beamte wollte lieber nicht wiederholen, was Delbrock soeben am anderen Ende der Leitung über Christine geäußert hatte.

Delbrock knallte den Hörer auf die Gabel und schlug einige Male wütend auf seinen Wohnzimmertisch, wo die Zeitung vom Wochenende aufgeschlagen war. Daneben kündigten einige Ordner mit Polizeiberichten davon, dass er sich Arbeit mit nach Hause genommen hatte.

Wenn er erfahren musste, dass sich diese Journalistin mit voller Absicht an seinem Beamten vorbeigemogelt hatte, um wieder auf eigenwilligste Art Spuren zu verfolgen, dann würde er sie in Schutzhaft nehmen. Und wenn er dafür seine moralische Grundeinstellung vergessen und für die Genehmigung diverse Geschichten erfinden musste. Diese Frau würde er nicht mehr frei herumlaufen lassen. Mangelnden Respekt ließ er sich allenfalls von seinen eigenen Töchtern bieten.

Allerdings musste sich Delbrock eingestehen, dass ihm andere Erklärungen für das Verschwinden der jungen Frau noch viel weniger gefielen – wenn ihr nämlich tatsächlich etwas passiert war. Telefonisch schickte der Hauptkommissar die Spurensicherung zur Wohnung von Christine, um nach eventuellen Hinweisen auf eine gewaltsame Entführung zu suchen, dann wählte er eine weitere Nummer.

»Delbrock hier, können Sie mir bitte Christine Neustedt ans Telefon geben?«

»Wie kommen Sie darauf, dass sie bei mir ist?«

»Ist sie es?«

»Nein.«

»Wissen Sie, wo sie sich zurzeit aufhält?«

»Ist etwas passiert?«

»Herr Standing Child, können wir uns darauf einigen, dass Sie zunächst meine Fragen beantworten? Danach kümmere ich mich dann um Ihre Fragen. Es ist wichtig.«

»Sie wollte heute Morgen zu ihrer Mutter fahren.« Der Cheyenne machte eine kurze Pause. Ein leichtes Zögern lag in seiner Stimme, als er fortfuhr: »Es gibt da ein Armband, das jemand in Amerika Christine vor langer Zeit zukommen ließ. Ihre Mutter hat es die ganze Zeit über aufbewahrt.«

»Was hat es mit dem Armband auf sich?«

»Es handelt sich um eine indianische Handarbeit, eigens für Christine angefertigt. Ich dachte, ich schaue es mir mal an. Vielleicht gibt es einen Hinweis auf den Täter von damals, eine versteckte Initiale oder eine symbolische Aussage.«

Der Hauptkommissar wunderte sich insgeheim, wie viel der Indianer von den Ereignissen um Christine wusste. Sie musste ihm selbst davon erzählt haben.

Mürrisch brummte er in den Hörer: »Wieso erfahre ich davon erst jetzt?«

»Diese Frage sollten Sie besser an Frau Neustedt senior richten. Ich hingegen frage mich, warum Sie nach Christine suchen, wenn doch ein Beamter zu ihrem Schutz vor dem Haus positioniert ist.«

Es klang wie ein Vorwurf, und Delbrock fasste ihn auch so auf. »Wenn ich herausfinde, dass Sie dieser Journalistin geholfen haben, meinen Beamten an der Nase herumzuführen, dann können Sie was erleben.«

Am anderen Ende der Leitung blieb es still.

»Haben Sie mich verstanden?«, brüllte Delbrock nun hinterher.

»Ich verstehe Deutsch, das wissen Sie. Ich habe wirklich keine Ahnung, wo sich Christine Neustedt zurzeit befindet, aber sie wollte sich bei mir melden, sobald sie das Armband abgeholt hat.«

»Kommen Sie in einer Stunde in mein Büro. Bis dahin habe *ich* das Armband.«

Delbrock wusste, dass er sich unbeherrscht und ungerecht verhielt, doch er hatte das ungute Gefühl, dass die Kontrolle über den Fall längst nicht mehr in seinen Händen lag. Immer hinkte er mindestens einen Schritt hinterher.

Heute war Sonntag. Die unhandlichen Akten hatte er eigens mitgenommen, damit er bei der sonntäglichen Arbeit wenigstens auf seiner Couch sitzen bleiben konnte, das Telefon neben sich. Er musste noch einige Dinge abklären, und sein Faxgerät war empfangsbereit, da er noch Unterlagen aus den Staaten erwartete.

Nun zog er sich ergeben die Schuhe an und erhob sich. Während er die Unterlagen in eine verknautschte Ledertasche stopfte, fiel ihm ein, wen er noch nach dem Verbleib Christines fragen konnte. Dass bei Frau Hartmann nur ihr Anrufbeantworter ansprang, konnte natürlich alles Mögliche bedeuten. Vielleicht waren die beiden Kolleginnen zusammen losgezogen. Vielleicht aber steckten sie auch beide in Schwierigkeiten. Langsam ließ er den Hörer auf die Gabel sinken und steckte sein Handy in die Manteltasche.

Auf ein weich gegerbtes, etwa zwei Zentimeter breites Lederband waren zahlreiche kleine Glasperlen genäht, die meisten von ihnen strahlend blau. In der Mitte des Bandes standen sich zwei Tiere gegenüber, eine rotbraune Eule und eine Schlange aus gelben Glasperlen, daneben waren jeweils ein Kreis mit einem Punkt und ein Kreis ohne Punkt. Am Ende des Armbandes, wo zwei Lederschnüre zum Zubinden befestigt waren, standen am Rand die fünf Buchstaben »CHRIS«, ebenfalls in rotbraunen Perlen. Das andere Ende wies zwei kleine Löcher auf, durch die die Schnüre zum Festbinden gezogen werden konnten. Das Schmuckstück war sehr sorgfältig gearbeitet und wunderschön. Delbrock konnte gut nachvollziehen, warum Frau Neustedt bei all der Wut und dem Schmerz, den sie damals empfunden haben musste, dieses Beweisstück aufbewahrt hatte.

Es war nicht leicht, die ältere Frau nach Hause zu schicken, aber der Hauptkommissar hatte so seine Erfahrungen mit Müttern, die zu viel von den Ermittlungen mitbekamen und ihre Kinder bereits in der Hand eines Hannibal Lecter sahen. Er persönlich glaubte eigentlich eher an einen Alleingang der beiden Damen als an eine wirkliche Gefahr. Dennoch konnte dieses Lederband wichtige Hinweise geben.

Nachdem er sich also von Frau Neustedts Fahrtauglichkeit überzeugt und sie zur Heimkehr überredet hatte, gab er einem Beamten die Order, sich in den Hotels nach dem Verbleib der Künstler, seiner Hauptverdächtigen, zu erkundigen. Es bestand eine gewisse Wahrscheinlichkeit, dass jemand, der etwas mit dem Verschwinden von Christine zu tun hatte, nicht im Hotel zu finden sein würde.

Corwin Standing Child, der sich zwar pünktlich im Büro eingefunden, aber bislang noch kein einziges Wort gesprochen hatte, lockerte für einen Moment seine versteinerten Gesichtszüge, um dem Kommissar mitzuteilen: »Sie befinden sich alle nicht in ihrem Hotel.«

Delbrock musterte den Cheyenne mit einem langen Seitenblick. Dann ging er jeden einzelnen Namen durch: »Chief Thomas?« Kopfschütteln. »Lucie St. Jones?« Kopfschütteln. »David Ironheart Seidel?« Erneutes Kopfschütteln. »Marie Ann Johnston?« Ein letztes Kopfschütteln.

Daraufhin wandte Delbrock sich etwas barsch erneut an seinen Mann: »Prüfen Sie bei jeder einzelnen Person, ob sie ausgecheckt hat oder nur in Münster den Gottesdienst besucht. Ich erwarte in einer halben Stunde das erste Ergebnis. Und holen Sie sich jemanden dazu.«

Schließlich waren nur noch Delbrock und Corwin Standing Child im Büro. Das unvermeidliche Blubbern von Delbrocks Kaffeemaschine war eine Zeit lang das einzige Geräusch. Corwin Standing Child ließ das weiche Lederband durch seine Finger gleiten, betastete die Perlen und roch sogar am Leder, als könnte er so eine Witterung aufnehmen.

Delbrock schob dem Cheyenne einen Cappuccino hin und zog die Stirn kraus, als dieser das edle Getränk noch mit einem weiteren

Schuss Milch verdünnte. »Und?«, sagte er fragend und setzte sich zu seinem Gast an den kleinen Besuchertisch.

»Diese fünf Buchstaben hier«, Corwin deutete auf den Rand des Armbandes, »dürften sich wohl auf Christine Neustedt beziehen.«

»Sie müssen nicht mit der einzigen Botschaft prahlen, die ich selbst auf dem Ding da erkennen kann.« Delbrock hatte sich ein paar Blätter und einen Bleistift parat gelegt, damit er eventuelle Hinweise notieren konnte. Nun stieß er den Stift ungeduldig auf die Tischplatte.

Unerwartet fragte Corwin: »Wann hat Christine Neustedt Geburtstag?«

Der Hauptkommissar sah ihn verblüfft an. »Wollen Sie ihr zum Geburtstag die passenden Ohrringe dazu schenken, oder was soll die Frage?« Der Cheyenne verzog keine Miene. Delbrock schluckte und fuhr sich durch die Haare. »Entschuldigung, es gibt sicher einen guten Grund für Ihre Frage.«

»Die Schlange steht bei den Indianern für Verwandlung, Erneuerung und Wiedergeburt und passt damit ganz hervorragend zu den Ritualen, mit denen wir es in diesem Fall zu tun haben. Ich bezweifle jedoch, dass der damalige Urheber dieses Armbandes absehen konnte, was sechzehn Jahre später hier in Münster passieren würde.«

Der Kommissar fuhr dazwischen: »Sie meinen, er hat dieses Armband nicht angefertigt mit der Absicht, sechzehn Jahre später die passenden Objekte und Rituale dazu zu stehlen?«

Corwin nickte.

»Und was ist mit der Eule?«

»Die Eule verfügt über Unterscheidungskraft und Hellsichtigkeit, daher symbolisiert sie Scharfsinn, Weisheit und Wandel.« Der Indianer ließ das Armband auf den Tisch zurückgleiten. »Da der eine Kreis hier für das Männliche und der Kreis ohne Punkt für das Weibliche steht, neige ich zu der Annahme, dass die beiden Tiere die Sternzeichen zweier Personen symbolisieren sollen.«

»Sternzeichen?«

Corwin nickte und erläuterte, dass sowohl die Eule als auch die Schlange für bestimmte Sternzeichen standen. Die Eule betraf Geburtstage zwischen dem 21. November und dem 21. Dezember, die Schlange stand für die Zeit davor, also 21. Oktober bis 21. November.

Delbrock pfiff gekonnt durch die Zähne. »Dann wäre das ein Hinweis auf die Sternzeichen von Christine und dem Täter.«

»Das Armband ist schon ein paar Jahre alt. Zunächst einmal bezieht es sich wohl nur auf den Täter von damals.«

Der Kommissar hatte bereits zum Telefon gegriffen, um seine Sekretärin herbeizurufen, doch es meldete sich niemand. Wütend knallte er den Hörer auf die Gabel, ehe ihm einfiel, dass andere Leute an einem Sonntag tatsächlich freihatten. Er würde sich die nötigen Unterlagen wohl selbst holen müssen. Als er die Hand schon an der Klinke hatte, hielt er noch mal inne und fragte: »Wann haben Sie Geburtstag?«

»Anfang Juli.«

»Welches indianische Sternzeichen ist das?«

»Der Specht.«

»Hm. Beharrlichkeit fällt mir dazu ein.« Dann ging er hinaus, um wenige Minuten später unter lautem Poltern wiederzukommen, auf dem Arm die Mappen, die bereits auf seiner Couch zu Hause gelegen hatten.

»Lucie St. Jones – geboren am 29. Juni und damit eine Seelenverwandte von Ihnen.«

Corwin schwieg dazu und tippte auf einem großen altmodischen Handy eine Nummer ein.

»Marie Ann Johnston, geboren am 6. Januar.« Der Kommissar warf einen fragenden Blick auf Corwin, der ihm mitteilte, dass dies das Zeichen der Schneegans sei.

»David Ironheart Seidel, geboren am 11. August. Schade, den hätte ich als Eule oder Schlange gesehen.«

Corwin legte das Mobiltelefon wieder auf den Tisch zurück, aus dem Lautsprecher ertönte die Ansage auf Christines Handy, dass der Teilnehmer nicht erreichbar sei. Dann sah er den Kommissar an und meinte spontan: »Dieses Sternzeichen hätte ich ihm nicht unbedingt zugeordnet. Er ist ein Lachs.«

»Ja, und flutscht mir immer zwischen den Fingern davon. Passt doch prima. Im Übrigen ist das mit den Sternzeichen und ihren Eigenschaften so eine Sache. Irgendetwas passt immer.« Er wandte sich der nächsten Mappe zu und stutzte kurz, bevor er vorlas: »Chief Thomas, geboren am 10. November. Also eine Schlange.« Triumphierend blickte Delbrock zu dem Indianer. »Haben Sie das gewusst?«

»Ich kenne ihn seit zwanzig Jahren.«

»Was soll das heißen? Sie haben es gewusst? Oder: Er könnte niemals einen Mord begehen? Oder ja, er neigt zu derartigen Gewalttaten?«

Corwin stand auf und ging zu dem Fenster hinter dem Schreibtisch. Er schaute kurz hinaus, dann drehte er sich um und betrachtete die beiden Bilder von Delbrocks Töchtern.

»Ich bin überzeugt, dass beinahe jeder Mensch unter gewissen Bedingungen bereit ist zu töten, aber dass es eines bestimmten, in meinen Augen verachtenswerten Charakters bedarf, um sich an einem minderjährigen Mädchen zu vergehen. Und zu dieser Art Mensch gehört der Chief ganz sicher nicht.« Er wechselte abrupt das Thema. »Können Sie in Erfahrung bringen, wann Christine geboren ist?«

Delbrock dachte kurz nach, dann blätterte er weiter in seinen Mappen. »Ich habe hier irgendwo die Zeugenaussage von Frau Neustedt. Da müssten die Personalien aufgelistet sein. Interessant!« Er schwieg kurz, bevor er weiterlas. »7. Dezember. Da haben wir unsere Eule.« Er lehnte sich zurück und griff nach seinem Cappuccino. »Vielleicht war dieses Armband einfach nur ein Geschenk eines Verehrers während ihres Aufenthaltes in Amerika, nicht mehr und nicht weniger. Ein wunderschönes Geschenk, wenn Sie mich fragen.«

Corwin schien gar nicht mehr zuzuhören. Er versuchte erneut, auf seinem Handy eine Verbindung herzustellen, musste es aber unverrichteter Dinge zusammenklappen. Dann ging er zu seinem Stuhl zurück und sagte: »Geben Sie eine Fahndung nach David Ironheart Seidel und Lucie St. Jones heraus, und lassen Sie den Flughafen überprüfen.«

»Wie bitte?« Delbrock starrte den Indianer so verblüfft an, als habe der sich in ein Kaninchen verwandelt.

»Gestern Abend hat Christine einige Male vergeblich versucht, ihre Kollegin Birgit zu erreichen. Das fand Christine ungewöhnlich, da Birgit zwar mal ihr Handy ausschaltet, aber sich dann später immer bei Christine meldet. Sie hat Birgit sowohl auf dem Handy als auch auf dem Anrufbeantworter eine Nachricht hinterlassen, doch auch am späten Abend hatte sie sich noch nicht gemeldet. Wenn Birgit verreist wäre oder einen wichtigen Termin wahrgenommen hätte, wüsste ihre Freundin sicherlich Bescheid. So sind Freundschaften zwischen Frauen, oder zumindest die zwischen den beiden. Und noch etwas wundert mich: Lucie hat ebenfalls verhältnismäßig oft etwas mit Birgit unternommen.« Corwin machte eine Pause, als wollte er sich etwas in Erinnerung rufen.

»Was wundert Sie daran?« Delbrock hörte sehr aufmerksam zu und war überrascht, dass der Cheyenne so offen zu ihm sprach.

»Lucie ist eine kluge, sympathische Frau, aber auch sehr zurückhaltend, beinahe vorsichtig, wenn es um neue Kontakte geht. Und sie mag die Deutschen nicht.«

»Sie mag die Deutschen nicht?«

Nun grinste der Cheyenne kurz. »Ja, stellen Sie sich das mal vor.« Doch er war sofort wieder ernst und erzählte, dass er Lucie erst kurz vor der Reise nach Münster kennengelernt habe. Am Flughafen in Frankfurt sei ihm dann aufgefallen, wie Lucie einige sehr abfällige Bemerkungen über die Deutschen machte. Der verächtliche Tonfall und ihr Gesichtsausdruck hatten ihn erstaunt, weil das so gar nicht zu der warmherzigen Art passte, die Lucie sonst an sich hatte. Während der Ausstellung und auch später war dann von dieser offensichtlichen Feindseligkeit nichts mehr zu spüren gewesen.

Corwin schloss mit den Worten: »Irgendetwas stimmt hier nicht. Es sind mir zu viele Personen zu plötzlich verschwunden.«

Ein paar Sekunden lang hörte man nichts außer dem leisen, mahlenden Geräusch von Delbrocks Zähnen, die einen Keks zerkleinerten. Dann kündigte im Nebenzimmer ein surrendes Geräusch an, dass ein Fax eintraf. Der Kommissar steckte sich den Rest eines krümeligen Kekses in den Mund und machte sich schwerfällig auf den Weg. Zurück kam er wesentlich dynamischer und mit einem Blatt Papier in der Hand.

»Wissen Sie, ob Lucie ein Kind in Amerika hat?«

Corwin schüttelte langsam den Kopf. »Sie hat jedenfalls kein Kind erwähnt.«

»Nun, ein deutscher Kollege von mir, der in den Staaten lebt, hat für mich einige Erkundigungen eingezogen und Ärzte, Krankenhäuser und so weiter abgeklappert. Interessant ist, dass unter dem Namen St. Jones keine Entbindung oder gar eine Geburtsurkunde eingetragen ist, sie aber eine Narbe trägt, die mit neunzigprozentiger Sicherheit von einem Kaiserschnitt herrührt.«

»Sie könnte also tatsächlich die Mutter des verunglückten Mädchens sein. Schon während dieser Reise stand der Termin der Ausstellung bis auf wenige Wochen fest. Sie hatte also genügend Zeit, eine Rache vorzubereiten, die uns hier und jetzt Kopfzerbrechen bereitet.«

»Klingt plausibel, erklärt aber nicht die Verbindung zu Christine. Und wieso verdächtigen Sie eigentlich David Ironheart Seidel?«

Corwin beugte sich in seinem Stuhl nach vorne und stützte seine Arme auf die Oberschenkel, dann sagte er: »Drehen Sie seine Geburtsdaten doch mal um.«

Dieses Mal brauchte der Kommissar länger, bis er begriff. Er hatte sich das genaue Datum nicht einmal gemerkt und musste nachsehen. »11.8. oder 8.11. Sie meinen …«

»Vielleicht wurden die Zahlen vertauscht, wir schreiben das Datum nämlich umgekehrt. Wir sollten jedem kleinen Hinweis nachgehen.«

Corwin presste die Kieferknochen fest aufeinander, und Delbrock sah erst jetzt, wie angespannt der Indianer war. Machte er sich Sorgen um Christine Neustedt, oder hatte er Angst, dass sein Freund, der Chief, tiefer in der Sache steckte, als ihm lieb war?

Vielleicht hatte auch der Cheyenne selbst etwas zu verbergen. Sein offensichtliches Interesse an der Journalistin konnte die verschiedensten Gründe haben. Delbrock betrachtete Corwin eingehend, und er tat es so offen, als wäre ihm jegliche Höflichkeit gleichgültig. O ja, der Hauptkommissar hatte schon des Öfteren über den Cheyenne nachgedacht. Er kannte die tragische Geschichte von Corwins Ehe. Schon eine Scheidung war für einen einigermaßen verantwortungsvollen Mann und Vater keine ruhmreiche Angelegenheit, er konnte sich selbst noch gut an das Gefühl, versagt zu haben und abgewiesen worden zu sein, erinnern. Doch wie schrecklich musste es für einen jungen Mann sein, wenn die eigene Ehefrau der Ehe oder einer Trennung den Freitod vorzog? Selbst wenn sich die Ereignisse durch eine schwere Depression erklären ließen, genügte das den Hinterbliebenen sicherlich nicht. Corwin war Ehemann, Geliebter und Partner gewesen, und er hatte sie nicht retten können. Eines Tages würde seine Tochter Fragen stellen. *Wie ist Mama gestorben? Warum?*

Das war die eine Seite. Aber er kannte auch die Gerüchte, Corwin Standing Child habe Angst gehabt, seine Frau wolle mit der gemeinsamen Tochter nach Deutschland zurückkehren, ihre Depression, ihre Schwermut habe mit einem Heimweh zu tun gehabt, dem sich Corwin nicht beugen wollte. War es möglich, dass Corwin insgeheim ein tyrannischer Ehemann war, der seiner Frau die Rückkehr in die Heimat schlichtweg untersagt hatte?

Delbrock konnte sich das nicht so recht vorstellen. Dieser Mann war so stolz – hätte er da eine Frau mit Gewalt gezwungen, bei ihm zu bleiben? Bei der gemeinsamen Tochter konnte die Sache anders liegen. Delbrock versuchte sich vorzustellen, seine Exfrau wäre damals mit seinen beiden Töchtern in ein weit entferntes Land gezogen. Oder käme jetzt mit einem Mal auf so eine Idee.

Schon der Gedanke daran verursachte ihm partielle Hitzewellen im Körper. Auch wenn seine Töchter nicht bei ihm wohnten, sie waren doch in derselben Stadt und kamen mehr oder weniger regelmäßig zu Besuch. Oft beschwerten sie sich über ihre Mutter oder erschlichen etwas mehr Taschengeld, mal unterhielten sie sich über einen unbeliebten Lehrer, oder sie hingen einfach nur bei ihm ab und stöberten in seiner alten Plattensammlung. Für Delbrock war es unvorstellbar, auf diese rudimentären Elemente eines Familienlebens verzichten zu müssen.

Der Hauptkommissar richtete sich auf, er hatte sich entschieden. Er würde eine Fahndung nach allen vier vermissten Amerikanern ausrufen, wobei die Suche nach Lucie St. Jones mit höchster Dringlichkeit zu behandeln war. Für so einen großen Einsatz musste er einige Beamte aus der Bereitschaft zu Hause in den Dienst rufen.

Da Christine Neustedt sich noch immer nicht gemeldet hatte, befürchtete der Kommissar mit einem zunehmend unruhigen

Gefühl in der Magengegend eine Entführung der jungen Frau, zumal auch ihre Freundin und Kollegin Birgit Hartmann nicht zu erreichen war. Nach den beiden musste gefahndet werden. Das Hotelzimmer von Lucie St. Jones würde er sich persönlich anschauen, vielleicht gab es Hinweise auf weitere Pläne. Und ein Kollege musste unbedingt die Wohnung von Frau Hartmann überprüfen. War es möglich, dass sie noch vor Christine Neustedt verschwunden war? In diesem Fall konnten der Anrufbeantworter oder Notizen vielleicht Hinweise auf einen Treffpunkt geben.

Entschlossen stand Delbrock auf, da fiel sein Blick auf Corwin. Spontan entschied er sich, den Cheyenne einfach mitzunehmen. Zum einen konnte ihm der Mann mit seiner guten Beobachtungsgabe recht nützlich sein, und dann hatte er auf diese Weise wenigstens eine Person aus diesem ganzen Pulk von Tätern und Opfern in seiner sicheren Nähe. Ob er dabei gegen irgendwelche Dienstvorschriften verstieß, war ihm egal.

***

Birgit betrachtete ihr rotes brennendes Handgelenk. Es war ihr natürlich nicht gelungen, sich selbst den Daumen auszurenken, damit die Hand schmaler wurde, oder die ganze Hand durch geschickte Drehungen aus dem Metallring herauszuwinden. Sie hatte zierliche, schöne Hände, aber eine Handschelle war eine bewährte Methode der Fesselung. Birgit betrachtete die Plastikflasche mit Wasser, die bereits ziemlich leer war, nachdem sie vergeblich versucht hatte, ihr Handgelenk damit ausreichend gleitfähig zu machen.

Seit Stunden hatte sie keine Anzeichen mehr bemerkt, ob sie allein war oder unter Bewachung stand. Ob ihre Entführer einfach gegangen waren und sie zurückgelassen hatten? Konnte ihr Leben jemandem so gleichgültig sein, dass man sie in diesem abgeschiedenen Keller einfach vergaß?

Sie spürte erneut Panik, bekam kaum Luft, ihr Puls begann zu rasen. Der Kopf glühte, als hätte sich eine innere Hitzequelle eingeschaltet, und gleichzeitig drückte jemand gegen ihre Magenwände. Wie bei den beiden Angstanfällen zuvor zwang sie sich, ruhig zu atmen und selbst gestellte Mathematikaufgaben zu lösen.

Damit gelang es ihr, sich nach wenigen Minuten wieder leidlich zu beruhigen. Die alte Decke, die man ihr mit der Matratze zusammen gegeben hatte, roch so schlecht wie ein alter Putzlappen und wärmte nur mäßig. Immer wieder spähte sie die Treppenstufen hinauf, und plötzlich erstarrte sie. Kleine Augen, kleine funkelnde und furchtbar schwarze Augen starrten sie direkt an. Alles Schreckliche, was sie jemals über Ratten gehört und gelesen hatte, fiel ihr ein, und sie rutschte angewidert dichter an die harte Mauer. Wie war es diesem ekelhaft dicken Tier nur gelungen, an ihr vorbei die Treppe hinaufzukommen? Und warum zeigte es keine Angst?

Die graue Ratte sah sie aufmerksam an, aber sie schien mit tierischem Instinkt bereits zu ahnen, dass das Wesen vor ihr nicht viel ausrichten konnte und keine Gefahr darstellte. Birgit stöhnte auf. Es war nur eine Ratte, aber Ratten fraßen alles. Was war, wenn dieses Vieh sie im Schlaf anknabberte? Ratten waren nur so lange scheu, wie sie die Überlegenheit eines anderen spürten. Birgit begann zu schreien. Sie schrie und brüllte und trat mit den Füßen heftig um sich. Das tat gut, etwas von ihrer Panik verschwand. Die Ratte zog den Schwanz ein und schlüpfte in irgendein Loch, sonst tat sich nichts.

Plötzlich fiel ihr etwas ein. Sie hatte gelesen, dass Ratten bestimmte Geräusche nicht ertragen konnten. Vielleicht gehörte dazu auch der hohle Ton, den man einer Flasche entlocken konnte? Mit einer gewissen Hektik schraubte sie den Verschluss der Plastikflasche auf, wobei sie die Flasche mit den Knien halten musste, da ein Arm in der Handschelle klemmte. Sie setzte den Rand knapp unter ihre Lippen und pustete sachte über den entstandenen Hohlraum. Zuerst kam nur ein leises, heiseres Rauschen, doch ab und zu mischte sich auch ein tiefer, hohler Ton darunter, der schaurig und einigermaßen laut durch den kahlen Keller dröhnte. »Na, bitte«, sagte sie, »das lässt sich doch noch perfektionieren.« Kampflos würde sie sich hier nicht lebendig begraben lassen.

***

An einem abgelegenen Haus irgendwo am Max-Klemens-Kanal musste Christine den Wagen schließlich anhalten. Das Haus lag weit zurück und war von der Straße aus kaum zu sehen. Lucie hatte diese Fahrt offenbar gründlich vorbereitet.

Sie betraten eine Wohnung, die bescheiden mit wenigen Möbelstücken eingerichtet war, und Lucie bat Christine, sich an einen weißen Küchentisch zu setzen. Zu ihrer Überraschung servierte ihr die Indianerin ein paar Käsebrote und eine Flasche Cola. Es war beileibe kein entspanntes Essen, denn Lucie bedrohte sie permanent mit der Waffe und erinnerte Christine daran, welche Folgen es für ihre Freundin Birgit haben würde, falls sie Schwierigkeiten machte. Sie gab Christine jedoch keinen Hinweis auf den Grund der Entführung.

Allerdings fiel Christine auf, dass Lucie voller Nervosität auf etwas oder auf jemanden wartete. Wiederholt sah sie auf die Uhr, die an der Wand hing, oder überprüfte die Akkuleistung ihres Handys. Und endlich kam tatsächlich ein Anruf. Lucie sprach kaum, sondern hörte zu. Christine hatte keine Ahnung, wer da angerufen hatte. Danach kochte Lucie in aller Ruhe Tee für sie beide, den Christine dankbar entgegennahm. Ihr war kalt, und so hielt sie sich an der heißen Tasse fest, trank Schluck für Schluck die würzige Flüssigkeit und spürte zu spät, dass sie davon sehr plötzlich ungemein müde wurde. Schon wieder war sie in eine Falle getappt.

***

Delbrock überlegte nicht lange, er setzte das Martinshorn aufs Wagendach und gab Gas. Einer seiner Männer hatte ihm mitgeteilt, dass man Marie Ann Johnson am Flughafen Münster/Osnabrück ausfindig gemacht hatte. Sie war allein und hatte einen Rückflug in die Staaten gebucht. Ursprünglich sollte sie erst am kommenden Donnerstag fliegen, also vier Tage später. Was hatte die junge Frau bewogen, ganz allein und so plötzlich aufzubrechen? Zurzeit befand sie sich in der Obhut der Sicherheitsbeamten des Flughafens Münster/Osnabrück, und Delbrock hoffte, von ihr Informationen über den Verbleib der anderen zu bekommen.

Der Anruf hatte den Hauptkommissar erreicht, als er gerade das Hotelzimmer von Lucie St. Johnson inspizierte. Wie Chief Thomas und Marie wohnte auch sie im Hotel Engel, nahe dem Bahnhof und am Rand der Innenstadt.

Als Delbrock Corwin gefragt hatte, warum er als Einziger im Mövenpick-Hotel wohne, erhielt er zur Antwort, dass dieses Hotel die schönste Umgebung zu bieten habe. David Ironheart Seidel war ebenfalls aus der Reihe getanzt, er hatte eine kleine private Pension vorgezogen.

Mitunter fragte sich Delbrock, ob die Wahl der Unterbringung nicht vielleicht etwas über die Beziehungen unter den Künstlern aussagte.

Auf den ersten Blick wirkte Lucies Zimmer bewohnt. Das Bett war gemacht, aber nicht frisch bezogen, einige Bücher lagen herum, ein Stadtplan und diverse Badezimmerartikel zeugten von der Anwesenheit einer Frau. Am Bett standen ein Paar Hausschuhe, an der Garderobe hingen ein Regenschirm sowie eine Strickjacke. Corwin öffnete mit einem fragenden Blick zu Delbrock schließlich die Schränke und Schubladen, und das Ergebnis dieser Indiskretion war verblüffend: Überall herrschte völlige Leere. Lucie war aus diesem Zimmer ausgezogen.

»Wussten Sie davon? Hat sie sich von Ihnen verabschiedet?« Delbrock sah sich den Mülleimer an, in dem er aber nur ein zusammengeknülltes Kaugummipapier fand. Corwin zuckte nicht einmal mit den Schultern.

Der Hauptkommissar war ein routinierter Fahrer. Er fuhr schnell, aber mit Voraussicht und Ruhe. Bald bog er in den Max-Klemens-Kanal ab. Er wollte lieber nicht darüber nachdenken, dass Marie im Moment vielleicht die Einzige war, die eventuell irgendeinen Hinweis auf den Verbleib von Christine oder Birgit geben konnte. Andererseits, die Untersuchung von Birgits Wohnung und die Befragung der Nachbarn standen noch aus. Delbrock wusste nicht, woher er an einem Sonntag so viele Beamte nehmen sollte.

Erst Diebstahl beziehungsweise Kunstraub, dann Mord, ein Anschlag auf einen Polizeibeamten und nun gar Entführung. Dieser Fall arbeitete die ganze Palette möglicher Missetaten ab. Und verflixt noch eins, er machte sich Sorgen um diese Journalistin. Unwillkürlich drückte er noch ein wenig stärker auf das Gaspedal, und der dunkle Volvo rauschte mit einhundertfünfzig Stundenkilometern in die nächste Siebzigerzone.

Corwin befürchtete schon, die enge Kurve vor ihnen würde die letzte überraschende Krümmung seines Lebens werden, doch der Kommissar bremste rechtzeitig ab, und der Wagen folgte sicher und wendig der Straßenführung, bis sie schließlich in Greven ankamen. Hier hielten sie sich an die Schilder, die zur Autobahn wiesen, und fuhren durch offenes Land bis zum Flughafen Münster/Osnabrück, der eigentlich fälschlich diesen Namen trug, da er nur wenige Kilometer von Greven entfernt lag. Dass er sich dort befand, war allerdings ein Kompromiss zwischen den Städten Münster und Osnabrück, da Greven ziemlich genau die Mitte zwischen ihnen bildete.

Nach zwanzig Minuten Fahrt verließen die beiden ungleichen Männer das Auto und gingen auf das Flughafengebäude zu. Auch der Flughafen war ein Tatort in diesem verzwickten Fall. Delbrock musste an den verletzten jungen Beamten denken, der mit Bauchschuss im Krankenhaus lag. Man hatte die meisten inneren Organe herausnehmen müssen, um sie nach dem Vernähen der Wunden und dem Reinigen der Bauchhöhle wieder an ihren Platz zu bringen. Unvorstellbar. Als mache man einen Kühlschrank sauber. Delbrock hatte den jungen Mann bereits zweimal besucht. Sein Bauch war noch immer aufgequollen, und er schien diese Tortur noch lange nicht überstanden zu haben. Aber immerhin bestand keine Lebensgefahr mehr.

Delbrock meldete sich bei der Flughafenbehörde und zeigte einen verknitterten Dienstausweis vor. Von einer schlanken Frau in einem dunklen Kostüm wurden sie durch das halbe Gebäude geführt, bis sie schließlich in ein abgelegenes Büro gelangten, wo Marie Ann Johnston auf einem Bürostuhl saß und in einer deutschen Zeitschrift blätterte. Die junge Frau war heute sehr unauffällig gekleidet und nur dezent geschminkt. Ihre langen Haare hatte sie mit einem schmucklosen Haarband zu einem Zopf gebunden. Keine Ohrringe und auch keine klirrenden Armbänder betonten an diesem Tag ihre schöne, exotische Erscheinung. Dafür fielen die leicht geröteten Augen auf, so als habe sie sehr wenig geschlafen oder vor Kurzem geweint.

Sie blickte auf, als der Hauptkommissar und Corwin Standing Child den Raum betraten, und legte die Zeitschrift zur Seite.

»Frau Johnston, Sie sind Verdächtige in mehreren Mordfällen, und ich hatte Anweisung gegeben, mich zu informieren, falls Sie abzureisen wünschten.«

Ohne den Kopf zu heben, antwortete Marie Ann dem Kommissar: »Ich habe persönliche Probleme und nicht mehr daran gedacht. Ich wollte einfach nach Hause.« Den letzten Satz sprach sie so leise, dass man die Worte eher ahnte als tatsächlich verstand.

»Wusste jemand von Ihrer plötzlichen Abreise?«

»Ich habe Lucie eine Nachricht im Hotel hinterlassen.«

Delbrock fluchte innerlich. Er hatte nicht daran gedacht, in Lucies Postfach nach Nachrichten zu sehen.

»Wissen Sie, wo Lucie oder die anderen Künstler sich jetzt aufhalten?«

Marie blickte auf die schlichte Uhr an der Wand des Büros, als könnte ihr die aktuelle Zeit bei der Erinnerung an die vergangenen Stunden helfen. »Um halb neun heute Morgen habe ich mit David gefrühstückt. In meinem Hotel. Danach habe ich meine Sachen gepackt und bin zum Flughafen gefahren, ohne noch jemanden zu sehen.«

»Wo war Lucie St. Jones heute Morgen? Sie wohnt doch auch in Ihrem Hotel.«

»Sie wollte schon früh ins Schwimmbad.« Sie holte tief Atem und sah erst Corwin, dann den Kommissar an. »Hören Sie, Herr Delbrock, ich habe in Ihrem Land nichts Unrechtes getan, abgesehen von einer einmaligen Busfahrt ohne Fahrschein. Ich möchte nur zurück nach Hause.«

Delbrock zog sich mit dem rechten Fuß einen einfachen Holzstuhl heran und setzte sich. In dem kleinen Büro war es sehr warm, es roch nach abgestandenem Rauch. Dann wandte er sich mit einem entschuldigenden Lächeln an Corwin und bat: »Könnten Sie mir wohl beim Übersetzen behilflich sein? Ich habe nicht einmal den letzten Satz richtig verstanden.« Der Dame in dem dunklen Kostüm nickte er dankend zu, und sie verließ beinahe lautlos das Zimmer.

Da keine weitere Sitzgelegenheit vorhanden war, lehnte sich

Corwin mit verschränkten Armen so an die Wand, dass er die beiden vor ihm gut im Blick hatte.

In den nächsten Minuten setzte Delbrock die junge Indianerin davon in Kenntnis, dass die beiden Journalistinnen spurlos verschwunden und möglicherweise entführt worden waren und dass man deshalb nach ihren Freunden oder Mitreisenden suchte. Er schloss mit den Worten: »Da Lucie St. Jones zufällig am selben Tag das Zimmer geräumt hat wie Sie, fällt es mir ein wenig schwer, mein Misstrauen zu unterdrücken, auch wenn Sie mich noch so ehrlich ansehen.«

»Aber Lucie konnte doch noch gar nicht wissen, dass ich so plötzlich abreisen würde.«

Der Hauptkommissar nickte sanft und erklärte: »Sehen Sie, Marie, eine Erklärung für Ihre überstürzte, ungeplante Abreise würde mir schon ein wenig helfen, zu verstehen, was hier vor sich geht.«

Marie knetete die Hände, als wollte sie ihre Worte formen, und sagte dann: »Ich habe eine Dummheit begangen und habe nun im Flugzeug zwölf Stunden Zeit, um alles zu verarbeiten und zu vergessen. Dann steht hoffentlich mein Lebensgefährte vor mir, und ich weiß wieder, wo ich hingehöre.«

Delbrock hob die buschigen Augenbrauen fast bis zum Haaransatz und hielt den Blick unverwandt auf Marie gerichtet. Er sah nicht so aus, als genügte ihm diese vage Andeutung als Erklärung.

Mit einem leisen Seufzer erzählte Marie von ihrer Schwärmerei für den charismatischen David Ironheart Seidel, von zwei leidenschaftlichen Nächten und einem schmerzlichen, aber heilsamen Schlussakkord.

»Ich war für ihn wie ein leckerer Nachtisch. Ein zusätzlicher Gaumenkitzel, aber satt war er längst.« Sie machte eine Pause und straffte kaum merklich ihre schmalen Schultern. »Ja, ich war dumm und naiv und durch die schrecklichen Ereignisse im Museum vielleicht nicht ganz bei mir. Doch was mich wirklich verletzt hat, waren seine letzten Worte. Er sei zu Höherem berufen. In seinen Adern fließe das Blut Sitting Bulls und anderer berühmter Vorfahren, und ich, eine Arapaho, sei nicht seine Auserwählte.«

»Sagte er wirklich ›Auserwählte‹?«

»Er sagte ›Auserwählte‹, und ich kam mir vor wie eine Aussätzige.« Völlig überraschend grinste sie den Kommissar an. »Ihm ist die Schlacht am Little Bighorn River noch nach so langer Zeit zu Kopf gestiegen.«

»Hat er erwähnt, wer seine ›Auserwählte‹ ist?« Diese Nachfrage kam von Corwin, der sich bislang nur auf das Übersetzen beschränkt hatte.

»Nein, hat er nicht, aber vermutlich stammt sie aus demselben Stamm wie David. Dieses ganze Stammesgerede nervt ungemein. Für manche Indianer in der Großstadt ist es total wichtig, aus welchem Stamm sie kommen, welche Vorfahren sie hatten. Noch bevor sie gegenseitig ihre Namen nennen, erzählen sie einem ihre ganze Stammesgeschichte.« Sie löste das Haarband und schüttelte ihre Haare auf, bevor sie weitersprach. »Wir sind doch alle Besiegte und Opfer gewesen, ob nun ein wenig früher oder später, mit mehr Tamtam oder weniger. Jetzt zum Sieger zu werden bedeutet für mich, im Hier und Jetzt ein zufriedenes Leben zu führen und meinen Kindern von dieser Zufriedenheit etwas zu vermitteln. Stattdessen treiben viele von uns ihre Kinder mit Nostalgie und dem Wehklagen über verlorene Chancen in die Depression. Traditionen sind wichtig, Familienbewusstsein ist wichtig, aber man sollte sich nicht zum Sklaven der Vergangenheit machen.«

Sie sah Corwin an, und er nickte ihr zu. Dann wandte Marie sich wieder an den Hauptkommissar. »Schauen Sie sich doch mal Davids Bilder an. Meiner Meinung nach idealisiert er darin die Vergangenheit, wie man es mit einer Kindheitserinnerung macht. Er hat viel künstlerisches Talent, und seine Bilder sind wunderschön, aber es ist doch typisch, dass er den Stil der Naiven gewählt hat.«

Die fragenden Blicke von Delbrock bemerkte Corwin zunächst gar nicht, so intensiv dachte er über das nach, was Marie gerade gesagt hatte. Und er kam sich unendlich dumm vor. Sie hatten ständig nur die anonymen Briefe analysiert, die Christine erhalten hatte, hatten über Rituale und gestohlene Gegenstände spekuliert. Marie hatte weitergedacht. Kunstwerke spiegelten Einstellungen und Stimmungen wider, sie zeigten auf verschlüsselte Weise die innere Welt des Malers. Daher logen sie viel weniger als geschriebene oder gesprochene Worte, hinter denen man sich verstecken konnte.

Corwin erinnerte sich, dass er einige Wochen nach dem Tod seiner Frau versucht hatte, mit seiner Tochter fröhliche, lustige Bilder zu malen. Es war ihnen nicht gelungen, mal drückte eine dunkle Wolke von oben, mal saß ein Hase mit arg traurigem Gesicht auf der Wiese, und das bunte Kanu kämpfte mit unruhigem Gewässer, anstatt auf einem idyllischen See zu treiben. In einem Bild ließen sich Gefühle sehr viel schlechter verleugnen.

Er musste schnell ins Museum, und zwar allein. Nur so hätte er die notwendige Ruhe, um sich in die Bilder hineinzudenken, ihre Symbolsprache zu verstehen. Was Marie über David gesagt hatte, stimmte ihn nachdenklich. Naive Malerei stellte in der Regel die Wünsche und Phantasien des Malers dar, die Welt, so wie er sie gerne hätte. Trauerte David so sehr dem Leben seiner Vorfahren hinterher, dass er sich in längst vergangenen Zeiten verlor? Oder war es gerade die Malerei, die sozusagen kompensatorisch wirkte und ihn in seinen Bildern erleben ließ, was ihm in der Realität fehlte? Er musste sich die Bilder unter diesem Blickwinkel noch einmal anschauen.

Hektisch übersetzte er die letzten Sätze Maries für den Hauptkommissar. Der schaute die junge Frau neugierig an, denn diese Aussage überraschte ihn. Dann fragte er sie: »Wissen Sie, ob Lucie St. Jones ein Kind hat?«

Marie schien diese Frage nicht sonderlich zu erstaunen. »Nein, über solche Dinge haben wir nicht gesprochen. Kann ich meinen Flug nach Montana nun wahrnehmen, oder wollen Sie mich hier festhalten? Bitte! Ich habe den ursprünglichen Flug für Donnerstag bereits verkauft.« Sie sah sich so nervös in dem kleinen Büro um, als säße sie mitten in einem Ameisenhaufen.

Delbrock löste seine verhakten Beine voneinander und verschränkte sie erneut, nur dass sich nun das andere Bein oben befand. Er wusste nicht, ob er Marie gehen lassen sollte. Er wusste in diesem Fall überhaupt noch nicht viel, und seine größte Befürchtung war insgeheim, dass er für derartig komplexe Fälle mittlerweile zu alt war. Der Hauptkommissar blickte eine Weile lang auf seine linke Fußspitze und fasste dann einen Entschluss.

Sein Instinkt sagte ihm, dass Marie nichts mit den Morden oder den anderen rätselhaften Vorgängen zu tun hatte. Seine Erfahrung sagte ihm, dass sein Instinkt nicht immer recht behielt. Und dennoch würde er Marie abreisen lassen und den Kreis der Verdächtigen um eine Person reduzieren. Insgesamt war das Ergebnis der Unterhaltung so dürftig wie ein trockenes Brötchen. Lucie war seine Hauptverdächtige, doch das war sie bereits vor der Befragung der jungen Indianerin gewesen. Wo Christine war, wo ihre Kollegin Birgit, das blieb weiterhin ein Rätsel. Bislang gab es keine Spur von Christines Auto. Die umliegenden Flughäfen waren informiert, sodass es außer Marie Ann Johnston keinem der anderen gelingen sollte, heimlich in ein Flugzeug nach Amerika zu steigen. Und auch die Frage, wer Lucie möglicherweise geholfen hatte, war ungelöst. David Ironheart Seidel schien ebenso vorstellbar wie Chief Thomas.

NEUN

Während Delbrock mit Corwin zurück zum Auto ging, grübelte er weiter über den Fall nach. Eigener Schmerz und Verlust rechtfertigten sicherlich nicht etwas wie die Bluttaten in Münster, aber wenn Delbrock überhaupt für einen Mord Verständnis aufbrachte, dann für die Vergeltung, weil ein Kind getötet worden war. Nur hatte es sich auf der Begräbnisstätte in Minnesota im letzten Jahr um ein Unglück gehandelt, nicht um einen Mord. Delbrock schüttelte sehr nachdenklich den Kopf. Mutig durchgeführt worden waren diese Morde, von langer Hand geplant und konsequent vollzogen, aber nicht etwa aus dem Hinterhalt mit einer Pistole oder einem Gewehr, sondern von Angesicht zu Angesicht mit einer Stichwaffe. Und genau da lag der Hase im Pfeffer. Das Motiv für die Morde leuchtete ihm inzwischen ein, aber warum mussten es alte, gestohlene Waffen sein, und wie passten die Hinweise auf die verschiedenen indianischen Rituale dazu?

Als er gerade überlegte, wann er endlich seine verflixten Schuhe ausziehen könnte, sagte Corwin zu ihm: »Marie hat mich auf eine Idee gebracht. Ich möchte gerne noch einmal ins Museum und mir die Bilder anschauen.«

»Meinen Sie die Bilder, die Sie selbst mit ausgesucht und nach Münster begleitet haben?« Delbrock warf ihm einen Blick zu, als hätte er einen besonders tragischen Fall von Amnesie vor sich.

Corwin überhörte den Einwand. Auf der Uhr am Armaturenbrett des Volvos sah er, dass es gleich fünf war. Um sechs Uhr schloss das Museum seine Türen für Besucher.

»Sie müssen mir eine Sondergenehmigung besorgen, damit ich noch heute Abend in aller Ruhe die Bilder studieren kann.« Mit diesen Worten ließ er sich auf den Beifahrersitz fallen und zog umständlich seine langen Beine ins Auto.

»Entspannen Sie sich, Sie steigen in einen geräumigen Volvo und nicht in einen Fiat Bambino«, knurrte Delbrock.

Er fragte sich, ob Corwin mit Absicht ständig Befehle formulierte, statt höfliche Fragen zu stellen.

Während er den Motor startete, erklärte er: »Ich fürchte, da bin ich die falsche Adresse. Reden Sie lieber mit Herrn Dr. Horn. Er wird Sie sicher länger ins Museum lassen, wenn er dadurch nur eine winzige Chance sieht, dass wir den Mörder dingfest machen.«

Corwin schnallte sich an. »Sie glauben doch nicht, dass er mit irgendeinem Indianer allein im Museum bleibt. Als ich das letzte Mal mit ihm geredet habe, wurde ich sofort von seinen Leibwächtern umzingelt.«

Delbrock musterte ihn einen Moment und sagte schließlich schmunzelnd: »Nun, ich kann es dem armen Dr. Horn nachsehen. Ich werde mir auch nie wieder unbeschwert ›Der mit dem Wolf tanzt‹ ansehen können.«

***

Als Christine wieder zu sich kam, lag sie auf dem Rücksitz eines Autos, dessen Sitze zerschlissen und fleckig waren. Der fahle Geruch nach altem Bier stieg ihr in die Nase, so als wäre das Polster mit diesem Getränk vollgesogen. Sie kannte diesen Geruch. Sie hatte ihn schon einmal gerochen, vor sehr langer Zeit, in einem anderen Land. Und schlagartig sah sie alles wieder vor sich, so deutlich, als wäre es gerade erst passiert.

Ein indianisches Gesicht beugte sich über sie, eine englisch sprechende Stimme schmeichelte, und lange schwarze Haare berührten ihr Gesicht. Das Gesicht eines jungen Indianers beugte sich über sie, seine dunklen Augen schienen zu glühen, aber sein Mund verzog sich zu einem beinahe zärtlichen Lächeln. Die langen Haare kitzelten sie, seine Nähe war ihr unangenehm.

Das menschliche Gehirn war ein Wunderwerk an Vernetzung. Bestimmte Reize, beispielsweise ein Geruch, eine Farbe oder eine Melodie, konnten plötzlich eine Flut an Erinnerungen heraufbeschwören. Und dann war es, als habe man eine alte Videokassette wiedergefunden, alle scheinbar vergessenen Bilder standen wieder lebendig vor dem geistigen Auge.

Andererseits konnte das Gehirn Erinnerungen an schreckliche Erlebnisse auch mit einer Sperre versehen, sodass diese Informationen wie spurlos verschwunden waren. Eine wunderbare

Einrichtung, vor allem für traumatisierte Menschen. Doch leider wurde dadurch manchmal auch das innere Alarmsystem außer Kraft gesetzt. Dann konnte es geschehen, dass die Erinnerungen zurückkamen, wenn man gerade erneut in die Falle getappt war.

Diese Fahrt auf dem Rücksitz eines Autos, der schlechte Geruch und die Gewissheit, eine Gefangene zu sein, das alles brachte die Erinnerung an den Unfall, wie ihre Mutter es genannt hatte, zurück.

Christine lag in einem Auto, und ein indianischer Mann redete auf sie ein, während er an ihrer Kleidung zerrte. Von dem, was er sagte, verstand sie kaum etwas, denn sein Englisch war durchsetzt mit einer unbekannten, guttural klingenden Sprache. Sie kannte den Mann kaum. Hatte ihn vielleicht zwei- oder dreimal auf der Ranch gesehen, aber nie mit ihm gesprochen. Nun schien er zu glauben, dass er und sie zusammengehörten. Das war jedenfalls das Einzige, was sie von seinen Worten verstand.

Seine Griffe wurden kräftiger und gezielter. Mit der einen Hand hielt er ihre Arme fest, mit der anderen fuhr er unter ihr leichtes T-Shirt. Ihre heftige Gegenwehr schien ihn nicht einmal wütend zu machen, er lächelte weiterhin, redete auf sie ein, und irgendwann hatte er ihr die Hose heruntergezogen. Etwas Warmes, Fremdartiges zwischen ihren Beinen ließ sie für einen Moment fassungslos erstarren, doch dann wehrte sie sich umso erbitterter. Die Fingernägel des Mannes bohrten sich tief und schmerzhaft in ihre Haut bei dem Versuch, ihren sich windenden Körper festzuhalten.

Endlich bekam sie eine Hand frei, und sie packte den erstbesten Gegenstand, den sie erwischen konnte, eine ungeöffnete Coladose, und hieb sie dem Indianer an die Schläfe. Der harte Metallrand ließ die dünne Haut aufplatzen, ein schmales Rinnsal Blut lief ihm am Gesicht entlang. Christine nutzte sein kurzes Erstaunen, riss ihr rechtes Knie in einer heftigen Bewegung nach oben und traf seinen Körper. Mit schmerzverzerrtem Gesicht ließ der Mann von ihr ab, und Christine rutschte so weit wie möglich von ihm weg, wartete auf irgendeine Konsequenz. Die kam, jedoch anders, als Christine es erwartet hatte.

Der junge Mann zog mit einer beinahe lässigen Bewegung den Reißverschluss seiner Jeanshose wieder zu, schüttelte ob dieser vehementen Gegenwehr scheinbar amüsiert den Kopf und rutschte nach vorne auf den Fahrersitz. »Wir haben Zeit«, sagte er nur, und der Motor des Pick-ups sprang laut knatternd an. Und als sie bereits eine Viertelstunde gefahren waren und zwei Autos überholt hatten, wurde Christine klar, dass es nur eine Rettung gab: Sie musste aus dem fahrenden Pick-up springen, bevor die Gegend noch einsamer wurde. Vorsichtig tastete sie nach dem rechten Türgriff, zog daran und spürte, wie sich das Türschloss öffnete. Und als die Straße eine stärkere Biegung machte und der Pick-up langsamer fahren musste, schob sie die Tür auf und ließ sich nach rechts aus dem Wagen fallen. Sie versuchte, so weit wie möglich im weichen Gras am Straßenrand zu landen und über die Schulter abzurollen. Es gelang nur teilweise. Ihr rechtes Handgelenk bekam bei der Landung einen ordentlichen Stoß, und durch das linke Knie schoss ein stechender Schmerz. Zum Glück war es ihr gelungen, den Kopf zu schützen.

Aber es war vergebens. Der Pick-up hielt keine dreißig Meter von ihr, und ihr Entführer sprang so geschmeidig wie ein Raubtier aus dem Wagen.

Christine spähte verzweifelt die Straße hinab. Sie hatten doch zwei Autos überholt, wo blieben die nur? Noch leicht benommen von dem Sturz, doch mit einer gehörigen Portion Adrenalin im Blut rappelte sie sich auf und lief sie die Straße zurück, so schnell sie konnte. Sie spürte, wie ihre Hose am Knie klebrig wurde, wahrscheinlich hatte sie sich heftig das Knie aufgeschlagen. Doch sie hatte keine Chance. Der Mann war groß, jung und kräftig, und mit ihrem Sprung aus dem Auto hatte sie offenbar seinen Jagdinstinkt hervorgelockt. In kürzester Zeit hatte er sie eingeholt und riss sie mit enormer Kraft in seine Arme. Mühelos hob er sie hoch und wirbelte sie herum. Für einen Moment lang erschlaffte jeder Muskel in Christines Körper, sie fühlte sich hilflos und verletzlich wie ein Osterlamm.

In diesem Moment ertönte in der Ferne das Horn eines Polizeiwagens. Der Indianer hob den Kopf und lauschte. Dann schob er Christine etwas in die Hosentasche und ließ sie so unerwartet los, dass sie auf den Boden fiel und mit der Schläfe gegen einen im Gras liegenden Stein schlug. Sie bekam nicht mehr mit, wie ihr Entführer in sein Auto sprang und davonraste, sie sah die Polizeistreife nicht mehr, die neben ihr hielt. Sie merkte auch nicht, dass ein älterer Mann mit einem grauschwarzen Zopf und einem dicken Lederband um den Hals sie in seinen Armen hielt, bis der Krankenwagen eintraf.

So präsent waren Christines Erinnerungen plötzlich an das, was damals in dem Pick-up geschehen war, aber erst jetzt erinnerte sie sich wieder an die Stimme und wusste, was aus dem jungen Mann geworden war. Warum nur hatte sie sein Gesicht nicht früher erkannt? Wie hatte sie dieses Lächeln vergessen können, diese Augen? Seine letzten Worte von damals: *Wir haben Zeit.* Er hatte nur zu deutlich bewiesen, wie viel Zeit und Geduld er hatte. Sechzehn Jahre lang hatte er gewartet, jetzt war er einfach nach Deutschland gekommen, um sie zu holen. War es wirklich die ganze Zeit nur um sie gegangen?

Christine richtete sich ein wenig auf und sah die beiden Menschen, die mit ihr im Auto saßen. Ihre Zunge fühlte sich trocken und gleichzeitig klebrig an, irgendwie fremd in ihrem Mund, und der Kopf brummte unangenehm. Das waren bestimmt die Nachwirkungen des Betäubungsmittels, das Lucie ihr in den Tee getan hatte. Zu ihrer Verwunderung stellte sie mit einem Blick aus dem Fenster fest, dass sie nicht etwa irgendwo draußen übers Land fuhren, sondern dass Lucie den Wagen mitten durch Münster lenkte. Im Grunde genommen hätte Christine nur an einer der nächsten Ampeln aus dem Wagen springen müssen, schließlich hatte das schon einmal leidlich funktioniert. Leider schien sich auch ihr Entführer an die damalige Situation erinnert zu haben, und so war sie mit einer Handschelle an den Arm des Mannes gekettet, der sich so viel Mühe gab, sie zu besitzen. Außerdem fürchtete Christine, dass Birgit dafür bezahlen müsste. Die vergangenen zwei Wochen hatten gezeigt, dass ihre beiden Begleiter beim Töten sehr entschlossen vorgingen.

Noch immer leicht benommen von dem Betäubungsmittel, versuchte sie nun zu verstehen, was der Indianer neben ihr sagte. Sie neigte den Kopf ein wenig und betrachtete ihn vorsichtig aus den Augenwinkeln heraus. Mit seiner charismatischen Art, den eindringlich blickenden Augen und dem einnehmenden Lächeln hätte ihm sicher auch die Rolle eines Lebensretters gut gestanden. Vielleicht fühlte er sich sogar als Befreier und Retter?

»Ich weiß, wer du bist.« Sie sagte es erst auf Deutsch, dann auf Englisch.

»Ich wusste, dass du dich irgendwann erinnern würdest, und es gibt keinen besseren Zeitpunkt als genau jetzt.« Er hatte wirklich die Frechheit, sie stolz anzulächeln.

»Und wenn ich mich vorher schon erinnert hätte?«

Er strich ihr leicht über das Kinn. »Ein reizvoller, gefährlicher Gedanke, nicht wahr?«

Sie schüttelte seine Hand ab, wie man eine Fliege verjagt. »Wo fahren wir hin?«

»In meine Welt. Oder sagen wir, in eine Darstellung meiner Welt.«

Christine schaltete sofort. »Also ins Museum. Brauchst du neue Waffen?« Ihre Stimme klang leicht gestelzt, wie sie fand.

Ein tiefes, gut gelaunt klingendes Lachen antwortete, und Christine fuhr bei dieser zur Schau gestellten Selbstsicherheit ein Stich durch den Magen. Erschüttert lehnte sie sich zurück.

ZEHN

»Herr Dr. Horn war heute nur kurz im Hause. Es ist immerhin Sonntag.« Heute stand nicht die Dame vom Vortag an der Kasse des Museums, sondern ein älterer Herr mit streng gescheitelten Haaren und einem Anzug, der wie eine Uniform wirkte. Auch nach mehrmaligen Erklärungen des Hauptkommissars, dem Vorzeigen des Dienstausweises und einem Wechsel des Tonfalls schüttelte der Mann stoisch den Kopf und war nicht bereit, Corwin zu den Bildern zu lassen. Den Kommissar ja, den Indianer nein. Das Museum schloss in wenigen Minuten, und ohne Rücksprache mit seinem Chef würde er sich an die Regeln halten.

Corwin verfolgte diese Debatte genau siebzig Sekunden lang, dann ging er einfach an der Kasse vorbei und hielt sich rechts, um auf kürzestem Wege zu den ausgestellten Bildern zu gelangen. Hätte er sich die Zeit genommen, darüber nachzudenken, dass wieder ein Mensch, der ihm etwas bedeutete, in Lebensgefahr schwebte und er nicht helfen konnte, dann wäre er wahrscheinlich wie ein Besessener durch Münster gerannt, um Christine zu finden. Doch er zwang seine Gedanken in eine konstruktive Richtung. Ungewissheit konnte er nicht gut aushalten, und er weigerte sich, Niederlagen zu akzeptieren. Wäre seine Tochter damals nicht gewesen, dann wäre er wahrscheinlich feige davongelaufen, irgendwohin, wo ihn keiner kannte. Stattdessen hatte er den Sonnentanz mitgemacht, mit allen Konsequenzen. Es war beileibe nichts, worauf er stolz war. Er hatte den einen Schmerz nicht ausgehalten und sich mit einem anderen Schmerz abgelenkt. Doch das Ritual des Sonnentanzes hatte seine eigenen Regeln, es ließ sich nicht so einfach benutzen. Seine Visionen während des Tanzes hatten ihm beinahe mehr zugesetzt als der körperliche Schmerz. Aber danach hatte er seinen Platz im Alltag wiedergefunden. Er verkroch sich nur noch, wenn es nicht auffiel, und einige Kontakte hielt er auch dann noch aufrecht. Seine Tochter konnte keinen verhärmten Vater brauchen, der sich in Selbstmitleid suhlte.

Während er den Flur entlangging, fragte sich Corwin, ob der

Kommissar eine Ahnung hatte, wie es in ihm aussah. Hatte er ihn deshalb um seine Begleitung gebeten?

Die erbosten Schreie des Kassierers hörte er nur noch bis zur nächsten Ecke. Ein paar Besucher, die zum Ausgang wollten, kamen an ihm vorbei, sie starrten ihn neugierig an. Dann stand er mitten in dem Ausstellungsraum und erblickte als Erstes den lebensgroßen Büffel aus Schrottteilen von Marie. Immer, wenn er dieses beeindruckende Kunstwerk sah, dachte er verbittert daran, dass viele Reservate die reinsten Müllhalden waren und es viele Bewohner nicht mehr kümmerte, wie ihre Umgebung aussah. Doch heute bewegten ihn andere Gedanken. Marie hatte Schrott und Unrat und Gedankenlosigkeit genommen und das alles in positive Kraft umgewandelt. Der Bulle war gewaltig, er schien mitten in einer Bewegung erfasst und hielt den Kopf gesenkt. Dieses gewaltige Kunstwerk trug eigentlich die Handschrift eines anderen, doch Corwin hatte Marie nie danach gefragt, ob sie die Arbeit alleine gemacht hatte. Er konnte sich diese schöne zarte Frau nur schwer mit einem Schweißgerät vorstellen.

Nun betrachtete der Cheyenne Maries Gemälde. Sie alle zeigten Krieg und Verletzung, aber irgendwo waren immer auch Symbole von Stärke und Schönheit zu sehen.

Früher hatte Corwin ihre Motive für wehmütige Hinweise auf das frühere Leben der Indianer gehalten, doch als er heute vor den Bildern stand, glaubte er, dass Marie es anders gemeint hatte. Wollte sie nicht vielmehr sagen, man solle den vielen schrecklichen Ereignissen, denen man ausgeliefert war, nicht zu viel Macht geben? Was einen Menschen zerstörte, war ja oft genug nicht das Ereignis selbst – der Krieg, der Verlust –, sondern sein Umgang damit. Man konnte die Ungerechtigkeiten des Lebens beklagen und sich mit Hilfe von Alkohol eine verschleierte Parallelwelt schaffen, es gab genug Beispiele dafür in den Reservaten. Doch Marie schien in ihren Bildern an den alten Kampfgeist der Indianer zu appellieren; sie war gar nicht die Pessimistin, für die Corwin sie immer gehalten hatte. Er schüttelte den Kopf. Was war er eigentlich für ein Kunsthistoriker, dass er in einer einzigen Bilderserie so unterschiedliche Ansätze entdeckte?

Plötzlich erklang über Lautsprecher eine Männerstimme, die in einem höflich distanzierten Tonfall die letzten Besucher darauf aufmerksam machte, dass das Museum nun schloss.

Corwin kümmerte sich nicht weiter um die Ansage, er verließ sich auf die Überzeugungskraft des Kommissars. Gerade als er sich den Bildern von David zuwenden wollte, erschien Delbrock. Ihm folgte ein junger, schlaksiger Mann, der die Uniform einer Wach- und Schließgesellschaft trug.

»Also, Herr Standing Child, solange Herr Dr. Horn nicht persönlich anwesend sein muss …«, und dabei zwinkerte er einmal mit den Augen, »… dürfen Sie sich mit den Bildern beschäftigen. Herr Gilbrecht hier …«, er tippte auf die Schulter des jungen Mannes, »… wird Sie dann ordnungsgemäß hinauslassen. Wäre nett, wenn Sie mich anrufen, sobald Sie hier fertig sind.« Delbrock wandte sich an Herrn Gilbrecht. »Sie können jetzt Ihre Runde machen.«

Herr Gilbrecht blieb dennoch einige Sekunden stehen, spielte mit dem Universalschlüssel in seiner Hand und schaute Corwin an, als prüfte er seine Überlebenschancen für die nächsten paar Stunden. Dann schob er sein Käppi nach hinten und marschierte mit großen Schritten davon.

Delbrock drehte sich einmal um die eigene Achse und warf einen flüchtigen Blick auf die Exponate. Dann fragte er den Cheyenne: »Was hoffen Sie eigentlich hier zu finden? Die Spurensicherung hat doch schon alles auf links gedreht.«

»Wenn David mit Lucie zusammen Christine in seine Gewalt gebracht hat und er vielleicht der heimliche Briefschreiber ist, dann könnte in seinen Bildern eventuell ein Hinweis auf seine Pläne zu finden sein.« Er hielt kurz inne und starrte auf den Büffel. »Das Einzige, was Christine mit den Mordopfern gemeinsam hat, ist ein Aufenthalt in Amerika. Allerdings zu einer völlig anderen Zeit und an einem anderen Ort. Und ich denke nicht, dass es bei ihrer Entführung um Rache geht.« Corwin drehte sich abrupt um und wandte sich wieder einem Gemälde zu.

Der Hauptkommissar schlenderte ein paar Schritte vor und fragte ihn: »Haben Sie schon einmal die Möglichkeit in Betracht gezogen, dass Chief Thomas etwas mit der Sache zu tun hat? Immerhin ist auch er wie vom Erdboden verschwunden.«

In diesem Moment ertönte die Melodie von Tschaikowskys »Nussknacker«, und Delbrock wühlte fluchend sein Handy heraus. Was er bei dem folgenden Gespräch erfuhr, trieb ihm vor Aufregung den Schweiß auf die Stirn.

»Endlich passiert mal etwas Positives«, sagte er und konnte seine Genugtuung kaum verbergen. »Ein Spaziergänger hat Frau Hartmann gefunden, als er mit seinem Hund am Kanal entlangging. Der Hund hat wohl etwas gehört, und unser aufmerksamer Bürger hat ausgesagt, sein Hund habe vor zwei Jahren schon einmal eine Leiche am Kanal gewittert und heute habe er sich ähnlich aufgeregt verhalten.« Delbrock bemerkte das erstarrte Gesicht des Indianers und beeilte sich zu sagen: »Nein, nein, Frau Hartmann scheint wohlauf zu sein. Sie hat nur einen Schock, die Arme. Ich fahre jetzt ins Krankenhaus. Beten Sie, dass wir von ihr etwas über den Verbleib von Frau Neustedt erfahren.« Der Kommissar hielt noch mal inne und fragte Corwin dann überraschend: »Beten Sie eigentlich? Zu Gott oder zu Manitu oder wem auch immer?«

»Nun, ich tanze jedenfalls nicht mehr halb nackt ums Feuer und schwinge den Regenmacher. Ja, ich bete. Vermutlich zu demselben Gott, zu dem Sie hier üblicherweise beten, nur dass wir Native Americans eventuell unterschiedliche Auffassungen über einige Aspekte seiner Persönlichkeit haben.«

Über diese Aussage dachte Delbrock kurz nach und wandte sich dann zum Gehen. Doch er blieb noch einmal stehen, um Corwin zu fragen: »Haben Sie sich eigentlich mal Gedanken darüber gemacht, wo Chief Thomas sein könnte?« Eine Antwort schien er nicht zu erwarten, denn er ging sofort eiligen Schrittes in Richtung Ausgang.

Corwin sah ihm nach und dachte bei sich, dass ein wenig Beten in ihrer Situation vielleicht guttäte. Leider fiel es ihm schwer. Danke sagen, das konnte er, doch um Hilfe bitten, das war überhaupt nicht seine Sache. Das Jammern und Flehen vieler Katholiken hatte er noch nie nachempfinden können. Ständig baten sie Gott, ihnen irgendwie zu Diensten zu sein, und in Krisenzeiten waren die Kirchen immer voll. Er wusste, dass er an dieser Stelle unrecht und hart urteilte, aber im Augenblick war es ihm egal. Und natürlich hatte er sich Gedanken über das Verschwinden seines Freundes gemacht, aber alles, was ihm dazu einfiel, das mochte er überhaupt nicht.

Corwin selbst hatte die Ausstellung zusammengestellt und festgelegt, dass jeder Künstler mit maximal drei Objekten vertreten sein durfte, damit einem breiten Künstlerkreis die Möglichkeit gegeben werden konnte, Arbeiten zu präsentieren. Elf der achtundzwanzig ausstellenden Künstler waren persönlich zur Eröffnung erschienen, doch die meisten waren bereits nach dem zweiten Mord wieder abgereist und schieden damit als Verdächtige vorläufig aus.

In Davids drei Gemälden fiel der stets gleiche rotgelbe, warme und wunderschöne Hintergrund auf. Er gab den Werken etwas Mystisches, Vergeistigtes. In einem Bild war eine riesige Büffelherde zu sehen, in der nicht einzelne Büffel, sondern die Herde als Ganzes eine ungeheure Kraft ausstrahlte. Ein Indianer schwebte über der Herde; der Kleidung, den Zöpfen und dem Gesichtsschnitt nach war es Sitting Bull. Und er hielt ein Baby in seinen Armen. Was hatte das zu bedeuten? Die Verbundenheit Sitting Bulls mit den Bisons war bekannt. Doch warum stellte David den berühmten Häuptling mit einem Kleinkind dar? Auf den Fotos von Sitting Bull blickte dieser in der Regel stolz und beinahe herausfordernd in die Kamera. Meist posierte er als Krieger mit all seinen Waffen, und obgleich er mehrere Kinder gehabt hatte, wusste Corwin doch wenig über das Familienleben des Häuptlings. Er wusste nur, dass Crow Food, der damals siebzehnjährige Sohn Sitting Bulls, bei dem Tumult, bei dem auch Sitting Bull ums Leben kam, ebenfalls erschossen worden war. Warum aber hatte David gerade diese Pose für sein Bild gewählt? Wollte er auf seine eigene Abstammung hinweisen, den Hunkpapa-Stamm? Etwas vermessen, fand Corwin. Er war sich nicht sicher, ob David tatsächlich ein direkter Nachkomme des Sioux-Häuptlings war oder dies nur behauptete, weil seine Mutter aus dem Stamm kam.

Auf dem zweiten Bild hatte David drei Tipis aus hell gegerbtem Büffelleder dargestellt. Sie hoben sich herrlich von dem rotgelben Hintergrund ab. Aus einem Tipi stieg Rauch auf. Warum nur aus einem? Corwin merkte allmählich, dass ihm die Sorge um Christine die Konzentration erschwerte.

In der Ausstellung über das Leben der Prärie-Indianer war

auch ein Tipi aufgebaut. Das Innere war wie ein europäisches Campingzelt eingerichtet: Klappstühle, eine Kühlbox, eine Kiste Cola und ein tragbarer CD-Player. Damit sollte deutlich gemacht werden, dass heutige Indianer, selbst wenn sie noch so traditionsbewusst waren, längst nicht mehr eine Büffellende über dem Feuer brieten oder in handgegerbter Lederkleidung auf Fellen saßen. David hingegen stellte das alte Leben als ein Ideal dar, das hatte Marie schon richtig beschrieben. Vor dem Tipi auf seinem Bild war ein hölzerner Ständer zum Trocknen von Fleisch und Fellen zu sehen und ein Lagerfeuer, über dem ein Kessel mit Gekochtem hing. Corwin überlegte. Ein Tipi konnte für das Weibliche stehen. Bei den meisten Stämmen war die Frau für den Bau eines Tipis zuständig, genau wie für das Kochen, das Feuermachen und alle anderen häuslichen Arbeiten. Dafür war sie auch Eigentümerin dieses Zeltes, was hieß, wenn Eheleute sich entzweiten, musste der Mann in der Regel das Tipi verlassen.

Das Tipi war aber auch ein Symbol für Familie und Heim. An welche Bedeutung hatte David gedacht? Nur eines der Tipis auf dem Bild zeugte von Wärme und Behaglichkeit. Corwin merkte, dass seine Schulter zu schmerzen begann, weil er dermaßen angespannt vor den Bildern stand. Er überlegte fieberhaft, was er über Davids Privatleben wusste. Er kannte ihn schon länger, und zwar nicht nur durch seine Arbeit als Kunsthistoriker. Ihre Wege hatten sich immer mal wieder gekreuzt. Davids etwas wilde Vergangenheit war für ihn als Künstler kein Makel, sondern er kokettierte gern damit. Corwin wusste außerdem, dass David mit einer weißen Amerikanerin zusammenlebte, aber zwei Töchter aus einer früheren Ehe mit einer indianischen Frau hatte. Die Erzählung von Marie ließ vermuten, dass er es mit der Treue nicht so genau nahm. Wollte er vielleicht erneut eine Familie gründen?

Corwin fuhr sich entnervt durch die Haare und suchte das dritte Bild. Er erinnerte sich noch, dass auf dem Bild zahlreiche junge Tänzer abgebildet waren.

Fünf Minuten später war er derartig beunruhigt, dass er mit hektischen Fingern die Privatnummer von Dr. Horn wählte. Irgendwo in den Fluren hörte er den Nachtwächter leise pfeifen, sein Schlüsselbund stieß im Takt seiner Schritte an sein Hosenbein. Und noch während Corwin darauf wartete, dass Dr. Horn sich meldete, wusste er, wo man Christine hingebracht hatte.

***

Christine massierte sich zum wiederholten Male die Schulter- und Nackenpartie. Seit mindestens zwei Stunden saßen sie nun schon im Auto und warteten. Sie war mit Lucie allein, und ihr Handgelenk war nun an die Metallstange der Kopfstütze gefesselt. Bis sie die Kopfstütze herausgehoben hätte, wäre es Lucie längst gelungen, sie an einem Fluchtversuch zu hindern, das wusste Christine. Schließlich trug die Indianerin ein Messer am Gürtel und hatte außerdem noch die kleine Pistole.

Das Auto, in dem sie saßen, war ein alter dunkelblauer Opel, der hier zwischen den geparkten Bussen und Pkws auf dem riesigen Parkplatz vor dem Zoo- und Museumsgelände wohl auch dann noch unauffällig gewirkt hätte, wenn die Scheiben mit Blut bespritzt gewesen wären. Ihr eigenes Auto stand irgendwo am Max-Klemens-Kanal, sie hatten sich nicht einmal die Mühe gemacht, es zu verstecken. Warum auch? Wie Christine ihre Mutter kannte, wusste bereits seit zwölf Uhr Mittag jeder in Nordrhein-Westfalen, dass ihre Tochter trotz ausdrücklicher Ankündigung nicht bei ihr angekommen war und folglich Opfer eines schrecklichen Verbrechens geworden sein musste. Die Verkehrsunfälle zwischen Münster und Telgte hatte Constanze Neustedt sicher schon um elf Uhr vormittags überprüft.

So saß Christine mitten auf dem Präsentierteller und hatte doch keine Idee, wie sie auf ihre Lage aufmerksam machen sollte. Vor einer Stunde noch hatte Lucie ihr ein Polaroidfoto gezeigt, auf der die arme Birgit zu sehen war, an eine Treppe gekettet. Der Raum lag offensichtlich im Keller und wirkte kalt und abstoßend. Die sonst so strahlenden blauen Augen ihrer Freundin blickten müde und verängstigt. Sie trug eine Jeanshose, die an den Waden hochgekrempelt war, und braune Stiefeletten. Die weiße Bluse und ihre leichte Lederjacke waren wahrscheinlich viel zu kalt für dieses Kellerloch. Zum ersten Mal, seit sie sich kannten, sah man Birgit auf dem Foto ihre einundvierzig Jahre an. Es musste ihr sehr schlecht gehen.

Irgendwann sah sie Delbrock eiligen Schrittes aus dem Museum kommen und fragte sich, was den ansonsten so gemütlich wirkenden Mann derartig aufgewühlt hatte, dass er beinahe beschwingt zu seinem Auto ging und dabei aussah wie Balu, der tanzende Bär.

Sie selbst war alles andere als freudig erregt. Seit Stunden fragte sie sich, was die zwei Indianer mit ihr vorhatten, und auch, warum sie das alles taten. Ihre beiden Entführer waren so unterschiedlich, dass der Grund für ihre Zusammenarbeit in der Vergangenheit liegen musste. Aber was trieb sie an? Ideologischer oder religiöser Wahn? Oder doch eher etwas rational Nachvollziehbares? Lucies Bedürfnis, die tote Tochter schonungslos zu rächen, konnte man mit ein wenig menschlichem Einfühlungsvermögen noch verstehen, wenn auch nicht tolerieren. Doch warum ihr dieser David nach so vielen Jahren erneut nachstellte, konnte und wollte Christine nicht begreifen. Sie war nicht mehr so naiv wie vor sechzehn Jahren.

Während der Fahrt hatte er sie mit begehrlichen Blicken abgetastet und es offensichtlich genossen, dass sie mit der Hand an ihn gekettet war. Sie fürchtete sich vor dem, was er im Museum mit ihr vorhatte.

Draußen wurde es langsam dämmrig, und die wenigen Autos, die noch auf dem Parkplatz standen, stammten von den Angestellten. Auch aus dem Zoo waren die letzten Besucher inzwischen zu ihren Autos gegangen und nach Hause gefahren. Nun wurde es still und verlassen um sie herum. Als Kind hatte sie sich immer gewünscht, einmal nachts durch den Zoo zu laufen. Zu wissen, dass sich dort in der Dunkelheit Raubtiere befanden, selbst wenn diese sicher hinter Gittern saßen, hatte sie sich immer absolut prickelnd vorgestellt. Man spazierte durch den dunklen Park, hörte das Heulen der Wölfe und das unruhige Schreiten und Scharren der nachtaktiven Raubtiere. Was für ein Gefühl musste es sein, wenn man als nächtlicher Jäger die Nähe seiner potenziellen Opfer wittern und aus dem Käfig nicht hinauskonnte? Oder umgekehrt: Wie fühlte sich ein Zebra, wenn es den Löwen in der Nähe wusste, ein Reh, das den Wolf heulen hörte? Oder waren die Zootiere schon so abgestumpft und domestiziert, dass sie alle ruhig nebeneinander schlafen konnten?

Storys über Unglücksfälle im Zoo waren jedenfalls beliebt. Der

Tiger, der den Wärter angefallen hatte; ein Betrunkener, der in den Löwenkäfig geklettert war. Die meisten Menschen lasen darüber gerne, wollten an den Abenteuern teilhaben, ohne das sichere Sofa zu verlassen. Ein bisschen Grusel auf der Bettkante. Und eine Raubtiernummer im Zirkus war umso spannender, je gefährlicher es für den Dompteur wurde. Christine starrte zum Zoo hinüber. Sie dachte an den gemeinsamen Nachmittag mit Corwin dort. Das war keine vierundzwanzig Stunden her.

Das Klingeln von Lucies Handy ließ sie zusammenfahren. Nur ein Mal, ein Signal. Lucie startete den Wagen und fuhr näher zum Eingang, umkurvte dann das Gebäude und hielt vor einem Hintereingang. Dort stieg sie aus, öffnete die hintere Tür auf der Beifahrerseite und hielt Christine auffordernd den Schlüssel für die Handschelle hin. Christine musterte Lucies etwas gedrungene Gestalt, ihre warmen braunen Augen, die dichten, beinahe blauschwarz glänzenden Haare, die der Indianerin kurz geschnitten und leicht gewellt um das eher runde Gesicht mit den angedeuteten Wangenknochen lagen. Eine überaus sympathische Erscheinung, wäre da nicht die kleine schwarze Pistole in ihrer Hand gewesen.

Noch einmal überlegte Christine, ob sie irgendwelche Chancen hatte, wenn sie Lucie um Hilfe bat. War die Künstlerin noch erreichbar für Gefühle wie Mitleid und Anteilnahme? Oder hatte sie durch die gemeinsamen Morde bereits die Schwelle überschritten, hinter der Reflexion oder gar Reue nicht mehr möglich waren?

»Lucie«, begann Christine, doch ein energisches Wedeln mit der Pistole brachte sie zum Schweigen. Als sie ihre Handschelle gelöst hatte und Lucie ihr den Schlüssel wieder abnahm, sagte die Indianerin mit fast sanfter Stimme: »Ich glaube an das, was er tut, und du wirst es auch verstehen lernen.« Mit einem fiesen Klacken rasteten die Handschellen erneut ein, nun waren Christines Hände auf dem Rücken zusammengebunden.

Wenn sie noch etwas lernen sollte, stand ihr vermutlich nicht gleich die sofortige Hinrichtung bevor. Christine zog die kühle Abendluft ein paarmal tief ein, um das Rumoren in ihrem Bauch zu besänftigen. Sie hatte ein Gefühl, als säße dort ein kleines Monster, das mal mehr, mal weniger zornig an ihren Eingeweiden zerrte. Sie blickte zum Himmel, der nach dem launischen Wetter der letzten Tage überraschend sternenklar war.

Werd nicht theatralisch, mahnte sie sich selbst. Wie festgewurzelt stand sie da, ähnlich wie Mata Hari, die sich vom Sternenhimmel und der Welt verabschiedete. Doch beim Anblick des Mannes an der Hintertür erfasste sie blankes Entsetzen, und das lag vor allem an der blutbesudelten Klinge eines eher schäbig und alt wirkenden Messers, das aus seiner rechten Hand ragte. Genau diese Hand hob er nun in einer warnenden Geste und lauschte ins Innere des Gebäudes.

»Wartet noch einen Moment hier, ich höre da etwas.« Schnell tauschte er das blutige Messer mit Lucies Pistole und verschwand wieder im Museum. Nun zeigte die schmutzig rote Klinge auf ihre Brust. Mit wessen Blut würde sich das Ihrige wohl vermischen, wenn Lucie tatsächlich zustieß? Hatten sie nun doch Dr. Horn umgebracht?

Der Schlag, der auf seine verletzte Schulter niederdonnerte, kam völlig überraschend. Etwas schien in seinem Arm zu explodieren, und der Schmerz zuckte bis in die Fingerspitzen. Ihm war, als könnte er seinen Arm nie wieder bewegen. Durch den Angriff wurde er nach vorne geworfen, das Handy sprang ihm aus der Hand und schlitterte weit über den Fußboden. Das Scheppern des empfindlichen Gerätes klang für Corwin wie das Wegwerfen der Waffe nach einer Kapitulation. Und tatsächlich hatte er nichts in der Hand, um sich zur Wehr zu setzen. Daher blieb er gebückt stehen, als müsste er sich von dem Schlag noch erholen, und wartete auf die nächste Attacke des Angreifers.

Und sie kam. Mit einer Eisenstange, wie man sie zum Öffnen von Dachfenstern benutzte, holte er aus, um sie Corwin nun von unten gegen den Oberkörper zu schlagen. Corwin griff blitzschnell nach der Stange und nutzte den Schwung des Angriffs. Mit einer halben Drehung um die eigene Achse zog er sein Gegenüber zu sich her und stieß dann die Stange plötzlich in die entgegengesetzte Richtung, sodass er den Gegner damit in die Magengrube traf. Leider war der mit einem Arm geführte Schwung nicht sehr kraftvoll, aber der andere Arm hing Corwin noch immer wie gelähmt am

Körper herab. Der Mann fiel zwar mit schmerzverzerrtem Gesicht rückwärts auf den Fußboden, war aber nicht außer Gefecht gesetzt. Schnell zog er eine Pistole aus dem hinteren Hosengurt und sagte: »Lass es gut sein, Corwin. Ich gebe dir schon noch Gelegenheit, den Helden zu spielen.«

Corwin, der David längst erkannt hatte, stand keine drei Meter von ihm entfernt, die Eisenstange noch immer in der Hand. Er schaute in zwei blitzende Augen und einen spöttisch verzogenen Mund. Der Stoß war mit Sicherheit schmerzhaft gewesen, doch das zeigte sich lediglich an Davids flatternden Augenlidern.

Corwin war kein Narr, er wusste, dass er keine Chance hatte. Vorsichtig ging er einige Schritte zurück und legte die Eisenstange auf den Boden. Dabei sagte er: »Das wäre nicht das erste Mal, dass du auf mich schießt.« Es klang ein wenig wie eine Frage, und sie wurde auch sofort beantwortet.

»Sorry, aber das war ich nicht.« Die Pistole auf Corwin gerichtet, stand David langsam auf und fügte hinzu: »Nennen wir es ein Kommunikationsproblem zwischen den Akteuren des Organisationsteams.«

»Dafür hat der junge Polizist auf der Intensivstation sicher Verständnis«, knurrte Corwin. Er überlegte, ob er durch eine eilige Flucht aus dem Schussfeld gelangen könnte. Sie befanden sich in dem relativ großen Ausstellungsraum mit den Bildern und Objekten, der nächste Gang führte zum Café und zum Museumsladen und auch zum Ausgang. Außer ein paar Säulen, die zu niedrig waren, um Schutz zu bieten, gab es in dem Raum keine Nischen. Bis er zum Eingang gelangte, war er bestenfalls ein toter Mann, schlimmstenfalls ein Krüppel mit einer Kugel im Rücken. Er musste auf eine bessere Gelegenheit warten. Ob Christine wohl auch schon im Museum war?

Nach dem Wachmann erkundigte er sich lieber nicht. Immerhin bestand die minimale Chance, dass der junge Mann rechtzeitig in Deckung gehen konnte.

Er widerstand dem Drang, seine Schulter zu massieren, und fragte stattdessen: »Hast du ein Bild verkauft, David?«

»Ah, ist dir das aufgefallen? Es ist mein Lieblingsbild, ich würde es niemals verkaufen. Sagen wir, es hat einen besseren Platz bekommen.« Mit der freien Hand fummelte er hinten an seinem Gürtel herum und warf Corwin schließlich ein paar Handschellen zu. In einem Abstand von mindestens vier Metern ging er mit gezückter Pistole hinter ihm her und zwang Corwin so, sich in Richtung der anderen Ausstellungsräume zu bewegen.

Zumindest war er nun beim Showdown dabei und saß nicht nutzlos und krank vor Sorge in irgendeinem Hotelzimmer oder auf dem Polizeirevier herum, dachte Corwin, während er sich der Pistole hinter seinem Rücken durchaus bewusst war. Schon im nächsten Gang erlitt seine Hoffnung auf Rettung einen herben Schlag. In einer kleinen Blutlache, die sich vom Rücken her auszubreiten schien, lag eine dunkle Gestalt. Der junge Wachmann hatte es also nicht geschafft, sich zu verbergen.

Zornig drehte er sich zu David um. »Was hatte dieser junge Mann mit deinem Kampf zu tun? Er machte hier nur einen Job.«

»Sieh dir seine Hautfarbe an.« David zuckte gleichgültig die Schultern und fuhr dann fort: »Im Ernst, Corwin. Du hast anscheinend keine Ahnung, worum es hier geht. Ich werde mich durch niemanden aufhalten lassen. Der Kerl hätte überleben können, aber er hat es vorgezogen, den Helden zu spielen.«

Beinahe fühlte Corwin sich schuldig am Tod des jungen Mannes. Warum war er nicht eher darauf gekommen, dass die Täter erneut ins Museum kommen würden, um das zu vollenden, worauf sie hingearbeitet hatten? Es ging schließlich um Rituale, nicht nur um Rache. Und mitten in Münster war das Museum momentan der ideale Ort für ein indianisches Ritual. Nirgends sonst war die Geschichte der Prärie-Indianer derzeit lebendiger. Von Anfang an waren die gestohlenen Gegenstände nach jedem Mord zurückgegeben worden. So, als sollte zum Schluss alles wieder vollständig sein. Wenn Corwin sich richtig erinnerte, dann fehlten noch ein altes Jagdmesser und die Ahle, die vielleicht gar nicht zur Verwendung als Waffe gestohlen worden war, sondern als Hinweis auf den Sonnentanz. Der Stab aus der Peyote-Zeremonie fehlte ebenfalls noch, die kleine handgefertigte Flöte hatte Christine wieder zurückgegeben, und das legendäre Geistertanzhemd von Sitting Bull, einer der wertvollsten Gegenstände der Ausstellung, war inzwischen auch wieder da. Corwin brauchte sich nur umzudrehen, dann hätte er es vor sich gesehen. Es saß ein wenig knapp an den Ärmeln, da Sitting Bull deutlich kleiner gewesen war als der jetzige Träger, aber vermutlich hatte in den letzten einhundert Jahren niemand mehr dieses Hemd getragen. Zweifellos war die Wirkung des Kleidungsstücks so eine völlig andere als bei der Präsentation im Glaskasten. Das Hemd wirkte lebendig und majestätisch, es verlieh seinem Träger eine mystische Entrücktheit. Vielleicht war es nur das Wissen um die Geschichte des Hemdes, das diese Wirkung bei Corwin auslöste, vielleicht hatte aber auch etwas von Sitting Bulls Ausstrahlung darin überlebt.

Dennoch hatte es etwas zutiefst Beunruhigendes, seinen Gegner in dem traditionellen und aus einer längst vergangenen Zeit stammenden Gewand zu sehen. Davids Haare waren zu zwei Zöpfen geflochten und mit Otterfell umwickelt, ins Gesicht hatte er sich einige schwarze Sterne gemalt. Eine perfekte Erscheinung aus Hollywoods Westernfabrik.

Corwin dachte kurz daran, ihm die Handschellen ins Gesicht zu schleudern, doch der Abstand zwischen ihnen blieb immer gleich groß, das Risiko war zu hoch. Als toter oder schwer verletzter Mann konnte er Christine überhaupt nicht helfen.

Als sie den etwas größeren Ausstellungsraum betraten, in dem das Tipi aufgebaut war und die beiden ausgestopften Indianerponys standen, stockte Corwin bei dem, was er da sah, für einen Moment der Atem, dann stürzte er nach vorne. Ein scharfer Befehl von hinten und der harte Knall der Pistole stoppten ihn.

***

Dieses Mal bewegte sich Delbrock etwas souveräner durch den langen Gang des Krankenhauses. Er hielt den Blick suchend auf jede einzelne Tür gerichtet, an der er vorbeiging. Man hatte die verstörte und völlig erschöpfte Birgit Hartmann in die Raphaelsklinik gebracht, ein kleines Krankenhaus mitten in der Stadt, und der behandelnde Arzt war dem Hauptkommissar gut bekannt. Schließlich fand er den gesuchten Namen auf einem weißen Schild rechts neben einer Tür, deren dicke Isolierung man erst bemerkte, wenn man den Raum betrat. Dr. Krüger war wesentlich kleiner, aber mindestens genauso breit wie Delbrock, rauchte fünfzehn Zigaretten am Tag und gab als sportliche Betätigung seine regelmäßigen Besuche in der Sauna an. Von diesem Arzt musste Delbrock keinerlei Vorträge über ungesunde Lebensgewohnheiten im Allgemeinen und einer körperlichen Disposition für Herzinfarkte im Besonderen befürchten.

»Hauptkommissar Delbrock, seien Sie gegrüßt. Wollen Sie wieder eine Patientin von mir als Zeugin bemühen?«

Delbrocks große Hand traf sich mit der fleischigen Hand des Arztes. Beide lächelten einander freundschaftlich an, um gleich darauf ernst zu werden.

Delbrock erklärte: »Es tut mir leid, aber Frau Hartmann ist momentan unsere einzige Hoffnung, etwas über den Verbleib einer weiteren entführten jungen Frau zu erfahren. Und ich fürchte, dass diese Frau noch in weit größerer Gefahr schwebt. Es ist außerordentlich eilig.« Delbrock rieb sich die Hände, als könnte er dadurch mehr Zeit produzieren.

Dr. Kröger verstand, nahm einen Schlüssel vom Schreibtisch und öffnete dem Beamten die Tür. Einen Kurzbericht über den aktuellen Zustand seiner Patientin lieferte er, während sie durch die Flure marschierten.

»Frau Hartmann hat sich tapfer gehalten, doch nun, wo die Anspannung vorbei ist, zeigen sich die ersten Anzeichen einer akuten Belastungssituation. Todesangst, Hunger, Kälte und die Sorge um die Freundin – das alles war sehr anstrengend. Außerdem hat Frau Hartmann eine leichte Gehirnerschütterung von einem Schlag auf den Hinterkopf. Wenn es nicht so dringend wäre, würde ich sagen, man darf sie keinesfalls in neue Stresssituationen bringen. Nur ein wenig Fürsorge und viel Schlaf. Ab morgen wüsste ich sie am liebsten in der Obhut ihrer Familie. Da kann sie sich am besten erholen.« Mit schnellen Schritten bogen die beiden schweren Männer in den nächsten Flur ein.

»Haben Sie ihr ein Beruhigungsmittel gegeben?«, fragte Delbrock. Er war besorgt, dass Frau Hartmann vielleicht nicht klar genug denken und antworten konnte.

Kröger winkte ab. »Das muss nicht sein. Besser, sie kommt klaren Verstandes darüber hinweg, als wenn wir ihr beim Verdrängen helfen. Eventuell geben wir ihr nachher ein Schlafmittel. Wissen Sie, manchmal kann man nämlich auch vor lauter Erschöpfung nicht einschlafen, und Schlaf braucht sie dringend.« Er ging noch etwas schneller und klopfte schließlich am Zimmer Nummer 214. Delbrock spürte, wie sich sein Pulsschlag beschleunigte und seine Anspannung der letzten Stunden in Nervosität umschlug. Schnell fragte er den Arzt: »Weiß Frau Hartmann, dass ihre Freundin ebenfalls verschwunden ist?« Dr. Kröger hatte die Hand bereits auf der Türklinke. Leise sagte er: »Ich habe es ihr vorhin mitgeteilt, das und Ihren Besuch.«

Als sie das Zimmer betraten, schlug ihnen nicht, wie Delbrock erwartet hatte, der typische Geruch nach Reinigungs- und Desinfektionsmitteln entgegen. In dem kleinen Zimmer hing ein angenehmer Seifengeruch, der an ein Schaumbad erinnerte. Birgit Hartmann saß in einem weißen Bademantel auf der Bettkante, die nackten Füße steckten in einem Bottich mit duftendem Wasser, und in den Händen hielt sie eine Tasse dampfenden Tees. Ihre Haare waren noch feucht, die Augen gerötet und mit dunklen Ringen der Erschöpfung gezeichnet. Auf den ersten Blick wirkte sie aber durchaus gefasst und ansprechbar. Erst im Laufe des Gesprächs fielen Delbrock der unstete Blick auf und eine enorme Schreckhaftigkeit bei jedem noch so unbedeutenden Geräusch. Dr. Kröger sprach beruhigend, aber mit munterer Stimme auf seine Patientin ein und setzte sich dann auf einen abseitsstehenden Besucherstuhl, um den ungeduldigen Delbrock seine Fragen stellen zu lassen. Der Kommissar musste ganz nah an Birgit Hartmann heranrücken, da sie die ersten Worte sehr leise sprach.

»Lucie, es war Lucie. Sie hat mich reingelegt. Und sie will sich Christine holen. Aber ich weiß nicht, warum.« Sie hatte Tränen in den Augen.

»Frau Hartmann, es tut mir leid, aber ich muss Ihnen trotz der Strapazen ein paar Fragen stellen. Wissen Sie, wo man Frau Neustedt hinbringen will? Wo könnte sie sein?«

Birgit schüttelte langsam den Kopf und starrte in ihre Teetasse. Dann sagte sie: »Sie muss nach Amerika. Lucie sagte, sie habe eine Mission zu erfüllen und könne nicht hierbleiben.«

Der Hauptkommissar war sich nicht sicher, ob er den Sinn der

Worte richtig verstanden hatte. »Wie bitte? Christine Neustedt muss eine Mission erfüllen?«

Stummes Nicken.

»Welche denn? Und wissen Sie, wer Lucie bei alldem geholfen haben könnte?«

Dr. Kröger machte dem Kommissar ein Zeichen, langsamer vorzugehen, nicht mehr als eine Frage zu stellen. Doch Birgit atmete tief ein und sprach nun sogar etwas lauter. »Sie werden sie nach Amerika mitnehmen. Ich weiß nicht, wie, aber es scheint alles schon festzustehen. Sie müssen sie aufhalten, Herr Kommissar.« In ihre Augen trat kurzzeitig ein unruhiges Flackern, dann hatte sie sich wieder in der Gewalt und fuhr fort: »Ich glaube, sie stecken alle unter einer Decke. Alle. Lucie hat ihre Tochter verloren, letztes Jahr, auf dem Friedhof. Ein schrecklicher Unfall ist passiert. Und Dr. Horn und all die anderen sollen dort gewesen sein und haben ihr nicht geholfen.« Birgit hielt inne und schaute wieder zu Delbrock. »Können Sie sich das vorstellen? Die sind für den Tod eines kleinen Mädchens verantwortlich. Aber Christine doch nicht. Sie hat doch nichts damit zu tun, oder?«

Delbrock bemerkte, dass Birgits Blick wieder unruhiger wurde. Die linke Hand krampfte sich um die Bettkante.

Lucie hat also bezüglich der Morde mit offenen Karten gespielt, dachte Delbrock. War es ihr ein Bedürfnis gewesen, sich zu erklären? War sie gar nicht so kaltblütig, wie es momentan aussah?

Etwas unbeholfen strich Delbrock Birgit über die Hand. »Wir wissen von dem verunglückten Mädchen, aber Christine hat damit gar nichts zu tun. Wer außer Lucie könnte Frau Neustedt in seine Gewalt gebracht haben und wo? Haben Sie irgendetwas mitgehört? Hat Lucie mit jemandem über einen bestimmten Ort gesprochen? Versuchen Sie sich bitte zu erinnern. Jeder kleinste Hinweis könnte wichtig sein.«

»Lucie hat sie. Da bin ich mir sicher. Sie bringt sie zu Sitting Bull.« Birgit fuhr sich über die Augen, als könnte sie selbst nicht glauben, was sie da von sich gab. »Ich weiß es auch nicht. So ähnlich hat sie sich jedenfalls ausgedrückt.«

Die Stirn in Falten, musterte Delbrock die junge Frau und wusste offensichtlich nicht, was er dazu sagen sollte. Birgit Hartmann war mindestens sechsunddreißig Stunden in der Gewalt ihrer Entführer gewesen. Vermutlich war sie einfach mit den Nerven am Ende. Lucie hatte die Samstagnacht noch in ihrem Hotel verbracht und war am frühen Morgen beim Frühstück von einem Hotelangestellten gesehen worden. Danach verlor sich ihre Spur. Angeblich wollte sie schwimmen gehen, doch das war Nonsens. Wie sie wussten, war um diese Zeit auch Christine verschwunden, und aller Wahrscheinlichkeit nach hatte dabei Lucie ihre Hände im Spiel gehabt. Wenn man Marie Ann Glauben schenken durfte, war David Ironheart Seidel erst Stunden später untergetaucht. Und Hauptkommissar Delbrock ging davon aus, dass die junge Indianerin die Wahrheit gesagt hatte. Auch Chief Thomas war laut Nachforschungen der Beamten noch am Sonntagmorgen zum Frühstück im Hotel erschienen, er war demnach ungefähr zur selben Zeit wie David verschwunden. Verdammt, diese Amerikaner spielten in seiner eigenen Stadt Katz und Maus mit ihm.

Mitten in die Stille hinein ertönten die vertrauten Klänge seines Handys. Mit vor Schreck geweiteten Augen lauschte Birgit den einsilbigen Antworten des Kommissars.

»Was zum Teufel hatten die am Max-Klemens-Kanal zu suchen?« Delbrock schob sein Handy zurück in die Manteltasche.

»Haben Sie eine Spur von der jungen Frau?« Dr. Kröger legte den Kopf auf sein Doppelkinn und blickte ihn fragend an, genau wie Frau Hartmann.

»Nein. Wir haben das Auto von Christine Neustedt am Max-Klemens-Kanal gefunden, vor einem leer stehenden Gebäude. Da kann die Spurensicherung nun Sonderschichten schieben.« Delbrock raufte sich zum x-ten Male die Haare. »Mein Gott, die können ihr Versteck in Greven, in Sprakel oder sonst wo haben.«

»Man kommt über diese Strecke auch zum Flughafen«, warf der Arzt ein.

»Mehr als überwachen kann ich ihn nicht. Wenn sie am Flughafen auch nur ein Kaugummi kaufen, haben wir sie.«

»Ich glaube nicht, dass sie heute schon zurück nach Amerika fliegen.«

Beide Männer drehten sich überrascht zu Birgit um.

»Heute jährt sich der Todestag ihrer Tochter.«

»Ach ja?«, meinte Delbrock erstaunt, dann zuckte er mit den Schultern und dachte eine Weile nach. Schließlich fragte er Birgit noch ein letztes Mal nach Hinweisen auf andere Täter. »Haben Sie während Ihrer Entführung außer Lucie noch jemanden gesehen? Oder gehört?« Birgit schüttelte den Kopf, sagte dann aber: »Da muss noch jemand gewesen sein, Lucie kann mich nicht allein die Kellertreppe hinuntergetragen haben. Ich war ja bewusstlos.« Auf einmal fing sie an zu weinen. Erst lautlos, doch dann wurde sie von Weinkrämpfen regelrecht geschüttelt und schlug die Hände vor das Gesicht.

Der Arzt gab Delbrock einen Wink, und der Kommissar leistete ihm sofort Folge. Auf dem Weg zur Tür sagte er noch: »Danke, Frau Hartmann, Sie haben mir sehr geholfen.« Es war gelogen.

***

Genau zwei Minuten lang hatte Lucie mit Christine draußen vor der Tür zum Museum gewartet, die Stirn in sorgenvolle Falten gelegt. Dann packte sie mit einem energischen Griff Christines Oberarm und zog sie ins Innere des Gebäudes. »Ein Laut, und du wirst den Rest dieses Abenteuers mit ungeheuren Schmerzen verbringen.« Christine spürte die spitze Klinge des Messers nun direkt zwischen ihren Schulterblättern. Vorsichtig und langsam ging sie neben der kleineren Indianerin her, um nicht schon aus Unachtsamkeit die Klinge in den Rücken zu bekommen. Durch den Nebeneingang waren sie direkt im großen Vorführraum des Planetariums gelandet. Die große gewölbte Decke zeigte den Sternenhimmel, und unzählige Kameras und Strahler sorgten bei einer Vorführung für die richtige Belichtung und die unterschiedlichen Projektionen des Himmelszeltes.

Jetzt war es dunkel, und die Schatten der vielen Geräte und Stative wirkten bedrohlich und gespenstisch. Es war nicht leicht, sich zu den beiden Türen durchzutasten, über denen in neongrünen Buchstaben »Ausgang« strahlte. Christine wusste, dass beide Türen in den Flur führten, wo der Rundgang der Ausstellungen endete. Sie waren nur wenige Meter von der Rezeption entfernt, an der Frau Auerbach als erstes Opfer hatte sterben müssen. Lucie schien sich gut auszukennen. Sie öffnete die Tür, von der aus man den besten Überblick über den Flur und den Empfangsbereich hatte, und zog sie einen Spalt auf. Christine konnte förmlich spüren, wie ihr Adrenalinspiegel anstieg. Aus dem hinteren Raum, dort, wo die Bilder ausgestellt waren, hörte man eindeutig Stimmen. Konnte das Hilfe bedeuten?

Ähnliche Gedanken hegte wohl auch Lucie, denn sie überlegte kurz, wohin sie sich wenden sollte. Dann setzte sie das Messer höher an, drückte es Christine unangenehm an die Kehle und bedeutete ihr, sich in Richtung der Kasse zu bewegen. Die Stimmen entfernten sich, und mit angespannten Muskeln ging Lucie um die Rezeption herum, ließ den Eingang links liegen und begab sich zum Rundgang. Christine starrte auf das wunderschöne Sandbild, das den Beginn der Ausstellung bildete. Es war etwa drei mal drei Meter groß, aus bunt gefärbtem Sand, und von zwei Künstlern direkt auf dem Fußboden gelegt worden. Merkwürdig, dass ihr diese strahlenden Farben und die völlige Harmonie der Muster nicht schon eher aufgefallen waren. Im Gegensatz zu den Mandala-Teppichen oder -Gemälden, die es bei den Buddhisten gibt, werden die Meditationsbilder der Indianer aus buntem Sand geformt und einige Zeit später wieder zerstört. Indianer klebten nicht an Besitztümern und waren sich der Vergänglichkeit aller Dinge und Lebewesen bewusst. Das hatte Corwin ihr erklärt. Das Sandbild war durch seine Farbgestaltung in Türkis und erdfarbenen Tönen und durch die typischen Muster deutlich indianisch, aber Christine hatte keine Ahnung, was es zu bedeuten hatte.

Derweil schob Lucie sie zielstrebig weiter durch die Ausstellung, die nur von der schwachen Notbeleuchtung über den einzelnen Eingängen erhellt wurde. Allerdings war es draußen noch nicht ganz dunkel, sodass man die Umrisse der Ausstellungsstücke recht gut erkennen konnte. Plötzlich stieg Christine der Geruch von Feuer in die Nase, und zwar so eindringlich, dass sie sich wunderte, ihn nicht eher wahrgenommen zu haben. Es war allerdings nicht der beißende, unangenehme Geruch eines größeren Brandes, sondern eher der behagliche Duft eines Kaminfeuers. Sie gelangten nun in den Raum, in dem das Tipi aufgebaut war und die beiden so lebensecht wirkenden ausgestopften Ponys standen. Christine nahm an, dass dieser Ausstellungsraum etwa in der Mitte des Rundganges lag, damit war er vom Ausgang am weitesten entfernt. Hier blieb Lucie stehen.

Einiges in dem Raum hatte sich verändert. Die Ponys standen nicht mehr in der Mitte neben dem Tipi, sondern platzsparend in zwei Ecken, so als würden sie einander anschauen. Christine vermutete, dass es nicht das Museumspersonal gewesen war, das die Tiere verschoben hatte. An einem der Ponys war ursprünglich ein Travois, eine Stangenschleife, befestigt gewesen. Dieses Gestell aus Holzstangen und einer Lastauflage diente den Prärie-Indianern zum Transport von Hausrat, Zeltplanen oder Kleinkindern. Nun befand sich das Gestell vor dem Eingang des Tipis, leicht erhöht, da es auf einigen Decken auflag. Der Klappstuhl war aus dem Zelt verschwunden, stattdessen brannte im Innern ein kleines Feuer, gesichert durch Steine und den Sandboden in diesem Raum. Dennoch überlegte Christine, dass die Rauchmelder, die in jedem öffentlichen Gebäude Pflicht waren, sicherlich ausgeschaltet waren.

Alles kam ihr so unwirklich vor. Sie liefen hier durch ein öffentliches Gebäude wie Kinder beim Cowboy-und-Indianer-Spiel. Aber Lucie war erwachsen. Und ihr Komplize war es auch. Und sie selbst war beileibe nicht freiwillig zum Spielen gekommen.

Lucie schloss nun die Handschellen auf und bedeutete Christine, sich rücklings auf das Travois zu legen. Bevor sie noch recht ahnte, was das zu bedeuten hatte, war sie mit einer Handschelle an dem Gestell befestigt, während Lucie mit erstaunlicher Kraft und Behändigkeit die andere Hand und dann auch die Füße mit stabilen, geschmeidigen Lederbändern an die Holzstangen befestigte. Zu ihrem Entsetzen lag sie nun wie ein Opferlamm in diesem Raum und verfluchte sich, aus Unaufmerksamkeit die letzte Chance zur Gegenwehr vertan zu haben. Die ganze Art des Arrangements ließ für sie keinen Zweifel übrig: Man hatte sie für irgendein krankes Ritual vorgesehen.

Den Schritten nach zu urteilen kamen nun mindestens zwei Personen auf sie zu. Lucie stellte sich mit gezücktem Messer neben Christine und das Travois, und auch Christine schaute gebannt in die Richtung der Schritte. Wenn Lucie besorgt war, gab ihr das Anlass zur Hoffnung. Eine große Gestalt kam auf sie zugestürmt, und voll Freude erkannte sie Corwin. Wäre es Delbrock gewesen, hätte sie nicht erleichterter sein können.

In diesem Moment ertönte ein Schuss, und der Indianer blieb so plötzlich stehen, dass Christine schon fürchtete, er würde tödlich getroffen auf sie fallen. Corwin blieb jedoch aufrecht, er stand nun etwa einen Meter von ihren Füßen entfernt und blickte sie so wütend an, wie sie es bei ihm noch nie gesehen hatte. In der einen Hand hielt er genau solche Handschellen wie die, mit denen man sie selbst schon den ganzen Tag angebunden hatte. Einen lächerlichen Moment lang glaubte sie, er könnte mit Lucie unter einer Decke stecken, doch dann sah sie die kleine Pistole, die auf seinen Rücken zielte. Corwin funkelte sie noch immer wütend an, es sah aus, als wollte er jeden Moment seine Wut herausschreien. Christine öffnete schon den Mund, um sich gegen Vorwürfe zur Wehr zu setzen, aber dann wandte er sich ab und schaute sich in dem Raum um. Hoffentlich entdeckte er irgendetwas, was sie retten konnte.

»Ich sehe, du hast dein Bild hier aufgehängt. War dir die Konkurrenz der anderen Künstler zu mächtig, David?«

»Mehr hast du zu meinem gemütlichen Arrangement nicht zu sagen?«

Christine versuchte, aus ihrer liegenden Stellung heraus einen Blick auf das erwähnte Bild von David zu erhaschen. Einmal mehr bewunderte sie Corwins Aufmerksamkeit, ihm fiel jede kleinste Veränderung auf. Das Bild hing direkt gegenüber dem Zelteingang an der Wand, sodass sie es sogar recht gut betrachten konnte. Auf den ersten Blick sah sie einige Tänzer, die in mehreren Reihen zu tanzen schienen. Einige waren halb nackt und hatten ihre Haut bemalt, andere trugen ähnliche Hemden wie das, welches David jetzt anhatte. Die Hemden waren mit Mustern bestickt und bemalt und hatten auffallend lange Haare an den Nähten. Die Gesichter der Tänzer auf dem Gemälde zeigten einen beinahe entrückten Ausdruck. Einige hielten ihre Augen geschlossen, andere starrten merkwürdig leer zum Himmel. Der Hintergrund war in warmen Gelb-Orange-Tönen gehalten, wodurch eine geheimnisvolle Abendstimmung entstand. Rings um den Platz, auf dem die Menschen tanzten, standen einige Bäume. Die Körper und auch die

Pflanzen warfen lange Schatten, aber irgendetwas stimmte daran nicht. Vorne im Bild war noch ein weiterer Schatten zu sehen, der ganz offensichtlich von etwas stammte, was sich außerhalb des Bildes befand. Christine konnte den Umriss des Schattens zunächst nicht recht deuten, doch schließlich sah sie es mit einer Deutlichkeit, die keine andere Interpretation zuließ. Es waren zwei Menschen, die sich liebten.

ELF

David bedeutete Corwin, sich zur Stirnseite des Raumes zu begeben, wo eine eiserne Öse aus der Wand ragte, die wahrscheinlich zum Stabilisieren bestimmter Ausstellungsstücke diente. Sie hielt mit Sicherheit einiges an Gewicht aus, und Christine war sofort klar, wofür sie heute gebraucht wurde.

Wie sich herausstellte, war Lucie eine ausgezeichnete Beobachterin. Sie musste das kurze Zögern des Cheyenne gesehen und korrekt interpretiert haben, denn mit scharfer Stimme sagte sie: »Mach keine Dummheiten, Corwin, sonst wird es für Christine nur noch ungemütlicher.« Dabei drückte sie das alte Jagdmesser so fest an Christines Kehle, dass die dünne Haut nachgab. Corwin blieb nichts anderes übrig, als sich selbst mit einer Hand an die eiserne Öse zu fesseln. Er wählte die linke Hand, sodass er seine rechte Hand und damit die unverletzte Schulter frei hatte, und David überprüfte ohne Widerspruch das ordnungsgemäße Einschnappen der Eisen. Er schien sich seiner Sache sehr sicher zu sein, ein zufriedenes Lächeln stand auf seinem Gesicht. Christine betrachtete ihn und fragte sich wohl zum zehnten Male an diesem Tage, warum sie diesen Mann nicht früher erkannt hatte.

Weil ihre Erinnerung versagt hatte? Oder weil sie ihn ganz woanders kennengelernt hatte? Wäre er ihr auf der Ranch von Maggy eher aufgefallen? Die meisten Menschen speicherten ihre Umgebung gewohnheitsmäßig ab, und da gehörten etwa beispielsweise die rothaarige Nachbarin und ihr Dackel zusammen. Traf man die Frau dann abends im Theater mit einem gepflegt aussehenden älteren Herrn, erkannte man sie oftmals nicht mehr.

David hatte sich für diesen Abend zurechtgemacht, als wollte er mit einer Zeitmaschine direkt ins vorletzte Jahrhundert reisen. Er trug das alte Geistertanzhemd, dessen rot gefärbtes Leder einen starken Kontrast zu seinen schwarzen Haaren bildete. Auf dem Hemd waren einige schwarze Kreuze und eine Art Vogel mit ausgebreiteten Schwingen zu sehen, und lange dunkle Haare hingen in Strähnen an den Nähten herab. Seine eigenen Haare hatte David zu zwei Zöpfen geflochten und mit einem Fell umwickelt. Dazu trug er reich verzierte Leggins und handgenähte Mokassins, die allerdings sehr neu aussahen. Diese Fußbekleidung hatte die Zeit des Wilden Westens wohl genauso wenig miterlebt wie die Motorräder, die nun die Route 66 entlangknatterten.

Zu ihrer Überraschung zog nun auch Lucie eine Art Geistertanzhemd aus einer wollenen Tasche. Es war zwar grauschwarz gefärbt und weniger schmuckvoll mit Haaren behängt als das alte Hemd von Sitting Bull, aber es wies ähnliche Stickereien auf. Unterdessen streute David mit leisem Gemurmel etwas über das kleine Lagerfeuer, und ein angenehm würziger Duft verbreitete sich in dem Raum. Christine begann verstohlen an ihren Fesseln zu zerren. Nicht mehr lange, und die beiden Indianer würden mit irgendwelchen Ritualen beginnen, für die sie vermutlich das Menschenopfer bilden sollte. Vergnügen oder Ruhm und Ehre würde ihr das kaum einbringen, jedenfalls nicht in den Augen eines einigermaßen normal entwickelten Mitteleuropäers. Fieberhaft überlegte sie, wie sie David in ein Gespräch verwickeln konnte, doch ihre Gedanken waren wie blockiert. Gleich würde sie anfangen zu schreien und an ihren Fesseln zu zerren. Aber wahrscheinlich würde man sie außer Gefecht setzen und trotzdem weitermachen.

Wenn sie wenigstens Blickkontakt zu Corwin aufnehmen könnte, doch der hing an der Wand hinter ihrem Rücken fest. Aber seine Stimme hörte sie nun.

»Was soll das werden, David, eine Lehrstunde über deine Lieblingsrituale? Du glaubst doch nicht, du kannst hier deine Show abziehen und dann einfach aus diesem Gebäude spazieren?«

David wandte sich mit einem kalten Lächeln vom Feuer ab. »Du solltest dir nicht um meine Unversehrtheit Gedanken machen, sondern um deine.«

»Im Augenblick mache ich mir Sorgen um deine Opfer, vor allem um diese deutsche Frau, die nichts mit dem toten Mädchen aus dem Reservat und auch nichts mit dir zu tun hat.«

»Machst du dir mehr Sorgen um sie als damals um deine eigene Frau? Auch eine Deutsche, nicht wahr? Sind dir die indianischen Frauen nicht gut genug, Corwin?«

Christine hörte beinahe auf zu atmen, sie wollte jedes Wort dieser Unterhaltung mitbekommen. Sie hätte viel darum gegeben, jetzt Corwins Gesicht zu sehen. David reizte ihn auf eine bösartige Weise.

Aber die Stimme des Cheyenne klang ruhig, als er erwiderte: »Momentan hast du dir eine deutsche Frau genommen, David. Und sie ist nicht einmal freiwillig mitgekommen.« Er schwieg kurz, dann fuhr er fort: »Du machst dich lächerlich. Lass sie gehen und hör auf, Gott oder Sitting Bull zu spielen.«

»Corwin, Corwin, du hast schlecht recherchiert. Weißt du, was der große Unterschied zwischen uns ist? Seit der Geburt deiner Tochter hast du ständig in der Angst gelebt, deine Frau würde mit ihr nach Deutschland, nach Hause, zurückgehen, hab ich recht? Die Sorge brauchst du nicht mehr zu haben, seit sie tot ist. Aber ich, ich bringe diese Frau nach Hause, und dafür wird sie mir dankbar sein.«

Christine versuchte vergeblich, ihren Hals so weit nach hinten zu recken, dass sie die beiden Männer sehen konnte. Was, um Himmels willen, meinte David damit? Wollte er sie etwa umbringen und ihr die ewigen Jagdgründe der Indianer als neue Heimat verkaufen? Was hatte er davon?

»Momentan liegt sie gefesselt auf einem unbequemen Holzgestell. Ihre Dankbarkeit dürfte sich in Grenzen halten, wenn du so weitermachst.«

Mittlerweile begann Christine sich zu ärgern, dass die Männer über sie sprachen, als diskutierten sie die korrekte Behandlung eines neu erworbenen Pferdes. Es wurde Zeit, sich als Mensch bemerkbar zu machen, und zwar mit einem der natürlichsten Bedürfnisse der Welt. »Ich muss dringend zur Toilette.« Erst als der Satz heraus war, fiel Christine ein, dass diese Situation sehr erniedrigend sein konnte – aber es war möglicherweise auch ihre letzte Gelegenheit zur Flucht. Sie beobachtete Lucie, die fragend zu David sah und mit der Schulter zuckte.

David sagte leichthin: »Dann geh halt mit ihr. Ihr werdet das ja heute schon öfter zusammen gemacht haben.« Doch dann hielt er inne, schaute von Christine zu Corwin und änderte seine Meinung. »Nein, warte, ich werde diesen kleinen Spaziergang mit Christine selbst machen.« Mit diesen Worten löste er ihre Fußfesseln.

»Wenn du ihr etwas antust, bringe ich dich um.« Corwins Stimme klang so endgültig, als hätte er David das Messer bereits durchs Herz gestoßen. Doch der lachte nur amüsiert. »Du wirkst momentan richtig gefährlich, Corwin.« Mit bissiger Stimme setzte er hinzu: »Ich werde sie nicht anrühren, du Narr.«

Als David die andere Seite der Handschelle um seine Hand schloss, sah Christine ihre Felle davonschwimmen. Gemeinsam durchquerten sie die nächsten Ausstellungsräume und gingen dann den Flur entlang, der zum Ausgang und zum Garderobenbereich mit den Toiletten führte. Unterwegs hielt David kurz inne, als stutzte er, und zerrte sie dann umso schneller hinter sich her. Zu ihrer Erleichterung musste sie zwar die Tür der Toilette offen lassen, doch er schloss die Handschelle auf und hielt sie in seiner Hand, während sie sich auf die Toilettenschüssel setzte, um ihre Blase zu entleeren. Wie sollte sie hier entkommen? Sie blickte sich nach einem Gegenstand um, den sie David gegen den Kopf stoßen könnte, doch es gab nicht einmal eine Klobürste. Und David wirkte extrem angespannt, er lauschte auf jedes Geräusch und sah sich immer wieder um. Kaum war sie fertig, zog er sie an einer Hand zurück zum großen Raum, wo Corwin es tatsächlich geschafft hatte, Lucie in eine Unterhaltung zu verwickeln.

Was David dann tat, geschah so überraschend und schnell, dass selbst Lucie erschrocken zurückwich. Mit wütenden Schritten stürmte er auf Corwin zu, Christine wie ein ungezogenes Kind hinter sich herziehend, und rammte dem gefesselten Cheyenne mit aller Kraft die Hand in die Magengrube.

Corwin krümmte sich und schnappte hörbar nach Luft. Selbst wenn er beide Hände frei gehabt hätte, wäre er wohl zu keiner Gegenwehr fähig gewesen. Als er sich vorsichtig und mit zusammengepresstem Kiefer wieder aufrichtete, fauchte David ihn an: »Wer ist mit dir noch ins Museum gekommen, du scheinheiliger Verräter?« Er schüttelte Christines Hand, als wollte er die Antwort von ihr hören, doch sein Blick war unverwandt und bohrend auf Corwin gerichtet.

Noch immer nach Luft schnappend, antwortete der Cheyenne: »Mann, ich habe keine Ahnung, was du von mir willst. Außer dem Wachmann habe ich niemanden gesehen. Leider.«

Diesmal war Corwin vorbereitet und wich Davids Faust geschickt aus. Mit groben Bewegungen wurde Christine zurück zum Travois gezogen und mit beiden Händen an die Holzstangen gefesselt. Wenigstens ließ David ihr nun die Beine frei. Aber die überhebliche Gelassenheit und Nonchalance, mit der er sie alle bislang behandelt hatte, war verflogen.

Nachdem er Christine festgebunden hatte, wandte sich David an Lucie. »Hier stimmt etwas nicht. Der Wachmann ist verschwunden.«

»Welcher Wachmann?«, fragte Lucie irritiert.

»Er meint den unschuldigen jungen Mann, der hier üblicherweise Nachtwache schiebt. Den hat dein tapferer Mitstreiter umstandslos zum Tode verurteilt.« Diese Bemerkung kam von Corwin, und Christine erinnerte sich an das blutverschmierte Messer in Davids Hand, als er den beiden Frauen die Hintertür zum Museum geöffnet hatte. Ein weiterer Beweis für die Skrupellosigkeit dieses Mannes.

Lucie schaute David mit einem undefinierbarem Blick an und fragte in einem sehr ruhigen Ton: »Bist du sicher, dass er tot war?«

»Ich bin mir sicher, dass er sich aus eigener Kraft nicht mehr fortbewegen konnte. Verdammt.«

»Dann ist jemand hier. Geh nachsehen, und dann lass uns die Sache schnell zu Ende bringen. Wir haben nicht die ganze Nacht Zeit.«

Christine konnte nicht umhin, Lucies ernsthafte Ruhe zu bewundern. Zog sie die Möglichkeit eines Scheiterns ihrer Pläne gar nicht in Betracht, oder war es ihr egal, jetzt, wo sie den Unfalltod ihrer Tochter weitgehend gerächt hatte?

David hingegen war leidenschaftlich und freudig erregt gewesen, und nun war er zornig und ungeduldig. Er war launisch und unberechenbar und verlor schnell die Kontrolle über sich, wie sich eben bei Corwin gezeigt hatte.

Christine hatte keine Ahnung, wie schlimm der Wachmann verletzt war, doch vielleicht war er einen Moment zur Besinnung gekommen und hatte hoffentlich Hilfe rufen können.

Schneller als erwartet kehrte David zurück, nun wirkte er ruhiger.

»Alles klar. Er ist ein zäher Bursche, oder besser gesagt war. Der Kerl hat sich tatsächlich noch bis ins Planetarium geschleppt. Dort ist er dann unter der Illusion eines Sternenhimmels gestorben.« Mit einem Blick auf Lucies ernstes Gesicht fügte er nachdrücklich hinzu: »Er ist tot.«

»Könnte er noch jemanden informiert haben?«

»Funkgerät und Handy habe ich ihm natürlich abgenommen. Entspann dich.«

Und wieder hatte sich eine kleine Hoffnung zerschlagen. Christine wurde übel. Die Anspannung der letzten Stunden, die Tatsache, dass sie seit heute Morgen kaum etwas gegessen hatte, und nun die Gewissheit, dass etwas Furchtbares passieren würde, ließen ihren Magen rebellieren. Sie bemühte sich, nicht mehr an den toten Wachmann zu denken, und holte tief Luft. Aber die Luft im Raum war schwer, das Feuer, der Rauch sowie die schweren Düfte, die von den Kräutern ausgingen, hüllten sie alle in eine betäubende Wärme ein. Christine spürte einen dünnen Schweißfilm auf ihrer Stirn und starrte nun gebannt auf jede Bewegung von David. Dieser holte aus einem reich bestickten kleinen Beutel etwas, was wie eine knopfartige Frucht aussah. Den Gegenstand schnitt er in drei Teile und bot einen Teil Lucie an, die es in den Mund steckte und schnell kaute. In der einen Hand hielt sie den verzierten Stab, einen weiteren gestohlenen Gegenstand, der nun bestimmungsgemäß eingesetzt wurde, und sang dazu leise.

Christine hatte genug über die Rituale recherchiert, um zu wissen, was David da in der Hand hielt. Sie hatte aber keine Ahnung, ob dieses kleine Stück Peyote-Kaktus viel oder wenig Meskalin enthielt. Daher wich sie instinktiv zurück, als David sich selbst ein Stück in den Mund steckte und ihr dann das letzte Stückchen hinhielt.

»Keine Sorge, du wirst kaum eine Wirkung spüren.«

Als sie dennoch heftig den Kopf hin und her warf, hielt er ihr Kinn fest und schaute ihr tief in die Augen. »Du kannst es freiwillig zu dir nehmen, oder ich werde es dir auf etwas unbequeme Weise in den Mund stopfen, aber du wirst es essen.«

Christine war erst beruhigt, als Corwin sich zu Wort meldete.

»Bei dieser kleinen Menge kann dir nicht viel passieren, du wirst höchstens das grelle Outfit unseres Sioux noch etwas greller sehen. Das Meskalin verstärkt deine Farbwahrnehmung.«

Es schmeckte scheußlich, so bitter wie Galle, und war zudem so zäh wie eine vertrocknete Lakritzstange. Danach war ihr, als müsste sie sich übergeben. Sie presste ihren Körper gegen das Holzgestell und atmete tief ein und aus. Schließlich reichte Lucie ihr eine kleine Plastikflasche mit Apfelschorle, und der süße Saft half ihr tatsächlich ein wenig über die Übelkeit hinweg. Für einen kurzen Moment schloss sie die Augen. Als sie sie wieder öffnete, stand David mit einem Messer vor ihr und näherte sich mit ausgestreckter Klinge ihrer Brust. Im Hintergrund hörte sie Lucie eine Trommel schlagen, und in die rhythmischen Schläge mischte sich das Klirren von Metall, offenbar versuchte Corwin, den Haken aus der Wand zu ziehen, an der er gefesselt war. Ein Alptraum. Sie schloss erneut die Augen. Vielleicht wurde sie bewusstlos, und wenn sie aufwachte, war das alles hier niemals geschehen.

***

Maggy bemerkte gar nicht, dass sie den Hörer noch immer in der Hand hielt, obgleich das Gespräch schon lange beendet war. Endlich drang das leere Tuten in ihr Bewusstsein, sie betätigte eine Taste und legte das Mobilteil auf den Tisch zurück.

Seit Tagen konnte Maggy an nichts anderes mehr denken als an Christine, an die Ereignisse von damals, das halbwüchsige Mädchen und die verlorene Chance einer vertrauensvollen Beziehung zu ihm. Nachdem sie nun von Constanze Neustedt erfahren hatte, dass Christine verschwunden und möglicherweise entführt worden war, machte sie sich auch noch große Sorgen. Die junge Frau war ihr auch nach so langer Zeit keineswegs gleichgültig, und es gab da auch noch etwas, was sie Christine sagen musste. Außerdem quälte sich Maggy mit ihren eigenen Schuldgefühlen, mit dem bohrenden Gedanken, dass sie etwas gutzumachen hatte.

Und so griff sie nach ihrer Handtasche, in der sich ein Zettel mit einigen Namen befand, stieg in ihren dunkelgrünen Pick-up und fuhr los. Früher, als Charly Horseman noch lebte, war sie diese

Strecke häufiger gefahren. Doch nun hatte sie die Standing Rock Indian Reservation schon seit Jahren nicht mehr besucht.

Oft verdienten sich junge Indianer aus der Region auf der Ranch ein paar Dollar, doch zurzeit arbeiteten nur drei weiße Jungen aus der Stadt hier.

Maggy bog auf die relativ schmale Landstraße ab, die zum Reservat führte. Charly Horseman war ein Hunkpapa-Sioux gewesen, und seine Familie lebte seit langer Zeit in dieser Gegend. Maggy kannte keinen der Namen auf dem Zettel, den sie bei sich trug, doch wenn ein ehemaliger Bewohner der Standing Rock Indian Reservation eine Künstlerkarriere eingeschlagen hatte und deshalb seinen Namen geändert hatte, wusste das vielleicht jemand aus Charlys Familie. Sie hatte natürlich nur die Mitarbeiter notiert, die auf der Ranch ausgeholfen hatten, als auch Christine dort gewesen war. Außer diesem Zettel hatte sie auch noch eine Mappe dabei, doch diese würde sie im Auto lassen. Es handelte sich um alte Aufzeichnungen ihres Mannes über Barzahlungen an Aushilfen. Ronald hatte darüber peinlich genau Buch geführt und alle Namen notiert, teilweise mit Randbemerkungen, wenn ihm jemand besonders gut gefallen hatte oder eben auf gar keinen Fall wieder auf der Ranch arbeiten sollte. Maggy war sich sicher, dass der Ire Robinson völlig unbürokratisch verfuhr und vielleicht allenfalls einen Quittungsblock führte, damit keiner ihm mangelnde Zahlung vorwerfen konnte.

Sie schluckte zweimal. Sie hatte sich mit dem Tod ihres Mannes arrangiert, aber manchmal vermisste sie ihn schmerzlich.

Maggy zwang sich, ihre Aufmerksamkeit auf die wilde Schönheit der Landschaft zu richten. Nur einige Gesteinsformationen ragten aus der weiten, steppenähnlichen Graslandschaft wie Haifischflossen aus ruhiger See. Nicht weit von hier befanden sich die sogenannten Badlands, als Nationalpark eine Touristenattraktion. Diese bizarre, mit tiefen Furchen durchzogene Felseinöde war die größte Erosionslandschaft der Welt. Auch die Lakota bezeichneten die Gegend als »schlechtes Land«, ihrer Meinung nach konnten dort allenfalls übernatürliche Wesen leben.

Die Standing Rock Indian Reservation reichte bis nach North Dakota, hier lebten vereint verschiedene Stämme der großen

Sioux-Nation. Es war auch das Gebiet, in dem Sitting Bull im Dezember 1890 erschossen worden war. Und hier hatte man damals vergeblich nach dem unbekannten Mann gesucht, der versucht hatte, Christine zu entführen und zu vergewaltigen. Wenn es tatsächlich eine Verbindung zwischen der Entführung von damals und dem jetzigen Verschwinden von Christine gab, dann war es naheliegend, dass einer der Künstler früher hier gelebt hatte. Schade, dass sie auf den Internetseiten, die die meisten Künstler pflegten, nur so schlechte Fotos gefunden hatte, dass die Ausdrucke kaum erkennbar waren.

Maggy kannte kaum jemanden im Reservat, doch es gab eine Cousine von Charly Horseman, Sue Whitehorse, an die sie sich gut erinnerte und die sie nun hoffte dort zu finden. Charly Horseman hatte seine Familie regelmäßig besucht, und einmal hatte er auch Christine mitgenommen. Damals war Maggy der Besuch ein Dorn im Auge gewesen, sie hatte ihn gebeten, das Mädchen nicht mehr mitzunehmen, und Charly hatte sich daran gehalten, ohne ein Wort darüber zu verlieren. Warum hatte sie eigentlich so reagiert? War sie etwa auf ein paar Indianer eifersüchtig gewesen? Ja, offenbar musste es wohl so etwas gewesen sein. Sie schüttelte über sich selbst den Kopf.

Ein großes breites Schild erschien am Straßenrand und wies sie darauf hin, dass sie nun ins Land der Sioux kam. Aber es dauerte noch einige Meilen, bis sie die ersten Hütten und Häuser am Straßenrand entdeckte. Einige spielende Kinder sprangen von der staubigen Straße und starrten dem Pick-up neugierig hinterher. Pick-ups gab es hier zwar viele, denn dieser Autotyp war ein bevorzugtes Gefährt der meisten Indianer, aber dass eine ältere weiße Dame am Steuer saß, kam wohl nicht so häufig vor. Maggy war sich nicht sicher, ob sie die Straße wiederfinden würde, die zu dem Häuschen führte, aber sie wusste, dass es in der Nähe einen kleinen Lebensmittelladen gegeben hatte. Sie hielt an und streckte den Kopf aus dem Fenster.

Sofort näherte sich der älteste Junge ihrem Wagen und fragte lässig: »Suchen Sie was?« Der vielleicht Elfjährige trug seine schwarzen Haare schulterlang, sie fielen ihm von der Seite her übers Gesicht, sodass er sie mit der rechten Hand immer wieder wegstreifen musste. Maggy musste innerlich lächeln – die Bewegung stand ihm ausgezeichnet.

»Ich suche ein Haus neben einem Lebensmittelladen. Es muss hier irgendwo in der Nähe sein.«

»Also der einzige Laden, der so etwas wie Nahrungsmittel verkauft, ist dort hinten, leicht zu finden. Sie fahren hinter der Kurve links und dann sofort die erste Straße wieder rechts. Dann können Sie ihn schon sehen.« Er schaute kurz in die Ferne und sagte dann: »Aber direkt daneben wohnen nur alte Leute.«

Maggy wusste nicht, ob der Junge sie damit warnen wollte oder ob er ihr nur zu verstehen geben wollte, dass er sich auskannte.

Sie lächelte ihn an und erwiderte mit einem Augenzwinkern: »Nun, ich habe mich auch nicht zum Basketball verabredet. Ich danke dir.«

Er strich sich noch einmal die Haare aus dem Gesicht, dann drehte er sich um und ging zurück zu seinen Freunden, die etwas entfernt gewartet hatten.

Als Maggy schließlich den Lebensmittelladen sah, fiel ihr ein, dass sie etwas Wichtiges vergessen hatte. Sie besuchte eine alte, ihr kaum bekannte Sioux-Indianerin nach so vielen Jahren, um an Informationen zu kommen, und hatte dabei nicht einmal ein Präsent der Wertschätzung dabei. Das wäre zumindest ein Fauxpas, wenn nicht gar eine Beleidigung bei einem Volk mit einer jahrhundertealten Tradition des Tauschhandels. Man brachte ein Geschenk mit als Zeichen der Ehrerbietung und bekam dafür etwas zurück: ein gutes Gespräch, einen Ratschlag oder etwas anderes.

So steuerte sie als Erstes den Lebensmittelladen an. Mit einem Päckchen Tabak und einem Pfund Kaffee in den Händen näherte sie sich schließlich dem Häuschen von Charly Horsemans Cousine. Es war ein kleines flaches Gebäude, dessen Dach an mehreren Stellen mit Teerplatten geflickt worden war. Die kleinen Fenster waren sauber, aber von innen so zugestellt, dass man von außen kaum hineinsehen konnte. An der Nordseite des Hauses standen mehrere Regenfässer, wahrscheinlich, um Wasser aufzufangen, denn die schlechte Wasserversorgung im Reservat war, wie Maggy wusste, immer wieder ein leidiges Thema. Die Hauptversorgung lieferte der nahe Missouri, doch man war darüber hinaus auf zusätzliche

Quellen angewiesen, die meist von schlechter Qualität und kaum als Trinkwasser geeignet waren.

Den Wagen hatte Maggy gegenüber dem Laden am Straßenrand stehen gelassen, und so stand sie nun da, mit ihrer Tasche in der einen Hand und den Präsenten in der anderen und versuchte, sich ein paar Worte zurechtzulegen. Das letzte Mal war sie vor etwa sieben Jahren hier gewesen, als Charly Horseman gerade gestorben war. Einige Tage nach der Beerdigung hatte sie Charlys restliche Habseligkeiten zu diesem Haus gebracht, und Sue Whitehorse hatte sich sehr über diese Sachen gefreut. Doch dann war der Kontakt abgebrochen. Als sie nun aufsah, erschrak sie.

In einem uralten Schaukelstuhl, umgeben von verwitterten Kübeln mit Pflanzen und Kräutern, saß eine alte Frau. Sie saß dort so selbstverständlich und gelassen, eine Pfeife in den runzeligen Händen, dass sie in die Umgebung eingewachsen zu sein schien. Wohl deshalb hatte Maggy sie so spät wahrgenommen. Die alte Frau lachte amüsiert und bedeutete ihr, näher zu kommen. Wie lange mochte sie Maggy schon beobachtet haben?

»Nimm dir den leeren Kübel da vorne, dreh ihn um und setz dich zu mir, Maggy Howard.«

Verwirrt, peinlich berührt und unsicher tat sie wie geheißen und reichte der Indianerin dann die Mitbringsel. Sie wurden mit einem anerkennenden Nicken zur Seite gelegt. Dann war es still. Sue Whitehorse schaukelte und betrachtete Maggy mit nachdenklichen, wachen Augen, und Maggy versuchte verlegen, auf dem schmalen Kübel eine bequeme Sitzposition zu finden.

»Hier hat sich nichts verändert«, bemerkte sie schließlich und schämte sich ein wenig, weil sie die Stille nicht ausgehalten hatte.

»Das will ich hoffen. In meinem Alter bedeutet Veränderung meistens Verschlechterung.« Noch immer ruhte der Blick der alten Frau eindringlich auf Maggy. »Es ist lange her. Bei dir hat sich viel verändert.« Letzteres war keine Frage, sondern eine Feststellung, und Maggy nickte stumm.

Zwei Minuten später begann sie zu erzählen, und bald war ihr, als könnte sie nie wieder aufhören. Wie lange zurückgehaltene Tränen, die, wenn sie einmal flossen, nur durch Erschöpfung zum Versiegen gebracht wurden. Als Maggy schließlich leer und ohne

Worte auf ihrem Kübel saß, nahm Sue Whitehorse sie mit ins Haus und setzte ihr einen deftigen Eintopf mit Kartoffeln und Bohnen vor. Und irgendwann zeigte Maggy der alten Frau dann die Namen der beiden indianischen Arbeiter, die zu der Zeit, als Christine dort ihre Ferien verbracht hatte, auf der Ranch ausgeholfen hatten.

Das Ergebnis war mager, eigentlich kam keiner der Männer in Frage. Der eine lebte noch immer in dem Reservat, hatte Familie und war derzeit bestimmt nicht in Deutschland, der andere wohnte zwar nicht mehr im Reservat, sondern in St. Paul, aber er war kein Künstler, und Sue Whitehorse verbürgte sich für seine Rechtschaffenheit.

»Also hat der Fall in Münster doch nichts mit Christines Vergangenheit hier zu tun?« Maggy seufzte. Ihr Instinkt sagte etwas anderes. Also versuchte sie es anders und gab Sue Whitehorse die Namen der Künstler, die Christine ihr per Mail zugeschickt hatte. Corwin Standing Child, Chief Thomas, David Ironheart Seidel, Lucie St. Jones und Marie Ann Johnston. Zum wiederholten Male bewunderte sie die scharfen Augen der alten Indianerin. Trotz ihres hohen Alters konnte sie eine fremde Schrift noch ohne Lesebrille entziffern wie eine Zwanzigjährige den Liebesbrief ihres Freundes. Aber Sue schüttelte den Kopf, als sie aufschaute.

»Ich kenne keinen dieser Namen, aber das muss nichts bedeuten. Eigentlich interessiere ich mich nur noch für die Kunst meiner siebenjährigen Enkeltochter, deren größter Fan ich bin.« Dabei zeigte sie auf einige krumme Tonobjekte und ein paar Kohlezeichnungen an der Wand. Auch hier in der Wohnung saß Sue Whitehorse auf einem Schaukelstuhl und zog an ihrer Pfeife. Als Maggy etwas sagen wollte, hob sie die Hand. Schließlich hielt sie den Stuhl an und tippte auf einen der Namen. »Bei dem da klingelt es mir in den Ohren. Der Junge aus Canon Ball mit dem Schrottwagen.«

»Der Junge mit dem Schrottwagen?«

»Iron, so nannten ihn alle.« Die alte Frau nickte bestätigend zu ihren Worten. »Er ist mit seinem Wagen kreuz und quer durch die Gegend gefahren und hat Metallteile eingesammelt. Daraus hat er dann irgendwelche Skulpturen gebaut, und deshalb nannten ihn alle Iron. War er denn niemals bei euch auf der Ranch?«

»Doch, natürlich!« Maggy wurde ganz aufgeregt. »Ich kann mich an ihn erinnern. Eine Zeit lang kam er sehr regelmäßig, um Altmetall einzusammeln. Er hat immer die alten Hufeisen mitgenommen. Ronald hat ihn manchmal geneckt und gefragt, ob er aus Eisen Gold machen könne.«

»In Canon Ball steht, meine ich, eine Skulptur von ihm, die er daraus gefertigt hat. Er war ein charismatischer junger Mann, aber das Letzte, was ich von ihm gehört habe, war, dass er an diversen Krawallen gegen die weiße Regierung beteiligt war. Später ist er dann weggezogen.« Sue Whitehorse schaukelte wieder mit ihrem Stuhl und setzte hinzu: »Das wäre ein interessanter Zufall, wenn Iron einer der Künstler ist. Talent hatte er jedenfalls. Und verrückt genug war er auch. Aber hatte er Gelegenheit, das Mädchen kennenzulernen?«

»Christine war etwa fünf Wochen bei uns. In der Zeit war er bestimmt mindestens zweimal auf der Ranch. Was weißt du noch über den Jungen?«

»Nicht so viel. Aber ich weiß, wen ich fragen kann.« Mit diesen Worten stand die alte Frau auf, ging mit ruhigen, gemächlichen, aber zielgerichteten Schritten in eine verwinkelte Ecke des Raumes und griff nach einem Telefonhörer. Erst jetzt bemerkte Maggy den alten Telefonapparat an der Wand der vollgestellten Kammer, der noch eine altmodische Wählscheibe hatte. Aufgefallen waren ihr bislang nur die angefangenen Handarbeiten, viele alte Bücher und eine große Menge an Töpfen und Dosen, deren Inhalt wahrscheinlich geheimnisvoller war als der Bestand einer Kräuterhexe.

Von dem Telefonat verstand Maggy kein Wort. Sie hörte nur einen melodischer Singsang aus gutturalen Tönen, in die sich nur selten ein amerikanischer Ausdruck einschlich. Doch die ungewöhnliche Intonation der Wörter, der weiche Klang hatten etwas sehr Beruhigendes, beinahe wäre Maggy eingeschlafen. Das klickende Geräusch, als der Hörer auf die altmodische Gabel zurückgelegt wurde, rüttelte sie wach. Und während sie der alten Indianerin zusah, wie sie langsam zu ihrem Stuhl zurückging, wusste Maggy bereits, dass sie nach so vielen Jahren den Mann gefunden hatte, der die Bindung zu ihrer Verwandtschaft in Deutschland letztendlich zerstört hatte.

Der nette Junge mit dem Pick-up voller Schrott hatte versucht,

Christine zu vergewaltigen. Und sein richtiger Name lautete nicht David Ironheart Seidel, sondern Dave Crow Seymore. Er hatte seinen Spitznamen zu seinem Künstlernamen gemacht, trug diesen Namen allerdings schon so lange, dass er auch in seinen Polizeiakten stand. Hier in Cannon Ball lebte noch seine frühere Frau mit den gemeinsamen Töchtern. Sue Whitehorse berichtete: »Sie haben ein paar glückliche Jahre miteinander verbracht, doch dann wollte Dave einen Sohn, und seine Frau wurde nicht mehr schwanger. Das war das Ende ihrer Ehe, er hat sie regelrecht verstoßen.« Maggy fühlte einen kurzen, aber tiefen Stich. Sie war nie auf die Idee gekommen, Ronald könne sie wegen ihrer Unfruchtbarkeit verlassen. Wie musste sich die arme Frau gefühlt haben?

Sue erzählte, dass Ironheart sich offenbar sehr um seine Töchter kümmere, den Kontakt zu deren Mutter aber völlig abgebrochen habe. Dann fuhr sie fort: »David bildet sich offenbar viel darauf ein, dass er ein direkter Nachkomme von Sitting Bull ist. Angeblich hat er Visionen, in denen der alte Häuptling zu ihm spricht. Deshalb zettelt er Prozesse mit der Regierung an, in denen alte Landverträge neu begutachtet werden, wobei er wohl einen guten Riecher hat. Tatsächlich haben fähige Anwälte im Auftrag der Indianer schon Land für ihren Stamm zurückerhalten. Davids Name ›Ironheart‹ steht für Kampfgeist und Zielstrebigkeit, und keiner leitet ihn zurück auf Schrottteile und Eisenwaren. Er arbeitet auch kaum noch mit Metall, sondern malt. Sein Geld verdient er unter anderem durch Auftragsarbeiten und als Bühnenmaler für kleine Theater.«

Sue Whitehorse hielt inne und nahm einige Züge aus der Pfeife. Dann blickte sie Maggy aus wachen, fast tiefschwarzen Augen an. »Ich verstehe nicht sehr viel von Politik und Verträgen. Ich sage immer: Wir sind angegriffen worden, weil wir etwas hatten, was andere besitzen wollten, ein freies, fruchtbares Land. Wir haben verloren, und deshalb haben wir nun wenig Land und die anderen alles. Krieg ist niemals gerecht, und nach einem großen, langen Krieg schmeckt selbst der Sieg bitter wie die Galle eines alten Büffels, und die Kapitulation wird schließlich begrüßt wie die Ohnmacht bei starken Schmerzen. So ähnlich muss es Sitting Bull zum Schluss gegangen sein. Und so ging es sicherlich Häuptling Joseph von den Nez Percé, dessen Aussage in die Geschichte eingegangen ist: *Von diesem Tage an werde ich niemals wieder kämpfen.*«

Die alte Indianerin machte erneut eine kurze Pause. »Ich denke, zum Schluss herrschte bei den Besiegten mehr Trauer als Zorn. Und wenn heute einige junge Stammesmitglieder Land zurückfordern, dann sollen sie das mit Überzeugung und Verantwortungsgefühl tun. Aber nicht im Namen unserer alten Häuptlinge, sondern mit ihrem eigenen Selbstbewusstsein. Nur so gibt es Hoffnung auf eine bessere Zukunft. Das ist meine Meinung dazu.« Sue schaukelte mit ihrem Stuhl, und ihr Mund war zu einem Strich zusammengepresst.

Maggy war erstaunt über diese entschiedenen Worte der alten Frau. Dann fragte sie: »Was will er von Christine?«

»Ist das nicht offensichtlich?«

***

Als Christine die Augen wieder aufmachte, war der Alptraum keineswegs zu Ende. Lucie saß im Schneidersitz auf dem Boden, den Blick nach unten gerichtet, und schlug einen stoisch gleich bleibenden Rhythmus auf der Trommel. David hatte Christine die Bluse und das Unterhemd mit einem einzigen Schnitt seines Messers aufgeschnitten, sodass sie nun mit entblößtem Oberkörper vor ihm lag. Als seine Hand sich erneut senkte, war sie sicher, dass er ihr das Messer in den Körper stoßen würde. Sie schrie entsetzt auf. Hinter ihr ertönte Corwins feste Stimme: »Bleib ruhig, Christine. Er wird dir nichts tun.«

Schöne Worte. Er redete von einem Mann, der mehreren Menschen mit einem Messer die Kehle aufgeschlitzt und sie einmal beinahe vergewaltigt hatte. Verzweifelt bäumte sie ihren Oberkörper einige Zentimeter auf und schlug mit den Beinen um sich. Das hatte lediglich zur Folge, dass David ihr einen Schlag in die Magengrube versetzte, der zwar vorsichtig dosiert war, sie aber nach Luft schnappen ließ und ihr die Tränen in die Augen trieb.

Erst jetzt bemerkte Christine, dass David nun gar kein Messer mehr in der Hand hatte, sondern einen Farbstift, mit dem er Christine sorgfältig Muster auf den Brustkorb malte. Diese zarte Berührung hätte sie unter anderen Umständen sicher genießen können, jetzt jedoch fühlte sie sich wie eine Torte, die gerade verziert wird.

Schließlich trat David einen Schritt zurück und betrachtete sie. Mit einer Handbewegung brachte er Lucies Trommeln zum Schweigen.

»Und nun, Christine, werden wir eine Ehe schließen, die ganz Amerika verändern wird.« Seine Augen glühten, seine Gestalt war hoch aufgerichtet, die Brust leicht nach vorne geschoben. Den Stift warf er mit einer achtlosen Bewegung zur Seite.

Schlagartig wurde ihr klar, dass es bei all den Ereignissen der letzten zehn Tage für David nie um Habgier oder Rache gegangen war. Es war Lucie gewesen, die den Tod ihrer Tochter hatte rächen wollen und der David mit seinen Ideen gerade recht kam. David selbst war wahnsinnig. Besessen von irgendeiner Idee, für deren Verwirklichung er alles tun würde.

Wie ging man mit so jemandem um? Ihm einfach nur sagen, dass er sich geirrt habe und sie nicht die Richtige sei, würde David kaum aufhalten.

»Wie meinst du das?« Sie gab sich Mühe, Interesse vorzutäuschen.

»Wir werden sie alle zurückholen. Die Krieger, die Büffel, alle. Wir beide haben die Kraft dazu, Christine. Spürst du das denn nicht? Und dann gehört das Land wieder den Sioux.«

Mit Wahnsinnigen, so glaubte Christine zu wissen, musste man im Gespräch bleiben, ihre Ideen ernst nehmen und sie auf gar keinen Fall wütend machen, und so überlegte sie angstvoll eine neue Frage, die ihn zum Weiterreden ermunterte.

Je mehr Corwin hörte, desto sicherer wusste er, dass er aus dieser Handschelle entkommen musste. Er ahnte, was David als Nächstes plante, und auf Hilfe von außen durften sie nach dem Tod des Wachmanns wohl nicht mehr hoffen. Vorsichtig, aber mit aller Kraft versuchte er, den Haken in der Wand zu lockern. Sein linkes Handgelenk war bereits wund gescheuert, und auch das Gelenk selbst, an dem er mit seinen neunzig Kilo hing, schmerzte heftig. Dabei war sein eigenes Leben wahrscheinlich gar nicht in Gefahr. David würde seine kranke Zeremonie, die ihm irgendeine Vision eingegeben hatte, durchführen und dann mit Christine spurlos verschwinden. Corwin zweifelte keine Sekunde daran, dass David das nötige Talent zum Untertauchen besaß. Er war erfahren im Guerillakrieg und würde auch in einem fremden Land zurechtkommen. Christine gab er bestimmt nicht wieder her. Lucie würde versuchen, nach Amerika zurückzugelangen, und sich dann in irgendeinem Reservat verstecken.

Der Haken knackte laut, und Corwin wünschte, Lucie würde jetzt mit dem Trommeln fortfahren, damit seine Bemühungen zur Befreiung unbemerkt blieben. Doch es war bereits zu spät, David hatte ihn gehört.

Ohne mit der Wimper zu zucken, sagte er zu seiner Komplizin: »Lucie, nimm die Pistole und schieße unserem Cheyenne ein kleines Loch durch die Hand, sonst macht er mir noch was kaputt. Es wird ihn ein wenig ruhiger machen.«

Christine schrie entsetzt auf, als Lucie sich bereitwillig erhob und mit der Pistole zu Corwin ging. In diesem Moment konnte sie sich sehr gut vorstellen, wie die Indianerin ihrem ersten Opfer, Frau Auerbach vom Museum, eiskalt die Kehle durchgeschnitten hatte. Wie ein Roboter folgte sie jetzt Davids Befehl und schoss. Christine hörte den Cheyenne laut ein- und ausatmen vor Schmerz.

Wahrscheinlich musste er noch dankbar sein, dass sie ihn nicht gleich erschossen hatten. Den störenden Wachmann hatte David schließlich auch getötet. Merkwürdigerweise aber steigerte der Angriff auf Corwin nicht Christines Angst, sondern eine unglaubliche Wut erfüllte sie.

In leisem, hasserfülltem Ton sagte sie: »Und jetzt erklär mir endlich, was du mit mir vorhast, du verdammter Bastard, und bring es gefälligst zu Ende.« David zwinkerte einen Moment und sah sie verwirrt an. Doch schnell bekam er sich in den Griff und strich ihr sanft über die Wange. »Ich werde es dir erläutern, und dann wirst du verstehen, warum all das notwendig ist.« Er strich sich die Haare zurück und sprach dann weiter, wie entrückt, aber fest. Und er bemühte sich, seine englischen Sätze leicht verständlich zu formulieren.

»Ich hatte Visionen. Mehrere. Und in all den Visionen tauchtest du auf, Christine. Zum ersten Mal geschah das, als ich noch in der Reservation lebte, in Canon Ball. Ich war aufgeregt, jung, und ich hatte dich in meiner Vision erkannt. Du warst damals auf dieser Ranch. Einige Tage später fuhr ich los, um dich zu suchen, und als du so verloren die Straße entlangkamst, wie ein Geisterwesen, da wusste ich um die Wahrheit meiner Vision. Aber ich war zu schnell, zu ungeduldig, die Bedeutsamkeit der Sache muss mich kopflos gemacht haben. Und so habe ich dich zunächst verloren. Doch ich gab dir das Armband, damit ich dich jederzeit wiederfinde.«

»Ich habe dieses Armband noch nie gesehen.« Christine reckte zornig ihr Kinn nach vorne.

»Es war immer in deiner Nähe. Das weiß ich. Ich habe es für uns angefertigt, es war mein Hochzeitsgeschenk an dich.« Er schwieg und sah hinüber zu Lucie, die ihm aufmunternd zunickte. »Um durch den Geistertanz die Krieger auferstehen zu lassen und die Büffel zu vermehren, müssen mehrere Rituale zusammenkommen. Und wir fangen heute damit an. Heute vor einem Jahr starb ein besonderes Kind, und heute vor einem Jahr hatte ich die Vision einer Geburt.« David hob in einer theatralischen Geste die Hände und stieß hervor: »Ich sah die Geburt unseres Kindes, durch das Sitting Bull zu uns zurückkehrt.«

Christine starrte David an, als probte er für eine Filmrolle. Was für einen Unsinn erzählte er da? Und was hatte das alles mit Sitting Bull zu tun? Der Häuptling hatte sie sogar bis in ihre Träume verfolgt, dennoch wusste sie nicht viel über ihn. Hatte er als Krieger nur getötet, um seinen Stamm zu verteidigen, oder war er wie David ein rachsüchtiger, mordender Irrer gewesen? Letzteres konnte sich Christine kaum vorstellen, aber David verehrte den alten Häuptling offensichtlich über alle Maßen. Sollte er tatsächlich durch Visionen von Sitting Bull inspiriert worden sein? Es klang eher nach manifestierten Wahnideen.

Was hatte Lucie gesagt? Heute vor einem Jahr war ihre Tochter gestorben. Und an diesem Datum sollte sie nun ein Kind mit David zeugen? Absurd. Nicht einmal der Geist eines verstorbenen Medizinmannes konnte sich so etwas ausdenken. Und warum zeugte David dieses Kind nicht mit Lucie? Christine spürte, dass sie etwas Wesentliches noch nicht begriffen hatte.

Nun näherte sich David wieder Christine und wies Lucie an, die Trommeln zu schlagen. Zu Christines Entsetzen legte er sich nun zu ihr auf das Gestell und strich ihr wiederholt über die Haare. Seine dunklen Augen blitzten vor Begehren, wie sie fand, und sie wusste einfach nicht, was sie tun sollte. Wenn sie sich wehrte, würde er sie schlagen.

»Ich bin unfruchtbar«, stieß sie hastig hervor. Zu hastig.

»Erzähl keinen Unsinn, Christine.«

Sie schloss die Augen. Der Gedanke, dass es Corwin momentan auch nicht besser ging, tröstete sie auf eine absurde Art. Und je schneller sie Davids krankes Spiel nun zu einem Ende brachte, desto früher erhielt Corwin ärztliche Versorgung. Vielleicht.

Sie spürte Davids Hand auf ihrer nackten Brust, und mit der anderen Hand fasste er sie um die Taille und drehte sie zu sich. Nun wurde ihr auch klar, warum David ihr die Beine nicht gefesselt hatte.

»Ich werde deinen Bastard niemals zur Welt bringen«, presste sie hervor.

»Ich bin bei dir, Christine. Von jetzt an werde ich immer bei dir sein.« Sein Mund war dicht an ihrem Ohr, dann wanderte er weiter zu ihrem Hals.

Erst jetzt begriff sie, dass David nicht die Absicht hatte, sie nach dieser Nacht gehen zu lassen. Natürlich nicht. Wie naiv war sie denn? Eine Ehe war auch bei den Indianern etwas Dauerhaftes.

»Ich bring dich um, David, wenn du sie nicht augenblicklich in Ruhe lässt!«, rief Corwin von hinten.

David kümmerte sich nicht um ihn, Christine hatte eher den Eindruck, die Wut und die Hilflosigkeit des Cheyenne spornten ihn erst recht an. Das Trommeln wurde lauter, das kleine Feuer warf zuckende Schatten an die hohe Decke, und plötzlich fühlte Christine sich wie in einem ihrer seltsamen Träume. Es war warm und roch nach Leder, und ein Mann hielt sie in seinen Armen. Das war gar nicht sie, der das alles passierte. Es war eine ganz andere Zeit, ein anderes Land, ein anderer Mann. War es die Wirkung des Meskalins aus der Peyote-Pflanze, oder übte die Trommel eine hypnotisierende Wirkung auf sie aus? Ihre körperliche Anspannung löste sich, sie lag einfach da und schloss die Augen.

Auf einmal löste sich der Haken, an dem Corwins Handschelle befestigt war, aus der Wand, und der Cheyenne landete mit einem kurzen Aufschrei auf dem Boden. Schnell rappelte er sich auf, und sein erster Impuls war, David zu attackieren, doch es war Lucie, die die Pistole neben sich liegen hatte. Sie schien völlig vertieft in ihr Trommeln, hatte aber bei Corwins kurzem Zögern geistesgegenwärtig nach der Waffe gegriffen. Mit einem Hechtsprung entging er dem ersten Schuss und schlug ihr dann mit seiner gesunden Hand die Waffe aus der Hand. Laut scheppernd fiel die Pistole in einiger Entfernung auf den Fußboden, dorthin, wo kein weicher Sand aufgeschüttet war.

Und dann schepperte es erneut, als plötzlich Chief Thomas im Raum stand und mit einer Eisenstange in der Hand auf David losging. Da Christine direkt neben David lag, schlug er die Eisenstange mit aller Gewalt auf den oberen Teil des Gestänges, und einige der Holzlatten zerbrachen. Unsanft landeten sowohl Christine als auch David mitsamt der Travois-Unterlage auf dem Sandboden. Christine blieb erschrocken liegen, denn die Handschelle hing noch fest an einer der Holzstangen, David hingegen sprang katzengleich auf. Mit wutverzerrtem Gesicht sah er um sich, erfasste die Lage und fauchte in einer guttural klingenden Sprache wie ein in die Enge getriebenes Tier. Lucie starrte Chief Thomas entsetzt an, und diese Schrecksekunde nutzte Corwin, um sich die Pistole zu sichern.

Unterdessen war Christine so weit wie möglich von David weggekrochen. Ihr Blick wanderte hektisch zwischen Thomas und David hin und her, denn sie ahnte, wenn David sie als Schutzschild benutzte, dann würden die beiden anderen Männer ihre Waffen hergeben, und die wahrscheinlich letzte Chance auf Rettung war vertan.

Plötzlich tat Lucie etwas, was für alle, auch für David, überraschend kam. Sie rannte auf ihren Komplizen zu, sodass sie und nicht David in Corwins Schusslinie stand, und schob ihn vor sich her. »Mach, dass du wegkommst, sonst ist alles verloren«, sagte sie leise, aber eindringlich zu ihm, mit einer verzweifelten Betonung des umfassenden Wörtchens »alles«.

Christine spürte erst Wut und dann Mitleid mit der kleinen Indianerin aufkommen. Wie einsam und verzweifelt musste Lucie sein, wenn sie selbst jetzt noch auf diesen Mann baute? Glaubte sie wirklich an das, was David zu tun beabsichtigte?

Ein unverständlicher wütender Ausruf, und David rannte in die Richtung davon, aus der Thomas gekommen war. Ohne Zögern rannte Corwin ihm nach, die Pistole in der rechten Hand.

Thomas schüttelte den Kopf, während er zu Christine ging und ihr half, die Handschelle vom Gestell zu lösen. »Er hat keine Chance. Er kann nicht mehr besonders schnell laufen.«

»Aber er hat eine Waffe.«

Thomas ließ Lucie, die nun apathisch auf einem Stein saß, nicht aus den Augen. »Er wird niemals auf David schießen, jedenfalls nicht ohne Notwehr.«

»Wir sollten dringend telefonieren.« Christines Hände klirrten bei jeder Bewegung, weil sie noch in den Handschellen steckten. Außerdem begann sie zu zittern, denn die Angst und Anspannung der letzten Stunden hielten sie noch immer gefangen. Ihr war kalt, und erst als Thomas ihr mit einer behutsamen Geste eine Decke um die Schultern legte, begriff sie, dass sie mit entblößter Brust vor ihm stand. Mit einer Hand hielt sie die Ränder der Decke vor ihrem Körper zusammen.

Christine verspürte den sehnlichen Wunsch nach Kommissar Delbrocks Anwesenheit, aber Thomas hatte es ganz offensichtlich nicht sehr eilig damit, die Polizei zu rufen. Er sprach mit leiser Stimme zu Lucie, dabei konnte Christine das, was er in einer fremden Sprache sagte, ohnehin nicht verstehen.

Unruhig blickte Christine um sich und lauschte, ob irgendwo ein Schuss zu hören war. Ihr stockte der Atem, wenn sie nur daran dachte, dass David wieder die Oberhand gewinnen könnte, dass er Corwin vielleicht sogar tötete. Sie musste unbedingt den Kommissar benachrichtigen, musste ihre Angst überwinden und sich zu dem Telefon begeben, das sich an der Kasse im Eingangsbereich befand.

Entschlossen nahm sie denselben Weg wie David und Corwin, doch sie war noch nicht weit gekommen, als sie eine männliche Stimme vernahm. Fast wäre sie wieder zurückgerannt, da erkannte sie, dass keine Antwort zu hören war. Jemand telefonierte. Zu ihrer großen Erleichterung sprach der Mann das gut verständliche Deutsch mit dem unverwechselbaren breiten und melodischen Akzent von Corwin. Er legte gerade auf, als Christine auf ihn zulief.

»Wenn das so weitergeht, werde ich langsam in Stücke geschossen und fern meiner Ahnen irgendwo in Münster begraben.« Er lächelte sie schief an. Mit einem Arm stützte er sich auf den Tresen der Museumskasse, der andere hing an seiner Seite, und neben seinen Schuhen hatte sich bereits eine Blutlache gebildet. Die Pistole steckte in seinem Hosenbund.

»Man kann deine Leiche auch nach Montana überführen«, tröstete ihn Christine in einem Anflug von Galgenhumor und suchte hinter der Theke nach einem Verbandskasten, damit sie Corwins Hand notdürftig verbinden konnte, entdeckte aber nur ein Päckchen Papiertaschentücher. Hoffentlich hatte Corwin auch einen Krankenwagen bestellt. Doch als sie ihm schließlich ein paar der Tücher um die Hand legte, sah sie, dass es sich nur um eine tiefe Fleischwunde handelte.

»Ich habe die Hand im letzten Moment bewegt, oder Lucie hat sehr schlecht geschossen. Glück gehabt.« Corwin blickte auf ihren Scheitel, während sie seine Hand notdürftig verband.

Leise sagte er: »Es ist noch nicht zu Ende, Christine. Er ist mir entwischt.«

»Er wird es wieder versuchen, nicht wahr?«

Corwin strich ihr leicht über die Wange und ließ seine Hand unter ihrem Kinn liegen. Sanft hob er ihren Kopf, dass sie ihn anschauen musste. »Wir müssen ihn aufhalten.« Er betrachtete einen Moment lang Christines Gesicht, als suchte er etwas, dann sagte er: »Irgendetwas liegt hier noch im Verborgenen, und ich hoffe, dass Lucie uns etwas erzählt. Gehen wir zu Thomas zurück.« Er ließ sie los und spähte zum Fenster hinaus, wo Christine allerdings nur Dunkelheit sah. Doch einige Sekunden später hörte sie das Signalhorn der Polizei.

»Thomas versucht bereits, sie in ein Gespräch zu verwickeln.« Christine nestelte nun an ihrer Decke herum. Plötzlich war es ihr außerordentlich peinlich, von Delbrock in diesem Aufzug gesehen zu werden.

»Wenn du mir hilfst, meinen schönen Pullover über die blutverschmierte Pfote zu bekommen, leih ich ihn dir. Ich habe noch ein T-Shirt an.«

Eine Minute später kam sie sich vor wie ein verkleidetes Kind, das die Sachen seiner Eltern trug. Sie musste die Ärmel mehrfach umkrempeln, sodass dicke Wülste um ihre Arme schlackerten. Doch die Wärme des Pullovers tat ihr gut. Sie fühlte sich geborgen.

»Im Krankenhaus hätten sie ihn dir ohnehin zerschnitten.«

Corwin erwiderte nichts, denn in diesem Augenblick erschienen Delbrock und ein ganzer Pulk seiner Mitarbeiter vor der Glastür. Christine versuchte ihnen mit einer Handbewegung deutlich zu machen, dass sie durch eine Hintertür hereingelangen konnten, doch für derartige Umwege hatte Delbrock keine Geduld. Er ließ sich von einem seiner Männer die Tür fachmännisch aufbrechen und stand wenige Minuten später stumm und betroffen in dem großen Ausstellungsraum, wo Thomas noch immer neben Lucie am Boden hockte und mit ihr sprach.

Corwin erstattete Delbrock als Erstes einen knappen Bericht über die Ereignisse, und Christine ergänzte. Als Corwin dem Kommissar erklärte, weshalb David ein so großes Interesse an ihrer Person hatte, fühlte es sich ganz merkwürdig an. Zu hören, dass sie beinahe vergewaltigt worden war und ein Kind von ihrem Entführer austragen sollte, ließ ihre Kehle eng werden, und sie musste mehrmals schlucken. Panik stieg in ihr auf. Wenn es Delbrock nicht gelang, David zu verhaften, würde sie für den Rest ihrer Tage in Angst und Schrecken leben, weil er jederzeit vor ihrer Tür stehen konnte.

»Verdammt. Den Tod des Wachmanns muss ich auf meine Kappe nehmen. Ich hätte Sie niemals hier allein lassen dürfen.« Delbrock zog die Brauen so weit zusammen, dass sie eine dichte Linie bildeten.

»Ich war nicht allein.«

»Natürlich waren Sie allein. Der Nachtwächter zog seine Runden, während Sie sich die Bilder anschauten. Und ich saß im Krankenhaus bei Frau Hartmann und habe ergebnislose Gespräche geführt, statt hier vor Ort den Täter zu schnappen. Nun haben wir einen weiteren Toten und weitere Verletzte und noch immer keinen Täter.«

Das stimmte so nicht. Immerhin war Lucie, die Mörderin und Komplizin, nun außer Gefecht gesetzt, einer der Beamten hatte ihr bereits Handschellen angelegt.

Christine fiel erst jetzt beschämt auf, dass sie nicht einen Augenblick lang an ihre Freundin gedacht hatte. Bei dem Wort »Krankenhaus« zuckte sie zusammen.

»Was ist mit Birgit?«

»Es geht ihr gut. Sie war nur etwas erschöpft und mit den Nerven am Ende, sodass sie die Nacht zur Beobachtung bleibt.«

Delbrock gab einem Beamten ein Zeichen, der daraufhin Lucie abführte. Wortlos und ohne ihren Blick zu heben, verschwand sie.

»Und Sie, Herr Standing Child, begeben sich jetzt ins Krankenhaus und lassen sich so lange behandeln, bis alle Ärzte einstimmig erlauben, dass Sie gehen dürfen.«

Corwin wollte gerade mit einem betont souveränen Gesichtsausdruck abwinken, als Delbrock seine Stimme erhob: »Und wenn Sie sich gegen ärztlichen Rat auch nur fünf Schritte weit in die falsche Richtung bewegen, lasse ich Sie sofort des Landes verweisen.«

Nun wurde Delbrock aktiv. Zwei Männer wurden augenblicklich zu Dr. Horn gesandt, zu seinem Schutz, falls David nun doch noch den letzten Mann der Reisegruppe beseitigen wollte. Das kleine Jagdmesser hatte er nämlich offensichtlich mitgenommen. Dann wurde das Personal am Flughafen Münster/Osnabrück in Alarmbereitschaft gesetzt und auch alle anderen umliegenden Flughäfen und Bahnhöfe informiert.

Zu Christine sagte Delbrock: »Sie werden von einem meiner Kollegen zu ihrer Mutter nach Telgte gebracht, wo Sie mit Personenschutz auch erst einmal bleiben.« Und schließlich wandte er sich an Chief Thomas und erklärte: »Und Sie kommen gleich mit mir zum Präsidium, wo wir uns ein wenig über Ihr Verschwinden und das glorreiche Wiederauftauchen unterhalten können.«

Christine hätte zu gern gewusst, wie und warum Chief Thomas so plötzlich aufgetaucht war, aber sie musste sich wohl gedulden.

***

»Ich heiße Corwin Standing Child.«

»Ich kann mich erinnern. Ihr Name ist ungewöhnlich, ihre Verletzungen sind ungewöhnlich – zumindest für eine Stadt wie Münster –, und ihr Deutsch ist dermaßen amerikanisch, dass ich mich wie in einer Marlboro-Werbung fühle.« Unterdessen hatte die Ärztin, die auch schon Corwins erste Schussverletzung behandelt hatte, bereits begonnen, seine Wunde an der Hand zu untersuchen. Er hatte großes Glück gehabt, denn die Kugel war durch das weiche Gewebe zwischen Daumen und Zeigefinger gegangen und hatte weder Knochen noch Sehnen beschädigt. Dennoch war es eine hässliche, ausgefranste Wunde, die nach der Heilung eine auffällige Narbe hinterlassen würde. Frau Dr. Jakob ahnte, dass dies dem Indianer nicht viel ausmachen würde. Sein Körper glich ohnehin mehr dem eines Söldners als dem eines Kunsthistorikers.

»Was halten Sie davon, wenn ich heute mal die Version mit der Betäubung probiere?«

Sie schaute ihren Patienten überrascht und amüsiert an, aber ein Blick in sein Gesicht gab ihr eine Ahnung davon, wie stark seine Schmerzen mittlerweile sein mussten.

»Sie bekommen sogar die Version mit Übernachtung, mein Lieber.«

Corwin schüttelte mit gerunzelter Stirn den Kopf. »Ich wollte Sie gerade um eine Unterschrift bitten, damit ich die Nacht in meinem Hotel verbringen kann. Sie glauben gar nicht, wie gut dort der Zimmerservice funktioniert. Ist quasi wie hier, nur mit schönerer Bettwäsche.«

»Vergessen Sie es.« Geschickt setzte sie eine Spritze an verschiedenen Punkten der Hand an und gab kleine Dosen eines örtlichen Betäubungsmittels in das Gewebe. Ein operativer Eingriff war erst einmal nicht notwendig, aber die Wunde musste gründlich gereinigt und mit Antibiotika behandelt werden, um Entzündungen zu vermeiden. Die Schmauchspuren durch den nahen Schuss hatten sie verschmutzt, und der Daumen musste unbedingt ruhiggestellt werden, da jede Bewegung das verwundete Gewebe erneut reizte. Wahrscheinlich hatte Corwin Standing Child deshalb solche Schmerzen, weil er in den gut zwei Stunden seit dem Schuss die Hand nie ganz still gehalten hatte.

»Ich mache Ihnen einen Vorschlag«, sagte sie und deutete auf seine Brust. »Sie erzählen mir, wie Sie zu diesen Narben gekommen sind, und ich lasse Sie morgen oder übermorgen gehen.«

Der Cheyenne schwieg einen Moment lang. In der Luft hing

der Geruch von Desinfektionsmitteln, und seine Hand war jetzt bis zum Handgelenk rot eingepinselt. Langsam verlor er das Gefühl darin, und der pochende Schmerz ließ nach.

»Und diese Form der Erpressung verträgt sich mit dem Eid des Hippokrates?«

»Ja, das kann ich mir schönreden.« Sie nickte bedächtig, und ihr verschmitztes Lächeln ließ sie trotz der grauen Haare zehn Jahre jünger aussehen.

Und so erzählte er dieser fremden Frau vom Sonnentanz, dem alten Ritual vieler nordamerikanischer Stämme. Er hatte ihn zusammen mit David Ironheart Seidel getanzt, stundenlang, vereint durch das heilige Ritual. Corwin hatte David einen Freund genannt, aber der hatte ihn hintergangen. Lange hatte er sich nicht vorstellen können, dass David zu solchen Morden fähig war, dass er die hiesige Gastfreundschaft derart missachtete. Gastfreundschaft war in allen Stämmen ein unantastbares Gut. Hätte er Leben retten können, wenn er David gegenüber weniger naiv gewesen wäre?

Lucie, ja, Lucie verstand er ansatzweise. Sie hatte er deshalb nicht verdächtigt, weil er sie für zu klug und zu kontrolliert gehalten hatte, um zu morden. Aber damit hatte er die Mutterliebe unterschätzt. Womöglich hatte Lucie in ihrem Schmerz geglaubt, David könnte ihre Tochter wieder zum Leben erwecken.

Als Corwin endlich in weiße Laken gebettet in einem kleinen Krankenzimmer lag, hatte er alle Mühe, nicht vom Schlaf übermannt zu werden. Doch er zwang seine Gedanken in eine bestimmte Richtung. Was ging nun in David vor, nachdem sein großer Plan gescheitert war? Was würde er an dessen Stelle tun?

Sicherlich würde er nicht sofort Kontakt zu Christine aufnehmen. Er konnte sich denken, dass sie unter strenger Bewachung stand. Zum Flughafen zu fahren, um zu entkommen, wäre genauso dumm. Wahrscheinlich würde David erst einmal untertauchen, abwarten und seine Möglichkeiten prüfen.

Unter diesen Umständen konnte er selbst sich eigentlich auch ein wenig Schlaf gönnen. In der Erwartung, sofort in Tiefschlaf zu fallen, schloss Corwin die Augen. Aber statt der ersehnten Ruhe erfasste ihn eine seltsame Anspannung. Etwas nagte in seinem

Unterbewusstsein und versuchte ihn zu erreichen. Irgendetwas Wichtiges hatte er übersehen, es nicht in seine Überlegungen einfließen lassen. Kurz vor elf Uhr abends fiel es ihm ein. Eine Stunde bevor ein neuer Tag anbrach.

David und Lucie hatten diesen Abend nicht zufällig für das Finale auserkoren, denn sie hatten nichts dem Zufall überlassen. Heute vor einem Jahr war Lucies Tochter gestorben, und David hatte angeblich durch einen Traum genau diesen Tag vorhergesehen. Er durfte eigentlich nicht zulassen, dass er bei seinem letzten, wichtigsten Akt unterbrochen wurde. Was, wenn er nun doch eine Gelegenheit fand, Christines habhaft zu werden? Die Bewachung durch einen Polizisten hatte auch Lucie nicht daran gehindert, Christine zu entführen.

Jetzt war Corwin hellwach und suchte nach seinem Handy. Dreißig Sekunden später telefonierte er mit Delbrock und teilte ihm mit, warum Christine in der nächsten Stunde in besonderer Gefahr war. Zumindest, wenn David wirklich an seine Visionen glaubte.

ZWÖLF

Christine ließ ihren Kopf gegen die Lehne fallen und schloss für einen Moment die brennenden Augen. Sie war unendlich müde, aber vor allem knurrte ihr der Magen. In etwa fünfzehn Minuten konnte sie sich vor einen Teller mit Bratkartoffeln und Spiegeleiern setzen. Delbrock hatte zwei Beamte nach Telgte geschickt; einer sollte vor dem Haus Stellung beziehen, der andere würde im Innern des Hauses Wache halten.

Nach diesem Tag voller Unruhe und Ungewissheit war offenbar die einzige Sorge ihrer Mutter, der vermissten Tochter endlich eine warme Mahlzeit bereiten zu können. Dass es bereits kurz vor elf Uhr abends war, störte nach den Ereignissen des Tages niemanden, schon gar nicht Christines Appetit.

Sie wurde wach, als der Ford vor einer roten Ampel scharf abbremste. Die Straßen waren schwach beleuchtet und leer, nicht mehr lang, dann würden die ersten Häuserblocks von Telgte zu sehen sein. Christine kannte diese Kreuzung gut. Dass die beiden Beamten besorgt waren, weil ihnen schon seit einiger Zeit ein dunkelblauer Passat zu folgen schien, hatte sie nicht mitbekommen.

»Ich ruf den Chef an, auch wenn es wahrscheinlich nur ein blöder Zufall ist. Du, der steigt aus.« Die Stimme des Beifahrers wurde höher vor Aufregung, und nun drehte sich auch Christine um. Dann schrie sie. Zwei Schüsse knallten, und der Polizeiwagen war mit zwei kaputten Reifen fahruntüchtig. Bevor auch nur einer der der Polizisten nach der Dienstwaffe greifen konnte, hatte der Mann mit der Kappe die Tür zu Christines Sitz aufgerissen und zielte auf ihren Kopf. »Die Waffen ganz schnell und ganz vorsichtig zu mir.« Er warf die Pistolen so weit er konnte in den Straßengraben und zerrte Christine aus dem Wagen, um sie dann in den dunklen Passat zu schubsen.

Nie hätte Christine sich vorstellen können, dass man in so kurzer Zeit aus behaglicher Sicherheit in so tiefe Trostlosigkeit und Verzweiflung stürzen konnte. Sie lag noch halb auf den Rücksitzen, als

David auch schon anfuhr und die beiden Beamten wie menschliche Fragezeichen auf der Straße stehen ließ.

***

Nach dem Telefonat mit Delbrock hatte Corwin versucht, endlich einzuschlafen, hatte der Kommissar ihm doch versprochen, für Christines Sicherheit zu sorgen. Erst Minuten später fiel ihm auf, dass er noch immer senkrecht im Bett saß. Er ließ sich in die Kissen sinken, doch es nutzte nichts. Der Schlaf wollte nicht kommen, und er blieb unruhig. Er musste mit Christine selbst telefonieren und ihr von seiner Besorgnis erzählen. Unter ihrer Handynummer meldete sie sich jedoch nicht, und die Nummer der Mutter musste er erst bei der Auskunft erfragen. Um elf Uhr fünfzehn erreichte er ihre Mutter endlich. Als er erfuhr, dass Christine noch nicht da war, bemühte er sich, seine Stimme ruhig klingen zu lassen. »Warum kommt sie denn so spät?«

Frau Neustedt erwiderte, Christine habe von unterwegs angerufen und mitgeteilt, dass sie mit den Beamten zunächst in ihre Wohnung fahren wolle, um einige Sachen zu holen. Daher habe sie vor elf Uhr ohnehin nicht mit ihrem Eintreffen gerechnet. Nun sei es Viertel nach, es liege eigentlich keine dramatische Verspätung vor. Allerdings hörte sie sich an, als wollte sie sich das auch selbst einreden.

»Sie soll mich anrufen, sobald sie da ist. Meine Handynummer hat sie.«

Corwin legte auf. Es vergingen weitere zehn Minuten, in denen er auf die Bettdecke trommelte und den geschäftigen Geräuschen der Nachtschwester lauschte. Als sein Handy schließlich klingelte, wäre es beinahe auf den Boden gefallen, so hektisch griff er danach. Zwei Sekunden freudiger Hoffnung folgte eine dumpfe Ernüchterung.

»Delbrock hier. Wie fit fühlen Sie sich?«

»Ich bin so gut wie angezogen. Er hat sie, nicht wahr?«

»Wenn einer sich in diesen Täter hineinversetzen kann, dann sind Sie es, meint der Chief. Sie haben mir nicht gesagt, wie gut Sie Ironheart Seidel kennen.«

»Holen Sie mich ab?« Corwin war bereits zu den Stühlen gegangen, auf denen seine Sachen lagen. Da er das Telefon mit der gesunden Hand hielt, konnte er allerdings noch nicht tätig werden.

»Ich stehe bereits auf dem Notarztparkplatz und warte auf Sie.« Nur die knappen Sätze und die Eile, die der Kommissar zeigte, verrieten seine große Besorgnis. Beide Männer wussten, dass es wohl kaum um Leben oder Tod ging, sie wollten Christine etwas anderes ersparen. Aber nur Corwin wusste, dass ihr Eingreifen eigentlich zu spät kam. Entweder gelang David das, was ihm so wichtig war, bis Mitternacht, oder Christine hatte es geschafft, seine Pläne aus eigener Kraft zu vereiteln. Es war mittlerweile bereits Viertel vor zwölf. Bis sie in Telgte ankamen, würde es weit nach Mitternacht sein. Aber natürlich mussten sie David erwischen, bevor er sich auf irgendeine Weise ins Ausland absetzen konnte. Und Christine mitnahm.

***

»Siehst du, Christine, wir kommen immer wieder zusammen. An den Türen ist im Übrigen die Kindersicherung eingeschaltet, und solltest du mir gegenüber tätlich werden, sei gewiss, dass ich auf dich schieße. Ich werde dich nicht töten, aber ich weiß, was wehtut.«

Christine dachte an Corwins Hand und überlegte, welche Chancen sie noch hatte. David hielt die Pistole in der rechten Hand und lenkte mit der linken. Er fuhr schnell, sie hatten die Ortschaft bereits verlassen. Sicher würde er nun einen einsamen Ort aufsuchen und seine rituelle Vergewaltigung vornehmen. Zum ersten Mal fragte sich Christine, ob an seinen Visionen eigentlich etwas Wahres sein konnte, ob sie irgendetwas davon glaubte. Natürlich konnte sie durch die Vergewaltigung schwanger werden. Doch selbst wenn sie tatsächlich ein Kind von David bekäme – Gott bewahre sie davor –, war es nicht eine völlig absurde Idee, dieses Kind werde die Reinkarnation von Sitting Bull, nur weil es in dieser Nacht und mit ihr gezeugt wurde?

»David, deine Visionen in allen Ehren, aber du musst mich mit jemandem verwechseln. Ich bin eine Weiße, ich kenne mich mit eurer Kultur überhaupt nicht aus, ich war damals rein zufällig in Amerika und …« Ihre Stimme überschlug sich, als David den Wagen auf einem Parkplatz abstellte. Sie erkannte erstaunt, dass sie sich auf dem Gelände der Pferdeklinik von Telgte befanden. In den letzten Jahren war sie schon zweimal mit ihrem Pflegepferd hier gewesen. Die Klinik beschäftigte zahlreiche spezialisierte Veterinäre und hatte ein breites Behandlungsangebot. Soweit Christine wusste, gab es nachts sogar einen Notdienst.

Zwischen zwei Pferdeanhängern und neben einigen anderen Kombis und Jeeps würde Davids Wagen einer vorbeikommenden Streife wohl kaum auffallen. Die vielen Nebengebäude und Ställe lagen im Dunkel, das Haupthaus befand sich noch gut fünfzig Meter entfernt, es war also unwahrscheinlich, dass jemand vom Personal ihre Ankunft bemerkt hatte.

David beugte sich zu ihr herüber. »Christine, hat dir denn niemand etwas über deine Familie erzählt?« Dann klebte er ihr ein breites silbernes Pflaster über den Mund, und sie konnte nicht mehr von sich geben als ein leises Räuspern oder Wimmern. Schnell stieg er aus dem Auto und zerrte sie ins Freie.

Christine überlegte. Wenn sie sich jetzt, solange sie sich noch in der Nähe von Gebäuden befanden, nicht bemerkbar machte, würde es ihr wahrscheinlich nicht mehr gelingen. Blitzschnell riss sie sich das Pflaster vom Mund und erhielt sofort einen derartigen Schlag in die Magengrube, dass sie, ob mit oder ohne Pflaster, keinen Ton mehr herausbekam. Nun zog David ein Tuch aus der Tasche und band es ihr als Knebel um den Kopf, quer über den Mund. Christines Mundwinkel wurden unangenehm und sehr schmerzhaft gedehnt, und nun bekam sie wirklich Angst. Sie hoffte nur noch, dass sie diese Nacht irgendwie heil überstand.

David zwang sie durch einen Zaun hindurch auf eine Pferdeweide. Christine spürte die Anwesenheit von Tieren, und tatsächlich befand sich ein großer Unterstand aus Holz an einer Seite der Wiese, der groß genug war, um mindestens vier Pferden als Schutzraum zu dienen. Wie viele Tiere momentan hier standen, war nicht zu erkennen. Sie hörte nur ein leises Schnauben, als sie an dem Bau vorbeigingen. Am Ende der Weide, gut dreißig Meter von den Pferden entfernt, stieß David sie plötzlich zu Boden. Noch ehe sie ihr Gesicht aus dem nassen Gras heben konnte, hatte er sie auch schon auf den Rücken gedreht und kam über ihr zu liegen. Beinahe zärtlich strich er ihr die Haare aus dem Gesicht. »Ich hatte es mir anders vorgestellt, aber es muss heute Nacht sein, Christine. Du musst noch so viel lernen, mein armer Liebling.« Er nestelte an ihrer Hose und murmelte etwas in einer fremden Sprache. Ihr kam wieder sein Bild aus dem Museum ins Gedächtnis, der Schatten, der auf zwei Menschen hindeutete, die aufeinanderlagen. Auf den ersten Blick hätte man meinen können, zwei Krieger kämpften miteinander, doch Christine wusste es besser. Es handelte sich bei den Schattengestalten um einen Mann und eine Frau.

Nach dem Stoß in die Magengrube wagte sie keine Gegenwehr, sie überlegte nur, welche Chancen zur Flucht ihr noch blieben. Sie musste es versuchen, wenn er zunehmend erregt und dadurch abgelenkt war. So lag sie still da, die Arme vom Körper abgespreizt, und beobachtete, wie ein kräftiges, relativ großes Norweger-Pony sich ihnen neugierig näherte. Die dichte aufgerichtete Mähne und das struppige Winterfell des Tieres waren gut zu erkennen. Und es kam immer näher. Während David in wilder Hast an ihrer Hose zerrte, war Christine voller Anspannung. Sie spürte weder die Kälte und Nässe auf der Wiese noch die Tränen, die ihr übers Gesicht liefen, sondern starrte an David vorbei auf das Pferd. Sehen konnte der Indianer das Tier nicht, und er war viel zu erregt, um zu spüren, was hinter seinem Rücken geschah. Inzwischen stand das Pony direkt hinter ihm, dann beugte es sich vor und schnaubte ihm in den Nacken. David zuckte zusammen, mit dem rechten Arm schlug er blind nach hinten, um einen eventuellen Angreifer abzuwehren. Dabei erwischte er das Tier an den schmerzempfindlichen Nüstern. Eine so unfreundliche Form der Begrüßung war dieses Pony offensichtlich nicht gewohnt, und es antwortete ähnlich ruppig, indem es David sein dickes Hinterteil hindrehte und zutrat. Christines Aufschrei wurde von dem Knebel gedämpft, doch Davids Schmerzenslaut war gut zu hören. Erschrocken galoppierte das Pferd zum Unterstand zurück.

David lag neben Christine im Gras und hielt sich die rechte Schulter, die vermutlich mehr abbekommen hatte als eine bloße Prellung. Das Pferd hatte ihn ziemlich gut getroffen.

Im nächsten Moment war Christine aufgesprungen und losgerannt. So schnell sie konnte, lief sie auf das Haupthaus zu, sie konnte nur hoffen, dass David außer Gefecht gesetzt war. Doch noch bevor sie auf der Höhe des Unterstandes war, knallte die erste Kugel dicht neben ihr ins Gras. Sie sprang zur Seite und rannte nun weiter rechts, damit sie durch den Unterstand verdeckt wurde. Dann warf sie sich panisch in den Zaun, schob sich zwischen den Latten hindurch. Ein plötzlicher Schmerz ließ sie erstarren, sie glaubte sich schon getroffen, doch es war nur ein Stromschlag durch das Elektrokabel im Zaun, das die Pferde in der Koppel halten sollte.

Sie rannte an den Stallungen vorbei, überquerte die Straße und stürzte auf den Eingang des Hauptgebäudes zu, in dem Licht brannte. Erst jetzt fiel ihr ein, dass sie noch immer den Knebel über dem Mund hatte und sich nur schwer bemerkbar machen konnte. Sie warf einen Blick hinter sich, blieb stehen und zerrte den Stoff aus ihrem Mund und vom Kopf.

Die kurze Pause sollte sie bereuen, denn nun tauchte David von der Seite her auf, er hielt die Pistole auf Hüfthöhe. Allerdings lag sie in seiner linken Hand, der rechte Arm hing merkwürdig leblos nach unten. Er war etwa zwanzig Meter entfernt, nah genug, um sie zu treffen, aber auch weit genug, dass sie etwas riskieren konnte. Sie drehte sich zu ihm um, rannte dann aber auf einen abgestellten Hänger zu, der ihr als Deckung diente. Nun trennten sie noch wenige Meter von der Eingangstür.

Sie schrie lauthals um Hilfe, doch der nächste Schuss ließ die kleinen Steine neben ihrem Schuh aufspringen. Allerdings hatte der Knall eine Wirkung, die David vermutlich nicht bedacht hatte: Das Fenster neben der doppelflügligen Eingangstür öffnete sich, der Lauf eines Jagdgewehrs schob sich in Zeitlupentempo heraus und eine Männerstimme rief: »Was ist hier los, verdammt? Waffe runter!«

Eine lange Stille trat ein. Keiner rührte sich, keiner sagte etwas. Christine stand noch immer hinter dem Anhänger und damit zwischen den beiden Männern, die jeder eine Waffe hatten. In der Ferne schlug eine Kirchturmuhr, es war Mitternacht.

Merkwürdigerweise verspürte Christine auf einmal Mitleid mit David, der so verzweifelt an eine Idee glaubte, dass er alles tat, um sie umzusetzen. Aber war er wirklich aus tiefstem Herzen ein

Mörder? Ja, er hatte Lucies hasserfüllte Rachepläne unterstützt, aber Corwin zu töten, einen Mann, den er gut kannte, schien ihm dennoch schwerzufallen.

Plötzlich war sich Christine sicher, dass David nicht auf sie schießen würde. Hatte er sie nicht schon einmal davonkommen lassen, damals, als sie sich vor sechzehn Jahren einfach aus dem fahrenden Auto geworfen hatte? Und so marschierte sie einfach los, stieg die drei breiten Stufen hoch und hoffte, dass die Tür nicht verschlossen war. »Hilfe! Hilfe!«, rief sie, während sie an der Klinke rüttelte.

Doch zu ihrem Entsetzen ging die Tür nicht auf, nun war sie ohne jede Deckung. Wenn der diensthabende Tierarzt ihr helfen wollte, musste er zwangsläufig seinen Platz am Fenster verlassen, und sie wäre auch noch ohne Feuerschutz. Doch zum Glück tat der Mann genau das. Er verschwand vom Fenster, und Sekunden später öffnete sich die schwere Tür.

Christine fiel beinahe in den Raum. Hastig schob sie die Tür hinter sich zu und drehte auch noch den Schlüssel herum. Dann blickte sie in das erstaunte Gesicht eines etwa vierzigjährigen Mannes.

»Er ist weg, beruhigen Sie sich«, sagte er, aber Christine gab nur einen schnaufenden Ton von sich. Sie wusste genau, dass sie nie wieder Ruhe finden würde, solange sich David noch auf freiem Fuß befand. Der Mann hielt ihr eine raue Hand entgegen. »Helmut Volmer, Tierarzt im Nachtdienst. Was war denn da los?«

Christine murmelte eine Begrüßung und fragte nur: »Haben Sie ein Telefon?« Während der Tierarzt vor ihr her in ein Büro ging, sprach er weiter: »Hören Sie, ich möchte nicht den Eindruck erwecken, ich setzte falsche Prioritäten, aber er hat doch schon auf der Weide geschossen. Ist einem der Pferde etwas geschehen? Ich hoffe doch, Sie rufen die Polizei an.« Helmut Volmer spähte ein wenig misstrauisch auf den Apparat, in den Christine gerade eine lange Handynummer eintippte.

»Seien Sie unbesorgt, Ihren Pferden geht es gut. Ich rufe den zuständigen Kommissar an.« Dann sprach sie in den Hörer. »Herr Delbrock? Ich bin es, Christine Neustedt. Ich bin in der Pferdeklinik in Telgte, es geht mir gut. – Ja, er ist geflüchtet. Er hat eine

Pistole, aber seine rechte Schulter ist vermutlich gebrochen. – Aber Sie brauchen sich nicht zu beeilen, ich muss noch einen Norweger verwöhnen, der mir das Leben gerettet hat.«

***

»Hat er ihr etwas angetan?« Corwin blickte stur geradeaus, während Delbrock den Volvo aus dem Wohnviertel lenkte.

»Ich weiß es nicht. Sie hat gesagt, ein Norweger hätte ihr das Leben gerettet.«

»Es ist wichtig. Wenn er sie unberührt gelassen hat, sprich wenn sein Plan fehlgeschlagen ist, wird er sich sehr wahrscheinlich sofort nach Amerika absetzen. Wenn nicht, dann ist sie in seinen Augen nun seine Frau, und er wird in ihrer Nähe bleiben, um sie bei einer günstigen Gelegenheit mit nach Hause zu nehmen.«

Delbrock spähte die dunkle Straße entlang, um ein Hinweisschild zur Pferdeklinik zu entdecken.

»Die umliegenden Flughäfen sind alle informiert. Ah, da steht was.« Delbrock bog ab und wandte das Gesicht seinem Beifahrer zu. »Wissen Sie was, ich bin einfach heilfroh, dass wir Frau Neustedt wiederhaben.«

Corwin sagte nichts. Was sollte er auch darauf erwidern? Dass er noch nie so viel Angst gehabt hatte wie in den letzten eineinhalb Stunden? Dass er niedere, brutale Rachegelüste hegte, falls David tatsächlich seine kranke Idee verwirklicht und Christine geschwängert hatte?

Er selbst war nämlich davon überzeugt, dass Christine in diesem Fall mit Sicherheit schwanger würde, denn er kam aus einer Kultur, in der kraftvolle Visionen in Kombination mit einem starken Willen sehr wohl wahr werden konnten. Dass das Kind dann eine Reinkarnation von Sitting Bull oder Lucies Tochter sein würde, hielt auch Corwin für pervertierte Selbstüberschätzung.

Eine halbe Stunde später stand Corwin neben Christine am Gatter einer Pferdeweide der Tierklinik in Telgte. Es war mittlerweile weit nach Mitternacht und stockdunkel, denn der Himmel war bedeckt. Nur die kleinen Lampen an den Ställen und eine Laterne zwischen den Häusern warfen ein fahles Licht auf die Wiese. Es roch nach feuchtem Gras und ein wenig nach Pferdemist. Christine wollte Corwin das Norweger-Pony zeigen, dem sie ihre Flucht zu verdanken hatte und das sich damit eine dauerhafte Spenderin von Karotten gesichert hatte. Doch als sie die Pferde nun mit einer Tüte Pferdekräcker aus dem Unterstand locken wollte, musste sie mit Schrecken feststellen, dass gleich zwei dicke Norweger freudig zum Tor trabten. Welches der Tiere hatte David nun den verhängnisvollen Tritt versetzt?

»Wenn man sie beide zusammen sieht, kann man sie unterscheiden, doch wenn nur einer vor einem steht, schafft das allein unser Futtermeister.« Der Tierarzt stand plötzlich hinter ihnen und reichte Christine das mobile Telefon. »Ihre Mutter möchte Sie sprechen, und der Hauptkommissar gab mir den Auftrag, Sie – wie hat er sich ausgedrückt? – unverzüglich und vorwurfsvollen Blickes wieder ins Haus zu schleifen.«

Zu Christines Belustigung hatte Herr Volmer außer dem Telefon auch noch seine Jagdflinte mitgenommen. Offensichtlich war er fest entschlossen, seine heutige Nachtschicht im Dienste des Hauptkommissars zu verrichten.

Auch ihre Mutter war voller Besorgnis, doch Christine versprach ihr aus einem Hochgefühl heraus alles, was sie wollte. Dann hörte sie noch eine Zeit lang zu, bevor sie das Telefon zurückgab. Zu Corwin gewandt sagte sie: »Maggy hat eben angerufen. Sie hat Nachforschungen im Indianerreservat angestellt und herausgefunden, dass David Ironheart Seidel ursprünglich Dave Crow Seymore hieß. Delbrock sollte nachprüfen, ob er eventuell unter diesem Namen verschwinden will. Vielleicht benutzt er zwei Namen und zwei Pässe?«

Corwin nickte langsam. »Über genügend kriminelle Energie verfügt er mit Sicherheit.« Zögernd folgte er dem Tierarzt zurück zum Haupthaus, denn er hatte keinen dringenderen Wunsch, als mit Christine fünf Minuten lang allein zu sprechen.

Doch kaum hatten sie das Büro betreten, setzte auf dem Hof plötzlich rege Betriebsamkeit ein: Die Spurensicherung machte sich an die Arbeit.

Delbrock empfing sie kopfschüttelnd, seine Haare wirkten heute beinahe noch struppiger als sonst. Zwar zeigte die dünne Haut unter seinen Augen tiefgraue Schatten, die auf Schlafmangel hindeuteten, doch seine Körperhaltung verriet eine gewisse Entspannung. »Es gibt auch auf Davids zweiten Namen keine Reservierung, das wurde bereits geprüft. Wir haben überall Fotos herausgegeben, sodass wir nun abwarten müssen. Die Fahndung nach dem Wagen können wir beenden, der steht etwa zwei Kilometer von hier an einer Landstraße.«

»Dann ist er zu Fuß weiter? Mit einer so schweren Verletzung?« Christine schaute skeptisch.

»Wenn er mit dem lädierten Arm noch zwei Kilometer fahren konnte, dann wäre er auch noch weiter gekommen«, sagte Corwin bestimmt. »Es war pures Kalkül, dass er den Wagen zurückgelassen hat. Wohin will er jetzt? Zum Flughafen? Das glaube ich nicht. Vielleicht zu einem Bahnhof?«

Nun mischte sich Delbrock wieder ein. »Dann muss er sich gut verstecken. Die Bahnhofspolizei ist ebenfalls informiert und hat eine genaue Personenbeschreibung. Damit muss er rechnen.«

Christine meinte: »Am sichersten bewegt er sich per Anhalter weiter. In einem Privatwagen oder einem Lkw. Schließlich ist er bewaffnet. Zur Not kann er die Leute zwingen, ihn zu fahren.« Sie fragte sich, wo David die Pistole herhatte. War es die Waffe des toten Wachmannes?

Delbrock hatte die Hand auf dem Telefon und überlegte laut: »Wenn wir jetzt im Radio eine Warnung herausgeben, bringen wir womöglich jemanden in Gefahr, der David in harmloser Absicht mitgenommen hat. Ich werde noch mindestens zwei Stunden damit warten und dann einen Zeugenaufruf starten. Vielleicht erfahren wir so, wohin er unterwegs ist. Wir machen hier Feierabend.« Er machte Anstalten, sich aus dem schwarzen Ledersessel zu hieven, als Corwin ihn mit einer Handbewegung stoppte.

Alle Augen richteten sich erstaunt auf den Cheyenne, der mit seiner Größe sogar den schlaksigen Tierarzt überragte. Mit zwei Schritten trat er in die Mitte des Raumes, um dann alle der Reihe nach anzusehen. »David hat bisher alles genau geplant. Bestimmt hat er sich Gedanken gemacht, wie er Christine, sich selbst und eventuell auch Lucie aus dem Land schaffen kann. Der Flugverkehr ist der am meisten kontrollierte Verkehrsweg. Aber wie reiste man zu Zeiten von Sitting Bull nach Amerika?«

»Verdammt«, entfuhr es Delbrock, der sogleich wusste, was Corwin meinte und wie viel Arbeit es bedeutete.

Corwin sprach weiter: »David hätte es wahrscheinlich genossen, eine geraubte Frau auf einem Schiff in die neue Heimat zu bringen, ganz im Stil der alten Abenteuerbücher.« Er machte eine abfällige Handbewegung, bevor er weitersprach. »Wo ist der nächste Hafen, von dem aus Schiffe nach Amerika fahren? Vielleicht hat er auch auf einem Frachter angeheuert oder versucht sich als blinder Passagier. In jedem Fall benötigt er dazu einen oder mehrere Komplizen, die ihm helfen und denen er mit Sicherheit irgendeine Räubergeschichte aufgetischt hat, um sie für sich zu gewinnen.«

»Von Bremen aus fahren Schiffe.« Dr. Volmer mischte sich ins Gespräch. »Wir haben schon das eine oder andere Mal Pferde dorthin transportiert, wertvolle Turnierpferde, die den Besitzer wechselten. Wissen Sie, es kommt gar nicht so selten vor, dass Tiere, vor allem Pferde, nach Amerika verkauft werden. Wir haben hier in Deutschland bekannte Stammbäume.«

Delbrock sah zu Christine, die gerade herzhaft gähnte, und sagte: »Vielleicht ist das seine Tarnung: ein Amerikaner, der sich ein Pferd in Deutschland kauft und es beim Transport begleitet. Wenn er dann noch seinen anderen Namen benutzt, kann er sich auf eine entspannte Schifffahrt einstellen.«

»Ob mit oder ohne Pferd, dieses Schiff sollten wir schon im Hafen entern.« Corwin stemmte seine gesunde Hand auf den Schreibtisch und warf dem Hauptkommissar einen erwartungsvollen Blick zu. »Worauf warten wir noch? Ich bin keine vier Tage mehr hier, und ich möchte diese falsche Schlange vorher hinter Schloss und Riegel wissen.«

Für Christine war das wie ein unsichtbarer Schlag in die Magengrube. Sie hatte gehofft, Corwin würde heute Nacht mit zu ihrer Mutter kommen; Schlafplätze waren genügend vorhanden. Stattdessen zog er lieber mit Delbrock umher. Da blieb vielleicht noch Zeit für ein kurzes Abschiedsgespräch und ein förmliches Händeschütteln, dann würde er aus Deutschland und ihrem Leben verschwinden. Sie schluckte tapfer, aber nun kamen zu ihrer

Müdigkeit, dem Hunger und der Erschöpfung auch noch dumpfe Kopfschmerzen.

Mit steifen Schritten ging sie zu dem Polizeiauto, das sie zu ihrer Mutter bringen sollte, als Corwin sie bei den Schultern packte. Er sagte: »Ich weiß nicht, wann wir zurück sind, aber ich melde mich.« Seine Haare fielen ihm ins Gesicht, und die Wangenknochen schienen noch deutlicher hervorzustehen als sonst. Allein der Blick aus seinen schwarzen Augen war ihr noch vertraut, alles andere wirkte abweisend und fremd. Dann hatte er sich auch schon wieder abgewandt.

Es verstand sich von selbst, dass der doppelte Personenschutz für Christine bestehen blieb. Das Hochgefühl, das sie noch kurz zuvor an der Pferdeweide verspürt hatte, war wie weggeweht, zurück blieben stärker werdende Kopfschmerzen, Hunger und ein Gefühl des Ausgeschlossenseins. Sie wollte nur noch nach Hause, in das Zuhause ihrer Kindheit, zu ihrer Mutter.

Nach drei Telefonaten war auch Delbrock zum Aufbruch bereit. Er berichtete, dass David in der Tat eine Passage auf einem Frachtschiff von Bremerhaven nach Amerika gebucht hatte, angeblich nur, um eine Araberstute zu transportieren. Als Christine den Namen des Tieres hörte, erkannte sie sofort die nervöse Stute, deren herrischer Reiter ihren Unfall in der Reithalle verursacht hatte. Vermutlich war es David ein Leichtes gewesen, dem verschreckten Mann das Pferd günstig abzuschwatzen.

Zwar waren Beamte aus Bremerhaven bereits unterwegs zum Überseehafen, aber Delbrock und Corwin wollten so schnell wie möglich folgen, und der Hauptkommissar orderte kurzerhand einen Hubschrauber. Eine Fahrt mit dem Auto würde mindestens zwei Stunden dauern.

Als Christine um ein Uhr nachts bei ihrer Mutter angekommen war, bekam sie endlich die erste vernünftige Mahlzeit seit vielen Stunden vorgesetzt, doch sie aß mit einer merkwürdigen Mischung aus Hunger und Überdruss. Es war Nahrungsaufnahme ohne Genuss, obgleich die Bratkartoffeln perfekt waren und das Spiegelei genau die richtige Konsistenz aufwies. Vielleicht war sie einfach zu müde oder durch die Ereignisse psychisch angeschlagener, als ihr klar war. Sie hoffte inständig, dass Delbrock den Mann zu fassen bekam, sonst würde sie für den Rest ihrer Tage um ihre Sicherheit fürchten müssen. Dieser Indianer verfügte leider über genug Ausdauer und Fanatismus. Und doch beschäftigte sie noch etwas anderes, ein vages Unbehagen, weil man ihr etwas wegnahm, von dem sie früher nicht einmal gewusst hatte, dass es ihr gehörte.

Seitdem die Indianer auf vielfältige Weise in ihr Leben getreten waren, fühlte sich vieles vertraut an, sie selbst fühlte sich lebendig und stark. Sie hatte einige Erinnerungen wieder, auch wenn diese nicht nur schön waren. Christine befürchtete, dass all das wieder verblassen würde, wenn Corwin und seine Kollegen bald zurück in ihre Heimat reisten.

Mit der festen Überzeugung, dass sie den Rest der Nacht grübelnd und unruhig im Bett liegen würde, legte sie sich kurz nach drei Uhr unter die Daunendecke. Sie wollte ihre Mutter, der vom unterdrückten Gähnen schon die Augen tränten, nicht noch weiter beanspruchen. Doch zwei Minuten später war sie tief und traumlos eingeschlafen.

Irgendwann weckte sie schließlich das andauernde Klingeln eines Telefons. Sie legte ein Kissen über die Ohren und drückte es eng an den Kopf, aber es half nicht. Dann fiel ihr ein, dass womöglich Delbrock versuchte, sie zu erreichen, und sie sprintete aus dem Bett und ins Wohnzimmer. Das Display im Mobiltelefon zeigte neun Uhr vierunddreißig.

»Mein Gott, Christine, endlich! Ich habe mir solche Sorgen gemacht.« Es war Birgit.

»Ja, dieses Mal haben wir es mit unserer Abenteuerlust wohl etwas übertrieben. Schön, dich zu hören. Wie hast du erfahren, dass ich bei meiner Mutter bin?«

»Corwin hat im Krankenhaus eine Nachricht für mich hinterlassen, irgendwann gestern Abend, als er mit Delbrock auf dem Weg nach Bremen war. Er meinte, es würde dir guttun, wenn ich mich heute bei dir melde. Und weißt du was? Seitdem ich wusste, dass du in Sicherheit bist, ging es auch mir auf einmal viel besser. Ich habe mir solche Vorwürfe gemacht, weil ich dich nicht warnen konnte. Ich war mir sicher, dass du genauso auf Lucie hereinfallen würdest, genau wie ich. Sie hasst die Weißen, das musst du dir mal vorstellen.«

Birgit redete ohne Punkt und Komma, so als wollte sie endlich den innerlichen Druck der letzten Tage ablassen, und Christine konnte sich vorstellen, wie sie wild gestikulierend ihre Worte unterstrich. Sie fand es ungewohnt aufmerksam und fürsorglich, dass Corwin Birgit informiert hatte.

Birgits Schilderungen brachten Christine zum Nachdenken: David hatte verrückte Visionen und einen selbstgerechten Charakter, doch Lucie musste voller Hass gewesen sein. Dennoch hatte Lucie sie selbst immer mit einem gewissen Respekt behandelt.

So in Gedanken versunken fand Frau Neustedt schließlich ihre Tochter, um ihr mitzuteilen, dass das Frühstück fertig sei und es eine Nachricht von Delbrock gebe. Einer der wachhabenden Beamten hatte es für sie ausgerichtet.

»Sie haben den Indianer auf einem Schiff gefunden, das in zwei Tagen nach Amerika aufbrechen soll. Das war übrigens nur möglich, weil Maggy uns den zweiten Namen durchgegeben hat. Nun liegen die Helden in ihren Betten.«

Es klopfte, und ein Polizist steckte seinen Kopf durch die Tür, um sich für das Frühstück zu bedanken und sich zu verabschieden. Mit Davids Verhaftung war der Personenschutz überflüssig geworden.

Christines Entschluss, nach dem Frühstück nach Münster zurückzufahren, stieß bei ihrer Mutter zunächst auf spontane Ablehnung, die sich nach längerer Diskussion zu Verständnislosigkeit und schließlich in nachsichtige Duldung verwandelte.

Eine Menge Fragen waren noch offen, doch während Frau Neustedt davon ausging, dass David ein Verrückter war, der sich vor sechzehn Jahren rettungslos in Christine verliebt hatte, reichten die Überlegungen ihrer Tochter tiefer. Unter anderem wollte Christine nun ein für alle Mal klären, warum sie eigentlich Verwandte in Amerika hatte und was das unausgesprochene Geheimnis ihrer Familie war, auf das David mit seinen rätselhaften Andeutungen hingewiesen hatte. Zur Not würde sie versuchen, David in der Untersuchungshaft aufzusuchen, um Antworten zu bekommen. Aber über all das wollte sie mit ihrer Mutter lieber nicht sprechen. Der Abschied war herzlich, und als Christine schon im Zug saß –

ihr Auto war schließlich noch bei der Spurensicherung –, lächelte ihre Mutter sie vom Bahnsteig her an und sagte: »Ich glaube, ich schau mir auch mal die Ausstellung an.«

Es war zwölf Uhr fünfundvierzig, als sie in Münster am Hauptbahnhof ankam. Ein lebhaftes Treiben herrschte, denn am Montagmittag kamen die letzten Studenten aus dem Wochenende zurück, und verspätete Berufspendler, Geschäftsleute und Frauen mit vollgepackten Einkaufstaschen drängten sich an den Gleisen.

Christine ging auf dem Bahnsteig entlang zur Treppe und schaute hinauf zum Himmel, wo sich die Wolken allmählich verzogen und endlich die Sonne herauskam. Und so lief sie prompt in einen schlaksigen jungen Mann mit einem viel zu großen Rucksack auf dem Rücken. Sie geriet ins Stolpern, um ein Haar wäre sie aufs Pflaster gestürzt. Eine Entschuldigung murmelnd fand sie ihr Gleichgewicht wieder, wurde jedoch plötzlich von zwei kräftigen Händen von hinten an den Schultern gepackt. Sie wollte schreien, aber da legte sich eine Hand auf ihren Mund, und dann konnte sie in zwei tiefschwarze Augen sehen, die ein amüsiertes Blitzen zeigten.

»Beinahe hätte ich dich wieder vom Fußboden auflesen müssen.«

»Was schleichst du dich auch immer so heran!«

»Das ist ein Gendefekt, den ich von meinen Ahnen habe. Gehst du mit mir essen? Im Hotel wollten sie mir kein Frühstück mehr geben.« Dafür sah Corwin nun aber ausgeschlafen und bis auf die dick verbundene Hand sehr munter aus.

Christine ging neben ihm her und nahm an, dass er dies als Zustimmung wertete. Sie war geradezu gierig nach weiteren Informationen und bestürmte Corwin mit Fragen. »Wie habt ihr ihn erwischt, und was hat er gesagt? Was passiert jetzt überhaupt mit David und mit Lucie?«

»Geduld, Geduld, das erzähle ich dir gleich ausführlich. Aber so etwas möchte ich nicht mitten auf der Straße besprechen.«

Corwin hatte bereits am Bahnsteig ihre Hand ergriffen und führte sie zügig durch die Menschenmassen. Für ein paar Sekunden gab Christine dem Drang nach, die Augen zu schließen, und tatsächlich sorgte er dafür, dass sie alle Hindernisse auf der Straße problemlos umging.

Sieben Minuten später saßen sie in der erstbesten Pizzeria in der Nähe des Bahnhofs, und Corwin hatte sich über eine Speisekarte gebeugt. Christine wunderte sich über die Mengen, die er bestellte – wollte er das wirklich alles essen? Eine große Pizza mit einer doppelten Portion Schinken und Spiegelei sowie einen Salat mit Thunfisch und Käse. Mit einem Hinweis auf seine verbundene linke Hand bat er, ihm die Pizza vor dem Servieren in handgerechte Stücke zu schneiden. Ihr selbst erschien Essen momentan völlig unwichtig, sie bestellte nur eine Latte macchiato.

Was sie dann von Corwin erfuhr, hätte sie vor wenigen Wochen noch in hysterisches Lachen ausbrechen lassen. Nun war sie zutiefst berührt und zweifelte nicht einen Moment am Wahrheitsgehalt seiner Erzählung.

»Was weißt du über Sitting Bull?«, begann er.

Christine zuckte kaum merklich mit den Schultern, antwortete aber: »Na ja, er war ein Häuptling und ein spiritueller Führer der Sioux. Er hat sich nie so richtig den Weißen ergeben, und er ist verantwortlich für die Niederlage der 7. Kavallerie unter General Custer, als die Sioux mit einigen verbündeten Indianerstämmen ihren letzten nennenswerten Sieg errungen haben. Ansonsten weiß ich nicht viel. War er ein guter Mensch, ein vorbildlicher Vater? Jeder Kampf eines Helden ist dokumentiert, aber wie sie privat waren, weiß man meist nicht. Wie hieß zum Beispiel seine Ehefrau?«

Christine nahm ihren Milchkaffee in Empfang.

Corwin trank die Hälfte seiner Cola leer und nahm das Gespräch wieder auf. »Sitting Bull hatte insgesamt drei Frauen. Seine erste Frau starb bei der Geburt eines Sohnes, der ebenfalls nicht lange lebte. Es gab aber noch zwei ältere Söhne. Später heiratete Sitting Bull zwei Schwestern, mit denen er zwei Töchter und drei Söhne hatte. Was seinen Charakter angeht, da kann ich dir eine kleine Geschichte erzählen. Er ist eine Zeit lang mit der Wildwest-Show von William Cody, genannt Buffalo Bill, durch die Lande gezogen. Dabei soll er den größten Teil seines Honorars an arme Kinder verschenkt haben. Er wunderte sich offen darüber, dass die Weißen sich so wenig um ihre Armen kümmerten, und hat gesagt: ›*Der weiße Mann weiß, wie man alles macht, aber er weiß nicht, wie man es verteilt.‹* Es gibt heute zahlreiche Nachfahren von Sitting Bull, und David glaubt, dass du ebenfalls von ihm abstammst.«

Bevor Christine etwas sagen konnte, hatte Corwin schon die Hand gehoben, um nicht unterbrochen zu werden. »Und ich glaube, dass zumindest dieser Gedanke keine Wahnvorstellung ist. Du selbst hast von Charly Horseman erzählt, und Charly ist ein Verwandter von Sitting Bull. Es hieß immer, er habe sich zurückgezogen und lebe bei einem entfernten Zweig seiner Familie. Und er lebte bis zu seinem Tod auf der Ranch deiner Verwandten Maggy, nicht wahr? Charly Horseman war kein Verfechter der Rassentrennung, aber nach dem, was ich von ihm weiß, hätte er niemals bei irgendwelchen Weißen gelebt, um ihnen bei der Pferdezucht zu helfen. Ich habe mich ein wenig umgehört, und David hat meine Vermutungen bestätigt. Mit dem Vater von deiner Maggy verband Charly Horseman mehr als nur Freundschaft. Sie waren blutsverwandt. Und das gilt bei den Indianern sehr viel.«

»Und warum hat er mich für seine merkwürdigen Pläne bis nach Deutschland verfolgt, wenn es doch so viele andere Nachkommen Sitting Bulls in seiner Nähe gibt?«

In diesem Moment wurde eine gigantische und außerordentlich dick belegte Pizza vor Corwin abgestellt, und dieser hatte den Mund schneller voll, als Christine einen Schluck trinken konnte. Die nächste Gabel mit aufgespießter Pizza hielt er ihr hin, und sie musste feststellen, dass die Kombination von Schinken, Spiegelei und italienisch gewürztem Pizzaboden gar nicht schlecht schmeckte.

Während nun also sie den Mund voll hatte, beantwortete Corwin ihre Frage. »Ich glaube, das Besondere, was er nur bei dir finden konnte, war die Vereinigung von Weiß und Rot. Das Blut der mächtigen Weißen und der Indianer, insbesondere das von Sitting Bull, fließt durch deine Adern. Damit du das besser verstehst: Bei einigen Stämmen war es Brauch, dass man einem gern gesehenen Gast die eigene Frau zum Beischlaf anbot, damit durch sie die Macht und Kraft des Freundes auf den Gastgeber übergehen konnte. In Davids Augen sollte die Macht der Weißen, welche die Indianer nun mal besiegt haben, in einen Indianer übergehen, in seinen Sohn. Außerdem würde dieser Sohn noch von beiden Elternteilen

Gene von Sitting Bull bekommen. Eine perfekte Kombination, wenn man Krieg gegen die Weißen führen will und an die Mystik solcher Verbindungen glaubt.« Ein langes Statement, während man hungrig vor einer Pizza sitzt. Nun begann Corwin mit großem Appetit zu essen, und Christine hatte Zeit, über all das nachzudenken.

David hatte von Anfang an mit ihr gespielt, hatte ihr Informationen zukommen lassen, deren Bedeutung sie unmöglich erfassen konnte. Was er nicht im Voraus klären konnte, war die Frage, ob ihn Christine irgendwann erkennen würde. Aber dieses Risiko hatte ihm wahrscheinlich eine besondere Freude bereitet. Nein, aus Liebe war er ihr nicht nach so langer Zeit auf den Fersen gewesen.

Und Charly Horseman? Hatte er sie tatsächlich als eine lang verlorene Verwandte geliebt? Noch ehe sie sich ihrer Traurigkeit bewusst wurde, lief ihr bereits eine Träne über die Wange. Corwin musterte sie kurz, dann widmete er sich wieder schweigend seinem Essen.

Als der Thunfischsalat gebracht wurde, reichte er Christine eine Gabel. »Iss wenigstens den Thunfisch, ich mag ihn nämlich gar nicht.«

»Warum hast du dann Thunfischsalat bestellt?« Sie probierte vorsichtig und fragte sich, warum sie über Salate sprachen, wo ihr doch so viele Fragen durch den Kopf schwirrten.

»Du magst ihn gerne, oder?« Er lächelte sein kurzes Lächeln und berichtete schließlich, wie sie David auf einem Frachtschiff nach Boston gefunden hatten, wo er sich mit seinem Geburtsnamen angemeldet hatte und sogar eine Passage für zwei Personen gebucht hatte. »Er wusste sofort, dass er verloren hatte, und beantwortete bereitwillig fast alle unsere Fragen. Er erwartete noch Bewunderung für seine Einfälle. David war es, der dich im Museum niedergeschlagen hat, da du ihn bei dem Diebstahl gestört hast. Lucie aber hat Frau Auerbach die Kehle durchgeschnitten. Auch die Schüsse auf mich hat wohl jedes Mal Lucie abgefeuert, aber ich glaube nicht, dass sie mich umbringen wollte. Sie fürchtete lediglich, dass ich durch meine Recherche in Amerika zu viel herausfinden könnte, und wollte mich für einige Zeit sicher im Krankenhaus untergebracht wissen. Jedenfalls ist es das, was ich glauben möchte.«

»Ja, sie hat bestimmt deine Leidenschaft für ambulante Behandlungen unterschätzt. Und die anderen Morde?«

Corwin schob seinen leeren Teller zur Seite und blickte zufrieden auf den Salat vor Christine, der bereits auf die Hälfte reduziert war.

»Frau Horn ist von David ermordet worden, und wie ich sie einschätze, hat sie den charismatischen und exotischen Mann liebend gern in die Wohnung gelassen. Die anderen Morde sind, glaube ich, alle von Lucie begangen worden. Das heißt, bei Kerner wird sie Hilfe von David gebraucht haben, um die Leiche in den Kanal zu werfen. Sie wollte Rache für ihre Tochter, und die hat sie gnadenlos geübt. Delbrock hat es wirklich nicht leicht, denn die beiden haben sich natürlich immer gegenseitig ein Alibi gegeben. Dieser Fall hat aber noch ganz andere Facetten. Allein die Idee, geraubte alte Pfeilspitzen und Messer als Tatwaffen zu nutzen, war neben der Ritualwirkung einfach sehr schlau. Was meinst du, wie viele Täter überführt werden, weil man den Kauf der Waffe zurückverfolgen konnte? Aber der zweite Aspekt ist noch viel interessanter: Lucie begeht die Morde als Sühne für den Unfall ihrer Tochter und benutzt dazu Waffen, die aus einer Zeit stammen, als es als Frevel oder Feigheit galt, den Tod seines Kindes nicht zu rächen. Sie wollte damit zeigen, dass sie im Recht ist.« Er starrte auf sein leeres Cola-Glas und sprach weiter: »Den Wachmann hätte David nicht töten dürfen. Er war ein netter, pflichtbewusster junger Mann, der nichts mit der Geschichte zu tun hatte. Du kannst noch so viele Gründe, vermeintlich ritterliche Gründe, haben, um zu töten, doch schon mit dem ersten Schlag hast du eine Grenze überschritten, die dich zum Verbrecher macht und dich in Zukunft wie einer handeln lässt. Auch die Sache mit dem Pferd aus deiner Reithalle war unnötig. Das war miese Körperverletzung an einem Unschuldigen. Wenn der Mann nach seinem Unfall das Pferd nicht verkauft hätte, wäre das doch nicht wirklich wichtig gewesen. Pferde gibt es überall zu kaufen. Stattdessen hatte er kleine Nägel unter den Sattel des Pferdes befestigt und diesen Unfall provoziert, bei dem auch du leicht schlimmere Verletzungen hättest erleiden können. Das lag natürlich nicht in seiner Absicht, er wollte nur das Pferd billig kaufen. David begeistert sich schnell für seine eigenen Ideen, aber er ist nicht in der Lage, sich mögliche Nebenwirkungen vorzustellen. Ich glaube, David hat nur Gefallen an Spielen gefunden, in denen er wie ein Puppenspieler kontrollierte und lenkte.« Er schüttelte beinahe traurig den Kopf. »So war David früher nicht.«

Christine erwiderte leise: »Ich glaube, du hast diese Seite an ihm nur nicht kennengelernt oder sehen wollen. Immerhin hat er schon vor mehr als fünfzehn Jahren versucht, mich zu kidnappen.« Dann fiel ihr eine weitere Frage ein. »Warum hat Lucie Dr. Horn nicht ebenfalls umgebracht? Oder hatte sie es noch vor?«

»Schwer zu sagen, ob sie es noch getan hätte, aber David meinte, solange Dr. Horn vor Angst und Trauer sowieso schon wie ein Gespenst herumlaufe, sei es unnötig, sich an ihm zu rächen. Auf diese Weise würde er wenigstens richtig leiden.«

»Sie haben ihn am Leben gelassen, weil es ihm so viel schlechter ging?« Christine starrte ihn ungläubig an. Corwin zuckte mit den Schultern und bestellte einen Kaffee.

»Wie kam es, dass der Chief plötzlich im Museum auftauchte?« Christine schob den Salat zur Seite und sah Corwin erwartungsvoll an.

»Ich habe nur kurz mit Thomas gesprochen. Er hatte wohl den ganzen Tag in irgendeinem Internetcafé zugebracht und das Netz nach Lucie durchsucht. Wann genau sein Verdacht auf Lucie fiel, weiß ich nicht, aber er hat Stunden gebraucht für seine Recherche. Thomas ist kein regelmäßiger Computerbenutzer und kann mit dem Internet kaum umgehen. Am späten Nachmittag ist er dann auf ein Foto von Lucie bei einer Ausstellungseröffnung gestoßen, und auf diesem Foto stand ein Mädchen neben ihr, dass auffallende Ähnlichkeit mit ihr hatte. Das, was ich von Delbrock über seine Recherche in Amerika erfahren habe, hat er durch ausdauerndes Forschen und Kombinieren am Computer entdeckt. Jedenfalls machte er sich gegen halb sechs auf den Weg zum Museum, um Dr. Horn zu warnen und von dort aus mit Delbrock zu telefonieren. Dann allerdings hat er sich in Münster verlaufen, und er kam erst sehr viel später zum Museum. So spät, dass er gerade noch beobachten konnte, wie Lucie mit dir im Schlepptau durch den Hintereingang marschierte. Natürlich wäre es jetzt sinnvoller gewesen, endlich Delbrock anzurufen, doch so denkt ein alter

Cheyenne nicht. Thomas schlüpfte hinter euch ins Museum, und den Rest kennst du ja.«

Als Corwin seinen runden Kaffeelöffel in den Zuckertopf stieß, fiel Christine noch eine weitere Frage ein.

»Was hat es mit den kreisrunden Skalps, wie du die Verletzungen am Kopf der Leichen genannt hast, auf sich? Sollten das Trophäen sein?«

Er zuckte mit den Schultern. »Ich kann nur Vermutungen anstellen, darüber habe ich mit David nicht gesprochen. Wahrscheinlich waren es für Lucie wirklich Trophäen, die ihr immer wieder zeigen sollten, dass sie den Tod ihrer Tochter gerächt hat. Vielleicht wollte sie einen Beweis dafür mit nach Hause nehmen.«

Corwin rührte seine drei Löffel Zucker und die Milch unter und setzte die Tasse an die Lippen. »Euer Kaffee hier ist phantastisch. Wie viel Pfund darf ich mit ins Flugzeug nehmen, ohne als Schmuggler zu gelten?«

»Komm einfach regelmäßig nach Münster und besorge dir neuen Kaffee.«

»Komm du regelmäßig nach Montana und bring mir euren Kaffee mit.«

Christine spielte mit ihrer längst geleerten Tasse. »Wann fliegst du?« Verdammt, sie wollte es eigentlich gar nicht wissen.

Aber Corwin antwortete nicht. Er sah sie an, als suchte er etwas in ihrem Gesicht. Forschend, ein wenig besorgt vielleicht, sie konnte es nicht einordnen. Aber obwohl sie dieser eindringliche Blick verunsicherte, wünschte sie sich, er würde sie noch ganz lange genau so anschauen.

Unvermutet beugte er sich vor, strich eine Locke beiseite, fasste ihr Kinn mit der Hand und küsste sie ganz vorsichtig auf den Mund.

»Ich fliege übermorgen nach Hause, aber ich habe nicht vor, so einfach aus deinem Leben zu verschwinden. Es sei denn …«, er strich ihr zart über die Wange, »… es sei denn, du wünschst das so.«

DREIZEHN

Ein kleines Mädchen hatte in einer Verkettung unglücklicher Umstände, aber keineswegs durch böswillige Absicht sein Leben verloren. Vier Menschen waren auf brutale Weise gestorben, weil sie zur falschen Zeit am falschen Ort gedankenlos und neugierig gewesen waren. Ein junger Wachmann war tot, weil er seinen Job ernst genommen hatte.

Und sie selbst konnte nur deshalb an der Seite Corwins die Sonne von Montana genießen, weil eine junge, sehr unglückliche Frau – seine Frau – sich das Leben genommen hatte. So viel Leid, und doch entstand daraus wieder etwas Neues, Tröstendes und Schönes.

Jetzt, wo sie eine Menge Neuigkeiten auch über ihre eigene Familie erfahren hatte, hätte sie liebend gern mit ihrem verstorbenen Vater gesprochen. Oder auch mit Charly Horseman. Täglich entdeckte sie neue Fragen, die ihr vermutlich nur die beiden hätten beantworten können. Zum Beispiel, warum sie so plötzlich diese merkwürdig realen Träume hatte. War es tatsächlich möglich, dass sich ihr auf diese Weise überliefertes, über die Geburt weitergegebenes Wissen Sitting Bulls offenbart hatte? Natürlich, viel wahrscheinlicher waren die Träume eine Mischung aus den aktuellen Ereignissen, den Dingen, die sie gelesen hatte, und den Geschichten, die Charly Horseman ihr erzählt hatte. Denn selbst die geträumte Szene, in der ein alter Büffel zu Sitting Bulls Vater sprach und ihm neue Namen gab, war so überliefert und kein Konstrukt ihrer Phantasie.

Am Grab von Charly Horseman hatte sie das sehr schöne Armband niedergelegt. Es sollte ihm als Erklärung dienen, warum sie sich nicht mehr gemeldet hatte, ja warum sie den alten Mann sogar über Jahre hinweg aus ihrer Erinnerung verdrängt hatte.

Sie schaute zur Veranda hinüber, wo Corwin seiner Tochter Tabea gegenübersaß. Er wollte einige Studentenarbeiten durchsehen, doch kam er kaum dazu, da Tabea an ihren Hausaufgaben rätselte und ihren Vater mit kindlicher Skrupellosigkeit einspannte.

Christine war nun seit drei Tagen in Minnesota, nachdem sie zuvor einige Tage auf der Ranch von Maggy in South Dakota verbracht hatte. Dort hatte sie Klarheit in die Historie ihrer Familie bringen können.

Maggys Vater und Christines Großvater waren Brüder und stammten aus der Ehe eines deutschen Einwanderers mit einer Tochter Sitting Bulls. Anfang des 20. Jahrhunderts wurde eine derartige Verbindung von keiner Seite gerne gesehen, aber da es nicht so selten vorkam, dass weiße Männer indianische Frauen ehelichten, wurde das zumindest toleriert, und so entschloss sich das Paar, unter Weißen zu leben.

Nach dem frühen Tode seiner indianischen Ehefrau lebte Maggys Großvater noch einige Jahre in Amerika, doch dann trieb ihn das Heimweh nach Deutschland zurück. Sein ältester Sohn, Maggys Vater, blieb in den Staaten, wo er bereits ein angesehener Farmer war. Sein Erfolg ließ die Tatsache, dass er ein Mischling war, allmählich in Vergessenheit geraten. Der Kontakt zur indianischen Familie seiner Mutter beschränkte sich auf regelmäßige Lieferung von Kleidung und Nahrung, mit denen er die Ärmsten des Stammes zu unterstützen suchte. Der jüngere Bruder, Christines Großvater, wuchs in Deutschland auf. Als Hitler an die Macht kam, entschieden er und seine Frau, dass sie über den indianischen Teil seiner Herkunft Stillschweigen bewahren wollten. Zu groß war die Sorge, Opfer von Rassenhass und Ausgliederung zu werden.

Christine musste daran denken, was Corwins Tante Mae gestern Abend zu Corwin gesagt hatte, als sie sich unbeobachtet wähnte: »Du wirst sie irgendwann nach Hause holen müssen.«

In einem sehr intimen Moment hatte Corwin ihr gestanden, sie sei ihm bereits während der Ausstellungseröffnung aufgefallen, weil sie die Fotos und Gegenstände mit so viel Interesse und Mitgefühl betrachtet hatte. »Ich konnte ja nicht ahnen, dass hier die Gene eines edlen Vertreters unserer Rasse am Werk waren«, erklärte er neckend.

Wie es zwischen ihnen weitergehen würde? Christine wusste es nicht. Sie liebte Münster und ihre Mutter und ihre Arbeit … aber auch Corwin.

Vermutlich würden sie mit ihrer Beziehung erst einmal die amerikanischen und deutschen Fluggesellschaften unterstützen und einander lange Briefe schreiben, anstatt wie andere Paare gemeinsam ins Alltagsgeschehen zu geraten. Sie musste die Vorteile darin erkennen: Die Entfernung konnte auch für eine intensivere Nähe sorgen. Abschied und Wiedersehen – das klang doch bittersüß!

Sabine Schulze Gronover
TODGEWEIHT IM MÜNSTERLAND
Broschur, 176 Seiten
ISBN 978-3-89705-925-2

»Mit Witz und Charme erzählt Sabine Schulze Gronover die Geschichte, die an zahlreichen Schauplätzen im Münsterland spielt. Dabei dürfen natürlich auch Abstecher in ihren Wohnort Drensteinfurt nicht fehlen.« Dreingau Zeitung

»Wir sagen: kaufen Sie sich das Buch und entdecken Sie eine aufregend gewobene Geschichte.« Antenne Münster

Sabine Schulze Gronover
LUZIFER UND DER KÜSTER
Broschur, 288 Seiten
ISBN 978-3-89705-997-9

»Der zweite Krimi von Sabine Schulze Gronover überzeugt durch überraschende Wendungen. Ein fesselnder Kriminalroman mit Charme und Witz.« Westfälische Nachrichten

www.emons-verlag.de